KB120951

시민운동가가 된 호텔리어와 세상이야기

시민운동가가 된 호텔리어와 세상이야기

초판 1쇄 인쇄일 2014년 11월 24일
초판 1쇄 발행일 2014년 11월 28일

지은이 정혜옥
펴낸이 양옥매
표지 디자인 이윤경
내지 디자인 신지현

펴낸곳 도서출판 책과나무
출판등록 제2012-000376
주소 서울특별시 마포구 월드컵북로 44길 37 천지빌딩 3층
대표전화 02.372.1537 **팩스** 02.372.1538
이메일 booknamu2007@naver.com
홈페이지 www.booknamu.com
ISBN 979-11-85609-99-7 (03810)

이 도서의 국립중앙도서관 출판시도서목록(CIP)은 서지정보유통지원 시스템
홈페이지(http://seoji.nl.go.kr)와 국가자료공동목록시스템
(http://www.nl.go.kr/kolisnet)에서 이용하실 수 있습니다.
(CIP제어번호 : CIP2014033778)

시민운동가가 된

호텔리어와 세상이야기

– 대한민국의 어린 새싹들을 위하여 –

丁惠玉 지음

책과나무

　정의사법구현단의 특별회원인 정혜옥은 5년 전에 자신이 경험한 최악의 복지법인 한부모 모자가정법 개정을 대통령과 정치권, 시민단체에 올리면서 시민운동에 관심을 갖게 되었다고 합니다.

　대한민국의 법으로는 풀어낼 방법이 없는 사기사건을 당한 정혜옥이 쓴 '시민운동가가 된 호텔리어와 세상이야기'를 읽고 나서 어떻게 한 사람이 이렇게 다양한 분야의 의견을 내놓을 수가 있을까 하는 생각이 들었는데 그녀는 어린 자식을 키우는 가난한 엄마로서 관심을 갖다보니 여러 가지 의견을 내놓게 되었다고 합니다.

　이 책에서 정혜옥은 정치, 경제, 교육, 사회, 역사, 종교관, 세월호 참사, 제주해군기지 등 현재 이 사회에 펼쳐져 있는 각 분야의 문제점만 제시한 것이 아니라 문제를 해결할 대책까지 말하고 있습니다.

　한때는 한 남자의 아내이자 병마에 시달리는 시부모를 모셨던 그녀는 어린 딸과 함께 세상의 가장 낮은 곳에서 이웃과 함께하는 삶을 살면서 병폐한 사회의 잘못된 점을 지적하고 그 처방책을 제시하였습니다.

　또한 호텔리어로서의 대기업 회장, 방송인, 역대 정치인들에 대한 평가는 생각에 따라서 혹은, 존경하는 척도에 따라서 독자들에게 논란이 될 수도 있으나, 저자의 삶과 생각을 이해하면서 읽으면 나와 다른 사람의 생각을 엿볼 수 있는 귀중한 시간이 될 것입니다.

저는 '시민운동가가 된 호텔리어와 세상이야기'를 읽으며 나를 다시 되돌아볼 수 있는 시간을 갖게 되었고, 지금과 같은 혼란한 세상에 사람으로서 무엇인가 해야 한다는 절박함에 쫓기던 나의 마음의 평상심을 찾게 되었습니다. 본문에서 정혜옥은 현재 대한민국에서 벌어지는 각종 문제점들을 논리적으로 설명하고 그 대안을 제시하여 내가 가야 할 길의 방향에 대해 알려주고 있습니다. 또한 읽는 중간 중간 나타나는 인물들의 소개를 보면서 평상시 내가 알고 있는 상식을 넘어선 좀 더 많은 지식의 가르침도 주고 있습니다. 특히, 가난과 신체적 장애를 극복하고 국제사회복지사가 된 김해영 씨와 같은 노벨평화상 후보로서 손색이 없는 분이 대한민국 국민으로 함께 있다는 사실만으로도 가슴이 따뜻해졌고, '씨앗은 내가, 열매는 남에게'라는 말과 '겸손은 높고 빛나며 아무리해도 낮음이 없다'는 훌륭한 말은 나를 부끄럽게 하는 귀한 가르침으로 다가왔습니다.

　한편으로는 잘못된 삼박자인 정치인, 기업인, 종교인의 잘못된 행태와 비정상적인 교육열풍, 다문화의 문제점, 학자금대출, 공공의료, 복지 실태의 문제점 등에 대한 저자의 생각도 우리가 모두 같이 꼼꼼하게 살펴보아야 할 것입니다. 특히 제왕학은 대통령으로서 국민을 위해 무엇을 해야 하고 대통령의 역할은 무엇인지 의무와 책임을 알려주고 있으며, "높은 사람이 되고자 하는 사람은 남을 섬기는 사람이 되어야 하고, 으뜸이 되고자 하는 사람은 종이 되어야 한다." 라는 그의 명언은 국민 위에 군림하고 있는 지금의 고위공직자들이 가슴에 깊이 새겨듣고 실행하여야 할 것입니다.

　또한 유일신에 대한 저자의 견해는 하느님에 대한 정립이 분명하며 섬김보다는 재물만 탐하는 현재의 종교지도자들에게 시사하는 바가 큽니다.

매일 수많은 책이 세상에 쏟아져 나와도 사람의 머리에 지식을 넣어 줄 만한 양질의 서적은 귀합니다. 그러니 일부내용이 독자의 견해와 다르더라도 정혜옥이 전문가가 아닌 학부모의 한사람으로서 현 사회의 문제점과 갈등에 대해 전체적으로 제시한 방향의 가치는 높게 평가되어야 할 것입니다.

정혜옥의 세상을 바라보는 눈은 상당히 매섭고 예리합니다. 평소 온화하고 부드럽다고 생각한 나에게 놀라움을 준 정의사법구현단의 정혜옥은 기본을 강조하는 사람으로, 어린 자식의 밥상 챙기는 일을 가장 중요하게 여기고 지켜주려 노력하는 엄마입니다. 또한 어려운 이웃들에 대한 배려와 나눔을 추구하는 사람입니다.

언젠가 성악가가 되고 싶다며 오디션 프로에 출연한 최성봉군의 일화를 보았습니다.

3살에 부모님을 잃고 고아원으로 보내진 그는 고아원에서의 괴롭힘과 구타를 감당하기 어려워 5살의 어린 나이에 고아원을 탈출하였고 10년 동안 구걸과 껌팔이를 하며 화장실과 대합실에서 노숙생활을 해왔습니다. 이후 최성봉군은 검정고시로 초등학교와 중학교 과정을 합격하고 고등학교 교정에 처음 가보았다고 합니다.

그러던 중, 나이트클럽에서 껌을 팔다가 우연히 가수가 성악을 부르는 것을 보고 노래에 감동하여 따라 부르다가 TV프로그램에까지 출연하게 되었다고 합니다.

저도 힘들고 지칠 때마다 어려운 환경 가운데에서도 꿈을 잃지 않고 도전한 최성봉군을 떠올리면서 힘과 용기를 얻습니다.

부모 없는 고아를 대통령으로 만들어내는 선진 복지국가인 미국이 있는가하면, 대한민국은 약자들의 인권을 짓밟고 자신의 이익만 추구하는 정치적으로 낙후된 나라가 되어 있습니다.

대한민국의 대통령직과 국회의원직은 권력행사의 자리가 아닌 국민에 대한 봉사의 자리입니다.

대한민국의 정치인들은 권력만 누리려 하지 말고 국민과의 약속을 반드시 지키는 양심 있는 정치인들이 되어야 합니다.

저는 정의사법구현단의 대표로서 약자들을 조금 더 배려하고 존중하며 함께 책임지는 사회, 부모 잃은 고아도 자신이 이루고 싶은 꿈을 이룰 수 있는 대한민국을 시민 여러분들과 함께 만들어가고 싶습니다.

저와 뜻을 같이 하고 있는 정혜옥은 부모에게는 짊어지고 가야할 십자가가 바로 자식이라며 자신이 처한 현실에서 묵묵히 의무를 이행하며 뒤에서 힘이 되어주는 사람입니다.

끝으로 '시민운동가가 된 호텔리어와 세상이야기'를 통하여 한 아이의 엄마인 정혜옥이 추구하는 세상과 정의사법구현단이 추구하는 정의(正義)가 살아있는 정직한 사회가 대한민국에서 이루어지기를 간절히 희망합니다.

2014년 10월
정의사법구현단 대표 연 도 흠

추천사 · 4

제 1 장 호텔리어와 세상이야기

제 2 장 대한민국의 어린 새싹들을 위하여

제3장 역사 속의 교훈들

제 4 장 소박한 이웃들과 더불어 살아가는 이야기

제 1 장

호텔리어와
세상이야기

호텔리어와 호텔이야기

원하던 한국외대 영문과에 지원했다가 실패하고 숭의여대 관광경영과에서 2년 동안 과대표를 하면서, 절반의 기간은 학교에서 지급하는 목면장학금을 타게 되어 언니의 부담을 조금이나마 덜 수 있었고, 1988년 올림픽 자원봉사자로 코리아나호텔의 안내데스크 업무를 시작하면서 호텔에 발을 내딛게 되었다.

재학시절 은사이자 국민윤리를 담당하셨던 교양과 배영기 교수님께서 특별히 어려서 부모님이 돌아가시고 안 계신 내 처지를 감안하여 교양과 조교자리를 제안하셨다. 그러나 2년 밖에 할 수 없는 조교자리가 다른 사람들에게는 탐나는 자리였겠지만 나에게는 불확실한 자리로 비춰졌고, 나는 정중하게 교수님의 제안을 거절하고 강남의 특급호텔인 리버사이드호텔에 취업을 하였다.

근무한 지 1년 정도 되던 날, 르네상스호텔에 주임으로 근무하고 있던 선배와 우연히 연결이 되어 르네상스호텔에 입사지원서를 내게 되었다. 면접 당일 12명의 지원자들이 있었는데 모두 하이얏트, 조선, 신라, 힐튼 등 쟁쟁한 호텔에서 근무하고 있는 경력자들로, 경력 면에서는 내가 가장 밀리는 상황이었다.

면접도 맨 마지막에 보게 되었는데 그때 마침 노조 창립기념으로 고사를 지낸다하여 면접을 주관하셨던, 지금은 제주 샤인빌 리조트의 부사장으로 계신 김병설 상무이사님과 해외 카지노호텔의 식음료 이사를 역임하시고 국민일보 사옥에 전무이사로 계신 김대섭 부장님께서 30분만 기다려달라는 말씀을 하셔서 거의 40분 가까이 기다렸다가 면접을 보게 되었다.

김병설 상무이사님은 하이얏트호텔 총괄 경영본부장과 르네상스서울호텔의 부총지배인 및 상무이사로 46년 동안 호텔에 봉직하시면서 호텔의 인사 및 총무를 담당하시며 합리적인 노사관계를 정립해 놓으셨다.

그 공로를 인정받아 2004년 12월에는 "영원한 호텔경영인 대상"을 수상하셨고, 1997년 르네상스서울호텔 재직 시에는 고객이자 대한항공 기장이던 데븐드라 돌라시아(Devendra Dolasia)씨가 동료기장 50여명과 한 달에 100여만 원씩 모아온 성금을 그 당시 벨맨이었던 조진연 씨와 수양부모협회 회장 박영숙(안철수재단 이사장으로 2013년 고인이 되심)씨에게 100만원 상당의 물품으로 전달하기도 했다.

김병설 상무님은 장철희 회장님과 함께 대한민국 관광업계의 큰 별이 되어 관광호텔업계의 각종 경연대회와 호텔과 관련된 호텔등급 심사위원으로 한국 관광사업 발전에 기여하셨고, 현재 봉직하고 계신 제주도의 토산그룹 샤인빌 리조트에서는 국제적 경영기법을 후배들에게 전수하시고 대한민국 초유의 새로운 리조트 운영제도와 새로운 개념의 관광문화를 정착하여 업계에 새로운 지표를 제공하고 계시다.

면접 때 상무님께서는 노조관과 노조가입 여부를 질문하셨고, 나는 거기에 대해 당시 몸담고 있던 호텔의 노조가 노조원들을 위해 제 기능을 다하지 못하고 있어 가입하지 않았다고 딱 잘라 말씀드렸다. 그랬더니 주관이 뚜렷하다고 하시며 칭찬 아닌 칭찬을 하셨다.

업무와 관련하여 상식적인 면접이 끝나고 상무님께서 난데없이 업무와는 상관없는 질문을 하셨는데, 키가 아담하신 상무님께서 갑자기,

"본인은 다 좋은데 남들보다 키가 좀 작다고 생각되지 않나요?" 하시기에

"저는 제 키가 한국 표준이라고 생각합니다."

라고 답변을 드렸더니 "그러면 내 키는 어때요?"

"상무님도 한국 표준이십니다."

상무님은 이 한마디에 얼굴에 환한 미소를 지으시며,

"이따가 나갈 때 나하고 키 재기 한번하고 가요."

라고 하셨다. 결국 153cm의 키가 자칭 '한국의 표준 키'가 되어 상무님과 키 재기를 하고 나왔다.

그리고 출근일이 정해져 1990년 5월 1일 노동절에 첫 출근을 했다. 내가 발령받은 곳은 카페 엘리제였다.

카페 엘리제는 르네상스호텔에서 손님들이 가장 많이 이용하시는 곳으로 하루 평균 천 이백 명의 손님들이 다녀가셨고, 업무 강도가 제일 센 곳으로 매출도 타 호텔과 비교하여 단연 1위를 차지했다.

르네상스호텔은 총 570억 원을 투자하여 한 해 1,200억 원의 매출을 올렸고 회사설립 이래 88올림픽을 계기로 가장 단기간 내에 투자원금 회수가 이루어진 호텔이었다.

식음료에 있어서 현재 유성리베라호텔 대표이사로 합리적인 경영에 성공한 박길수 차장님이 계셨다. 언젠가 박길수 차장님의 식음료 직원들을 위한 특강을 듣던 중에 호텔리어로서 겪는 애환을 토로하시며 평범한 다른 아빠들처럼 어린 아들과 일요일에 함께 놀아주지 못하는 것이 늘 미안하다고 하시는 얘기를 들었다.

현재 JW Marriot Seoul 동승기획실 상무이사로 재직하시고 계신 장덕상 총지배인님은 르네상스호텔의 객실부장을 역임하시고 뛰어난 경영능력을 인정받아 리츠칼튼호텔 부총지배인을 거쳐 제주 해비치호텔의 총지배인 겸 상무이사를 지내셨고 제주도 관광협회장 후보로도 출마하셨다.

해외에서 함께 근무했던 호텔영업을 책임지고 계셨던 이민영 이사님은 현재 여의도 메리어트 인터내셔날호텔에서 최초의 한국인 총지배인으로 근무하고 계시다.

프랑스의 체인호텔인 이비스호텔의 총지배인을 역임하고 현재 일본 삿포로에서 근무하고 있는 이돈민 총지배인님 역시 르네상스호텔의 유능한 인재였다. 이돈민 총지배인은 호텔경영에 있어서 공격적인 마케팅을 주도하여 성공적인 성과를 이루어내었고, 부서간의 업무적인 공조를 위해 크로스미팅을 주관하기도 했다.

조리부의 실력은 국내 최고의 실력을 갖춘 나라에서 인정한 조리 기능장으로 관광업계에 수많은 직함을 가지고 현재 경주대학교 외식조리학과 교수로 재직 중이신 오영섭 부장님이 담당하고 계셨고, 엘리제의 박지근 과장님도 계셨다. 당시에는 국제 체인호텔이 되어 해외본부에서 파견되어 온 수장들이 오히려 대한민국 요리사들에게 양식과 한식을 배워서 실력을 키워서 가는 기현상이 있을 정도였다.

이처럼 한국의 호텔산업은 어느 나라와 비교해도 뒤지지 않았으며 이미 르네상스호텔에는 세계 서비스 경진대회에 나가 금상을 수상한 이호웅 과장님과, 23층 클럽 호라이즌에 근무하셨던, 한국야쿠르트 본사에 제우스웨딩홀의 사장으로 호텔식 경영방식을 도입하여 사업에 성공하고 현재 강남에서 제우스 스타를 운영하고 계신 한승수 사장님이 계셨다.

장상태 교수님은 현재 경민대 호텔관광경영학과의 학과장으로 효(孝)를 가르치는 좋은 아버지 되기의 '두란노 아버지 학교' 한국 본부장을 겸하고 계시다. 장 교수님의 지독하게 가난했던 무학의 아버지는 잘 살라는 훈계의 방법으로 매를 드셨다고 한다. 그는 많은 가정이 무너지고 있는 이 시대에 하느님 아버지를 만난 이후 어긋난 아버지와의 관계를 회복하셨고, 자신 또한 좋은 아버지가 되기 위해 노력하며 아버지학교를 통해 평생의 숙제였던 아버지를 용서하고 축복하였다. 그리고 지난날의 상처가 대물림 되지 않도록 가족들에게는 좋은 아버지로, 아내에게는 좋은 남편으로 최선을 다하고 계시다.

르네상스 호텔리어 출신으로 90년대 중반에 강남 압구정에서 대한민국에서 가장 맛있는 케이크와 커피를 판매하는 '카페라리'의 김종삼 대표님이 계셨다. 그 당시 호텔업계에서는 파격적이었던 연봉 5천만 원에 스카우트되어 직원들의 부러움의 대상이 되기도 하셨다.

그는 카페라리에서 원두커피를 호텔식으로 무한정 리필하는 방식을 도입하여 호텔과 동일한 서비스를 제공하였는데 그 당시에는 획기적인 일이었다.

현재 대한민국에서 커피음료 산업 매출과 시장점유율 1위를 달리고 있는 김선권 대표가 설립한 카페베네가 있는데, 최근 경영난으로 직원 수를 10% 감축하고 2015년까지 해외에 매장 3,000개, 1조원의 매출을 달성하겠다는 포부를 밝혔다. 지금은 고인이 되신 김종삼 대표님께서 카페라리 경영에 관하여 적극적으로 사업을 추진하고 확장하셨더라면 지금의 카페베네를 능가하고도 남았을 것이다.

한편, 현재 고대경제인 연합회 회장을 맡고 계시며 대한민국의 관광업계 50년 동안 살아 있는 신화의 주역으로 한국관광공사를 설립하는 데 지대한 공을 세우신 장철희 부사장님이 계셨다. 르네상스 호텔은 토목건설 업계의 실력 있는 삼부토건이 70%가 넘는 지분을 가진 지주회사로, 남우관광의 조남욱 회장님과 경주 보문관광단지를 소유하고 계신 삼부토건의 조남립 사장님이 한국관광업계의 주축이었다.

르네상스호텔은 튼튼한 지주회사와 실력 있는 인재들이 모두 모인 인재들의 보고로, 이용해주시는 각계각층의 손님들을 주축으로 최단기간에 손익분기점을 넘어선 명망 있는 호텔이었다.

르네상스호텔에 노조가 설립되고부터 노사가 합의를 이루어 사용하지 않는 호텔물품들을 판매하였고 어려운 이웃들을 위한 성금을 만들어 어려운 이웃에 전달하기도 했다. 또한 주기적으로 자선바자회를 열어 모아진 성금으로 고아원 방문도 이루어졌다.

이십년 넘게 르네상스호텔 노조위원장직을 맡고 있는 서재수 노조위원장은 노조원들의 권익과 회사의 발전을 위해 노사 간에 대화를 통하여 마찰 없이 합리적으로 노조를 이끌었다.

김병설 상무님 또한 합리적인 경영방식으로 인센티브(Incentive)제를 적용하여 목표 초과달성 시 직원들에게 성과급을 지급하는 선진국형 경영시스템을 정착시켰다.

개원한지 30년도 안된 르네상스호텔이 현재는 모 기업의 경영난으로 다른 기업에 인수되어 철거를 할 계획이라고 하니 안타까운 일이 아닐 수 없다.

엘리제에서 3개월 정도 근무하던 중에 갑자기 한식당으로 발령이 나게 되었다. 그러나 열심히 업무를 배워가던 중에 또다시 엘리제로 발령이 나게 되었는데, 이유는 키가 작아서 유니폼이 안 어울린다는 것이었다.

르네상스호텔 식음료부 여직원들 중에서 내가 가장 키가 작았다.

르네상스에 입사하기 전에 신라와 하얏트호텔에 지원하려다 신장이 160cm 이상이라는 조건에 걸려서 지원조차 하지 못했는데, 다행히 김병설 상무이사님과 김대섭 부장님이 잘 봐주신 덕분에 르네상스의 호텔리어가 되어 최우수모범상을 비롯하여 한국관광협회장상까지 수상하는 영화까지 누릴 수 있었던 것이다.

태국의 오리엔탈서비스를 보면 직원이 무릎을 구부리고 주문을 받는데 이유는 직원이 너무 키가 크면 손님에게 오히려 위압감을 줄 수도 있기 때문이라고 한다.

지금 생각해 보면, 키가 가장 작은 나를 뽑아 주신 김병설 상무님과 부장님의 뜻은 손님의 눈높이를 잘 맞추라는 뜻은 아니셨을지?

르네상스호텔의 장철희 회장님과 김병설 상무님, 그리고 정혜옥의 공통점은 대한민국의 표준 키(?)였다는 점이다.

르네상스호텔에서 김병설 상무님과 단짝이셨던 장철희 회장님은 유난히 머리가 하얗게 세신 김병설 상무님을 친근감 있게 白頭(백○○○)라고 부르셨다.

그런데 지금은 고단한 세월의 흔적인양 상무님의 뒤를 이어 내 머리가 그 백두(白頭)가 되어 있다.

근무한지 만 5년이 되던 해였다. 12월 1일 출근해 보니 "축 진급"이라 쓴 카드가 걸려있어 어안이 벙벙했다. 알고 보니 당시 업장에 새로 부임하신, 후에 에버랜드 차장으로 영전해서 떠나신 신라호텔 출신의 서홍진 과장님 덕분에 같은 부서의 선배들에 비해 짧은 경력에도 불구하고 회사에서 유일하게 면접도 없이 주임으로 발령이 나게 된 것이었다.

업장에는 내 위로 특급호텔 업무경력 10년이 넘는 동료와 선배들이 많았고, 면접도 까다로워 선배들이 번번이 면접에서 실패하는 일이 많았다. 내 경우처럼 하루아침에 면접 절차도 없이 진급이 된 일은 회사에서도 처음 일어난 일이었고 한편으론 입사 동기들과 선배들에게 굉장히 미안한 일이기도 했다.

신체적인 조건에서부터 밀리는 나를 뽑아 주신 김병설 상무님과 김대섭 부장님, 그리고 특별전형으로 진급까지 시켜 주신 서홍진 과장님과 나를 르네상스호텔에 연결시켜 준 선배에게 누가 되지 않게 하기 위해 나는 더 열심히 근무했고, 내 동기들과 선배들의 마음을 상하지 않게 하기 위해 업무에 있어서 말 한마디라도 더 많은 신경을 써야 했다.

언젠가 서홍진 과장님께서 우연히 내 한자이름을 풀어 보시더니 국회의원을 지내시고 대한민국의 한자이름의 대가이신 과장님의 아버님께 새 이름을 부탁해주셨다. 나중에 직접 써서 내려주신 이름이 바로 바다 해(海)자 구슬옥(玉)자였다.

바다 해(海), 구슬 옥(玉). 해옥(海玉)이라는 이름을 내려주신 신라호텔 출신의 서홍진 과장님의 뜻을 이제와 생각해 보니, 지상에서 가장 높은 곳에서 시작된 모든 물줄기가 모이는 세상의 가장 낮고 넓은 곳이 바다 즉, 바로 이 세상의 가장 낮은 곳을 의미하는 것으로써 나의 부족함을 채워주시기 위해 내려주신 이름이 바로 해옥(海玉)이라는 이름이었던 것이다.

남편의 은사이자 영국에서 신학대학을 졸업하신 김상운 목사님께서 동양의 철학인 역학 강의를 CD로 제작하여 보내주셔서 중병의 시부모님을 모시며 틈틈이 역학을 공부하면서 참고삼아 주변 사람들에게 타고난 사주를 해석해주다 보니 개개인이 타고난 사주 중에는 외형적으로 오행(五行)이 고루 있는 사람이 있는가하면 어떤 사람에게는 한두 가지가 빠져 있는 사람도 있다는 걸 알 수 있었다.

그 의미는 사람이 사는 세상에 서로의 부족함을 채워주면서 서로 돕고 화합하여 살라는 하느님의 뜻이라 생각한다.

지금에 와서 생각해보면 은혜 혜(惠)자 구슬 옥(玉)자인 내 이름은 남에게는 은혜로운 이름이 되었고, 내 자신에게는 해로운 이름이 되었다.

왜냐하면 내가 피땀 흘려 번 돈을 남들은 너무 쉽게 빌려다 쓰고 갚으려 하지 않았기 때문이다.

그래서 버리고 싶은 이름이 바로 혜옥(惠玉)이라는 이름이었다. 남편은 예쁜 이름이라고 그대로 쓰는 게 좋겠다고 했지만 지금의 나는 예의와 양심을 중시하는 유교 경전의 이름인 도화경(道和經)이라는 필명이 더 마음에 드는 요즘이다.

많은 손님들이 약속장소로 이용해 주셨던 르네상스호텔은 다른 호텔들처럼 1층 로비에 위치해야 할 커피숍이 지하 1층에 자리 잡아, 약속이 어긋난 손님들은 인근의 인터콘티넨탈호텔과 아미가호텔로 발길을 돌리게 된 원인이 되었고, 궁극적으로 매출과 호텔선호도에서 밀리게 되었다.

르네상스호텔의 초창기 식음료 부장님이셨던 김대섭 부장님의 박리다매(薄利多賣)정책은 호텔의 문턱을 낮추어 많은 손님들이 이용할 수 있게 하자는 취지로 시행되어 호텔매출 증진에 크게 기여했고, 시대를 크게 앞선 경영정책으로 호텔경영 분야에서 일대 혁신을 이루었다. 그 정책은 후에 노보텔에서 도입하여 성공을 이룬 바 있다.

여기서 내가 생각하는 가장 좋은 경영방침은 좋은 상품을 제 값을 받고 파는 것이다. 그 예는 신라와 하이얏트에서 증명되고 있다.

IMF사태로 인한 경영 위축으로 손님을 직접 대하는 식음료부에서 인원감축이 이루어졌고 손님에 대한 서비스가 제때 이루어지지 않아 손님들의 불만을 초래했다. 그리고 이 또한 손님들이 인근의 다른 호텔로 발길을 돌리게 한 원인이 되었다.

요즘 젊은이들이 선호하는 직업인 호텔리어라는 직업은 외형은 화려해 보이지만 막상 속을 들여다보면 24시간 돌아가는 영업으로 인해 평일에 쉬어야 하는 일이 많다. 일반직장인들처럼 가족과 함께 할 수 있는 시간이 없고 자존심이 상하는 일을 많이 겪어야 하는 직업이기도 하다. 호텔을 이용하는 손님들이 모두 예의 바른 분들만 있는 것은 아니기 때문이다.

흔한 일은 아니지만 호텔에서 멤버십을 이용하시는 손님 중에는 호텔에 없는 멸치와 고추장 같은 안주를 찾으시는 분도 계시고 팩으로 된 관광소주를 대령하라는 분도 계셨다.

호텔에 근무하면서 늘 귀에 못이 박힐 정도로 들었던 말은 출근할 때 자존심은 출입구에 걸어놓고 오라는 말이었다. 김병설 총지배인님 말씀에 의하면 타인은 채워주고 나 자신은 비우는 직업이 바로 호텔리어라고 하셨다. 이 말은 요즘 대한민국의 정치인들이 새겨들어야 할 말이 아닌가 싶다.

또한 호텔에 근무하기 위해서는 근면 성실이 필수이므로 게으른 사람은 절대 적응할 수 없는 직업이 호텔리어이다. 일 년 열두 달 회사에서 필요한 외국어도 습득해야 하고 회사에서 분기별로 시험도 봐야 하며, 손님과 대화를 나누기 위해 세상사에도 밝아야 한다. 외국어 성적이 좋지 않으면 재시험도 봐야 하기 때문에 호텔리어는 무엇보다도 부지런을 떨어야 하는 피곤한 직업이기도 하다.

그래서 나도 한때는 업무에서 오는 과도한 스트레스로 인해 불면증까지 생겨서 신경안정제를 처방받은 적이 있다.

호텔은 급여에 차별을 받지 않고 남녀 모두 공평한 대접을 받을 수 있지만 진급에 있어서는 일반기업과는 달리 공석이 없으면 진급이 잘 되지 않아 만년과장과 만년주임이 있을 수밖에 없다. 그러니 호텔도 일반기업의 진급규정에 준하여 일정한 연수가 되면 직급을 올려주어 사기진작을 해주는 정책이 필요하다.

또한 일반기업에서는 평직원들에게도 명함이 지급되는데 호텔의 평직원들은 명함이 없다. 회사에서 평직원들을 위해 명함을 만들어주면 좋겠고 비용이 부담스럽다면 직원에게 자비를 부담시켜서라도 자신의 신분증과 다름없는 명함은 꼭 만들어주어야 한다고 생각한다.

르네상스호텔에 근무하던 어느날의 일이다. 바쁜 점심시간에 르네상스호텔 로비의 엘리제에서 A스테이션을 담당하고 있던 나를 B스테이션 2번 테이블의 손님께서 부르셨다. 급히 가보니 주문해서 드시고 계셨던 해물탕에 문제가 있었다. 부부가 식사를 하시던 중이었는데 사업을 하시는 남편은 티본스테이크를 드시고 계셨고 임신초기의 사모님은 해물탕을 드시고 계셨다. 바로 해물탕에 들어 있던 느타리버섯이 문제였던 것이다. 맛있게 드시고 있던 해물탕의 버섯을 젓가락으로 집어 드는 순간 버섯의 주름진 부분에 끼어 있던 작은 날벌레가 눈에 들어왔고, 사모님은 맛있게 먹었던 음식을 도로 다 토하고 싶은 심정이었을 것이다. 다른 손님 같았으면 큰소리가 나고도 남았을 텐데 손님은 조용히 문제점만 지적하셨다.

나는 몸 둘 바를 모르고 죄송하다는 사과말씀을 거듭 드렸고 서둘러 입에 맞으실만한 다른 음식으로 준비해드리며 식사가 끝난 후에는 디저트와 커피까지 준비해서 사과와 미안한 마음을 전했다. 그런데 그 사건이 그만 상복으로 연결되는 계기가 되고 만 것이다.

임신초기의 아내가 입덧이 심하여 평소 즐겨 찾던 식당에서 점심 한

끼라도 맛있게 먹게 해주고 싶었던 남편의 마음을 불쾌하게 만든 사소한 재료 한가지로 인해, 호텔직원인 내가 해물탕에 넣었던 불량재료를 빼고 다른 재료로 교체하면서 다시 일어날 수 있는 사고를 방지한 것이었다.

그 일이 일어난 지 얼마 후에 그 남편 분께서 외국인 총지배인 앞으로 팩스를 보내셨다. 나의 직속상관이었던 이호웅 과장님이 아침 회의에 참석하셨다가 손님을 어떻게 대했기에 손님이 불만사항에 대한 항의를 하지 못하고, 손님을 되려 미안하게 만들었는지 궁금하다고 하셨다.

그것은 역지사지(易地思之)에 있었다.

입장을 바꾸어 생각하면 해결방안은 금방 나온다.

하지만 지금 우리가 살고 있는 대한민국은 역지사지(易地思之)가 통하지 않는 세상이 되어 있다.

호텔직원들 역시 철저하게 손님 편에서 서비스를 제공하면 평생 단골손님으로 만들 수 있다.

아침 근무를 할 때면 가끔은 양심 없는 외국손님 때문에 비상이 걸리기도 한다. 한번은 객실정산을 먼저하고 공항리무진 버스가 떠나는 시간에 맞추어 엘리제에서 식사를 한 뒤 계산서를 이미 정산이 끝난 객실 앞으로 사인을 하고 가려한 외국인이 있었다. 나는 경리직원이 내미는 계산서를 들고 넓은 로비를 가로질러 뛰어가 당직과장님께 급하게 도움을 청하였고 막 출발하려던 공항리무진 버스를 세우고 기어이 손님을 찾아내어 계산을 받아내었다. 이후에도 이런 적이 몇 번 있었는데 이것은 부서 간에 직원이 혼연일체가 되어 이루어낸 쾌거(?)였다.

이런 양심 없는 사건을 방지하기 위해서는 객실과 식음료의 정산을 별도로 하게 해야 한다.

객실요금으로의 정산은 세탁과 룸서비스로 한정하고 일반 외부손님이 이용하는 식음료 업장의 이용은 반드시 별도로 계산을 하도록 하여 각 부서 간에 연계되어 교묘하게 이용당할 수 있는 양심 없는 사건을 미연에 방지해야 한다.

식음료 사업장에 근무하다 보면 가끔씩 일어나는 대단히 양심이 없는 사건 때문에 나라망신이나 다름 없다는 생각이 들 때가 있다.

국민 누구든지 해외에 나가면 그 나라의 대표성을 가져야 하는데 외국이라고 마음 놓고 양심 없는 행동을 하게 되면 내 뒤에 오는 내 동포는 한 개인의 실수로 인해 제대로 된 대접을 받을 수 없게 된다.

내 나라 안에서는 개인의 잘못된 실수를 얼마든지 만회할 수 있는 기회가 있겠지만 외국에서 한 번 실추된 명예는 회복하기가 어렵기 때문이다.

영국인 총지배인이 떠나고 96년도에 르네상스호텔 총지배인으로 호주인 총지배인이 오게 되었다. 영국인 총지배인은 평소에도 조용하고 기품이 있는 분으로 97년 영업실적 부진으로 경영진에서 그 책임을 물어 본국으로 돌아간 일이 있었는데 그 일은 참으로 유감스러운 일이었다.

그 후로 호주 출신의 총지배인이 새로 부임하게 되었는데, 직원의 사소한 실수 하나로 한국인 손님의 차를 직접 닦아야 하는 사건이 있었다. 계절은 봄에서 여름으로 넘어가는 중이었고 가지치기 작업을 다 끝낸 조경 담당 부서에서 나무에 살충제를 뿌리면서 사건의 발단이 되었다.

호텔 현관 앞에 주차되어 있던 손님의 차에 덮개를 씌우지 않고 그대로 살충제를 살포하여 손님의 차에 뿌옇게 살충제가 그대로 내려앉았고, 볼 일을 마치고 나온 손님은 자신의 차를 보자마자 분기탱천(憤氣撐

天)하여 총지배인을 불러오라고 난리를 쳤다. 현관을 담당하고 있는 부서장의 사과도 소용없었고, 기어이 손님 앞에 불려 나온 예의 바른 호주인 총지배인은 미안하다는 사과와 함께 손님의 차를 직접 닦아야 했다. 그 분이 한국인이었다면 사건 직후 그 직원은 해고나 정직 처리가 되었을 텐데, 사건 직후에도 호주인 신사 총지배인은 그 사건에 대해 아무 말이 없었고 오히려 한국인 직원들이 총지배인에게 미안해하였다.

부하직원의 실수로 인해 총지배인으로서는 감히 상상도 할 수 없는 손님의 차를 세차해야 했던 사건은 그분도 잊지 못할 것이고, 말없이 행동으로 감싸준 그분을 통해 상사의 도리에 대해 다시 한 번 생각해 보는 계기가 되었다.

하얏트호텔 출신의 김중오 지배인님의 말씀에 의하면 지배인은 맨 밑에 웨이터의 업무부터 지배인의 업무까지 다 할 줄 알아야 되고 책임까지 져야 하는데, 웨이터는 웨이터의 일만 잘하면 된다고 하셨다.

이 나라의 대통령님도 다르지 않다고 생각한다.

나라가 잘되기 위해서는 무엇보다도 자신의 위치에서 자신의 직무에 최선을 다하는 사람들이 많아져야 할 것이다.강남의 르네상스호텔에 근무할 때 잊지 못할 분들이 여러 분 계시다.

97년도 겨울, 아침 일찍 출근하여 근무 하던 중 경남지역에 있는 鮮그룹 (주)동일 정유의 이근해 전무이사님께서 아침식사를 하기 위해 업장에 내려오셨는데, 후배직원을 통해 조용히 나를 부르시는 것이었다.

무슨 문제라도 있으신 가 했더니 내게 귓속말로 "내가 급하게 출장 와서 어제 밤에 양말을 객실에서 빨았는데 잘 마르질 않네. 오늘 꼭 신어야 되는데 해결 방법이 없을까?" 그래서 나는 그분이 내미시는 젖은 양말을 받아서 식사하시는 동안 기물 세척기 위에 얹어 말려서 드린 적이 있는데, 부지런한 기업인이시면서 깨끗한 기업인이시라는 생각을 했다. 다른 분들 같았으면 아마도 신었던 양말을 쓰레기통에 버리고 새 것으로 갈아 신었을 것이다. 다른 사람들이 보기에는 대기업의 전무이사라는 분이 양말까지 직접 빨아 신는가 하겠지만 사소한 물건 하나까지도 당신 손으로 꼼꼼히 챙기시는 모습에 대한민국에 이근해 전무이사님 같은 분들만 있으면 이 대한민국 경제는 걱정이 없겠다는 생각을 했다.(1997.12)

97년 가을, 퇴근시간이 다 되어 가던 시간에 체크무늬 양복차림으로 늦은 저녁을 드시기 위해 오신 손님이 계셨다. 훤칠한 키에 평범해 보이시는 분이었는데, 주문하신 식사를 서둘러서 정성을 다해 준비해드렸는데, 식사를 마치시고 나를 부르시더니 작은 성냥갑을 내게 내미시는 것이었다. 의아해하는 나에게 친절하게 서비스해주어서 고맙다며 감사의 표시이니 꼭 받아 달라고 하시는데 나는 극구 사양했지만 기어이 내 손에 작은 성냥갑을 쥐어주시고 가셨다. 쥐어주신 성냥갑 안에는 곱게 접은 만 원짜리 세 장이 들어 있었다. 존함이라도 알려주십사 했지만 그 손님은 빙그레 미소만 지으실 뿐 말씀이 없으셨다.

그리고 십 수 년이 흘러 우연히 미용실에서 보게 된 잡지 속에 그분의 사진이 실려 있는 걸 보게 되었는데, 그 분은 바로 성냥갑 속에 고마운 마음을 표시하셨던 롯데그룹의 신격호 회장님이셨다.

높은 직위에 계시면서도 겸손하셨고 티를 내지 않으시고, 직업상 당연히 할 일을 했음에도 불구하고 자신의 마음을 작은 성냥갑 속에 기어이 표시하고 가셨던 신격호 회장님!

가난 때문에 마이신 한 알을 구하지 못해 세상을 떠나보내야 했던 아내!

가난을 면하고 스물아홉의 나이로 세상을 먼저 떠난 아내를 위하여 마이신 두 상자를 보건소에 실어다주었다는 따뜻한 마음의 기업인 신격호 회장님을 십 수 년이 지나서야 알아보게 된 것은, 근무스케줄이 들쭉날쭉하여 뉴스도 제대로 볼 수 없었던 근무 환경 때문에 있었다. 당연한 일을 했음에도 불구하고 기어이 그 일에 대한 칭찬을 아끼시지 않은 신격호 회장님께 감사드리고 온갖 고통을 이겨내시고 세계 속의 큰 기업인, 큰 한국인으로 우뚝 서신 회장님께서 늘 건강하시길 바라며 그 후예들이 많아지기를 기원한다.

지피지기(知彼知己)면 백전백승(百戰百勝)의 한라그룹 정인영 회장님

IMF가 터지기 전 르네상스호텔에서 아침 근무를 하던 어느 날이었다.

입구를 보니 한라그룹의 정인영 회장님께서 휠체어를 타시고 임직원들과 아침식사를 하기 위해 들어오고 계셨다.

회장님의 손에는 얇은 책이 한 권 들려 있었는데 나중에 여쭤어보니 독일로 출장을 가는 날인데 독일이 어떤 나라인지, 요즘 정세가 어떤지 정보를 얻기 위해 일부러 독일에 관한 책을 사셨다고 하셨다. 그러면서 협상 대상을 잘 알아야 협상을 성공적으로 이끌 수 있지 않겠느냐며 식사가 끝나고 바로 공항으로 향하시는 정인영 회장님의 뒷모습을 바라보며, 역시 대기업의 총수는 다르시다는 생각을 했고 이 대한민국에 정인영 회장님과 같은 기업인들이 많아졌으면 좋겠다는 생각을 했다.

현재 해외에서 유학하고 돌아온 대기업의 2세 경영이 이 대한민국에서 제대로 이루어지고 있는지?

훌륭한 기업인의 모델을 롯데의 신격호 회장님과 동일정유의 이근해 전무이사님, 그리고 한라그룹의 정인영 회장님의 모습에서 찾게 되는 것은 지금의 대한민국 경제와 무관하지 않다.

샴페인을 너무 일찍 터뜨린 나라의 비극은 지금 이 나라에서 해마다 늘어나고 있는 천문학적인 국가부채에 있다.

대부분의 부채는 기업에 집중되어 있어 대우그룹이나 한보철강, 삼미 등 큰 기업이 도산했을 때 나라의 경제부터 지역경제, 가정경제에 미치는 파급효과는 실로 엄청났다.

2014년도 국가부채가 1,118조원으로, 2015년에 갚아야할 이자만 40조원이라고 한다.

꼭 필요한 사업 외에 시급하지 않은 사업을 무리하게 빚을 내어 추진하는 일은 이 나라의 정부도, 기업도 이제는 그만해야 한다.

어린 자식이 하루가 다르게 커가는 모습을 지켜보면서 후손들에게 빚더미에 올라 있는 부채상환국의 지위를 가진 껍데기만 남은 나라를 물려주기보다는 이자를 받아쓸 수 있는 흑자를 내는 알짜배기 나라를 만들어 물려주었으면 좋겠다는 생각을 한다.

비록 지금은 내가 가진 것이 아무것도 없지만…….

연말이 가까운 95년 겨울이었다.

안내를 담당하는 직원이 쉬는 날이라 내가 대신 안내를 담당하게 되었는데, 그 날은 마침 손님이 넘쳐나는 주말로 수백 통의 전화가 폭주하는 날이었다.

그날 목소리가 유난히 낭랑한 분의 전화가 있었는데, 우리 호텔에 손님과 약속을 하시고도 연말이라 길도 막히고 바쁜 스케줄로 인해 약속을 지킬 수 없게 되어 기어이 전화로 손님을 찾아야 했다. 하지만 그 분이 만나기로 한 손님은 커피숍에도 라운지에도 안계셨고 메모조차 남겨져 있지 않아 안내를 담당한 직원들에게 손님의 메시지를 전할 수밖에 없었다.

결국 약속시간을 한참 넘겨서 마지막으로 다시 전화가 걸려왔고 나는 다시 한 번 손님의 메시지를 커피숍과 라운지에 대신 남겨드렸다.

그 분이 바로 KBS의 박용호 아나운서님이셨다.

목소리가 유난히 낭랑하셨던 박용호 아나운서님은 마지막에 자신의 신분을 밝히시며 친절하게 신경 써주어서 고맙다는 인사를 잊지 않으셨다.

오실 때마다 늘 조용하시고 겸손하신 우리들 병원 이상호 원장님과 부인이신 시인 김수경 사모님께서는 올 때마다 신경 써서 친절하게 잘 해주어서 고맙다고 하시며 연말에 애인과 함께 보라고 볼쇼이아이스쇼 발레단 티켓을 주셨다. 그 당시에는 시간적인 여력도 없고 남들 다 있는 변변한 남자친구 한명도 없어서 가지 못하고 대신 함께 살고 있는 언니에게 선물을 했다. 언니에게 평생 잊지 못할 아름다운 추억을 선물해주셔서 진심으로 감사드린다.

어느 해인가 크리스마스이브에 안내데스크에 생각지도 않았던 선물을 맡겨놓고 가신 MBC극작가협회 대표와 드라마 편성국장을 지내신 민족저널 대표 김광휘 선생님이 계셨다. 나중에 우연치 않게 어려운 처지가 되어 있다는 소식을 들으시고 서울에 외식사업 관리자 자리를 주선해 주시려 하셨는데, 따뜻한 마음을 보여주신 김광휘 선생님께 진심으로 감사드린다.

대통령이 되시기 전에 엘리제를 자주 이용해 주셨던 고(故) 노무현 대통령님과 김영각 전 건설부 장관님, 이상희 전 과학기술부 장관님, 김학준 동아일보 회장님, 신랑감 데리고 오면 결혼식 때 주례를 맡아 주시겠다고 호언장담 하셨던 고인이 되신 한나라당 김효영 국회의원님,

김우전 전 광복회 회장님, 장태완 재향군인회 회장님, 들어오는 입구에서부터 겸손하게 인사를 받아주셨던 현대의 고 정몽헌 회장님, 철도청장을 지내신 이철 전 국회의원님과 가수 출신 최희준 국회의원님, 가수 김상희 선생님, 동양투자신탁 회장님 부부, 그리고 얼마 전에 고인이 되신 우리나라 패션계의 대부이자 입양한 아들들을 훌륭하게 잘 키워내신 앙드레김 선생님, 김정배 전 고려대 총장님, 그리고 현재 한국관광공사 사장으로 계신 이참(이한우)사장님 등 르네상스호텔을 이용해주셨던 사회 각계각층의 저명하신, 늘 예의 바르시고 겸손하셨던 그 분들께 감사드린다. 덕분에 르네상스호텔의 격이 높아졌고 호텔리어로서 그분들께 진정한 예의를 배웠으며 즐거운 마음으로 근무를 할 수 있었다. 르네상스호텔을 이용해주신 댓가로 월급을 받는 직원으로서 손님들께 감사한 마음이었는데 되려 선물까지 받는 입장이 되었으니……

호텔직원으로서 당연히 할 일을 한 것뿐인데도 굳이 감사인사를 하신 걸 보면 자신이 맡은 소임에 충실하지 못한 호텔리어들이 많았던 모양이다.

어느 날인가 야근을 하고 11시가 다 된 퇴근 무렵에 CIA를 사칭하고 걸려온 한통의 괴전화가 있었다.

너무도 예의 없이 굴어서 신분을 제대로 밝히지 않으면 통화할 수 없다고 먼저 끊어버리고 직원에게도 무례한 전화가 걸려오면 사정없이 끊어버리라고 당부를 하고 퇴근을 했는데, 퇴근한 뒤에도 두통의 전화가 더 걸려왔다고 한다. CIA를 사칭한 그분이 누구였는지 지금도 궁금하다.

남들이 쉽게 가져다 쓰고 갚지 않는 돈을 만회하고, 나라가 어려울 때 달러를 벌어 애국도 할 겸 택한 티니안 다이너스티 카지노호텔에 근무할 때의 일이다. 새벽 1시가 다 되어 근무가 끝나고 숙소로 돌아가던 중, 닫힌 매점 앞에서 서성이고 있는 동남아 출신의 부하직원들과 마주쳤다. 왜 자지 않고 나와 있느냐는 내 질문에 배가 고파 잠이 오지 않아 뭐라도 요기 거리를 사려고 나왔는데 매점이 닫혔다며 힘없이 멋쩍게 웃었다.

이역만리(異域萬里) 타국(他國) 땅에 가족들을 위해 돈을 벌러 나온 가장들이 배가 고파 잠을 못 이루는 땅!

그곳이 바로 미국령의 작은 섬, 티니안이었다.

지배인 전용식당이 따로 있는데도 나는 한동안 일반직원들과 함께 식사를 했다. 하지만 식사메뉴가 하나같이 기름진 동남아풍의 음식들이라 내 입에는 맞지 않았고 하는 수 없이 지배인전용 식당을 이용하게 되었는데, 그곳은 그런대로 음식이 괜찮은 편이었다.

그런데 그날 배가 고파 잠을 못 이룬다는 부하직원들과 마주친 후로 저녁 식사시간을 조절하여 근무하는 업장에서 먹기로 하였다.

내가 근무하던 르네상스호텔의 엘리제스타일로 운영되던 브로드웨이는 저녁마다 뷔페식으로 운영이 되었는데, 영업이 끝나갈 무렵 늦은 저녁을 먹기 위해 팔리지 않은 음식들을 종류별로 접시에 가득 담아 부하 직원에게 사무실로 옮겨줄 것을 부탁했더니, 네팔 출신의 직원인 에드가 작은 눈을 동그랗게 뜨며 지배인님이 다 드실 거냐고 물었다. 나는 빙그레 웃으며 고개를 끄덕였고, 직원은 고개를 갸웃거리며 음식이 담긴 접시를 옮겼다. 그리고 시간을 채우기 위해 일 마무리를 빨리 끝내지 않는 직원들에게 빨리 빨리 정리하고 티타임 갖자고 했더니 직원들이 서둘러서 평소보다 1시간이나 앞당겨 일을 마무리하였다.

그리고 직원들을 모두 사무실로 불러 접시에 담긴 음식들을 함께 먹자고 했더니 지배인님 같은 분은 처음이라고 감격해하며 맛있게 먹어

주었다.

그날은 잠을 잘 잘 수 있을 거라며 고맙다는 말도 연거푸 했다.

단일메뉴가 오히려 효과적인 휴양지에서 불특정한 손님들을 위해 뷔페식으로 차려진 음식들은 생각보다 영업이 저조하여 늘 남아도는 음식이 되었고, 그 음식들은 어차피 폐기처분될 것들이었다. 그런데 수장이라는 사람들이 밤늦게 끝나는 부하직원들을 위해 야식 한번 제공해주지 않아 늘 배고픈 직원들이 되어 있었던 것이다.

한편에서는 몇 날 며칠을 먹지도 자지도 않고 밤을 꼬박 새우면서 하룻밤에 몇 백억을 도박으로 날리고도 아무렇지 않은 부자들이 있었고, 누군가는 가족들을 먹여 살리기 위해 시간당 십 몇 달러를 벌고자, 머나먼 타국 땅에서 배고픔을 참아가며 일해야 하는 호텔리어들이 있었다.

우리나라에도 지난날 똑같은 설움을 겪었을 서독으로 파견된 광부들이 있었고, 간호사들이 있었고, 중동으로 파견된 기술자들이 있었다.

카지노호텔의 시스템은 선진국인데, 그 최첨단의 시스템 뒤에는 이러한 비극이 감추어져 있었다.

직원들과 그렇게 함께 아파하고 웃으며 지내던 중에 카지노 카페로 발령이 나게 되어 그들과 아쉬운 이별 아닌 이별을 하게 되었는데, 지배인님을 평생 잊을 수 없을 거라며 고맙다는 말을 거듭하는 그들을 뒤로 하고 나는 만평이 넘는 카지노영업장으로 향했다. (1998.7)

:: 르네상스호텔의 금이 되는 표어

★ One Step Ahead!

손님이 필요로 하는 모든 것을 손님이 요구하기에 한발 앞서서 준비해드리는 감각이 필요하다.

예를 들면 스테이크를 드시는 손님에게는 머스터드를 미리 준비해서 갖다드리고, 파스타를 드시는 분께는 파마산 치즈를, 샌드위치나 햄버거를 드시는 손님에게는 감자칩을 찍어먹을 수 있는 케첩을 준비해 드리는 것이 바로 한발 앞선 서비스이다.

대한민국 정치권에서 꼭 필요한 것이 바로 One Step Ahead이다.

★ You never get a second chance to make a first Impression!

손님의 남루한 옷차림이나 예의 없음에 상관없이 호텔리어로서 손님은 자신에게 월급을 주는 왕이라는 생각으로 최선을 다해 봉사를 하게 되면 좋은 인상을 주게 된다. 그러나 직원으로서 손님을 차별대우하여 손님으로 하여금 지불하는 금액에 상관없이 불만을 느끼게 만들었다면 나쁜 인상을 주게 되어 다시는 그 호텔을 이용하지 않으려 할 것이다. 손님에게 좋은 인상을 주게 되면 그 손님으로 하여금 호텔에 대한 홍보가 자동으로 이루어질 수 있다. 그래서 호텔리어는 각계각층의 다양한 손님들에게 똑같은 최상의 서비스를 제공하여 좋은 인상을 주어야 한다.

★ Through This Door is The world of Show Business!

집 밖을 벗어나면 세상사와 마주해야 하는데, 직원 역시 직원전용구역을 벗어나 손님과 마주해야 하는 세상이 있다. 자의든 타의든 Show Business의 세계에서 살아남기 위해서는 자신을 과대포장해서라도 냉혹한 경쟁에서 이겨야하는 것이 Show Business의 세계이다.

대한민국의 노벨평화상 후보

가난과 신체적 장애를 극복하고 아프리카의 가난한 나라들을 위한 국제 사회복지사로 활동하고 있는 134cm의 거인 김해영 님에 관한 이야기이다.

첫아이가 딸이라 화가 난 아버지는 만취한 상태로 아이를 방바닥에 내던졌고 척추를 다친 갓난아기의 키는 더디게 자라 공부는 초등학교가 끝이었다.

이후 그녀는 고물상을 하시던 아버지의 자살로 아홉 살의 나이로 집안 살림을 도맡아하는 가장이 되었다. 장애인인 그녀를 갖다버리라고 하는 집안어른이 있는가하면 정신질환을 앓고 있던 엄마는 집안이 불행해진 것이 그녀 탓이라고 매일같이 구박하고 때렸다고 한다. 그래서 그녀는 엄마 대신 동생 넷을 키우기 위해 열네 살에 남의 집살이를 시작했다.

한의원에서 일을 했던 그녀는 중학교에 입학한 또래친구가 보여준 영어책을 보고 흥미를 느껴 두 번째 월급 받은 날에 서점에 가서 국어와 영어 책을 산다. 그리고 한의원에서는 천자문을 배웠는데 그때 시작한 한자공부가 사서오경까지 이어졌다고 한다.

그녀에게 책 속의 세상은 바르고 아름다웠고 책을 읽는 그 순간만큼은 행복했다. '잘못한 것을 알고도 고치지 않는 것이 더 큰 잘못'이란 글귀가 좋더라는 그녀는 아버지와 엄마에 대한 미움과 증오, 슬픔의 감정들도 책을 읽으면서 치유했다고 한다. 공부를 왜 해야 하는지, 어떻게 살아야 바르게 사는 것인지 책이 그녀에게 가르쳐주었다고 한다. 그녀는 기어이 책을 통해 길을 찾았다.

"세상은 내게 좌절을 권했지만 나는 희망을 찾고 싶었다."고 말했다.

대학에 가기 위해 공부한 게 아니라, 살기 위해 공부했다고 한다.

이후 그녀는 반상회보에 무료직업학교 훈련생 모집이라는 광고를 보고 식모 일을 그만 두고 기술을 배우면 식모 월급 3만원보다는 많이 벌겠다 싶어 양재를 배우려 했으나 경쟁이 치열하다고 해서 기계편물로 지망해 6개월간 배우게 된다. 그녀는 직업훈련원에 들어갔고 배움에 목마른 그녀는 뭐든 악착같이 배웠다. 중졸, 고졸의 학력이 갖고 싶어서 낮에는 기술을 배우고 밤에는 야간학원에서 검정고시 공부를 했다.

그녀의 키에 비해 책상이 높아 의자에 책을 몇 권 깔고 앉아 공부했는데, 앉은 자세로 있으면 허리에 통증이 심해서 집에 돌아가 두 시간씩 울었다고 한다. 그래도 그녀는 무언가를 새로 배울 땐 자신이 살아 있는 것 같았고 육체적 고통도 잊을 수 있어서 좋았다고 한다.

그리고 각고의 노력 끝에 각종 기능대회에서 국내외 기능대회에 나가 상을 휩쓸었다. 1983년 전국장애인기능대회와 1984년 전국기능대회 편물 분야에서 금메달을 땄고, 1985년 콜롬비아에서 열린 세계장애인 기능대회에서 기계편물 부문 1위를 차지했다.

편물기술자가 되어 직장생활을 하던 어느 해 명절에 그녀의 어머니가 명절 음식을 계속 담아 그녀 옆에 갖다 놓았다고 한다. 그녀는 아침부터 밤 여덟시까지 음식에 손도 대지 않았다. 그리고 지나온 세월에 대한 서러움에 눈물이 터져 두 시간을 울고 나서야 엄마와 화해를 했다고 한다.

그 후 그녀가 생각한 것은 자신을 낳아준 엄마의 마음을 아는데도 20년이 걸렸는데 앞으로 자신이 살아가면서 만날 수많은 사람들이 자신의 마음을 몰라준다고 해도 원망하거나 불평하지 말자는 거였다.

신앙인으로 한 선교단체의 회보에 실린 광고를 본 김해영은 1990년 아프리카 극빈국 중 하나인 보츠와나 직업학교 편물교사 단기 자원봉사자로 지원하였다. 자타가 공인하는 기계편물의 장인으로 마음만 먹으면 월급 많이 주는 직장에 취직할 수 있었지만 그녀는 모든 것을 버리고 아프리카로 갔다.

스물여섯의 나이로 아프리카 남부의 작은 나라 보츠와나로 간 그녀는 어린 시절의 자신처럼 아무 희망도 없는 아이들에게 기술을 가르쳐 주며 꿈꾸게 하고 싶었다.

"그곳에는 나처럼 비참한 어린 시절을 보내고 있는 아이들이 있었어요. 약간의 기회와 교육과 격려가 있다면 얼마든지 훌륭하게 성장할 청소년들이었어요."

우리나라의 암담했던 50~60년대를 연상케 하는 보츠와나에서 그녀는 오전에는 수업을 하고 오후에는 교사와 학생 모두 삽과 곡괭이를 들고 함께 일을 했다.

그녀가 부임한 굿호프에서 처음엔 먹을 것이 없어서 배고플 때가 가장 힘들었다고 한다. 그렇지만 키 작은 그녀를 위해 그들은 세면장, 싱크대 밑, 교실 칠판 아래에다 그녀만을 위한 발판을 만들어 주었다. 그래서 기적적으로 허리의 통증이 줄어들었고 그녀는 배려해 주는 그들이 있어 함께 하는 동안 행복했다고 한다. 편견이 많은 대한민국에서는 어림도 없는 일이 가난한 나라 보츠와나에서는 기적을 이루어내는 원동력이 되어 나온 것이다.

많은 사람들이 선교를 명분으로 들어와서 원주민들에게 고압적인 자세로 가르치려고 해 수많은 오해와 갈등을 낳은 반면에, 그녀는 학교의 주인공은 원주민 학생들이어야 한다고 생각했고 그녀가 옳고 뛰어나다는 생각을 버리고 그림자처럼 늘 그들 뒤에 서 있었다.

4년 만에 굿호프 직업학교가 폐교되고 떠나려고 마지막 짐을 싸고 있을 때, 편물과 여학생 다섯 명이 찾아와 계속 공부하고 싶다고, 떠나지 말고 계속 가르쳐달라고 매달렸다.

꿈을 심어준 사람들은 떠났지만 뿌려진 꿈의 씨앗은 자라고 있다는 걸 깨닫고 그녀는 가슴이 뛰었다. 그리고 그녀를 선생이라고 믿고 찾아와서 가르쳐달라고 하는 아이들이 있어서 그 텅 빈 사막에서 계속해서 살아야 할 의미가 생겼다. 그리하여 다시 운영진과 이사진을 꾸렸고 그녀가 교장을 맡아 10년간 교장으로 일하는 동안 학생 15명이 80명으로 늘었다.

14년 동안 무보수로 보츠와나 직업학교에 헌신한 그녀는 미국 나약(Nyack)대학을 거쳐 2009년 미국 컬럼비아대학 국제사회복지대학원에 입학했다. 그곳에서 4년 내내 4.0 만점에 3.8점을 유지했다. 그녀는 결석 한 번 하지 않았고 리포트를 날짜 넘겨서 내본 적도 없었다.

성적이 우수한 학생 명단에 늘 그녀의 이름이 있었는데, 그녀의 가장 큰 걱정은 학비였다. 첫 학기 학비만 4,950달러였는데 월급 없이 14년을 보츠와나에서 살았으니 그녀에게 돈이 있을 리 없었다. 그런데 그녀의 딱한 사정을 전해들은 교포들이 장학금을 대주시고, 휴스턴에 있는 한인교회 청년들은 500불씩 모아 생활비로 보내주었다. 미국에서 공부한 7년 동안 등록금이 없어 중도 포기할 위기가 많았지만 그때마다 도움의 손길이 나타났고, 공부는 그녀를 위한 공부가 아니라 가난한 나라의 어린이들과 청소년들에게 자신을 선물로 보내려고 하시는 하느님의 뜻이라고 생각했다고 한다.

그녀가 관여했던 보츠와나 학교도 이제 자리를 잡았다고 한다.

그녀는 지금 부탄 개발프로젝트를 진행하고 있다. 한국에서는 편물이 사양산업이 되었지만 이르면 올가을부터 부탄 여성들에게 체계화된 편물기술을 교육한다고 한다.

보츠와나에도 1년에 한 번은 들어가서 아이들이 잘 자라고 있는지 살핀다.

그리고 한국에 들어오면 제천에 있는 아동보호시설에 가서 소년범죄에 연루된 아이들을 상담해주고 검정고시 특강도 해준다. 열두 살부터 스무 살 아이들에게 자신의 얘기를 들려주며 아프리카의 이야기에 귀를 쫑긋 세우는 그들에게 아무리 절망적인 상황도 그걸 희망적으로 해석하면 살아나올 수 있다는 믿음을 심어주려고 노력한다.

주인집 창문 너머로 교복을 입고 지나가는 아이들만 보면 눈물이 솟았던 '열네 살 식모'는 이제 세계를 무대로 활약하는 국제사회복지사가 됐다.

그녀가 10cm나 되는 높은 구두를 신고 있는 것은 멋 때문이 아니라 오른쪽 다리가 왼쪽보다 1인치 짧아서였다. 그래서 그녀는 늘 기울어진 채로 서 있어야 했다.

바로 지금의 대한민국의 모습이 그녀에게 있었다.

기울어진 채로 서있다 보니 척추가 왼쪽으로 휘어져 있어 허리가 아팠고, 20~30m 걸어가려면 서너 번을 쉬어야 했다. 통증을 줄이려고 허리복대를 13년 동안 감고 다녔으며 앉아 있는 게 힘들어서 공부는 엎드려서 하거나 누워서 했다고 한다.

대한민국이 선진국으로 진입하기 위해서는 사회적으로 약자에 대한 배려가 이루어져야 한다. 대한민국 사회는 장애인들에게 있어 넘어야 할 가장 큰 장애물이면서 개혁의 대상이다. 장애로 다리가 짧은 김해영을 위해 누군가 그녀에게 기울어진 키를 보완해 줄 수 있는 10cm 높이의 신발을 오른쪽 2인치 낮추어 편안한 신발을 선물해 주었더라면, 그녀의 척추가 한쪽으로 휘어지지도 않았을 것이고 오래도록 책상에 앉아 편안하게 공부할 수도 있었을 거라는 생각을 한다.

좌절하지 말고 자기만의 인생을 만들어가라고 말해주고 싶었다는 그녀는 20대인 그들이 '지금'을 놓고 절망하고 있다면 자신의 인생에게 말도 걸어보지 않고, 살아보지도 않고, 제값만 받으려고 하는 공짜 심보를 경계하라고 한다.

지금까지 그녀에게 힘이 되어 주었던 것은 그녀가 경험한 상처와 가난이었다. 가난은 사람을 일찍 철들게 한다. 살기 위해 그때그때 필요한 최소한의 것이 채워질 때마다 감사하는 마음과 자신의 약점을 강점으로 바꾸어 놓은 현실에 대한 긍정의 힘이 그녀에게는 있었다.

그리고 그녀는 거대한 칼라하리 사막의 자연에서 경외하고 존중하는 법을 배웠다. 자연은 인간이 정복해야 할 대상이 아니라 극복하고 순응해야할 대상이었다. 이처럼 긍정은 불행을 극복하는 원동력이자 희망이다.

그녀는 세상에서 그녀를 필요로 하는 곳으로 갔다. 그리고 그들에게 희망을 선물해 주었다.

나는 134cm의 거인 김해영 국제사회복지사가 '울지마 톤즈'의 고(故) 이태석 신부님이나 반기문 유엔사무총장님보다도 더 훌륭하다고 생각한다.

아프리카 극빈국에 의료기술 봉사나 기아를 해결하기 위한 지원은 단기적인 미봉책에 불과하지만 그녀는 극빈국에 고기를 잡을 수 있는 기술을 가르쳐주어 많은 사람들에게 희망의 씨앗을 선물했다.

현재 아프리카에서는 선진국인 영국과 프랑스, 미국 등에 관광 상품으로 자신들이 보유한 자연 자산인 기린사냥을 광고하고 있다고 한다.

기린사냥에 드는 비용은 대략 1,700만원으로, 이 잔인한 사냥을 즐기는 선진국의 관광객들도 문제이지만 자연 자산인 기린의 수가 세계 보호동물로 지정되어야 할 만큼 줄어들고 있다는 게 더 큰 문제다. 가난한 나라여서 후손들을 위한 천연자원 자산도 제대로 지켜내지 못하고 잔인하게도 사냥이라는 관광상품을 내걸어 자산이 사라지고 있는 것이다.

그러니 이제는 유엔이 나서서 사라져가는 기린을 세계 보호동물로 지정하고 아프리카 극빈국을 위해 선진국들을 설득하여 기아를 해결하고 선진화된 문명과 기술을 봉사로 전수하게 해야 한다.

진정한 봉사가 이루어지기 위해서는 그들에게 절실히 필요한 기본적인 것들을 채워주는 일이 되어야 한다. 의료기술이 낙후되어 있는 아프리카에 의료기술을 전수해 주고, 가뭄을 이겨낼 수 있도록 마르지 않는 샘을 만들어주는 것도 좋은 봉사일이다.

만약 장애인으로서 한국에만 머물러 있었다면 결코 이루어내지 못했을 일들을 나라 밖에 나가 대한민국보다도 더 어려운 나라에 가서 편물기술로 삶의 희망을 선물한 그녀야말로 세계를 구한 이 시대 최고의 세계 속의 대한국인(大韓國人), 거인(巨人)이다.

국제 사회복지사인 김해영님을 노벨평화상 후보로 추천합니다.

씨앗은 내가, 열매는 남에게

　2011년에 정년퇴임하신 제23대 최홍상 교장선생님은 명문 송림초등학교에 새싹들을 위한 친환경교육 개선사업으로 학교 숲 '솔빛고운 수목원'을 조성해 주셨고, 어린이 소극장 예사랑채, 복합문화 예술공간인 예그린 쉼터, 안전하게 마음껏 뛰어놀 수 있는 잔디가 깔린 운동장, 전통과 현대가 어우러진 전통음악실, 다문화체험 외국어교실, 초현대식 급식실 등 아이들에게 꼭 필요한 시설들을 만들어 좋은 업적만을 이루어 물려주시고자 최선을 다해 주셨다.

　최홍상 교장선생님 재임 시에 운동회 날을 주중에 열고 점심도 학교에서 제공하니 학부모님들은 굳이 오시지 않아도 된다고 해서 의아하게 생각했었는데, 나중에 생각해 보니 요즘과 같이 맞벌이로 인해서 늘 시간에 쪼들리는 학부모와 어린 아이들을 제대로 돌볼 수 없는 조손가정이 많아 학부모에게 부담을 주지 않으시려는 교장 선생님의 배려에서 나온 고육지책(苦肉之策)이라는 것을 알게 되었다.

　이처럼 아이들뿐만 아니라 학부모의 처지까지 감안하여 계획을 짜시는 교장 선생님의 앞선 생각에 감동을 한 적이 있다.

★정직한 사람이 됩시다.

★성실한 사람이 됩시다.

★봉사하는 사람이 됩시다.

최홍상 교장 선생님은 '적어도 송림 출신은 정직하다고, 송림 출신은 성실하다고, 송림 출신은 남을 배려하는 따뜻한 사람이라고 칭찬받는 사람이 됩시다'라고 교직 41년 퇴임사에서 말씀하셨다.

언젠가 최홍상 교장선생님의 후임으로 부임하신 이기술 교장선생님께서 송림초등학교와 자매결연을 맺고 있는 대청도 대청초등학교 2학년 김은빈 어린이의 딱한 사연과 함께 김은빈 어린이 돕기 모금활동에 참여해 달라는 공문을 보내오셨다.

김은빈 어린이에 관한 사연은 2013년 4월 8일자 '서울일보'에 보도되었는데 사연인즉,

"김은빈 어린이는 태어날 때부터 신장이 하나 밖에 없었고 좌심실과 우심실이 구분되지 않아 동맥과 정맥의 교류가 이루어지지 못하는 참으로 희귀한 심장을 가져, 어른도 감당하기 어려운 그 어려운 심장판막 수술을 5차례나 받았지만, 오히려 심장마비를 일으켜 지금은 중환자실에서 심장박동기를 달은 채 마지막 희망인 심장 이식수술을 기약도 없이 기다리고 있다고 합니다.

하나 밖에 없는 자녀가 극한의 고통과 절망 속에서 헤어나지 못하는 것도 어려운데, 은빈이 아버지마저도 힘겨운 노동에 시달려 허리디스크 수술을 하게 되었고 은빈이 어머니의 공공근로로 근근이 생계를 이어가고 있다고 합니다.

이 소식을 접한 우리 학교에서는 자매학교 어린이의 딱한 사정을 조금이라도 돕기 위하여 본교 전교어린이회의를 개최한 결과 만장일치로

'불우학우 돕기 성금'을 자율적으로 모금하기로 결정되었습니다.

'슬픈 일은 나눌수록 작아지고, 기쁜 일은 나눌수록 커진다.'는 말처럼 내미는 손이 미약하더라도 받는 손은 큰 힘을 얻게 될 것이기에 송림의 가정에서 느끼시는 만큼만 성금을 보내주시면 사랑으로 포장하여 은빈이 부모님께 전하겠습니다.

이번 행사는 학생뿐만 아니라 학부모님께서도 직접 참여하실 수 있습니다.

성의껏 학생들 편에 12일(금)까지 보내주시면 감사하겠습니다.

모두가 경제적으로 어려운 상황이지만 이럴 때일수록 어려운 이들에게 관심과 배려를 가져야 할 때라고 여겨져 교육적 차원에서 본 행사를 추진하게 되었으니 적극 참여를 부탁드립니다."

나 역시 6년 전 갑자기 7살의 어린 딸아이를 혼자 책임지고 키워야 하는 어려운 처지가 되어 나름대로 어려운 시기를 보냈지만 그나마 다행이었던 것은 딸아이가 아픈데 없이 건강하게 잘 자라 주었다는 점이다. 나는 그 점만은 하느님께 감사했다.

그 공문을 받고 딸아이가 새해에 모아놓은 용돈과 내 마음을 보태어 성금으로 보냈다. 돈을 가치 있게 쓰는 일이야말로 우리 인생에 있어서 가장 중요한 덕목이 아닐까 생각한다.

송림 가족 모두에게 따뜻한 마음으로 동참할 수 있는 '행복한 나눔'을 주선해 주신 이기술 교장선생님께 감사드리고 '명품 송림초등학교'의 명성이 오래도록 좋은 전통으로 이어지길 바라본다.

그리고 김은빈 어린이가 하루빨리 건강한 몸이 되어 친구들과 마음껏 뛰어놀고 가족들과 매일 매일 행복한 시간들을 보낼 수 있게 되길 바란다.

그리고 2013년 7월 26일에는 방학특강으로 별자리체험을 기획하신 딸아이의 3학년 담임이셨던 이수현 과학부장 선생님께서 별자리 관측을 위한 천체망원경이 없어서 송림제자들을 위해 자신이 돈을 모아 기자재를 마련하고 싶다는 말씀을 하셨다.

매일매일 꿈이 자라나는 아이들에게 늘 아낌없는 칭찬과 격려로 예의바르게 키워내 주신 최홍상 교장선생님과 이기술 교장선생님은 평생 잊지 못할 은사님으로 기억될 것이다.

2013년 3월 21일, 서울에서 열린 압해정씨(押海丁氏) 대종회 총회에서 임원의 자격으로 만나 뵙게 된 상일봉사학교 교장이신 정용성 종친님은 배움에 목말라하는 어려운 이웃들을 위한 초·중·고 과정을 무료로 배울 수 있는 열린 교육의 장으로 상일봉사학교를 세우셨다고 한다.

40년이 되어가는 상일봉사학교의 교육정신은 물질적인 가치보다 정신적인 가치를 중시하여 참된 인간으로 키워내는 인성교육에 중점을 두고 있다.

정용성 교장선생님은 아무리 좋은 환경에서 자라난 학생일지라도 '인성'이 갖추어져 있지 않으면 참된 인간이 될 수 없다는 지론을 갖고 계시다.

상일봉사학교는 연세가 많으신 어르신부터 어린 학생들까지 모든 연령층에 배움의 기회와 문화생활을 제공하고 있다.

배우지 못한 서러움을 가지고 살아가는 어르신들을 보고 교육의 장을 마련하고 싶으셨다는 정용성 종친님은 늦은 나이에도 배우고자 하는 의지를 가진 분들에게 희망을 드리고 있다.

상일봉사학교는 지역주민들에게 도서관 운영, 유명인사 초청강연, 예식장 운영, 컴퓨터 교육반을 무료로 운영하고 있다.

수업료도 없고 입학식도 없고, 교사 월급도 없다는 3無학교인 학교 운영비는 서울시내 300여 학교와 광진구청 등 기관과 개인 독지가의 후원금으로 마련되고 있고, 전·현직 교사와 대학교수 등 다양한 전문가들이 학생들을 지도하고 있다.

개교 40년이 된 상일초등학교를 유지하려면 교사 월급만으로는 어려웠지만 그는 희망을 잃지 않고 제자들을 위해 병아리를 키워서 '병아리 선생'으로 불리우시기도 했고, 어린 제자들의 중학교 진학을 위해 회양목을 길렀다고 해서 '회양목 선생', 퇴근 후에는 야학선생으로 '올빼미 선생'이란 별명이 붙기도 했다고 하셨다.

그런데다 학교를 운영하며 재정이 어려워져 아내가 학교 운영비를 마련하기 위해 화장품 행상도 마다하지 않으셨고, 행상 중에 큰 교통사고를 당하기도 하셨다고 한다.

2002년에는 학교 창고를 마련하기 위해 목수 일을 돕다가 전기톱에 왼손가락 3개가 절단되는 사고를 당하시기도 하셨다.

돈만 생기면 봉사하는데 써온 정용성 종친님은 자신의 집을 팔아서라도 상일봉사학교를 운영하셨다고 한다.

또한 15년 전에 시골의 옛날 집을 수리하여 농촌 문화체험 및 인성교육장으로 만들어 침식을 무료로 제공하고 있으며, 호남백제 불교권 관광객 1,300여명에게 숙식도 제공하고 있다. 이러한 나눔의 봉사가 알려져 서울시내 200여 학교에서 보내오는 성금이 연간 예산의 50%를 충당하고 있다.

정용성 종친님은 원칙과 신념이 있는 교육자로 교육계의 발전을 위해 쓴 소리도 마다하지 않으셨다. 정부초청으로 대통령과 국무총리 장·차관들이 모인 자리에서 정경유착과 교육계의 암울한 현실에 대해 신랄한 비판을 하셨다고 한다.

정용성 종친님의 소망은 상일봉사학교가 더 많은 사람들에게 알려져 배우지 못한 설움을 가진 더 많은 이들에게 배움의 기회를 제공하는 것이라고 하셨다.

가난한 시절에 맺어진 사제지간(師弟之間)에는 스승의 도(道)가 통하지만, 부유한 시대에 만난 사제지간(師弟之間)에는 스승의 도(道)는 없고 지식만 전달해 줄 수 있는 전달자의 역할로만 그칠 뿐이다.

최홍상 교장선생님과 이기술 교장선생님, 정용성 종친님과 같이 '씨앗은 내가, 열매는 남에게'라는 신념을 가지신 참된 선생님들과 정치인들이 대한민국에 많아진다면 대한민국의 미래는 한층 밝아지리라 생각한다.

자주국방의 꿈, 제주 해군기지

육지에서는 정부의 잘못된 농정과 자연재해로 농자천하지대본(農者天下之大本)이 무너졌고 수산업은 양심 없는 주변국의 불법조업으로 우리 어민들이 생계를 위해 잡아야할 수산물을 싹쓸이 해가는 바람에 빈바다가 되어 빈 그물에 절망을 건져 올리는 어민들이 있다.

생계에 위협을 받고 있는 어민들을 위하여 부족한 해양경찰력을 대신하여 해군기지가 아닌 이미 조직된 군대를 제주도에 일부 상주시킨다고 해서 큰 해가 되는 것은 아닐 것이다.

두 눈 벌겋게 뜨고도 힘이 없어서 도둑이 도둑질을 해가도 가만히 보고 있을 수밖에 없는 불쌍한 어민들이 이 대한민국에 있고 빈바다를 만든 그 도둑을 잡아줘야 할 해양경찰도 인력과 장비가 부족하여 속수무책이다.

그렇다면 이 어민들을 위해 정부가 해줄 수 있는 일은 해양경찰이든, 해군이든 어민들을 위해 넉넉하게 배치해 주어 어민들의 생계를 위한 조업을 안전하게 할 수 있도록 지켜주는 일이 되어야 할 것이다.

국제적으로 제주도에 해군기지가 들어서 있을 때의 위상과 해양경찰까지 강화되었을 때의 위상은 도둑들에게 있어 그 존재 가치 하나만으로도 큰 부담이 되기 때문에 범죄가 예방될 수 있을 것이다.

정치권과 각종 단체에서 복잡한 국제정치 논리까지 들먹이며 생계와 관련하여 고통 받고 있는 어민들의 현실을 외면한다면 우리가 같은 동포라고 할 수 있겠는가?

현재 어업과 관련하여 우리나라 어선들이 조업이 가능한 우리 해역에 국제법을 어기며 중국과 일본과 북한의 선박들이 수시로 넘어와 수산물을 싹쓸이 해가는 바람에 어민들이 생계에 큰 타격을 받고 있고 애꿎은 젊은 해경마저 중국선원이 휘두른 흉기에 맞아 목숨을 잃는 사건이 발생했다.

수년 전에는 불법조업 중이던 중국선박에 진입하다 중국선원에 의해 배에서 떨어져 목숨을 잃기도 했다.

이러한 사건에 대해 중국정부는 사과 한마디 없었고, 재발방지를 위해 노력하겠다는 말도 한마디 없었다.

이는 국제간에 어업과 관련하여 나라와 나라 사이에 지켜야 할 약속을 지키지 않아 우리나라 어부들의 생계와 수산업에 타격을 받고 있으므로 자국의 어부들의 생존권을 보장하고 국제간에 공인된 영역과 조약을 지키기 위해서라도 해군기지 건설은 꼭 필요하다고 본다.

제주 해군기지건설과 관련하여 동북아시아의 전략적 전초기지로 쓰고 싶어 하는 미일중의 논리를 들이댈 일이 아니라, 순수하게 자국민의 안전과 자국민의 생존권을 위하여 우리 영역은 우리가 지킨다는 자주국방의 논리로 건설되어야 하는 것이 바로 해군기지이다.

제주도에 어업과 관련하여 핵미사일을 쏘아 올릴 미사일기지가 필요한 것이 아니고 피해를 당하고 있는 우리나라의 어민들을 위하여 우리 바다만큼은 우리가 지켜낸다는 마음 하나면 되는 것이다.

자주국방을 목적으로 한 제주 해군기지건설에 세계정세와 강대국의 복잡한 논리까지 들먹여야 할 이유가 없고, 내 나라에 속한 영역에서 내 나라의 어민들이 마음 놓고 고기잡이 할 수 있게 해주어야 하는 게 마땅하다.

그리고 소말리아 해적소탕에 앞장서 전 세계에 용맹으로 이름이 알려진 세계 최고의 해군인 청해부대가 있는 대한민국의 해역을 제나라 드나들 듯 아무 때나 들어와 고기를 싹쓸이 해가는 양심 없는 중국과 일본과 북한에 국제기구인 유엔에서 강력하게 경고를 해주어, 남의 나라 바다를 침범하는 일이 사라진다면 굳이 휴양지인 제주도에 해군기지를 건설해야 할 이유가 없을 것이다.

현재 중국은 해양주권을 조금이라도 더 넓히기 위해 이어도를 자국의 영토라고 우기고 있고 일본은 독도영유권을 주장하고 있다.

이는 이 양심 없는 나라들에게 국제기구인 유엔이 제 역할을 해주지 못하는 탓도 있고 정부에서 강력하게 대응을 하지 못한 탓도 있다.

이러한 이유로 제주 해군기지건설은 꼭 필요하다고 여겨지고 국제휴양지인 제주도의 특성상 휴양지의 이미지를 훼손하지 않으면서 이러한 순수한 목적을 달성할 수 있으면 된다고 본다.

또한 제주도에 해군기지가 건설되면 대한민국의 어민들은 생계와 관련하여 공인된 영역에서 안전하게 조업을 할 수 있고, 관광객뿐만 아니라 군인 가족들의 방문이 이루어져 제주도 지역경제에도 도움이 될 수 있다.

이미 해외에 성공적으로 건설되어 있는 민·관 복합형 해군기지 미항으로 미국의 진주만과 샌디에이고, 호주의 시드니, 이탈리아의 나폴리, 프랑스 툴롱이 있다.

제주 해군기지는 이미 제주 지역민들의 건의와 제주도의 공식요청에 의해 14년 동안 모든 법적 검토를 거쳐 적법하다는 판결을 받았고

2008년 9월 국가정책 조정회의에서 민·군 복합형 해군기지건설이 결정되어 지역민들에게 토지보상까지 다 끝내고 국책사업으로 총사업비 9,776억 원 중 이미 14%에 해당하는 1,405억 원을 사용하여 토지수용, 방파제 구조물 제작장, 현장사무소 등이 완료되었고, 가설방음벽과 방파제 설치공사가 진행되었다.

그런데 강정마을에 지역원주민보다 외부단체가 대부분 개입하여 건설현장을 불법으로 점거하고 공사 방해를 주도하여 현재까지 공사가 지연되었고, 월 평균 59억 8,000만 원 정도의 국가예산 손실을 초래하여 지금 대한민국이 처한 현실에서 엄청난 국가적 손실을 초래하고 있다.

민·군 복합형 제주 해군기지가 꼭 제주여야 하는 이유는 우리나라 경제구조상 제주 근해 해상교통로는 국가의 생명선이며 수·출입 물동량의 99.8%가 바다를 통해 수송되고 있고, 이들 물동량 대부분이 제주 남방지역의 항로를 이용하고 있어 제주 해상교통로가 15일 이상 봉쇄가 되면 기간산업의 마비를 초래하여 국가 존립 위기를 맞게 되기 때문이다.

국익과 안보차원에서 제주도와 부근의 바다를 지키기 위해 현재 부산 해군작전사와 진해, 목포에서 해군이 출동하고 있는데 거리상 너무 많은 시간이 걸려 제주도와 인근 해역 어민들에게 전혀 도움이 되지 못하고 있다고 한다.

이러한 연유로 제주 해군기지건설이 꼭 필요한데, 이미 8년 전에 국책사업으로 결정되어 진행되고 있는 사업을 일부 언론과 시민단체와 야당에서 막아선다면 이것은 국민의 이익과 국익에 손실을 끼치는 일로 좌파적인 행위로 볼 수밖에 없다.

그러니 이들 세력에 대해 국가에서 단호하게 대처하여 나라에 끼친 손실금 전액을 그들에게 벌금으로 부과하여 손실된 예산을 회수하고 다시는 이와 같은 사건이 재발하지 않도록 엄법으로 제정해야 함이 옳다.

또한 제주 해군기지건설에 있어서 세계평화를 들이대며 자국의 이익과 관련하여 전쟁까지 불사하는 미일중의 논리는 철저하게 배제되어야 할 것이다.

대한민국의 고약한 근성은 이 나라에서 고통 받고 있는 국민들의 입장에 서서 문제를 해결해 줄 수 있는 정책을 입안하고 실행해야 하는데, 정치권과 각종 단체에서 쓸데없는 정치적인 수많은 논리를 들이대며 발목을 잡는다는 데 있다. 그 때문에 4대강과 같은 사업이 지연되어 1조원의 FTA농업손실금이 책정되었고, 농업에 막대한 피해를 입어 회생가능에서 회생불가능 상태가 된 농민들이 생겼으며, 그 손실금은 전액 고물가로 애꿎은 서민들이 떠안고 있다.

우리나라에는 국민과 나라에 꼭 필요한 사업을 앞뒤 가리지 않고 무조건 반대하는 세력에 동조하는 시민단체와 종교단체가 있고, 부화뇌동(附和雷同)하는 정치인들이 있다.

정치인의 역량 부재에, 난립하는 각종 단체들의 정치적인 반대논리 아래 정작 죽어가는 대상은 고통 받는 힘없는 서민들이라는 것을 우리는 이제 인정해야 한다.

현재 민간사설단체에서 국방과 관련된 각종 연구소를 설립하여 연구를 하고 있는데 이는 엄밀하게 월권행위이다. 국가에서 안보와 국방에 관한 정책을 주도하여 연구하고 정책을 수립해야하는데, 각종 민간부설단체에서 연구하고 국가에서 시행하는 국방정책에 가타부타 간섭이 이만 저만이 아니다. 그 논리를 들여다보면 하나같이 이 나라가 처한 현실은 안중에도 없고, 미국, 일본, 중국만 끌어다 붙이며 정작 이 나라 안보에 큰 위협이 되는 북한에 대한 언급은 없다.

한마디로 궤변만 늘어놓고 있는 셈이다. 그 말도 안되는 억지인 궤변
이 통하는 사람들이 많다는 것이 이 대한민국의 가장 큰 문제이다. 섣
부른 민주화와 세계화 바람으로 전 분야에 걸쳐 개방이 되다 보니 정작
보호받아야 할 국가적 중요사안조차도 누구나 다 아는 사안이 되어 국
가기밀이 없는 것도 문제다. 이제 그 잘못된 행태를 바로잡기 위해서라
도 민간단체의 국가의 안보에 관한 국방정책 연구는 철저하게 금지시
켜서 국가의 존립을 위태롭게 하는 행태는 막아야 한다. 지금이라도 국
방에 관한 정책을 연구하는 언론사의 부설기관이나 민간단체의 연구소
는 모두 폐지하고 국방정책에 관한 모든 것은 국가기관의 몫으로 돌려
주어야 한다. 그리고 대한민국에서 국가안보와 직결된 사안은 제외하
고 한일정보 보호협약과 같은 밀실외교가 있어서는 안된다. 외교정책
과 관련한 정보는 모든 국민이 알 수 있도록 투명하게 공개되어야 한다.

이명박 정부에서 추진했던 러시아에서 북한을 통과하는 가스관 추진
은 국가안보와 국민의 안전을 위해서라도 목숨을 걸고 철저히 막아야
할 사안인데도 시민단체나 정치인 그 누구도 반대 성명 한 줄 발표하
는 사람이 없었다.

미국 군사기밀을 대한민국에 제공하여 곤욕을 치르신 로버트 김 박사
님이 이 가스관의 위험에 대해 경고를 했다.

2009년 1월, 러시아는 국가 내부적인 이유로 유럽으로 가는 가스관
을 차단하여 유럽 전체에 가스 에너지 단절로 큰 충격과 고통을 주었고
가스관은 무용지물이 되었다고 한다.

북한은 남한으로 가는 가스관을 매설하고 통과하는 대가로 1억에서
2억 달러를 가만히 앉아서 거둘 수도 있다고 한다.

남과 북이 완전한 평화가 구축된 것도 아니고 체제가 달라서 끊임없
이 도발을 하고 있는 상황에서 아무런 안전대책도 없이 가스관을 매

설한다고 하면 남한은 유럽보다 더한 상황이 연출될 수 있다고 한다.

극단적으로 북한에서 가스관에 독을 주입하면 독가스로 인해 대한민국은 불시에 큰 재난을 당할 수밖에 없고 남한이 통째로 불바다가 될 수도 있다.

북한은 2013년도 유엔 군축회의에서 대한민국을 최종적으로 파괴할 것이라고 위협 발언을 했다. 에너지공급과 관련한 가스관 매설 추진은 남과 북이 통일을 한 연후에 추진해야 할 사업이다.

민주화시대에 건강한 시민단체들은 국가안보와 관련된 국방에 관한 사안만 제외하고 국가에 정치와 관련한 법률, 경제, 복지에 관한 정책을 연구하여 정치인들이 미처 정책으로 실현시키지 못하고 있는 사안들을 좋은 정책 제안으로 받쳐주어 모든 국민들이 살기 좋은 복지국가를 건설하는데 총력을 기울여야 한다.

참여연대의 경제민주화 국민본부 안진걸 사무국장이 주도한 대한민국의 모든 학부모들의 염원인 반값등록금 실현 정책이나 복지제도에 잘못된 부양의무자 제도를 바로잡자고 제안한 일이나 박경신 교수님께서 잘못된 형법 제 307조 1항 '진실유포죄' 폐지를 주장한 것은 어려운 국민들을 위해 얼마나 좋은 제안인가?

국민들의 삶의 질을 끌어올려 줄 수 있는 정책제안들이야말로 이 시대에 건강한 시민단체들이 지향해야 할 목표이다.

지금 이 나라를 대표하는 각종 단체들은 시민회원들이 내준 소중한 회비로 자신들이 표방한 주제는 뒷전으로 미루고 자신들은 명예를 차지하고 월급이나 챙겨가며 억울한 국민들을 또다시 억울하게 만들고 있다.

그것도 모자라 도를 넘어서 국가에서 안보차원에서 실행하는 국책사업을 막아서며 국가발전을 저해(沮害)하고 국민과 국가에 막대한 손실을 초래하고 있으니 이는 엄하게 법으로 제정하여 같은 일이 반복해서 일어나지 않도록 해야 한다.

한반도는 남과 북으로 갈리고 남한은 다시 좌파와 우파에 수많은 파로 나뉘어 있다. 이 나라 안에 국민의 이익과 국익을 위한 시급한 문제를 해결함에 있어 모두 한마음 한뜻으로 하나 되는 모습을 보여주어야 하는데 삼분, 사분 분열되어 나라와 국민의 이익에 앞서 자신의 정치적인 이익만을 추구하는 모습들을 보이고 있다.

8년 전,

오늘날 대한민국의 현실을 미리 예측이라도 하신 것처럼 노무현 대통령님이 제주도에 해군기지 건설의 당위성을 역설하시며 노무현 대통령의 가장 큰 업적으로 역사에 남을 큰 유업을 입안해놓으셨다. 하지만 그 뜻을 존중하고 받들어야 할 민주당조차도 무작정 대놓고 반대하는 세력들과 동조하여 줏대 없이 여론에 떠밀려 백지화를 운운하는 행태를 보였는데 이는 한마디로 이 나라의 자주독립과 자주국방을 정면 부정하는 행위로 노무현 대통령을 두 번 죽이는 행위나 다름없다.

노무현 대통령이 이 나라에서 가장 짧은 학력으로 청와대의 주인이 되었을 때, 기득권층은 높은 학력을 자랑하는 학벌과 파벌을 조성하여 국정에 늘 비협조적이었고, 인권변호사 출신 노무현 대통령이 품었던 개혁의 꿈도 제대로 펼 수 없었을 뿐만 아니라 해양수산부 장관 시절에는 독도와 관련하여 일본과의 회담에서 국민들이 납득할 만한 성과를 거두지 못해 무능한 장관으로 성토를 당하기도 하셨다. 한이 맺혀 독도에 불법으로 일본탐사선이 들어오면 격파시키라는 명령까지 내리셨다고 한다.

이제 그분이 대한민국의 비운의 대통령으로 세상을 떠나고 없는 지금,

나는 인권변호사 노무현님을 지지했던 지지자의 한사람으로 노무현 대통령님께서 이 나라 대한민국을 위해 평화가 비무장지대를 의미하지 않으며 '무장 없이는 평화와 국가가 유지 되지 않는다.' 하시며 입안해 놓으신 제주 해군기지건설에 적극동의하고 그 뜻을 존중한다.

제주해군기지는 전쟁을 하기 위한 군사시설을 만드는 것이 목적이 아니라 해양주권국으로서 국민들에게 해양주권과 평화를 보장하고 전쟁을 예방하기 위함이며, 이러한 목적을 수행하는 해군함정을 지원하기 위한 기지이다.

그런데 제주해군기지 건설과 관련하여 2012년에 집행되어야 할 예산이 야당과 한나라당이 공조하여 대폭 삭감되었다.

강대국으로 알려졌던 미국도 이제는 시대가 바뀌어 중국에서 빚을 내어 세계평화를 명분으로 한 군사력을 최소한으로 유지하려 하고 있다.

18대 대통령 선거를 앞두고 제주 해군기지 건설과 관련한 예산안이 여당 단독으로 처리되었다고 하는데, 제주 해군기지건설이 하루빨리 완공되어 앞서 떠나신 노무현 대통령님의 뜻이 이 나라 대한민국(大韓民國)을 위해 꼭 이루어지길 바란다.

야당의 정치인들은 전직 대통령 노무현의 이름을 팔아 자신들의 정치적인 이익만 추구할 것이 아니라 인권변호사 노무현이 약자들을 위해 이루어낸 그 업적들을 기리고 정신을 본받아 실천으로 옮겨야 할 것이다.

그리고 국제적으로 공인된 내 나라의 바다는 반드시 우리 힘으로 지켜내야 함이 옳다!

끝으로 중국 어선에 맞서 자신들의 의무를 다하다가 가족들에 대한 의무를 다하지 못하고 순직하신 대한민국의 해경님들께 절통한 애도를 표한다.

삼박자(三拍子)

관광경영학과를 졸업하고 르네상스호텔에 입사하여 회사에서 열심히 일한 대가로 포상휴가 겸 연수를 호주와 뉴질랜드로 다녀온 적이 있다. 호주와 뉴질랜드는 인간과 자연 친화 환경을 만들어 인간과 동물과 자연이 너무 자연스럽게 잘 어울리는 생태환경을 조성해 놓아 깊은 인상을 받았다.

뉴질랜드와 호주의 생태공원에는 잘 조성되어 있는 조경과 더불어 어린이에게 친밀감을 주는 새끼 돼지, 캥거루, 펭귄, 토끼, 오리를 풀어놓아 어린 아이를 동반한 가족나들이에 적합한 장소였고 사람이 가는 어느 곳이든 귀엽고 앙증맞은 동물들이 사람을 두려워하지 않고 잘 따라서, 사람이 주는 먹이도 잘 받아먹었다.

또한 어린이에게 동물과 친숙한 환경을 조성해주어 정서발달에 도움을 주고 있었고 건전한 가족나들이에 알맞은 장소를 제공하고 있었다.

우리나라에는 돈다발을 지고 가야 하는 놀이기구로 채워진 놀이공원이 대부분인데 그곳은 비용도 많이 들지 않으면서 자연과 친숙해질 수 있는 친환경 자연생태공원을 만들어놓아 공원만큼은 정말로 마음에 들었다.

또한 관광을 목적으로 하는 뉴질랜드의 유명한 반딧불 동굴은 하루에 입장 가능한 관광객 수를 제한하고 있었고 호주의 블루마운틴 같은 명소도 개발을 제한하여 철저하게 자원을 보호하고 있었다.

그에 반해 우리나라는 더 많은 관광객을 유치하기 위해 관광지를 훼손시켜가면서 무분별한 개발을 했고 그 결과, 경기도 양평에 고려왕조 오백년과 조선왕조 오백년을 거쳐 천년동안 오욕으로 얼룩진 역사(歷史)와 더불어 함께한 천년(千年) 은행나무가 있는 용문사 사찰 입구에는 용문사와는 어울리지도 않는 놀이기구 시설을 설치하여 하루 종일 틀어대는 시끄러운 음악소리와 사람들이 질러대는 비명소리에 귀가 먹먹하다고 한다. 그야말로 조용한 사찰의 분위기와는 전혀 다른 환경을 조성해 놓아 한 번 갔다 오면 다시는 가고 싶지 않은 곳이 되어 있다.

이것이 현재 대한민국(大韓民國)의 자화상(自畵像)이다.

차라리 사찰과 잘 어울리는 전통찻집이나 불교전통음식점을 조성해 주었더라면 사찰과 잘 어울리는 명소가 될 수 있었을 것이다.

내 나라 땅이면서도 외국인들에게 온전히 다 내어주고 내국인을 상대로 온갖 흉악한 범죄가 발생해도 치외법권(治外法權)이 되어 버린 힘없는 나라의 땅이 바로 이태원이다.

이태원은 우리나라에 상주하는 외국인들과 다문화가정을 위한 각 나라의 음식들을 즐길 수 있는 명소로 허접한 문화의 중심지가 아닌 가치 있는 문화의 중심지로 바꾸어주어야 한다.

인천에는 중국음식을 즐길 수 있는 화교들이 운영하는 차이나타운이 조성되어 계절에 상관없이 음식문화촌으로 자리 잡아 성공적으로 운영되고 있다.

대학로인 혜화동 로터리에 주말이면 모여드는 필리핀 사람들로 인해 정작 한국인은 발 디딜 자리가 없다. 온전한 대학로가 되기 위해서는 필리핀 사람들이 마음 편히 모여서 고국의 음식을 즐기고, 필요한 물품도 구입할 수 있는 장소를 이태원에 따로 조성해주어 그 옛날 조선시대의 사역원인 이태원의 면모를 다시 살려주어야 한다.

이태원이 넘쳐나는 동성연애자들과 허접한 음주문화와 잔혹한 외국인 범죄의 중심지가 아닌 진정한 다국적 문화를 즐길 수 있는 종합적인 문화의 중심지로 조성을 해주어 지역민들의 삶의 질을 높여 주어야 한다.

힘없는 나라가 되어 미군에게 내어주었다가 반환된 용산 땅에는 미군이 오염시켜 놓은 온갖 오염물로 복구가 어렵다고 한다.

미군이 주둔했던 경상북도 칠곡에도 월남전에서 사용되었던 고엽제의 원료 5만 리터가 대한민국 정부도, 국민도 모르게 몰래 땅에 묻혔다고 하는데 이것이 다 힘없는 나라가 되어 겪는 울분이요, 설움이다.

동두천이나 평택도 마찬가지일 것이다.

내 나라 땅이면서도 허접한 문화의 중심지로 인식되어 낯선 이방인의 땅으로 버려두어서는 안되고, 특성화를 통하여 내 나라 땅의 가치를 높여주고 전 세계인이 함께 즐겨 찾을 수 있는 명소로 탈바꿈시켜 주어야 한다.

또한 대한민국에 대를 이어 전해오는 전통문화 예술품을 이태원에 입주시켜 세계인을 상대로 한 마케팅을 하게 해야 한다.

미국에도 LA코리아타운이 있고 차이나타운이 있다.

호주와 뉴질랜드는 1차와 3차 산업이 발전되어 있는 나라로 국가경영진들이 합리적인 국가경영을 통하여 환경을 오염시키는 2차 산업보다는 1차와 3차 산업에 주력하여 성공한 나라이다.

호주에는 우리나라와는 달리 자동차산업이 없어서 호주의 거리에는 수많은 나라의 자동차들이 거리를 질주하고 있는데 차량수명은 보통 30년을 탄다고 한다.

우리나라 사람들이 타는 차의 수명이 10년에서 15년인 것에 비하면 이는 두 배에 해당된다.

호주 수상선거에 후보로 나왔던 모 수상이 자동차산업이 없는 호주에 운행되고 있는 버스가 잦은 고장으로 사고를 유발하여 기능이 온전치 않다며 자신이 수상에 당선되면 전 국민을 벤츠를 태워주겠다고 하여 당선이 되었다는데, 그 수상은 당선 후에 약속을 지켜 호주의 모든 버스를 벤츠회사의 버스로 바꾸었다고 한다.

자동차세금 또한 합리적으로 주행거리에 따라 세금을 물리는 주행세를 시행하고 있는데 반해 우리나라는 분기별로 자동차세에 환경부담금부터 각종 명목의 세금을 덧대어 부과하여 1년에 부과되는 세금이 최하 25평 집 한 채 값에 해당하는 세금을 물리고 있으니, 자동차가 사치품이 아닌 필수품으로 자리 잡아가고 있는 지금 호주와 뉴질랜드에서 시행하고 있는 주행세와 같이 자동차 세금에 대한 합리적인 정책이 실행되어야 할 것이다.

주행세를 시행하는 것은 의외로 아주 간단하다.

주유소에서 주유할 때 기름 값에 포함하여 징수하면 나라나 국민이나 번거로울 것이 없다. 현실적으로 주행세를 실행하기가 어렵다면 자동차를 사치품이 아닌 필수품으로 분류하여 현재와 같이 시행되고 있는 불합리한 제도를 현실성 있게 반영해야 한다. 이웃나라 일본은 휘발유에 39.8%의 유류세를 부과하고 있는 반면에 대한민국은 46.2%의 세금을 부과하여 세계에서 휘발유가 가장 비싼 나라가 되었다.

SK이노베이션, S-OIL, GS칼텍스, 현대오일뱅크 등 4대 정유사가

98.1%를 차지하여 독과점 구조로 인해 경제 불황의 시대에 국민들이 세금폭탄을 떠안고 있다.

이를 나라에서 직접 주관한다면 휘발유 값을 좀 더 낮추어 물가안정에도 기여하고 안정적인 경제발전을 이룰 수 있을 것이다.

또한 수입품과 관련하여 기업을 운영하는 사람 입장에서는 오히려 비싼 인건비와 자재비를 들여 국내에서 생산하기보다는 해외에서 완성품을 수입해 오는 편이 훨씬 더 많은 이익이 남는다.

합리적인 경영을 통하여 국민들에게 편안하고 쾌적한 삶을 살 수 있게 하는 바른 정책을 펴서 성공한 나라가 바로 호주와 뉴질랜드이다.

호주와 뉴질랜드는 천혜(天惠)의 자연경관을 최대한 활용하여 관광산업(觀光産業)을 발전시켰고, 1차 산업인 농업(農業)을 발전시켜 호주와 뉴질랜드에서 생산되는 농산품을 세계인 누구나 믿고 살 수 있게 하였다. 또한 환경과 관련하여 오염물질이 배출되는 2차 산업 생산품은 전면 수입하여 환경오염을 철저히 방지하였다.

우리나라는 천혜(天惠)의 자연경관과 뚜렷한 사계절(四季節)이 있어 그 자체로 관광자원이 되고, 거기에 1차 산업인 농업과 2차 산업까지 정책으로 장려하여 1차, 2차, 3차 산업이 고루 발달되어 있음에도 불구하고 2010년 세계 관광산업 경쟁력에서 스위스가 1위 일본이 22위, 대한민국은 32위를 차지했다.

한국관광공사의 독일인 출신 이참 전 사장님께서 선진국을 대상으로 의료관광을 추진하여 성공적으로 자리 잡아가고 있는데 이것은 대한민국에 잠재되어 있는 문화대국으로서의 능력을 보여준 것이다.

이러한 대한민국이 합리적인 경영을 하지 못해 빚더미에 올라 있는 것은 정치인과 기업인들이 잘못된 의식을 갖고 있기 때문이다.

'대한민국의 10대 거짓말' 중에서 1위를 차지한 것은 "한국 경제의 펀더멘털이 튼튼하다"는 말이었다고 한다.

대한민국이 막대한 부채를 진 쭉정이 나라가 된 것은 정치인과 기업인의 잘못이 크다. 정치인들은 기업인과 결탁하여 온갖 이권에 개입하여 부실금융권을 양산하고, 기업인들은 자신이 소유한 기업이 망하면 대출금 회수가 어렵다며 은행권을 겁박하여 끊임없이 대출을 받아낸다. 그것도 모자라 정치인과 결탁하여 여기저기 나라 빚을 끌어다가 제대로 된 기업운영은 하지 않고, 나라 밖으로 빼돌려서 그 돈으로 자녀들을 유학 보내고 해외에 투자하여 부(副)를 축적하고 부실은행에는 국민들의 혈세로 공적자금을 투입한 데 있다.

여기에 내 개인적으로 한 가지 더 덧대자면, 잘못된 종교인의 의식으로 인해 종교집단에서 교인들에게 제대로 된 하느님의 정신은 가르치지 않고 성지순례를 이유로 달러를 낭비하게 하고, 해외선교를 이유로 만만치 않은 거액의 헌금을 해외로 유출하고, 해외의 본부에 걷어 올리는 적지 않은 금액의 헌금 유출에, 대한민국 국민으로 세금 한 푼 내지 않으니 대한민국이 껍데기만 남은 쭉정이 나라가 될 수밖에 없는 건 당연한 일이다.

대한민국의 기독교가 보유한 부동산의 가치만 80조원으로 평가되고 있고 매년 들어오는 헌금만 5조원 대라고 한다. 대기업과 맞먹는 이 막대한 자금에 세금 한 푼 부과하지 않고 있다고 하니 조세 정책에 있어서 형평성에 문제가 있다.

외국에서는 성직자도 모두 공평하게 세금을 내고 있다고 한다.

이 나라 안에 남아 있는 순진한 국민들은 나라에서는 세금을 깎아준다고 하면서 단박에 올라가는 고물가로 인해 뒤로는 간접세로 세금을 배로 더 내야 한다.

게다가 무분별한 대기업의 경영진의 정리해고는 가정파탄으로까지 이어진다.

그야말로 재주는 곰이 부리고 돌아오는 것은 실직과 비싼 물가와 간접세금으로 되돌아오고 있으니, 대한민국의 잘못된 삼박자인 정치인과 기업인, 종교인이 바로 서지 않는 한 대한민국(大韓民國) 바로 세우기는 어렵다.

여기에다가 공무원의 복지부동 자세도 문제이다. 특히 복지와 관련된 부서의 복지부동은 그야말로 최악이다.

또한 국민의 혈세로 월급을 받고 있는 임시직 공무원인 국회 보건복지위 소속 그 누구도 법의 잘못된 점을 잘 알면서도 국민들을 위해 정책의 불합리성을 상부에 건의하여 고칠 생각조차도 하지 않고 자신의 월급만 챙긴다.

잘못된 정책이 바로 잡히지 않고 오래도록 그대로 유지되는 이유가 여기에 있다.

그렇다면 공무원의 복지부동을 바로잡기 위해서 공무원들에게 정부의 불합리한 정책을 합리적인 방안으로 올려주어 포상금을 지급하거나 직책을 올려주는 제도를 만들어 복지부동이 아닌 복지자동이 되게 해야 한다.

정식 공무원 시험과 고시를 통하여 고용된 공무원들이 잘못된 정치로 인해 공무원이 차지해야 할 장관, 도지사, 시장, 군수의 자리가 민선으로 이관되고, 공기업에는 낙하산 인사가 줄을 이어 진급이 막혀서 공무원들의 의욕을 상실하게 하였다.

제대로 된 공무원들의 설 자리가 없어진 것이다.

게다가 책임론만 대두되면 사표를 제출하는 일로 끝이다.

응당 책임질 일을 했으면 벌금을 물게 해서라도 그 책임을 지게 해야 하는데 벌금도 없고 당사자가 그만 두는 순간 책임론도 그대로 묻혀 버린다.

지금까지 정권이 바뀔 때마다 똑같은 상황이 반복되다보니 아무도 책임질 사람이 없어 발전이 없었고, 제대로 된 적임자가 다시 온다 해도 전임자들이 저질러 놓은 실책에 발목이 잡혀 제대로 된 정책을 펼 수가 없으니 손해를 보는 건 나라와 국민들뿐이다.

이것이 현재 대한민국의 현실이다.

지금 이 대한민국에는 소신 있고 책임감 있는 정치인이 필요한 시대이다.

그리고 근본적으로 체질개선이 필요하다.

국민 투표로 선출되는 국회의원은 지역구의 지역민들과 나라를 위해 제대로 된 정법(正法)을 제정하는 임무만 수행하게 하고, 그 외의 장관직이나 공기업의 수장 자리는 정식 공무원들로 채워져야 한다.

왜냐하면 잠시 한시직으로 왔다가는 사람들은 책임감이 없는데다가 계속 이어져 온 잘못된 정책에 대한 개선이 이루어지지 않기 때문이다.

임시직들은 자신들의 입맛에 맞게 편안하게 근무하다 떠나가면 그뿐이고 피해를 당하는 것은 힘없는 애꿎은 국민들이다.

해외에 나가서 단체여행객들을 보면 무질서에다 자신의 입맛에 맞는 음식을 싹쓸이(?)해 가는 한국관광객 때문에 같은 한국인으로서 부끄러움을 느낀 적이 여러 번 있다. 따지고 보면 이것은 잘못된 교육에 있다.

어릴 때부터 제대로 된 교육을 받은 일본인 관광객들은 질서를 지키는 일은 언제 어디서나, 누가 보던 안 보던 한결같이 몸에 배어 있다.

나라 밖에서도 남을 먼저 배려하고 존중하며 예의가 있는 사람은 한국인이 아니라 일본인이었다. 이러한 일본은 외국의 수출입 균형이 맞지 않는다고 제발 수입품을 써 달라고 수상이 하소연을 해도 자국의 물건만을 고집하고 있고, 우리나라는 세계 최고의 실력을 가진 의료기술의 강국으로 선진국에서 의료관광을 오는 반면에 해외로 의료관광을 떠나는 재벌들이 있다. 자국에서 생산되는 최고의 명품 알기를 우습게 알고 외제 물건만을 최고로 알고 있으니 민족성 자체에 차이가 있다.

세계에서 가장 많은 달러를 벌어들인다는 필리핀이 후진국에서 벗어나지 못하고 있는 것도 고약한 근성에 있다.

외국에서 함께 근무를 해본 경험에 의하면 열대기후로 인한 나태한 근성에 밤새워 음주가무를 즐기는 그들은 일 년을 벌어서 대부분을 생일파티 비용으로 쓴다고 한다. 밤새워 거의 매일 돌아가면서 시끄러운 파티를 여는 통에 밤잠을 제대로 잘 수가 없었다.

당시 르네상스호텔의 객실부장으로 계셨던 김창석 부장님이 필리핀 현지의 체인호텔에서 총지배인으로 근무 중에 호텔관저 이웃의 필리핀인들의 고약한 파티문화로 인해 많은 고생을 하다 참다못해 따졌는데 당신도 억울하면 우리하고 똑같이 파티하라는 말에 질렸다고 하셨다.

그런데 이 고약한 파티문화를 즐겨하는 대한민국의 젊은이들로 인해 3D직종을 외면하고 돈 벌기 쉬운 직업만 선호하다 보니 일자리는 넘치는데 대한민국의 고학력 실업자들은 나날이 늘어가고 있다.

대한민국 국민들이 차지해야 할 일자리를 동남아에서 160만 명이나 되는 싼 인력들이 밀려들어와 대신 차지하고, 그들이 벌어서 매달 해외로 반출되는 달러가 한화로 1백억 원이 넘는다고 한다.

1년이면 천 2백억 원이 해외로 빠져나가는 셈이다.

각 은행에서는 외국인들이 해외송금에 드는 수수료를 최대 43%까지 할인해 주고 있다.

게다가 기업에서 해외투자를 명분으로 대부분의 자금이 빠져 나가 무역 1조원의 시대와는 상관없이 국민경제는 점점 나빠지고 있다.

외국인이 밀집되어 있는 안산의 경우에는 토착지역민들이 외국인 범죄로 인해 대낮에도 마음 놓고 외출을 할 수 없다고 한다.

이제는 동남아 외국인들이 차지한 160만 개의 일자리를 되찾아 실업률을 줄이고 내수경기도 살려야 한다. 그리하여 내국인 여성을 상대로 외국인들에 의해 저질러지는 성범죄도 근본적으로 근절시키고 예방해야 한다.

캐나다의 이민부장관 제이슨 캐니는 2013년 외국인 노동자의 저임금 고용을 금지하겠다고 발표했다. 그동안 많은 고용주들이 임금이 비싸지 않은 외국인 노동자들을 선호하여 내국인들이 일자리를 구하기가 어려워졌고, 외국인노동자 수급정책은 한시적 조건으로 화급한 노동력 부족을 메우기 위한 것이었지 내국인의 일자리를 대체하기 위해 만들어진 제도가 아니라고 말했다. 캐나다 정부가 기대하는 것은 고용주에 재정압박을 가함으로서 내국인 근로자의 고용을 우선적으로 촉진시키기 위함이라고 했다.

현재 대한민국도 외국인 노동자에 의한 노동력 의존도가 높아 우려를 표하고 있다.

외국인 노동자의 유입으로 3D산업의 인력부족 해결과 중소기업 경쟁력 강화를 긍정적인 측면으로 보고 있지만 내국인의 실업률 증가와 외국인 강력범죄 증가, 외국인 복지예산 상승, 급격한 다문화로 인한 사회혼란을 야기한다는 부정적인 측면이 더 많이 부각되고 있으니, 대한민국도 장기적으로 외국인노동자 유입정책에 있어 외국인 노동자 유입을 경계하고 부문별한 다문화정책도 전면 제고되어야 한다.

우리 민족은 근면 성실도 세계에서 알아주고 명석한 두뇌를 가진 세계적인 과학자들도 많은데 개별적으로는 우수한데 단체로는 화합이 되지 않아 오합지졸(烏合之卒)이 되어 있다.

좋은 근성을 가지고도 좋은 결과를 이루어내지 못하고 있는 것은 전적으로 제대로 된 영적 지도자가 없었기 때문이며 지나치게 개인의 이기심이 너무 앞서기 때문이기도 하다.

대한민국에서 삼박자 중에 제일 중요한 존재가 정신을 가르치는 영적 지도자로,

대한민국에 제대로 된 영적 지도자가 절실히 필요한 시점이 바로 지금이 아닌가 한다.

대한민국의 중심을 잡아줄 수 있는 존재로 조선시대 정암 조광조를 비롯하여 이황, 정약용선생과 같은 분들이 큰 스승으로 다녀가셨고, 종교인으로 김수환 추기경님과 성철 스님, 법정 스님이 다녀가셨다.

정수장학회의 전신인 부일장학회 설립자이신 삼화고무의 고(故) 김지태 회장님께서 합리적인 경영을 통하여 세계적인 기업으로 반석에 올려놓으시고 이 나라의 대통령이 되셔서 대한민국을 합리적으로 경영해 주셨더라면, 지금의 미국이나 호주, 캐나다가 부럽지 않은 대한민국(大韓民國)이 되었을 것이다.

삼성그룹은 선대 회장이신 고(故) 이병철 회장님 재임시절부터 직원을 채용할 때 아예 개인의 품성을 알 수 있는 오행(五行-木火土金水)으로 조합된 사주와 관상까지도 면접에 참고로 하여 인사에 있어서만큼은 실패가 없었고, 삼성출신들은 국경을 불문하고 회사 밖에서도 능력을 인정받아 제대로 된 대접을 받고 있다.

정부나 기업이나 적재적소에 제대로 된 인사가 이루어져야 안정적인 발전을 도모할 수 있으니, 정부는 삼성에서 수십 년 동안 실행되어 온

인사와 관련한 시스템을 이제부터라도 전면 도입하여 제대로 된 인사를 단행해야 한다.

이제는 제발이지 대한민국을 뒤로 가게 하는 잘못된 삼박자가 아니라 제대로 된 삼박자가 이루어져서 해외로 고기잡이 나가 수시로 납치되어 큰돈 들여 구해 와야 하는 국민이 없어야 하고, 중동에서 산채로 몸이 절단되어 죽임을 당한 제2의 김선일도 없어야 한다.

내가 조실부모(早失父母)하여 혼인과 관련하여 세상 속에서 겪은 설움이나 부강하지 못한 나라의 국민이 되어 나라 밖에서 겪는 국민들의 설움은 별반 다르지 않다.

나라가 부강해야 나라 밖에서 국민들이 대접 받을 수 있다.

기업인들도 알맹이 없는 쭉정이 기업의 문어발 회장단이 되기를 즐겨하지 말고, 장인정신을 가진 마이크로소프트사 미국의 빌 게이츠, 워렌 버핏과 같이 기업의 이익을 공익적인 차원에서 사회에 환원하여 제대로 존경받는 CEO들이 되어야 한다.

나라의 재정이 좋지 않다고 자발적으로 세금을 더 내겠다고 하는 갑부들이 살고 있는 프랑스와 사후에 전 재산의 50%~80%를 사회에 기부하겠다는 70명의 세계적인 기업의 갑부들이 존재하는 미국이라는 나라는 그 얼마나 멋진 나라들인가?

희대의 여걸, 기황후

겨울 방학동안 딸아이와 즐겨보았던 드라마가 '기황후'입니다.

기황후는 원나라에 공녀로 끌려가 황제의 차와 음료를 담당했던 궁녀의 신분에서 제1황후의 자리에까지 오른 희대의 여걸이지요.

기황후가 궁녀였을 때 황제에게 올릴 차가 식지 않도록 품안에 안고 있다가 차를 내드렸는데 그것이 그만 황제를 감동시켰다고 합니다.

고려에서 강제로 끌려간 공녀들은 고된 노동과 성적 학대에 시달렸다고 합니다. 기황후는 황후인 타나시리의 질투로 인해 여러 차례 채찍으로 맞고, 인두로 지짐을 당하기도 했다고 합니다. 그러다 제1황후였던 타나시리 황후의 가문을 멸족시키는 사건이 일어나고 우여곡절 끝에 기황후는 제1황후의 자리에 오르게 됩니다.

기황후는 틈만 나면 여효경(女孝經, 여성의 도리를 강조한 경전)과 사서(史書)를 탐독하였으며 역대 황후의 덕행을 공부했다고 합니다. 그리고 전국에서 진상품이 올라오면 반드시 칭기즈칸을 모신 태묘(太廟)에 제사를 올린 뒤에야 비로소 먹었다고 합니다. 스스로 완벽한 원나라 사람으로 탈바꿈하여 원나라 황후로서의 지위를 굳건히 다진 것입니다.

남편 순제는 무능하고 유약한 인물이었기에 이런 남편을 대신하여 원제국을 직접 다스리게 되었다고 합니다.

1358년 연경에 큰 기근이 들었을 때, 기황후가 직접 구휼에 나서 관청에 명을 내려 죽을 쑤어주고, 금, 은, 포백과 곡식들을 내어 10만 명에 이르는 아사자(餓死者)들의 장례를 치러주었다고 합니다. 그리고 대상이나 귀족계급이 장악하고 있던 실크로드와 국제해상무역의 이권을 자신의 재정을 담당했던 자정원을 통해 직접 관리하도록 했습니다. 드디어 경제권을 장악하여 명실상부하게 원나라의 실권을 잡게 된 것입니다. 이렇게 기황후가 집권하는 동안 원나라 연경에는 고려풍의 유행이 성행하였고, 정치적인 고비가 닥칠 때마다 고려여인을 미인계로 쓰는 등 갖가지 묘책으로 위기를 넘겼다고 합니다.

그러나 한편으로는 기황후는 중국 역사 속에서 교활하고 스스로 꾸미기를 잘하여 추악한 황위계승 싸움을 벌여 원제국의 몰락을 부채질했다는 악평도 받고 있습니다.

기황후는 고려출신으로 공녀제도를 폐지하였고, 고려를 원나라의 지방성으로 삼으려는 정책을 반대하기도 했습니다. 이런 기황후의 권세를 등에 업고 고려조정을 마음껏 주물렀던 오빠 기철의 전횡도 역사 속에 기록되어 있습니다.

정치권에는 예나 지금이나 권세가를 등에 업은 친인척의 비리는 달라진 것이 없습니다.

대한민국 정치권에서는 시기상조이기는 하지만 다문화 이민족 출신을 배려하는 차원에서 결혼 이민자에게 국회의원 자리를 배정해주었는데, 국회에서 외국인불법노동자와 다문화가정만을 위한 복지정책만 낼 것이 아니라 대한민국의 서민들을 위해서도 막대한 빚더미에 앉아있는 대한민국 정치현실에 부합하는 기황후와 같은 지혜와 덕을 갖춘 정치인이 되어주면 참 좋겠다는 생각을 해봅니다.

할머니와 나쁜 의사 이야기

아이들이 즐겨 읽는 서양의 동화 중에 '착한 할머니와 나쁜 의사'라는 이야기가 있다.

혼자 사시는 부자 할머니가 눈이 나빠져 안과 의사에게 치료를 받으러 갔다.

할머니는 의사에게 자신의 눈을 치료해 주면 치료가 끝난 후에 많은 돈을 주겠다고 약속을 했고, 의사는 할머니의 눈을 치료하기 위해 할머니의 집으로 왕진을 갔다.

그리고 의사는 부자로 잘 사는 할머니의 집에서 값나가는 비싼 가구와 물건들을 보고 그만 딴 생각을 하게 되었다.

의사는 치료를 한다면서 할머니의 눈에 붕대를 감아 놓고 그 사이에 할머니의 집에 있는 값비싼 물건들을 모두 훔쳤다.

그리고 할머니의 눈에 감겨 있던 붕대를 풀어주며 이제 눈 치료가 다 끝났으니 치료비를 달라고 했다.

그런데 할머니가 약속한 치료비를 주지 않는 것이었다.

이에 화가 난 의사는 할머니를 판사에게 데려갔다.

그리고 할머니가 약속한 치료비를 받을 수 있게 해 달라고 판사에게 청했는데 판사가 할머니에게 왜 약속한 치료비를 주지 않았느냐고 묻자 할머니는 자신이 의사에게 눈을 치료 받기 전보다 눈이 더 나빠져서 치료비를 주지 않았다고 했다. 그러면서 눈이 나빠졌다는 증거로 자신의 집에 있던 비싼 가구며 물건들이 전혀 보이지 않는 게 이유라고 말하자 의사는 할 말이 없었다.

현재 대한민국의 정치인들과 시민단체들과 언론이 동화속의 그 나쁜 의사가 되어 있지는 않은지 되돌아보아야 할 때이다.

복지국가를 만들어주겠다는 말에 속아 대한민국의 국민들은 순수한 마음으로 임시직인 정치인들에게 귀한 한 표를 내주었다. 분명히 어제보다는 오늘이, 오늘보다는 내일이 더 나아지길 바라는 마음으로 더 살기 좋은 대한민국을 만들어 달라는 뜻이었다.

그런데 지금 이 나라의 임시직 정치인들이 그 귀한 한 표의 뜻을 저버리고 막대한 부채를 진 나라를 만들어 놓아 국민들이 열망하는 복지국가와는 점점 먼 나라가 되어 가고 있다.

막대한 국가 부채가 바로 대국민 사기극의 증거이다.

이기심으로 자신들의 목적을 달성한 후에 보이는 행태는 국민들의 열망은 없고 사리사욕으로 가득 찬 권력욕만 가득할 뿐이다.

잘못된 정치로 인해 건강한 국민들마저도 정신이 망가져 수단과 방법을 가리지 않고 다른 사람을 속이고 짓밟고서라도 올라서야 한다는 생각을 가진 사람들이 많아진 세상이다.

잘못된 소수로 인해 다수가 망가지면 온전한 국민이 설 자리가 없다.

민주주의 국가에서는 치명적인 오류이다.

왜?

정치를 후퇴시켜 역사를 거꾸로 흐르게 했기 때문이다.

이 시대를 살고 있는 국민 모두가 제대로 된 대한민국을 건설하기 위해서는 한 마음 한뜻으로 같은 길을 가야 하는데 대한민국이 처한 현실과는 상관없이 한쪽에서는 뒤로 가려하고 한쪽에서는 너무 앞서 나가려 한다.

언론은 사회의 목탁이다.

언론은 사회(社會)의 목탁이라는 말의 의미를 제대로 새겨 국민들의 알권리를 충족 시켜주고 가려운 곳을 제때제때 긁어 주어 시원하게 풀어 주고 제대로 두드려 주어야 한다. 국민들로 하여금 올바른 이성을 찾도록 해주어야 하는 것이 언론사의 도리인 것이다.

지금의 이 나라 대한민국에 있는 정치인, 시민단체, 언론, 종교가 대한민국 국민들에게 나쁜 의사 역할을 하고 있지는 않은지 반성해야 한다.

시대유감(時代遺憾)

초등학교의 교장선생님께서 교내 순시 중에 세 명의 저학년 학생을 만나게 되었다.

학생들은 저만치에서 교장선생님께 '안녕하세요'가 아닌 '사랑합니다'를 크게 외치며 인사를 했고 교장선생님도 반가운 마음에 아이들에게 칭찬이라도 해주려 다가갔는데, 그때 한 아이가 다가와 교장선생님을 꼭 끌어안으며 '사랑합니다'라고 했다고 한다.

순간 당황한 교장선생님은 자신도 모르게 주위를 둘러보셨다고 한다. 이유는 사회적으로 문제가 되고 있는 성추행과 같은 불미스러운 사건이 교계에서도 심심치 않게 일어나고 있다는 보도 때문이었다고 한다.

다른 때 같았으면 인사예절 바르다고 머리라도 쓰다듬어주고 어깨라도 두드려주었을 텐데, 시대(時代) 유감(有感)이 되어 행동보다는 말로만 표현할 수밖에 없다고 하신다.

교육계에서 극소수의 실수로 수많은 훌륭하신 선생님들이 계신데도 불구하고, 사제지간에 보이지 않는 벽이 만들어지고 사회를 의심이 가득한 눈으로만 보아야 하는 시대유감(時代有感)이 지금 이 대한민국에 있다.

모든 문제는 가정에서 비롯된다.

가정을 이끌어 가는 가장이 바로 서야 건강한 가정을 유지할 수 있다. 그런데 집 밖에만 나서면 가정을 위험에 빠뜨릴 수 있는 요소요소들이 도처에 깔려 있다. 인터넷과 문자로 성매매와 관련한 음란성 문자와 사진들이 홍수처럼 밀려들어 온다.

초등학교에 다니는 딸아이 앞으로 전화를 개통해 주었더니 기어이 후회를 하게 된다.

'엄마, 오늘 이상한 문자가 들어왔는데 욕을 써서 답장 보내줄까?'하는 딸아이의 말에 화들짝 놀라 문자를 열어보니 거의 무차별에 가깝다. 선물을 보내주겠다고 만나자는 문자에, 초등학교 3학년의 어린 아이에게 무담보로 천만 원 신용대출을 해주겠다는 문자도 있다.

그래서 모르는 사람의 문자는 아예 열어보지도 말고 삭제를 하라고 이르고 그런 문자에는 어떤 대꾸도 하지 말라고 단단히 교육을 시켰다.

수년 전에 남편의 전화로 들어오는 문자 중에는 전혀 모르는 젊은 언니의 나이와 사는 지역과 시간당 필요한 액수가 쓰인 문자도 있었다.

남편에게 농담으로 잘 아는 사람이냐고 물었더니 자신은 '전혀 모르는 사람인데 한 번 알아볼까'하는 말에 돈 들어간다고 말린 적이 있다.

전화번호는 어떻게 수집을 한 건지, 참 궁금한 게 한두 가지가 아니지만 어린 자녀를 키우는 부모의 입장에서 이 사회가 어디서부터 잘못되어서 그런 것인지 도대체 알 수가 없다.

모든 사회적인 문제가 가정에서 비롯된다고 교육부와 학교에서는 요즘 밥상머리 교육을 강조하며 실천지침까지 내려 보냈다.

예로부터 사대부 집안에는 식사법 중에 식시오관(食時五觀)이 있는데,

식시오관(食時五觀)이란,

이 음식이 어디에서 왔는가,

나는 이 음식을 먹을 만한 자격이 있는가,

입의 즐거움과 배의 만족에만 치우치지 말라,

한 수저의 밥과 나물도 좋은 약으로 생각하며 감사하라,

우리보다 못한 이웃을 생각하고 감사한 마음을 가져라,

하면서 식사할 때마다 다섯 가지 마음을 가르쳐주고 먹을거리를 귀하게 여길 줄 알도록 지도했다고 한다.

훌륭한 인물을 많이 배출한 명문가로 유명한 류성룡가의 교육관은 단순했다고 한다. 그저 밥상머리에서 어른이 먼저 수저를 들 때까지 기다리고, 가족이 함께 나누어 먹음으로써 자신을 절제하고 타인에 대한 배려를 익히는 훈련이자 습관을 익혀사회에서 성공을 위한 기반이 되었다고 한다. 유대인들은 가족이 함께 하는 식사는 감사의 기도로 시작되고 밥상 앞에서는 어떤 잘못이 있어도 혼내는 일이 없고, 식사가 끝난 후로 미루어 대화로 풀어나갔다고 한다.

또 케네디 가에서는 케네디의 어머니 로즈여사가 식사시간을 어기면 밥을 주지 않았다고 하는데, 이것은 자녀로 하여금 시간과 약속의 소중함을 일깨우기 위함이었다고 한다. 그리고 식사 중에 미리 읽은 기사에 대한 의견도 나누곤 했다고 하는데 이것은 훗날 케네디가 정치인으로 다른 사람과의 논쟁에서 뛰어난 능력을 발휘하는 원동력이 되었다고 한다.

밥상예절이 엄격했던 옛날 우리나라 사대부 가정에서는 절대로 있을 수 없는 일이다.

지금 대한민국은 부부가 맞벌이를 하지 않으면 안되는 경제적인 상황에 놓여 있어 부모나 자녀 모두 시간에 쫓겨 온 가족이 함께 할 시간

이 없으며 부모와 자녀 간에 대화가 단절되어 있다. 그리고 여유 있는 가정에서 '밥상머리 교육'을 아무리 잘 가르친다 하더라도 끊임없이 외부에서 흘러들어오는 허접한 정보들로 인해 아차 하는 순간에 유혹에 빠질 수 있다.

이 허접한 정보들을 어떻게 차단시켜야 할지 부모의 입장에서는 난감하기만 하다. '밥상머리 교육'이 실효를 거두기 위해서 가정과 학교의 공조는 이루어낼 수 있지만 가장 중요한 제3의 주체가 되는 사회의 공조를 이끌어내기가 어렵다. 어린 자녀를 둔 의식 있는 학부모들이 사회정화를 외치는 이유가 바로 여기에 있다.

2012년에는 서울 한복판에서 마스크로 얼굴을 가리고 모자를 푹 눌러 쓴 당당하지 못한 여성들이 성매매를 직업으로 인정해달라는 시위가 있었다.

일전에 뉴스를 보니 전자회사에 다니던 여성이 교통사고를 당해 한쪽 다리가 불편해서 성매매직업을 택했다고 하는데 다리가 불편해서 서서 일하는 직업이 불편하면 책상에 앉아서 일하는 직업을 선택하면 되는데 이 사회에서 사람취급도 받지 못하는 성매매를 굳이 직업으로 인정해 달라는 이유를 모르겠다.

그 여성이 TV토론에 마스크를 쓰고 나와 하소연을 했다.

은행에 대출을 받으러 가서 직업란에 '성매매'라고 적었더니 은행 직원이 성매매직업에는 일절 대출이 안된다고 했다고 한다.

요즘은 상생의 시대가 되어 일자리 나누기는 얼마든지 가능하다. 사람취급도 받지 못하는 직업을 고집하기보다는 노동부 취업센터에 가서 구직상담을 하고 적은 수입이라 하더라도 떳떳하게 사람으로 대접받는 직업을 택했으면 좋겠다.

성매매는 자랑스러운 직업이 아니다.

자녀의 학원비를 벌기 위해 엄마가 시급 4~5천원의 회사는 마다하고 시간당 3~5만원을 준다는 노래방으로, 룸살롱으로 가서 이른 새벽까지 처음 보는 손님들 비위를 맞추며 술도 마시고, 노래도 부르고 3차도 마다하지 않고 돈을 벌어 자녀에게 필요한 학벌의 졸업장을 따주었다고 한들 나중에라도 그 사실을 자녀에게 자랑스럽게 말해줄 수도 없을 뿐 아니라 제3자를 통해 자신의 옳지 않은 행위가 자녀에게 알려지게 된다면 그 충격은 이루 말할 수가 없을 것이다.

음성적으로 이루어지던 노래방 도우미들이 조합을 결성했다는 보도가 있었다. 말로는 직업에 귀천(貴賤)이 따로 없다고 하지만 이 나라 대한민국은 아직도 직업에 귀천(貴賤)을 따지는 사회이다. 비록 보수가 많지는 않더라도 부모가 자녀들을 위해 건강한 일터에서 열심히 땀 흘리며 일하는 모습을 자녀들에게 보여주는 것이야말로 산교육이다.

다행이게도 요즘은 공교육이 빠르게 발전하고 있다. 비싼 사교육비를 들여 가르쳐야 했던 예체능과 외국어, 일반과목들이 저렴한 비용의 공교육 방과 후 학습으로 자리 잡아가고 있다. 아이들을 위한 건강한 사회를 만들기 위해서라도 가족구성원 각자가 맡은 본분과 지켜야 할 자리를 제대로 지켜낼 수 있도록 나라를 경영하시는 분들이 제대로 경영을 해주시면 좋겠다.

그리고 대한민국 최초의 남성 동성연애자 커플결혼식도 보도되었다.

이 결혼식을 계기로 건강한 사회의식을 일깨우겠다고 하는데 동성연애자 결혼식이 과연 사회적으로 건강하고 바람직한 현상인지 되묻고 싶다.

결혼은 사랑하는 남녀가 가정을 이루어 대를 이어갈 자식도 낳아야 한다. 그런데 동성애자들끼리 결혼을 할 경우에는 대를 이어갈 자식을 낳을 수가 없다. 창조주 하느님의 섭리에 위배되는 것이 바로 동성 간의 결혼인 것이다. 잘못된 소수가 건강한 사회의식을 일깨운다는 말 자체가 어불성설인 것이다. 잘못된 소수가 오히려 건강한 다수의 의식을 파괴하고 있는 것이다.

이 사회에서 인정받을 수 있는 것과 인정받을 수 없는 것을 구별하지 못하는 시대가 되어가는 것 같아 답답하다.

노벨평화상에 도전하는 대한민국

가까운 이웃나라이면서 역사적으로 원수의 나라인 일본에 대하여, 자연재난이 닥쳐서 수많은 인명과 재산에 피해를 당한 일본에 이명박 대통령님께서는 가장 가까운 이웃나라인 우리가 먼저 도와주어야한다고 하시며 구조팀과 구호물자를 보냈고 한류스타들이 보여준 따뜻한 도움의 손길도 빠른 보도로 알려져 이웃나라인 대한민국이 주도하는 재난에 대한 대처와 따뜻한 마음에 세계가 한마음 한뜻으로 동참하였다.

자연재난을 통하여 세계가 하나 되는 따뜻한 지구촌의 모습은 이 얼마나 아름다운가? 그런데 문제는 국내외 재난에 대처하는데 있어 형평성이 맞지 않는다는 점이다.

일본을 돕자는 취지로 잘 사는 선진국들이 보내온 성금이 얼마인지는 알 수 없지만 한국에서 일본을 위해 단박에 모아진 성금은 580억 원에 이른다고 한다.

각종 국내의 재난에 대처하여 보여준 행태와는 큰 차이가 있었다. 그런데 일본에서는 독도영유권 문제를 또다시 들고 나왔다. 공(公)은 공(公)이고 사(私)는 사(私)라는 것이 바로 일본이다.

무엇이든 지나치면 모자람만 못하다는 과유불급(過猶不及)이 바로 이

나라 대한민국에 있는 것이다.

2010년에 서울에서 수업료를 내지 못한 고등학생 수만 해도 8,500명으로, 금액으로 따지면 30억 원 가량 된다고 한다.

현재 수해와 관련하여 정부에서는 북한에 50억 원 가량 무상으로 지원해 준다고 하는데 이 나라 대한민국도 전국이 수해로 아비규환에 처해 있는 상황에서 정부에서는 재난으로 국민들이 처한 상황과는 상관없이 북한에 인심 쓰듯 무조건 무상으로 퍼주기를 하고 있다.

거기에다 북한은 대놓고 수해복구에 필요한 시멘트와 중장비지원까지 요구하고 있고 국제적십자사도 대한민국 정부에 140억 달러의 원조를 요구했다.

그런데 북한이 최고위층을 위한 해외사치품 수입비로 1조 2천억 원을 썼다는 보도가 있었다.

이 나라가 1,118조원이 넘는 빚방석에 앉아 올해 이자로만 지급해야 하는 돈이 세금의 절반이나 되는데도 불구하고 국가경영진들이 국민들이 낸 혈세로 나라살림을 제대로 하지 못해 서민경제를 더 힘들게 하고 있다.

이 대한민국은 경제적으로 북한을 지원해주어야 하는 형님의 나라가 아니다.

체제가 다른 북한을 끊임없이 무상으로 지원해주어야 하는 의무가 있는 것도 아니고 이 나라 안에는 구해야 할 가난한 국민들도 많고 새싹들을 위해 이루어야 할 복지정책도 많이 있는데 나랏빚을 내어 끊임없이 북한에 무상으로 퍼주기를 하고도 정작 이 나라에서 필요한 미사일이나 대포 한발, 콩 한쪽도 무상으로 돌려받은 적이 없고 되돌아온 것은 연평도와 같은 포탄 세례였다.

먹고살기 힘들어 목숨 걸고 중국으로 탈출한 북한주민들이 중국공안

당국에 의해 북한으로 강제 송환될 위기에 처해 있다고 한다. 중국은 강대국의 일원으로 국제법에 따라 생존을 위해 목숨 걸고 탈출한 북한 주민들에게 국제난민의 지위를 주어 제3국으로 망명할 수 있게 해주어야 한다.

이처럼 대한민국이 북한에 동포애로 퍼주기를 한다 해도 정작 굶어 죽어가는 북의 동포들에게는 쌀 한 톨, 밀가루 한 숟가락도 제대로 전달되지 않았다는 것이 현재 벌어지고 있는 탈북현상이다.

남과 북이 교류해야할 것은 같은 민족으로서 조상님들이 학문으로 정립하여 후손들에게 남겨주신 훌륭한 정신(역사)과 문화와 예술이다.

정부와 정치인, 민간인 이제는 모두가 정신을 차려야 한다.

이 나라 대한민국은 자선을 행하는 세계를 위한 유엔본부도 아니고, 세계를 위한 국제적십자사 본부도 아니다.

막대한 나랏빚부터 먼저 갚고 국민들이 기본적인 복지를 누리며 살 수 있는 대한민국을 만든 연후에 구제된 국민들과 더불어 여유로운 것들을 필요한 곳에 나누는 것이 기본원칙일 것이다.

기본도 안되는 나라에서 이 나라 안의 어려운 국민들은 애써 눈감고 외면하면서 전면 수입하는 밀가루를 북한에 무상으로 500톤을 지원해주고 그것도 모자라 또다시 추가로 지원해주었다.

국민들의 혈세로 체제가 다른 북한에 정치인들이 무상지원을 계속해줄 요량이라면 이제부터라도 국민들의 혈세가 아닌 정치인 개인의 사비로 지원해주시고 이왕이면 노벨평화상도 받으시기 바란다.

오만한 사람에게는 병을 통하여 자신을 되돌아보게 하시는 하느님의 뜻과 참혹한 전쟁을 야기해서 수많은 인명을 살상했던 일본이 자연재해를 통하여 자신들의 과거 역사에 저질러진 잔인한 만행에 대해 참회하는 계기가 되었으면 좋겠고, 선조들의 잘못된 행위에 대해 피해당사자 국민들에게도 진심 어린 사과가 이루어졌으면 좋겠다.

　그리고 피해를 당한 해당국가의 국민들이 재난을 당한 일본에 보여주는 따뜻한 마음이 거짓이 아니라 진심에서 우러나오는 부모와 같은 마음인 하느님의 마음이라는 것을…….

　아프리카에는 기아와 가뭄으로 인해 난민들이 죽어가고 있다.

　지구의 한쪽에서는 고도로 발달된 과학문명이 꽃을 피워 물질이 넘쳐나고 있는 반면에 다른 한쪽에서는 원시부족의 형태로 살고 있는 아프리카 원주민들이 있고, 선진국에서는 그 원주민들을 천연기념물 정도로 생각하고 천연관광자원으로 취급당하고 있는 미지의 아프리카가 되어 있다.

　아프리카에서 세계를 위해 보호해야 할 것은 지구에 맑은 공기를 공급하고 있는 자연이다. 문명과는 거리가 먼 세상에서 기아와 질병에 시달리며 살고 있는 사람들은 문명국에서 구해주어야 할 우리의 지구촌 이웃이다.

　물질적으로 조금 더 여유 있는 선진국에서 아프리카의 기아문제에 적극적으로 개입하여 삶의 질을 끌어올려주고, 전쟁에 쓰이는 최첨단 무기개발에 힘쓰기보다는 인간의 삶에 유용한 발달된 과학기술을 이용하여 가뭄도 해결해주었으면 좋겠고, 질병에 노출되어 있는 그들에게 의료기술을 전해주어 더 이상 어이없는 질병으로 사망하는 일은 없게 해야 한다.

　의사이신 대한민국의 고(故) 이태석 신부님께서 자신의 아픈 몸조차도 돌보지 않고 아프리카의 난민들에게 보여준 부모의 마음을 본받아 '너와 나'가 아닌 '우리'가 되어 서로의 부족한 부분을 채워주고 근원적인 슬픔과 아픔을 풀어내주려 한다면 지구촌은 모두 하나가 되고 풍요로운 삶을 공유할 수 있을 것이다.

그것이 바로 만물을 창조하신 하늘의 주인이신 하느님의 뜻이다.

그리고 '미래소년 코난'은 비록 공상 만화이기는 하지만 과학의 발달로 머지않은 미래에 실제로 닥칠 수 있는 일이니 모든 것을 지능이 인간보다 높은 컴퓨터에 의존할 것이 아니라 인간 스스로가 어느 한계점에서는 인류의 안전을 위하여 과학의 발전을 멈추어야 한다.

인간의 편리함을 위하여 인간보다 지능이 높은 로봇을 개발하는 것은 오히려 인간의 안전을 위협할 수 있다는 것을 알아야 한다.

현재 자동변환기를 장착한 자동차의 원인불명의 급발진 사고는 가볍게 볼 것이 아니고 현대의 과학문명으로 모든 것이 자동화되어 가는 것에 대한 경고로 봐야 한다.

한순간에 인류가 멸망할 수 있는 것은 위험한 최첨단 무기와 인간 생활에 유용하게 쓰이고 있는 전기를 생산하는 원자력 발전소와 같이, 최첨단 과학기술에 대한 통제가 철저히 컴퓨터 기계에 의한 자동화시스템에 그 원인이 있다.

일본의 대지진 참사에서 여실히 드러난 원자력에서 유출된 방사능과 같이 최첨단 과학기술에 대한 통제가 컴퓨터 기계의 고장으로 오작동이 될 경우에 대한 경고를 간과하지 말고 인간생활의 편의를 위한 기술을 어떻게 하면 좀 더 안전하게 쓸 수 있는가를 연구해야 한다. 그리고 위험한 원자력 발전보다는 인간에게 해가 되지 않는 자연을 이용한 실용적인 에너지 개발에 힘써야 한다.

대한민국에서 태양광에너지를 이용할 수 있는 최고의 기술을 개발해 놓고도 고비용을 이유로 실용화 되지 못하고 있는 것은 참으로 유감스러운 일이다.

우주탐사를 목적으로 하는 인공위성과 의료기술 같은 최첨단의 과학은 얼마든지 진보해도 좋은 과학영역이다.

앞으로 세계의 안전을 위하여 최우선적으로 없애야 할 것은 바로 인간 살상용 무기이다. 국방을 위하여 인간 살상용 무기 개발에 힘써 국방력으로는 세계 순위 안에 들면서 기아와 질병에 시달리고 있는 주민들이 있는 북한이 그 예이다.

무기개발과 생산에 들어가는 비용과 노동력을 북한주민들의 삶의 질을 높여주기 위한 복지 분야에 주력했다면 북한은 오히려 남한보다 더 살기 좋은 나라가 되었을지도 모르는 일이다.

현재 대한민국과 북한주민들이 겪고 있는 최악의 현실은 국가 지도자들의 잘못된 국가경영에 있다. 앞으로 다가올 세상은 유로연합에서 추진하고 있는 국경 없는 세계가 되어야 하고 무엇보다도 전쟁이 없는 세상이 되어야 한다.

일본의 대지진이나 뉴질랜드의 지진 등 자연재해도 감당하기 어려운 가운데 굳이 인간 스스로가 허황된 욕심으로 전쟁을 야기해야 할 이유가 없다.

전쟁을 막기 위해서는 무엇보다도 배고픈 나라가 없어야 하고 좋은 것은 서로 함께 누리려 하는 하느님의 마음이 있어야 한다.

2011년 리비아 내전과 관련하여 리비아의 민족지도자인 카다피에 반대하는 소수의 반정부 인사들이 카다피의 장기집권에 반대하여 민주화를 명분으로 내란을 일으켜 다국적군인 NATO연합군들이 리비아에 폭격을 퍼부었는데, 이것은 세계평화 유지와는 거리가 먼 일로 국제사회가 오히려 전쟁을 부추기고 희생을 더 확대시키는 결과를 초래했다.

다국적군들인 선진국들이 민주화를 명분으로 한 소수의 리비아 반정부인사들을 지원하여 정부를 수립하고, 전쟁이 종결된 후에는 민족주의로 똘똘 뭉쳐진 카다피 정권을 무너뜨리고 또 얼마나 많은 자원을 약탈해 가려고 하는지?

리비아에 이해관계 계산에 빠른 선진국에서 원하는 석유라는 자원이 없었다면 리비아 내전에 그렇게 적극적으로 개입했겠는가?

소말리아 국제해적 소탕에는 소극적이면서 잡아서 넘겨주는 범법자조차도 비용부담을 이유로 석방하는 유엔의 행태에 비추어보면 이것은 앞뒤가 맞지 않는다.

세계평화는 국제 해적소탕에 있지 리비아의 내전을 일으킨 반란군 지원에 있지 않다. 결국 독재자 카다피는 비참한 최후를 맞이했고, 리비아내전으로 인해 원유가 급등으로 이어져 전 세계가 민생과 관련하여 경제적인 어려움을 겪고 있다. 리비아의 문제는 오래전 미국 대통령 윌슨이 주장한 민족자결주의(民族自決主義)로 리비아 자체에서 해결되도록 해야 했다.

선진국에서 받쳐주어야 할 것은 선진국에서 자리 잡은 합리적인 민주화 정책이다. 세계평화 유지를 명분으로 선진국으로 구성된 NATO 지상연합군이 노벨평화상과는 상반되는 각국의 내전에 개입하여 내전을 확대시켜서는 안된다. 외세의 힘이 개입해서 제대로 힘 있는 나라로 서는 나라는 아직까지 본 적이 없다. 자신들이 원하는 자원을 합법적으로 헐값에 약탈해가고 민족주의를 해체시켜 결국 남는 것은 껍데기일 뿐이다.

천년 동안 오욕(汚辱)의 역사(歷史) 한가운데 있는, 현재 막대한 빚더미에 올라 있는 대한민국(大韓民國)에 그 답이 있다.

아름다운 청년, 이청연

지방선거가 있었던 4년 전, 저는 인천으로 이사를 온지 겨우 9개월밖에 되지 않아출마하신 분들에 대한 신상에 대해서 전혀 알 수가 없었습니다.

특히 교육감 선거에 있어서는 더더욱 아무것도 알 수가 없었지요.

2010년 6.10 지방선거에서는 제가 바로 '묻지마'투표의 당사자였습니다.

그래서 그 당시에 교육감 투표는 번호를 보고 찍은 것이 아니라 이름을 보고 투표를 했는데 그 선생님께서 올해 또다시 교육감 후보로 출마를 하셔서 당선이 되셨습니다.

그분이 바로 아름다운 청년 이청연 교육감님입니다.

그리고 우연한 기회에 선생님의 출판기념회에 참석하여 선생님의 칼럼집 '인천교육 랄랄라'를 사서 틈틈이 읽어보았는데, 책을 읽어보니 4년 전의 '묻지마'투표가 헛된 것이 아니었음을 알게 되었습니다.

이청연 교육감님께서 초등학교 선생님으로 재임 시절, 부평에는 나환자촌이 따로 있었다고 합니다. 그 나환자분들의 자녀들이 초등학교에 취학을 하게 되면 아직 전염병에 감염되지 않은 아이들이라는 뜻의 '미감아'반을 따로 편성하여 수업을 했다고 합니다. 나병은 전염률이 극히 미약한 3급으로 분류되고 있었습니다. 결국 선생님께서는 기어이 미감아반을 폐지하여 그 아이들에게 '학습평등권'을 찾아주셨다고 합니다.

나병에 걸린 부모로 인해 심하게 차별을 받고 있던 대한민국에서 가장 낮은 계층의 아이들의 권리를 찾아주신 것입니다.

지난 2014년 6.4 지방선거에서 이청연 교육감님께서 참교육 실현을 위해 내걸었던 공약들 중에 천연유기농 무상급식 공약은 아이들에게 꼭 필요한 중요한 공약이라 생각합니다.

최근 한겨레신문 보도에 의하면 유전자변형(GM) 옥수수를 장기간 먹인 실험용 쥐들에게서 종양이나 조직손상이 더 많이 발생했다는 실험결과가 실린 논문이 학술지에 실렸다고 합니다.

자라나는 아이들에게 있어 안전한 먹거리는 중요한 문제입니다.

유전자를 조작한 곡물이나 동물의 육류, 오염된 먹거리를 아이들이 섭취하게 되면 아이들의 성장발달에 치명적인 위해요소로 작용합니다.

유전자변형 곡물에서는 종양이나 조직손상으로 그쳤지만 초식동물에게 성장호르몬과 항생제, 고기 사료를 투여하여 생긴 바이러스처럼 전염력을 가진 단백질 입자인 변형 프리온(Prion)은 뇌에 치명적으로 작용하여 인간광우병을 유발시킵니다.

광우병은 발병하기 전에는 어떤 증상도 나타나지 않고 잠복기간도 20년 이상으로 길기 때문에 발병 후에는 치료방법도 없다고 합니다.

또 변형 프리온은 섭씨 740도에서도 파괴되지 않고 단백질 분해효소나 포름알데히드 등 화학성분이나 방사선으로도 파괴할 수 없다고 합니다.

축산대국인 미국에서는 인간 광우병과 동일한 증상을 보이며 죽어가는 환자가 매년 8,000명에 이른다고 합니다.

한국과 일본, 유럽연합은 2004년부터 미국산 쇠고기 수입을 전면중단했는데 이명박 대통령은 대한민국 전역에 구제역 파동을 빌미로 축산농가의 동물들을 감염여부도 가리지 않고 산채로 파묻어 금수강산을 오염시키고 농가에는 막대한 손해를 끼쳤습니다. 그런데다 국민건강에도 해로운 미국산 축산물을 2008년과 2010년에 전면수입 허용조치를 내렸습니다.

미국에서는 성장호르몬, 항생제, 고기사료로 사육한 쇠고기는 전량 수출을 하고, 국민이 먹는 쇠고기는 대부분 뉴질랜드나 호주에서 수입해온다고 합니다.

인간의 생존에 지대한 영향을 미치는 식량과 축산물 생산에 있어 자연의 섭생 원리원칙을 지켜서 안전성을 보장해주는 호주와 뉴질랜드, 유럽은 그야말로 믿음의 상징입니다.

민주주의 국가로 부강한 나라로 알려진 미국의 감추어진 추악한 진실이 대한민국의 미래의 꿈나무인 아이들의 건강을 위험에 빠뜨릴 수 있습니다.

대한민국의 미래를 책임질 아이들에게 내 나라 땅에서 생산되는 환경에 오염되지 않은 신토불이(身土不二)의 유기농과 같은 안전한 먹거리 무상급식 공약이 꼭 실현될 수 있도록 각 시도의 교육감님들과 합심하여 정치권의 초당적 공조를 이끌어내 공약실현에 필요한 재원이 제도적으로 안전하게 마련될 수 있게 해야 합니다.

이번 지방선거에서 교육감으로 당선되어 감사의 전화를 주신 이청연 교육감님은 지방에서는 명문학교로 알려진 홍성고등학교 출신으로, 일제강점기 때 홍성고등학교의 전신인 홍성고보를 나오신 돌아가신 제 아버지의 후배이시기도 합니다.

교육자로서 청렴을 강조하시는 이청연 교육감님께서 2014년 1월에 출간하신 '인천교육 랄랄라'에서 이청연 교육감님의 뚜렷한 역사관이 반영된 역사교육에 관한 부분을 간추려보았습니다.

'독일은 교육과정 전 학년에서 역사과목을 필수로 지정하고 있다.

역사수업 비중은 20%이상을 점하고 있는데 이는 나치의 파시즘을 반면교사로 삼고자 하는데서 기인한다.

독일의 현대교육은 2차 세계대전에서 나치가 저지른 만행과 반성을 토대로 지식과 인격을 겸비하고 비판의식도 강한 사회인을 키워내는데 집중하였다.

자연주의와 전인적 교육관을 기본관점으로 하여 사회와 개인의 조화로운 균형을 이루도록 실생활과 밀접한 교육을 지향한 것이다.

역사가 짧은 미국도 역사교육은 필수다.

러시아 역시 자국의 역사뿐 아니라 세계역사도 필수로 가르치고 있다.'

현재 대한민국에서 지식인으로 분류되는, 자칭 보수라 불리는 인사들의 친일역사 인식에 관해 많은 국민들이 멘붕에 가까운 충격을 받고 있습니다.

이는 일제치하에서 동포를 핍박하며 일제의 녹을 먹은 친일파들에 대한 청산작업이 제대로 이루어지지 않았기 때문입니다.

독일은 나치청산에 공소시효를 적용하지 않고 수십 년이 지났어도 끝까지 범죄자를 추적하여 해외에서 성형수술로 얼굴을 바꾸고 개명까지 하여 살고 있는 전범을 찾아내어 단죄하였습니다.

우리나라는 일제 치하에서 나라를 팔고 애국지사를 팔아 호위호식하는 매국노의 후손들이 넘쳐나고 있고, 한때 친일파들의 재산을 국가에서 몰수 추징하는 법을 만들어 재산을 환수하였지만 그 후손들은 조상이 저지른 부끄러움을 모르고 항소하여 법의 정신을 망각한 법관들이 기어이 친일파 후손들의 손을 들어주었습니다.

대한민국 역사교육의 현실은 더더욱 한심했습니다.

필수로 가르쳐야 할 역사과목을 선택과목으로 지정하여 역사를 외면하게 만들었고, 기어이 필수과목으로 다시 지정은 되었지만 역사의식은 희미해졌습니다. 이러한 역사의식에는 내 나라의 역사는 도외시하고 이스라엘의 역사인 성경만 추종하고 가르친 종교도 한 몫 하여 나라의 장래가 불안한 시대가 되어 있습니다.

독일과 같이, 지나간 역사 속에서 어리석은 역사가 되풀이되지 않도록 역사에 대한 반성과 교훈과 지혜를 배우는 민족은 망하지 않습니다.

이스라엘의 역사인 성경은 전 세계인이 읽는 베스트셀러가 되어 있고, 이스라엘을 지탱하는 정신을 굳건히 지켜주는 훌륭한 랍비도 있습니다.

대한민국도 이스라엘과 같이 자국의 역사를 전 세계인이 즐겨 읽게 만들 수는 없는 걸까요?

대한민국(大韓民國)!

크고 위대한 백성의 나라가 부정부패로 물들어 작고 추운 백성의 나라 소한민국(小寒民國)이 되었고 세월호 사건을 비롯 역사인식문제와 관련하여서는 세계인의 조롱을 받는 부끄러운 나라가 되어 있습니다.

저는 대한민국이 크고 위대한 백성의 나라로 다시 세워지길 간절히 소망합니다.

대한민국이 크고 위대한 백성의 나라로 다시 세워지기 위해서는 종교부터 바로 서야 합니다.

오래전부터 대한민국의 수많은 종교단체에서 나라를 위한다는 명분으로 밤과 낮 구별 없이 나라를 위한 구국기도회를 하고 있습니다.

그러나 구국기도회의 열망에도 불구하고 나라가 바로 서지 않고 거꾸로 가고 있다는 것은 가만히 앉아서 기도한다고 이루어질 일이 아니라는 것을 말해주고 있습니다.

가만히 앉아서 기도로서만 구하는 것은 행동하지 않는 비양심과 같습니다.

행동하지 않는 양심은 세상을 변화시킬 수 없습니다.

자신의 건강한 삶을 위하여 기도하고 나라를 바로 세우기 위해서는 국정을 이끌어가는 정치인들에게 합당한 의견을 올려서 잘못된 점을 바로잡을 수 있게 해야 합니다.

기도로서 하느님께 구할 수 있는 것과 없는 것을 잘 구별할 줄 아는 사람이 되어야겠습니다.

저는 위기에 처한 대한민국을 바로 세우기 위해 교육을 책임지신 교육감님들 모두 이스라엘과 같이 현명한 대한민국의 랍비가 되어주시길 간절히 소망합니다.

그리고 미감아반 아이들의 인권을 찾아주신 이청연 교육감님은 따뜻한 부모의 마음으로 교육감직을 잘 수행하시리라 믿습니다.

아름다운 청년 이청연이 대한민국 교육계에서 영원히 아름다운 청년, 이청연으로 기억될 수 있기를 바라봅니다.

전교조 법외노조 판결 유감(遺憾)

전교조의 효시는 이승만 정권하에 저질러진 3.15 부정선거에 대항하면서 4.19 혁명 직후인 4월 29일 대구에서 60명의 교사가 모여 중등교원노조를 세운 것이 효시이다.

서울에서는 1960년 7월에 한국교원노동조합총연합회(한국교조)가 결성되었다.

한국교조는 평교사의 노동권 보장과 어용단체였던 대한교련의 해체를 주장하였으며, 5.16 쿠데타로 군사정권이 들어서면서 강제 해산되었다.

이후 제3공화국은 교원과 공무원의 노동조합 결성을 법으로 금지했다.

1987년 민주화운동이 확산되면서 1989년 5월 28일, 민족·민주·인간화 교육실천을 위한 참교육 실현을 기치로 내걸고 전국교직원노동조합이 설립되었다.

전교협에서 벌인 사학비리 척결과 촌지 없애기 운동은 1989년에 창립된 전교조에 계승되었다.

1990년 노태우 정부는 선진민주국가들이 보장하고 있는 교사들의 노동조합 활동을 전면 부정하고 전교조에 남과 북이 분단되어 있는 정치적 이데올로기 공세로 좌파이미지를 덧씌워 탄압하였다.

그리고 전교조를 불법단체로 규정하여 1,500여명의 교사를 강제해직하고 107명을 구속했다.

참교육 실현을 외쳤다가 정권에 의해 강제로 해직된 동료교직원들을 위해 3만 여명의 동료교직원들이 십시일반(十匙一飯)으로 후원을 하였다.

이때부터 전교조는 비합법 노동조합으로 활동을 시작했다.

전교조는 3년 동안 교육대개혁 운동과 해직교사 원상복직 투쟁을 하여 1993년 김영삼 문민정부가 들어서면서 1994년 3월 해직교사가 일괄 복직되었는데 이는 경제협력개발기구인 OECD에서 대한민국의 가입선결조건이 전교조를 합법적인 단체로 인정해줄 것을 요구하여 이루어진 일이다.

1997년 노사정위원회에서 전교조를 합법화하기로 결정되어 이듬해인 1998년 교원노조법이 국회에 상정됐고 전교조 출범 10년만인 1999년 1월 6일에야 '교원의 노동조합 설립 및 운영 등에 관한 법률'이 의결되면서 전교조는 합법적인 노동조합으로 인정을 받았다.

합법화된 이후 전교조는 불합리한 교육관계법을 개정하기 위해 국회를 상대로 부패사학 문제해결을 위한 사립학교법 개정을 촉구, 장애인교육법을 개정하고 유아교육법을 제정하였다.

전교조는 전문직노동조합으로 교육의 자주성과 전문성 확립을 내세우며 교육민주화 실현, 교직원의 사회, 경제적 지위향상과 민주적 권리획득 및 교육여건 개선에 앞장서고 있다.

또한 학생들이 스스로 민주국가의 민주시민으로서의 자주적인 삶을 누릴 수 있도록 민족 · 민주 · 인간화 교육실현을 위해 국내의 단체 및 세계 교원단체와 연대하여 활동을 하고 있다.

이러한 전교조가 조합원 6만 명 중에 해직교사 9명이 포함되어 있다는 어이없는 이유로 2014년 6월 19일 불법노조로 판결을 받았다.

전교조는 대한민국에서 사학비리 척결과 촌지 없애기 운동을 벌여 권위적 학교문화를 타파하고 왜곡된 교육현실을 바로잡는데 기여했다.

이러한 전교조가 권력을 잡은 부패한 정권에 정치적인 걸림돌로 여겨져 탄압의 대상이 되었다.

전교조는 이참에 이 위기를 쇄신의 기회로 삼아야 한다.

위기는 곧 기회다.

참교육을 목적으로 결성된 전교조는 교사의 품위와 명예를 손상시키는 교사는 전교조에 가입할 수 없도록 엄격하게 자격을 제한해야 한다.

전교조의 선생님들은 이념과 관련하여 종북 좌파와는 확실하게 구별되는 국가관이 확고한 분들이라는 것을 국민에게 인식시켜야 한다.

대한민국에서 보수라 자칭하는 편에서 남과 북 이데올로기를 내세워 너무도 손쉽게 전교조를 밟을 수 있는 방법으로 몇몇 소수의 교사들의 의식을 문제삼아 종북 좌파 빨갱이로 몰아 그들의 목적을 달성해왔다.

전교조는 확고한 이념과 교육의 기본 틀을 제대로 확립하여 다시는 부패한 정치권으로부터 탄압받는 일이 없게 해야 하고, 대한민국의 미래를 책임지는 확실한 단체가 전교조임을 인식시켜야 한다.

또한 전교조가 불법단체로 판결이 났다하여 강경투쟁을 하기보다는 아이들의 교육에 피해가 가지 않도록 합법적인 방법으로 대항하고 학부모와 국민들의 지지를 이끌어내 국제노동기구와 세계교원단체가 합심하여 전교조의 합법적인 지위를 되찾도록 해야 한다.

정부도 이제는 민주주의국가로서 국제기구의 기준과 조례를 인정하고 따라야 한다.

대한민국 정부는 사법부를 이용하여 또다시 전교조를 불법단체로 내몰았고 OECD 가입선결조건을 제대로 이행하지 않아 국제기구단체에서는 우리나라를 OECD회원국에서 제명하는 운동까지 거론되고 있다. 이는 대한민국이 OECD 회원국의 명예를 훼손한 정치후진국임을 보여주는 것으로 전 세계적으로 망신이 아닐 수 없다.

전교조에는 참교육을 실천하시는 훌륭하신 선생님들이 많이 계시다. 그분들이 주축이 되어 지향하는, 살아있는 양심과 정의를 일깨우는 참교육을 이루기 위해 대한민국 국민들의 건강한 지혜를 모아 현명하게 어려움을 극복하면 좋겠다.

Q.달마가 동쪽으로 간 까닭은?
A.五行의 지지 기반대인 木을 세우기 위해.

십일조와 하나님(?)

십일조는 원래 이스라엘 민족이 농사를 지을 때 수확할 작물의 10%는 땅속에서 썩도록 그냥 두어 자연적인 퇴비가 되도록 한 지혜에서 비롯되었다고 한다.

이후 십일조는 기독교에서 헌금화되었고, 세계 최고의 갑부인 록펠러에 의하여 일종의 기부행위로 발전하였다.

이스라엘 민족이 10%의 작물을 땅속에서 썩게 한 것은 잘못이라고 생각한다.

10%의 작물을 땅속에서 썩게 할 것이 아니라 거두어서 어려운 이들에게 베푸는 법으로 만들었다면 지금의 종교는 사람을 구하는 크나큰 자선단체로 자리매김하였을 것이다.

하느님께서는 '내가 바라는 것은 살찐 짐승을 잡아 나에게 바치는 제사가 아니라 이웃에게 베푸는 자선이다'(마테오 9:13)라고 말씀하셨다.

성경에 소득의 십분의 일을 가장 어려운 이웃인 고아와 과부를 위해 베풀라는 말씀은 있어도 십일조를 교회에 의무적으로 헌금하라는 말씀은 없다.

다만 신앙생활을 하시는 성도님들께서 십일조를 교회에 납부하는 것으로 이를 대리 집행하는 목회자들이 하느님의 뜻에 따라 가난한 사람들을 돕는데 쓰여야 하는 것이 마땅한데 십일조를 제대로 집행하지 않는 것이 문제이다.

신성정치가 이루어졌던 고대와 중세시대에는 모든 나라가 종교국가였다. 그래서 국민들에게 국가에서 의무적으로 십일조의 세금을 부과하여 징수하였다.

하지만 현대에는 국가가 종교보다 우위에 있다.

나라에 내는 세금으로 국가에서 국민들을 위한 복지를 비롯하여 다양한 분야에 분배를 하고 있다.

종교인들은 어려운 이웃에 베풀라는 십일조를 교회에 의무적으로 헌금해야 하는 제도로 만들었다.

어느 종파에서는 십일조를 내지 않으면 '암에 걸린다. 지옥에 간다.'는 말로 성도들을 협박(?)하는 일도 있다고 하는데 차라리 헌금하는 대신 어려운 이웃들에게 자선으로 베풀라는 가르침은 왜 못하는지 안타깝다.

돈에 눈이 먼 교회에서는 이제는 십일조를 의무적으로 내는 법을 만든다고 하고 십일조를 제대로 내지 않는 성도들의 자격을 박탈하겠다고도 한다.

종교적으로 십일조에 유독 집착을 보이는 나라는 미국과 한국뿐이라고 한다.

하느님의 말씀을 제대로 따른다면 종교는 자선을 목적으로 해야 함이 맞다.

이제는 성경에 기록되어 있는 하느님의 말씀이 생명으로 되살아나는 시대가 되길 간절히 소망해 본다.

우리말 국어사전에 '하느님'은

'세상을 만들고 옳고 그름을 가려 모든 사람에게 화(禍)와 복(福)을 내린다는 전능하고 거룩한 존재'

라고 풀이되어 있고,

'하나님'은 '개신교에서 하느님을 일컫는 말'로 되어 있다.

하느님의 어원은 '하늘'이다.

하늘+님→ㄹ이 탈락되어 하느님이 되었다.

'하나님'의 어원은 수리에서 첫 번째 수인 '하나'에서 비롯되었다.

수리에서 쓰이는 하나가 '하나+님=하나님'이 되었다.

개신교에서 하나밖에 없는 유일신 하느님을 일컬어 하나님으로 부르는 것은 심정적로는 이해가 되지만 인정할 수 없는 언어이다. 언어는 사회의 공통된 약속이다.

사회적으로 약속된 공통언어를 종교의 지위를 이용하여 전혀 뜻이 다른 용어로 바꾸어 부르는 것은 '유일신 하느님'을 모독하는 행위이다.

'하늘'과 '하나'는 어원이 다르기 때문이다.

기독교의 본산에 해당하는 천주교에서도 '하느님'은 여전히 변함없이 '하느님'으로 불리어지고 있다.

대한민국에서 하느님은 '천주(天主)', '상제(上帝)' 또는 '옥황상제(玉皇上帝)'로 불리어지고 있다.

각각 불리는 명칭은 다르지만 어원은 '하늘(天)'로 똑같다.

애국가 가사에도 나와 있는 '하느님'이 '하나님'으로 불리는 오만함은 이제 바로잡혀야 한다.

유일신 하느님이 하나님으로 불리어진 순간 하느님은 간데없으시고 잡신(雜神)들만 들끓는 대한민국이 되어 있다.

그림자 정부

미국 연방정부보다 더 막강한 권력을 가진 비과세 지주회사가 록펠러 재단이다. 록펠러 재단은 현재 뉴욕타임스, 워싱턴포스트를 비롯하여 CBS, NBC, ABC 등 방송사와 하버드대, 시카고대, 록펠러대학, 매시, J.C, 페니, 시어스 백화점, 미국 50대 은행의 25%지분을 소유하고 있고, 50대 보험사의 30% 지분도 보유하고 있으며 록히드마틴, 유나이티드, 노스웨스트 등 유명항공사도 소유하고 있다.

미국 10대 기업 중 6개가 록펠러 재단의 소유로 미국 국내총생산 GDP의 50% 이상을 벌어들이고 있으며, 총자산은 6,400억 달러를 상회한다고 한다. 이러한 록펠러 재단의 연간지출액은 순자산 가치의 5.5%다.

현금으로 재단에 기부하려면 부동산이나 주식, 채권, 예금 등을 현금으로 바꾸는 과정에서 세금을 내야하기 때문에 부동산 형태 그대로 기부한다. 미국은 기업의 기부를 인정하여 설립된 재단은 연간 총소득액의 5%만 비영리사업에 기부하면 된다. 그리고 미국에서는 재단이 투자를 통해 수익을 창출한 경우에 자본이득세, 부유세 등을 낼 필요가 없으며 세금이 면제된다.

재단이 소유한 기업은 국가의 규제도 받지 않으며, 감사를 받을 의무가 없으며 인수합병 등에도 제한을 받지 않는다. 막대한 재산을 소유하고도 국가에 세금 한 푼 내지 않는 재단에 미국에서는 재단운영에 필요한 운영비 중 36%의 정부보조금을 지급하고 있다. 따라서 재단이 많아질수록 국가재정은 취약해지고 세금의 60%를 서민층과 중산층이 부담하고 있다. 재단을 통하여 재산의 일부를 사회에 환원하려는 것이 아니라 재산을 세금도피처로 악용하고 있으며 재단설립을 통해 세금 한 푼 내지 않고 전 재산을 안전하게 상속해줄 수 있고, 사회적 명예까지 얻는다. 이러한 연유로 미국의 거대 재단의 3분의 1이 부패에 물들어 있다.

대한민국도 예외는 아닐 것이다.

미국에서 록펠러 재단과 같이 면세혜택을 받는 거대한 재단은 국가재정을 좀 먹는 암적인 존재이다.

비영리재단법을 손질하여 기업의 이익의 일정액을 국가가 지정한 비영리재단에 기부하는 금액만큼만 세금을 면제해주는 법으로 바꾸어야 한다.

미국 재정에 막대한 손실을 끼치고 있는 재단 소유의 기업들에게 제대로 된 세금을 부과하는 법을 만들어 집행하면 국가 재정이 건전해지고 오바마 대통령의 미국 전 국민들을 위한 의료보험 공약에 필요한 재정도 쉽게 해결될 수 있다.

정부에 '그림자 정부'로 막강한 힘을 발휘할 수 있는 재단들에 대한 세금징수 문제가 해결이 되지 않으면 심각한 미국 재정난은 더욱 더 가중될 수밖에 없다.

대한민국 정부도 재벌과 종교단체들이 세운 거액의 재단들에 대해 다시금 세금정책을 재고해야 할 때이다.

21세기 악마

　허인회 선생님의 저서인 '그들은 어떻게 권력이 되었는가'에는 항암제를 만들어내는 제약회사와 항암제의 부작용에 대해 자세히 언급이 되어 있다.

　'항암제가 주사를 통해 환자의 정맥에 들어가면 이 약제는 정상적인 세포와 암세포를 구별하지 못하고 빠르게 증식하는 세포를 닥치는 대로 죽인다.

　피를 만드는 척수세포, 머리를 만드는 모근세포, 위와 장의 점막세포도 빠르게 증식하는 세포이기 때문에 함께 죽인다.

　따라서 항암치료를 받으면 백혈병에 걸릴 가능성이 있고 머리카락이 빠지며 소화 장애, 구토, 극심한 피로, 심장 손상, 고통스런 구강점막염 등이 따르게 된다.

　결국 화학치료를 받는 암 환자는 고통 속에 점점 쇠약해진다.

　항암제로 가장 많이 처방되는 '시클로포스파마이드'는 독가스 성분으로 개발된 약인데, 위장, 심장, 폐, 혈액을 손상시킨다.

　'시스플라틴'은 중금속인 플래티넘에서 추출한 약제로 신경, 콩팥, 골수를 손상시켜 전신을 마비시키기도 한다.

대부분의 항암제는 피부에 닿으면 곧바로 치료를 받아야 할 정도로 강독성이다.

따라서 항암제를 투여 받는 환자는 운이 좋아 호전되더라도 몇 개월 후에는 더 나쁜 악성종양이 생길 가능성이 아주 높다.

지난 20년 동안 FDA의 승인을 받은 항암제 중 5분의 4는 약제로서의 효능이 거의 없다고 한다.

한국의 암환자 1인당 연간 항암제 구입비는 3천만 원에서 5천만 원에 달한다.'고 한다.

내 이웃 중에는 재작년에 대장암 말기로 수술을 하신 분이 계시다.

수술할 당시에는 암세포가 다른 부위로 전이되지 않아 수술이 잘되어 항암치료만 잘 받으면 된다고 들었는데 최근에 혈액암과 간암까지 왔다고 한다.

항암제의 부작용으로 인해 머리카락도 많이 빠지고 입맛을 잃어 음식물을 잘 드시지 못해서 체력은 점점 더 떨어져가고 있는 상태라고 하신다.

기어이 병원에서 시한부 인생을 선고받으신 그분은 한동안 참담한 결과를 받아들이지 못하시다가 최근에서야 인정하시고 남은 생을 정리하고 계시다.

수술과 식이요법으로 충분히 완치될 수 있는 암을 기어이 항암제와 방사선으로 죽음에 이르게 하는 비양심적인 제약회사와 병원의 행태에 화가 나기도 한다.

암환자에게 있어 최고의 악마는 독가스성분으로 약을 만들어 팔고 있는 양심 없는 제약회사와 암을 치료해주겠다는 병원과 의사인 것이다.

최고의 명약은 하느님께서 인간을 위해 창조해주신 자연에 있다.

바로 과일과 식용식물이다.

내가 아는 지인도 6년 전에 대장암 말기에 위험한 수술을 감행했는데, 그 당시 췌장에 암세포가 전이된 상태였다. 췌장에 전이된 암세포는 수술을 할 수가 없다고 하여 대장 부위만 수술하셨는데, 췌장암은 생존이 6개월에서 20개월이라고 한다.

그 분은 수술 후에 가족의 결단으로 항암제를 투여하지 않고, 죽향동산의 김상운 목사님께 안수를 받으셨고 목사님의 인도로 기도와 식이요법을 병행하여 6년이 넘은 현재까지 건강하게 생존해 계시다고 한다.

성령께서는 인간을 살리시는 기운으로 오셨으나 치료약을 만들어 내는 제약회사는 오히려 신의 뜻을 가로막아 항암제라는 독약을 팔아 막대한 부를 쌓으며 합법적인 살인을 저지르고 있다.

21세기 악마의 실체는 암으로부터 구해주겠다는 제약회사와 기아로 허덕이는 제3국에 식량난을 해결해주겠다는 명분으로 유전자변형 곡물을 개발하고 광우병을 유발시키는 육류를 생산하는 나라이다.

그러한 집단에서 개발된 인류에 해로운 제품들은 먼 미래에는 세계 인류를 멸망시킬 것이다.

악마의 공급경제학 이론

'미국의 배우출신이자 캘리포니아 주지사를 지냈던 로널드 레이건은 1981년 미국대통령으로 선출된 뒤 고소득자들에 대한 세율을 공격적으로 깎으면서 이 조치로 부자들이 투자이익 중 더 많은 부분을 가질 수 있기 때문에 투자 의욕을 촉진해서 부의 창출을 독려할 것이라고 주장했다.

부자들이 부(副)를 더 많이 축적하면 더 많이 소비할 것이고, 이로 인해 일자리가 더 늘어나 더 많은 사람들의 수입이 증가할 것이라는 논리였다. 이것을 낙수효과 이론(Trickle-Down Theory)이라고 부른다.

부자들의 세금을 깎는 동시에 레이건 정부는 가난한 사람들에 대한 보조금을 삭감하고 최소임금을 동결하면서 그것이 더 열심히 일할 동기를 부여하기 위한 것이라고 설명했다. 그러나 가만히 생각해보면 이해가 되지 않는 논리이다. 왜 일을 더 열심히 하도록 하기 위해 부자들은 더 부자로 만들고, 가난한 사람은 더 가난하게 만들어야 한다는 것일까? 이해가 안되는 이 논리는 공급경제학(Supply-Side Economics)이라고 불리며 향후 30년 동안, 아니 그 이후까지도 미국 경제정책의 기본 신념으로 자리 잡았다.'

위 글은 장하준 교수의 경제학강의 중 일부분입니다.

레이건의 경제이론은 무식한 악마의 이론입니다.

낙수효과 이론과 반대로 된 정책을 폈다면 부자는 더 많은 돈을 벌기 위해 투자를 촉진하여 일자리가 늘어나고 소비가 촉진되어 사회적으로 경제적인 안정이 이루어졌을 것입니다.

아무리 일을 해도 수입이 늘어나지 않는다면 누가 일을 하고 싶어 하겠습니까?

선진국인 미국에서조차 레이건과 같이 악마의 경제논리를 편 인물이 나왔다는 것 자체가 경악이지만 레이건의 정책을 그대로 모방한 것이 이 나라 대한민국이라는 게 더 어이가 없습니다.

대한민국도 강제로 경기부양, 경제활성화를 시키겠다며 빚을 권한 결과, 2015년에 정부가 갚아야 할 이자는 40조원에 육박하고 국민 1인당 부담해야할 이자가 76만원으로 가계부채가 증가하여 또 한 번의 금융위기에 처할 수 있습니다.

이제는 국가가 국민에게 빚을 권할 것이 아니라 빚을 줄이고 갚도록 권해야 합니다. 국가도 모자라는 예산을 국채발행이라는 이름으로 차세대예산을 끌어다 쓰며 빚을 늘리는 일도 그만해야 합니다. 개인이나 국가나 후세대를 위해 빚부터 갚고 기본부터 다시 세워야 합니다. 우리나라 조세제도의 소득재분배기능이 OECD 32개국 중 31위로 경제정책을 제대로 펴고 성장의 결과를 제대로 재분배하면 모두가 함께 잘사는 건강한 세상이 이루어집니다.

무상보육 유감(遺憾)

교육 분야에서 국민들이 바라는 것은 선진국도 아닌 나라에서 0세에서 5세까지 양육비가 지원되는 무상복지 포퓰리즘이 아니라 학부모에게 절박하게 필요한 유치원 과정부터 고교까지 무상교육과 물가안정을 실현해주는 것이다.

자식을 잘 먹이고 입히고 키우는 것은 부모의 의무이다.

그러나 경제적 능력이 부족한 부모를 정책으로 지원해주는 것은 문제가 되지 않지만 능력 있는 부모를 무상복지로 지원해주는 것은 나라가 처한 현실에 맞지 않는다.

무상보육과 관련하여 2013년 6월 말로 또다시 재정이 바닥나 서울시와 경기도와 인천시에서는 성명서를 발표하였는데, 2014년 역시 똑같은 성명서가 발표되었다.

이처럼 이명박 정권에서 이미 잘못된 정책으로 성토를 당한 바 있는 정책을 보완하지 않고 박근혜 정부에서 다시 시행한 것은 문제가 있다.

무상보육정책도 0세에서 5세까지 무조건 실시해야 한다는 34%의 의견을 따라야 하는 것이 아니라 어려운 계층에게만 선별적으로 지원을 해야 한다는 66%의 건강한 국민들의 의견을 받아들여 나라가 처한 현실에 맞게 세웠어야 한다.

무상복지라는 이름으로 부모의 의무를 소홀히 하게 하기보다는 부모의 의무를 다할 수 있도록 나라에서 정책으로 받쳐준다면 그보다 더 좋을 것이 없다.

최상의 복지는 경제성장을 통하여 안정적인 일자리 창출에 있다.

현재 대한민국은 정부와 민간 공기업 모두 합쳐서 총부채가 삼천조원에 육박한다고 한다.

가게 부채만 천백조원에 이른다.

이런 현실을 무시하고 무상복지와 관련한 정책은 가히 국가재정을 당장 파탄내고 국민들에게 세금폭탄을 안기고도 남을 공약들이다.

나라의 재정 상태를 감안하여 현실에 맞게 개인사업자 포함 법인기업체에 기업이익의 3~5%를 교육기부금으로 법제화시킨다면 유치원부터 고교무상교육에 반값등록금까지 교육과 관련한 재정 마련은 해결 될 수 있으리라 생각한다.

제 2 장

대한민국의
어린 새싹들을 위하여

적선지가 필유여경(積善之家必有餘慶)

기립지물(氣立之物)이란 천주께서 인간을 위하여 창조하신 식물을 뜻
하는데, 다른 의미로는 정신이 없는, 자연의 인과적 법칙에 의거하여
기계적으로 생장소멸(生長消滅)의 법칙에 충실한 것이 바로 기립지물(氣
立之物)이다.

그런데 신의 형상과 똑같이 만들어 신(神)의 손발이 되어 살아야 할
신기지물(神機之物)이라 하는 인간(人間)이 기립지물(氣立之物)이 되어
가고 있다.

매주 일요일에 방영되는 "동물농장"을 보면 피부병에 걸려서 고름이
나오고, 털은 온갖 오물에 범벅이 되어 형체도 알아볼 수 없는 병균덩
어리 유기 동물들을 인간의 안전을 위해 곧바로 제거하기보다는 어떻
게든 구조하여 수술도 시켜주고 목욕도 시켜준다. 거기에다 사고로 다
리가 불편하면 바퀴라도 달린 기구라도 만들어 주어 불편함을 해소해
준다. 개(犬)별 맞춤형 복지가 바로 여기에 있다.

이 대한민국에는 휠체어가 필요한 장애인도 많은데…….

갈 곳이 없어 병든 몸으로 길거리를 떠도는 병약한 노숙자에 대한 처
우에 비하면, 그야말로 대한민국은 동물을 위한 천국이 되어가고 있다.

인간을 위해 의료실험용으로 억울하게 희생당한 동물들을 위해 실험에 참여한 의사들이 희생당한 동물들을 위한 위령제도 지내주고 있다. 그리고 실험이 끝난 동물들을 일반가정에 분양하는 경우도 있는데 이경우에는 수많은 실험으로 인해 영이 망가져 있어 치유가 필요하다.

　외진 곳에 매어 놓은 개가 정신병자가 휘두른 몽둥이에 맞아 만신창이 상태로 발견되었다는 뉴스가 나왔을 때, 사람보다는 불쌍한 동물에 대한 자비가 많았던 사람들은 그 개를 위하여 개가 입원해 있는 병원에 병문안을 가고, 개를 때린 정신병자를 잡아 엄벌에 처해달라고 경찰서장에게 직접 편지까지 썼다는데, 자식에게 재산을 다 내어주고 단칸 월세방으로 밀려나 어렵게 혼자 살고 계신 팔순이 넘은 노모에게 몽둥이를 휘둘러 상해를 입힌 사건에 대하여는 그 누구도 정부에 제대로 된 복지정책을 실현해서 불쌍한 노모가 여생을 편안하게 보낼 수 있게 해달라고 건의하는 사람이 없고, 패륜아를 엄벌에 처해달라고 항의 전화 한 통 건 사람이 없었다.

　이 대한민국에는 만물(萬物)의 영장(靈長)이라는 인간이 물질이 가난하다는 이유로 거리를 떠돌다 비참하게 죽어 나자빠져 있어도 거들떠보는 사람이 아무도 없고, 혹한의 겨울에 생계를 해결하기 위해 감옥에 가기를 자처하여 일부러 범죄를 저지르는 가난한 이웃들이 있다.

　가장 최근에는 한겨울에 전기요금이 체납되어 전기 공급이 끊긴 노인이 어린 손자, 손녀와 함께 냉방에서 촛불을 켜고 잠을 자다가 화재로 목숨을 잃은 사건도 있었고, 십대의 어린 엄마가 생활고로 5개월의 영아를 버려서 구속되었다는 뉴스도 있었다.

　그에 비하면 유기된 병균덩어리 동물들이 구원받아 우대를 받고 있으니, 대한민국에서만큼은 만물(萬物)의 영장(靈長)이라는 지위를 인간이 아닌 동물에게 내주어야 할 판이다.

창세기에 천주께서 회생만물(回生萬物)은 인간을 위해 창조하셨다는데, 시대가 바뀌어 인간이 동물을 집안에서 시중드는 것도 모자라 애완동물 카페, 애완동물 옷가게, 애완동물 미용실, 애완동물 호텔, 애완동물 병원, 애완동물 납골당 등 없는 시설이 없다. 이제 곧 동물을 위한 최고의 시설을 갖춘 실버타운도 나올 판이다.

돈을 열심히 벌어서 동물을 내 가족으로 삼고, 동종(同種)의 사람과는 대화도 하지 않으려 하고 단절하고 살고 싶어 한다. 사람이 그 옛날의 그 사람이 아니기 때문이다. 제대로 된 선생이 없어서 흉악한 범죄자와 사기꾼이 판을 치고 있고 서로 믿을 수가 없는 존재들이 되어 스스로 자신의 가치를 떨어뜨려 짐승과 똑같은 인간 내지는 짐승보다 더한 인간, 짐승만도 못한 인간 취급을 받고 있다. 이러한 사실에 비추어 보면 애완동물들이 사람보다 더 귀한 대접을 받는 것은 오히려 당연한 것처럼 여겨진다. 그러나 동물이 잠시 사람의 친구는 되어줄 수 있어도 동물이 사람의 주인이 될 수는 없다.

경제적인 이유로 동물을 유기하는 행위도, 고의적인 동물학대도 있어서는 안되고 사람이 동물의 주인으로서의 의무를 게을리 해서는 안된다.

이제는 신(神)께서 만물(萬物)을 창조(創造)하신 그 뜻 그대로 돌아가자!

인간이 인간을 존대해주지 않으면 누가 인간을 존대해주겠는가!

실존인물인 쉰들러 영화의 마지막 장면에 독일의 히틀러 나치 치하에서 6천여 명의 유대인들을 구해 낸 쉰들러는 전쟁이 끝나는 순간에 전범자의 신분으로 바뀐다. 자신이 구해준 유대인들이 도망자로 신분이 바뀐 쉰들러를 위해 전원이 서명하여 구명장을 만들어주었고, 작은 반지에는 기도문을 새겨 쉰들러에게 선물로 주었다.

이 선물을 받아든 쉰들러는 자신이 타고 떠나야 할 자동차를 가리키며 자동차 한 대면 유대인 10명의 목숨을 더 구할 수 있었고, 자신이 달고 있는 나치의 상징인 그 금배지 하나로 최소한 두 명의 목숨은 더 구할 수 있었을 거라며 한명이라도 더 구해내지 못했음을 후회하며 뜨거운 눈물을 흘렸다. 유대민족에게 있어서 진정한 구원의 메시아는 2천년 전의 예수가 아니라 바로 쉰들러였다.

우리나라에는 쉰들러보다 5백년 앞서 가난한 민중의 편에 서서 자비와 자선을 베풀고 가신 토정 이지함 선생님이 계셨고, 목민관으로 애민정신을 유감없이 발휘하고 가신 압해정씨(押海丁氏) 가문의 선조이신 다산(茶山) 정약용(丁若鏞) 선생님도 계셨다.

정씨(丁氏)집안의 종친 어른이시자 대한민국에서 무호적자의 대부로 불리고 있는 정종련(75)님은 1940년 4월 전남 고흥군에서 출생하여 1965년 동아대 상학과를 졸업하고, 1983년 12월 무호적자 호적취득 봉사활동을 시작하여 복지의 사각지대에 놓여있던 무호적자들에게 자비를 들여 호적을 얻을 수 있도록 부인과 함께 인우보증까지 서주어 7,000여명에게 호적을 만들어주었다. 이후 소외계층의 인권보호에 앞장선 공로로 2005년 4월 법무부장관이 수여하는 대한민국 국민훈장 모란장을 수훈하시고 2007년에는 민주평화통일자문위원회 위원으로 위촉되기도 하였다.

정종련님이 무호적자들에게 관심을 갖게 된 것은 83년 전남 여수의 여객터미널에서 12살짜리 구두닦이 소년을 만나면서부터이다.

그해 크리스마스를 사흘 앞둔 12월 22일, 팔이 없는 어린이가 구두를 입으로 나르는 것을 보고 너무 안쓰러운 모습에 소년이 일하는 일터를 찾아가 사연을 묻자 그 소년을 데리고 있는 주인은 "(소년이) 섬에서 왔는데 전혀 행적을 알 수 없다"는 말을 했다고 한다. 이는 그가 호적을 만들어 법적인 근거를 찾아 줘야겠다고 결심한 계기가 되었다고 한다.

그러나 소년에게 호적을 얻게 해주는 게 쉽지 않은 일임을 알게 되었고, 전남 순천법원의 호적과를 방문해 호적취득 서류를 작성했지만 4번이나 퇴짜를 받았다. 처음인 만큼 시행착오가 잇따라서 어떤 때에는 구비서류 작성을 잘못했고, 어떤 때에는 필요한 서류를 준비하지 못했다. 결국 법무사사무실을 찾아 호적담당 전문인에게 수수료를 주고 의뢰해 2개월 만에 호적을 만들어줬다. 그때부터 정종련님은 무호적자 호적 취득을 위해 발 벗고 나섰다고 하신다.

"혼자 힘으로는 어렵다고 판단했지요. 여수시에 지원을 요청하고, 지역방송국과 반상회보 등을 통해 무호적자가 있으면 나에게 연락해 달라고 요청했습니다. 98년까지 15년 동안 행정자치부, 보건복지부, 법무부, 대통령, 국무총리실, 대법원 등 관련 기관에 청원서만 250통 이상을 보내고 전화도 1,200여 통을 넣었습니다."

정종련님의 이 같은 활동은 해를 더해 가며 서서히 주변의 관심을 받고 인정을 받기 시작하여 98년 12월 20일 행정안전부(당시 행정자치부)가 6개월 동안 무적자 취적 지원사업을 자문해 시작한 연후로 현재는 삼성법률봉사단 소속변호사들과 함께 무호적자 상담사업을 하고 있다.

"행정자치부에서 무호적자 취득사업을 실시하겠다는 공문이 왔을 때 아내와 함께 만세를 불렀습니다. 그동안 노력이 인정받았다는 생각에 눈물이 쏟아졌습니다. 행자부사업으로 6,357명이 호적을 새롭게 취득했는데, 이 중 장애인이 50%가 되고, 2,000여명이 처음으로 투표를 할 수 있었지요."

정종련님은 또 지금까지 1만 6,000여 통의 정책건의서를 정부 각 기관에 보내 여러 건의 정부 정책 결정을 이끌어 냈고, 행안부에 정책청원서를 넣어 서울특별시 종합민원실에 혈압측정기를 설치토록 해 민원인들이 편안하게 건강을 검사할 수 있도록 했다. 또 500가구 이상 아파트를 건설할 경우에는 보육시설을 의무화하는 아이디어도 제출하셨다.

"아버지가 생전에 말씀하신 '적선지가 필유여경'(積善之家必有餘慶·착한 일을 하면 자신뿐만 아니라 자손에게까지 반드시 복이 온다)을 평생 가슴속에 담고 실천하려고 노력했습니다. 처음에는 반대하던 아내와 자식들이 이제는 최고로 든든한 후원자가 돼 저를 밀어주고 있어 한없이 행복합니다."

대한민국에서 눈만 뜨면 끊임없이 터져 나오는 짜증나고 잔인한 뉴스만 접하다가 아버지의 유훈(遺訓)인 적선지가 필유여경(積善之家必有餘慶)을 실천하시며 가족과 함께 대한민국의 가장 낮은 곳에 있는 무호적자인 어려운 이웃들이 사라지는 그날까지 따뜻한 봉사를 계획하고 계신 정종련 선생님과 그 가족 이야기는 얼마나 아름다운가!

사람이 가장 귀한 존재로 호적이 없는 사람을 한명이라도 더 구하려 하신 정종련님이야말로 진정한 구세주이시다.

내가 한부모 모자가정 복지법 개정과 관련하여 종친이신 정종련님께 도움을 청하는 편지를 보내드렸을 때 장하다고 격려의 편지를 보내주시기도 하셨다.

가끔씩 신문의 해외토픽 란에 보면, 막대한 재산을 기르던 개나 고양이에게 상속해주었다는 기사도 실리는데 제발이지 우리나라 대한민국에서만큼은 사람이 아닌 동물에게 재산을 상속해 주지 말고, 주변의 가난한 이웃의 사람을 위해 멋지게 기부하고 떠날 수 있는, 올바른 이성이 살아 있는 여유 있는 멋진 부자들이 많아지기를 바란다.

그리하여 신께서 인간을 일컬어 신기지물(神機之物)이라 명명하신 그 원뜻을 동물의 천국이 되어가고 있는 이 대한민국에서 무호적자 7천여 명에게 호적을 만들어주어 빛을 선사해주신 정종련님과 같이 세균덩어리 동물구조가 아닌 가난한 이웃, 사람을 구제하는 일을 통하여 이제는 제대로 살려내기를.

최악의 복지법을 자랑하는 대한민국

우리나라의 잘못된 법 중에 엄마의 호적에 오른 영세민 한부모 모자 가정에 대한 규정을 보면, 영세민의 기준이 되는 재산과는 상관없이 아이 아빠가 나라에서는 부양의무자로 법제화되어 있어 아이 아빠로부터 부양가족기피 사유서와 아이 아빠의 재산관계명시 신용정보조회서 이 두 가지 서류를 나라에 제출해야만 기초생활수급자로 혜택을 받을 수 있는데 문제는 서류를 받아낼 수가 없다는 것이다.

이 법은 한부모 모자가정을 살리는 법이 아니라 죽이는 법이며 살리는 법으로 바꾸자면 아이의 부양의무자로 되어 있는 아이 아빠에게 양육비를 의무적으로 지급하는 법을 법제화시키고, 한부모 엄마가 아이 아빠에게서 받아 내지 못하는 서류 두 가지는 나라에서 대신 받아 주어야 함이 마땅하다.

그것을 법제화시키기 어렵다면 기초수급을 받을 수 있는 기준은 만 18세 미만의 어린 자녀를 동반한 어린 자녀를 책임지고 홀로 키워야 하는 엄마나, 아빠의 재산기준이 되어야 함이 옳다.

서류상에 정식으로 혼인이 되어 있는 부부는 이혼이나, 사별한 후에 재산을 타인 명의로 돌려서 기초수급자로 등록이 되어 생활비 지원부터 생필품까지 정부로부터 지원 받는데, 혼인사기로 양산된 극빈자 한부모 모자가정은 모자양육비 월 7만원이 만 12세까지 나라에서 지급되는 게 전부이고, 의료보험 혜택도 전혀 없고 동사무소에서 정부미 1인당 10kg을 시중의 절반 가격으로 살 수 있는 권리만 있을 뿐이다.

극빈자 영세민을 위한 예산 배정도, 영세민 등록기준도 까다로워 복지의 사각지대에 살 수 밖에 없는 것이 현재 대한민국 극빈자 한부모 모자가정의 현실이다.

그런데 정부에서는 아이를 고아원에 보내지 않고 혼자 책임지고 키우겠다는 한부모 엄마를 도와주기는커녕 도움이 안되는 악법을 만들어놓고도 여야 정치인 모두 복지전문가, 복지국가를 내세우고 있다.

영세민 기준!

대한민국에서 재산 말고 다른 조건이 있어야 되는 것인지?

어린 자식이 없으면 영세민 혜택은 바라지도 않을 한부모들이다.

자식에게는 엄마가 필요한데 어린 자식으로 인해 경제활동을 할 수 없는 여건과 생활고로 인해 생목숨을 끊고, 고아원을 선택하게 하는 나라가 되게 하기보다는 디딤돌들이라도 많이 만들어서 미국의 대통령 오바마로 키워낼 수 있는 시스템 구축을 해야 한다.

취학 전의 어린 자녀를 혼자 키워야 하는 극빈자 한부모 모자가정의 경우 자녀가 최소한 초등학교 3학년을 마칠 때까지는 엄마가 집에서 돌볼 수 있도록 최저생계비를 지원해주어야 하고, 이후에는 엄마의 수입과는 상관없이 자녀양육에 필요한 양육비를 고등학교를 졸업하는 만 18세까지 나라에서 지원해주는 법을 만들어야 한다.

초등학교 3학년을 마칠 때까지 집에서 자녀를 돌보며 수입을 창출할 수 있도록 나라의 기관이나 봉사단체, 구호단체, 종교단체, 기업이 연계하여 시간제 일자리 제공과 가정에서 할 수 있는 부업연계시스템을 구축하고 적정한 부업단가 고지제도를 의무화하면 최소한의 사회보장 시스템이 완성되어 세원으로 조성해야 하는 지원금 마련이 어렵다면 나라의 부담도 줄일 수 있을 것이다.

지원해주어야 할 영세민의 기준이 재산인지 나이인지 애매모호한데다 정책도 일관성이 없어서 해가 바뀌어야만 알 수 있는 이 나라의 복지정책은 분명 문제가 있다.

한부모 엄마가 영세민을 벗어나기 위해서 나라에서 정한 기준이 되는 재산이 형성될 때까지 지원을 해주어야 하는데 비싼 사교육비에 고물가로 재산 모아질 틈이 없는데, 최저생계비에 미치는 수입이 창출되었다 해서 지원을 중단하는 이 나라의 영세민 정책은 재고되어야 한다.

한부모 모자가정을 나라에서 세금으로 구제하기가 어렵다면 대부분의 영세민들이 부푼 꿈을 안고 사는 로또복권기금으로라도 한부모 모자가정을 위해 쓸 수 있는 법을 만들어야 한다.

정부에서 걷어가는 로또복권기금만 해도 세금포함 65%가 넘는다.

2011년에는 1조 2천억 원, 2012년에는 1조 5천억 원의 복권기금이 조성되었다.

로또복권 기금운용을 보면 중산층을 위한 문화사업도 포함되어 있는데, 먹고사는 일에 걱정이 없는 중산층은 로또복권을 거의 사지 않는다.

복권을 구입하는 대부분이 영세민인만큼 이 기금은 당연히 노약자와 영세민, 한부모 모자가정을 대상으로 주거와 생활 계정에 배정이 되어야 할 것이다.

가난한 사람들에게는 문화적인 혜택보다는 먹고사는 일이 우선이고, 중산층 이상이 즐기는 문화예술과는 거리가 있다.

노년층을 위한 문화시설과 정책은 늘어가는 반면에 버려지는 새싹들에 대한 시설이나 제도는 턱없이 부족하다.

신생아 출산율이 0.8%로 세계 최저 수준으로 떨어지자 정부에서는 양육비를 지원해준다며 출산장려운동을 하고 있는데, 낳아놓은 아이들 조차도 감당이 안되는 부모이고 나라인데 누굴 믿고 아이를 낳겠는가?

아이를 낳는 층은 불행하게도 책임질 능력이 안되는 어린 십대 미성년자들이며, 그들의 출산은 갈수록 늘어나고 있다.

청소년 미혼모정책을 보니 학교로 되돌려 보내기 운동으로 정부에서 예산까지 편성해 놓았다고 한다.

그런데 이미 학교 담장 밖에 나와 있는 이 아이들이 학교로 되돌아갈 리 없고, 그 아이들에게 필요한 것은 자식을 책임지기 위한 수입을 창출해 낼 직업이기에 이 아이들을 억지로 학교로 되돌려 보내기보다는 적성에 맞는 직업교육이 더 효과적일 것이다.

혹 이 아이들 중에 학교로 되돌아가 학업을 계속하길 원하는 아이들이 있다면 이 아이들을 대신해서 아기를 맡아서 키워줄 제대로 된 기관이 필요하고, 성숙하지 못한 행동으로 태어난 이 아기들을 입양이라는 명목으로 수출을 내보내기보다는 구호단체, 종교단체들이 연합체를 구성하여 이 아이들을 인재로 키워내서 수출을 하게 되면 대한민국 고아 수출국 1위라는 오명은 벗어날 수 있을 것이다.

해외에서 한국아기 한명을 입양하는데 양부모가 부담하는 비용은 3천만 원이 넘는다고 한다.

보건복지부에서는 2011년 해외로 입양되는 입양아수를 916명으로 제한했다고 한다.

복지부에 따르면 2012년 우리나라 아동의 전체 입양 사례 1천 880건 중 국내입양은 59.8%, 해외입양은 40.2%를 차지했다.

2012년 8월에 개정된 입양특례법에 의하면 미혼모가 태어난 아이를 자신의 호적에 올린 연후에나 입양이 가능하게 되어 있다. 이 법으로 인해 아이를 몰래 내다버리는 사건이 늘어나고 있다.

아이를 책임질 능력이 없으면 아예 낳지 말아야 한다.

한국에서 6세에 프랑스로 입양이 된 펠르랭 장관은 '한국의 뿌리'라는 한국 입양단체가 있다는 것을 최근에야 알았고 굳이 뿌리를 찾아야 할 이유가 없었다면서 "한국에 가더라도 친부모를 찾고 싶지 않으며 그보다는 한국에 대한 호기심이 많은 만큼 한국의 문화를 더 알고 싶다."고 강조했다.

자국에서 훌륭한 인재로 키워내기보다는 해외입양을 부추긴 사회단체와 대한민국 정부는 펠르랭 장관에게 진심으로 미안해해야 하고 사과해야 한다.

그리고 해외입양을 법적으로 금지시켜야 한다.

이웃나라 일본은 도호쿠(東北) 대지진과 쓰나미로 하루아침에 수백 명의 고아가 발생했지만 혈통을 가장 중시하는 일본인들은 해외로 입양을 보내지 않고 가까운 친인척들이 데려다 키웠다고 한다.

실제로 전국 400곳의 고아원에 2만 5,000명의 고아가 등록된 일본에서는 연간 국내입양 건수는 거의 없고 해외 입양도 한 해에 30여건에 불과하다고 한다.

대한민국은 현재 아이를 출산한 십대 미성년의 엄마에게 양육비로 월 15만원을 지급하고 있다.

이 나라 물가상승률에 비하면 아이를 키우는데 분유 값에도 못 미치는 턱없이 부족한 금액이다. 거기에 비하면 다문화가정에는 양육비 지원과 교육비 지원, 일자리를 통한 자활 지원 등 실질적인 다양한 지원이 이루어지고 있다. 의료보험 혜택도 전혀 없이 양육비 월 7만원이 전

부인 한부모 모자가정 정책은 한마디로 고아원에 보내라는 정책과 다름이 없다.

부실화된 지자체에서는 복지예산이 부족하다는 이유로 양육비도 제때 지급해주지 못하는 경우가 있으니 복지와 관련한 예산집행은 부실화된 지자체에 맡기지 말고 중앙정부에서 일괄 관장해야 한다.

십대들의 무분별한 행동으로 인한 사고를 예방하기 위하여 올바른 성교육을 매스컴을 통하여 강화해야 함은 물론이고 철없는 행동에 책임을 물어 미성년자의 경우엔 미성년자의 부모나 미성년자 당사자에게, 성인일 경우엔 당사자 남녀 모두에게 태어난 자식이 고등학교를 졸업하는 만 18세까지 일정한 양육비와 양육에 대한 책임을 지게 해야 한다.

부양의무자가 양육비 지급을 하지 않을 경우에는 나라에서 대신 지급하고 나라에서 부양의무자에게 양육비를 청구하는 법도 만들어야 한다.

이러한 법들이 제대로 만들어지고 시행되면 국가의 부담도 줄어들 것이고 국가에서는 관리의 의무만 지면 된다.

현재 양육비청구소송은 어린 자녀의 여건에 맞추어져 있는 것이 아니라 모든 것이 아빠의 여건에 맞추어져 있다.

썩은 정신 때문에 혈육을 버리는 부모가 없어야 하고, 썩은 정신 때문에 부모를 버리는 자식이 없는 대한민국이 되어야 한다.

한부모 모자가정의 자립지원을 위해 새로 만들어진 정책을 들여다보니 자격증을 취득하는 직업훈련비를 지원해주고 취업도 연계해준다고 한다. 그런데 문제는 취업에 필요한 자격증을 취득하기 위해 직업훈련에 응시하고 싶어도 한 달 생활비로 지원되는 금액이 20만원밖에 되지 않아 실질적인 도움이 되지 않는다는 것이다.

나라에서 인정하는 자격증을 취득하는 동안은 생활에 필요한 최소한의 1인 최저생계비에 준하는 생활비가 지원되어야 한다.

1년에 한두 번 지원되는 한부모 가정을 위해 무료로 기탁하는 물품 또한 유통기한이 한 달 남짓 남은 라면과 밀가루가 전부였다.

유통기한이 한 달 남짓 남은 라면과 밀가루를 기증하는 것이 한부모 가정을 위한 배려의 마음에서 나온 것이라면 차라리 기증하지 말고 폐기처분해주시길 부탁드린다.

이 나라의 한부모 모자가정을 구제하지도 못할 쓸데없는 보여주기식, 형식과 틀만 지향하고 알맹이는 없는 쭉쟁이 복지법을 만들어 놓고 월급 받아 가신 분들이 뉘신지 참 궁금하다.

전 세계 160만 여국에 280만 명의 회원이 인권 실현을 위해 활동하고 있는 국제엠네스티나 유엔 인권위에 대한민국 한부모 모자가정법에 대한 탄원서를 낸다면 대한민국의 위상은 그야말로 최악으로 자리매김하게 될 것이다.

대한민국에 복지법을 연구할 행정전문가가 부족하다면 외국의 훌륭한 법안을 그대로 모방해서 쓰는 것이 바로 해법이다!

지금 여당에서는 0세부터 5세까지 무상보육을 실시하며 엄마의 따뜻한 손길이 필요한 어린 아이를 떼어놓고 엄마들에게 직장으로 등을 떠밀고 있다.

미처 준비도 되지 않은 어린이 집의 보육교사는 어린 아기가 토할 때까지 분유를 먹이기도 했다는데 이러한 정부의 잘못된 정책으로 공짜 심리를 부추겨 아이도, 엄마도 편안하지 않은 또 다른 사회적인 문제들을 야기하고 있다.

현재 실시하고 있는 무상보육은 미처 준비가 되지 않아 지자체의 재정부실화의 원인으로 꼽혔고 전국의 지자체장들이 모여 전면중단해야 할 위기에 처해 있다는 성명서를 발표했다.

전국의 0세에서 3세에게 월 10~20만원의 보육비가 차등 지원되고 있는데 넉넉한 가정에서는 용돈으로 간주되고 있고, 엄마와 아빠가 다 있는 가정에서는 아기들을 위한 정기예금을 들어주고 있다고 한다.

현재 1,118조원 부채를 지고 있는 대한민국 정부의 재정형편에서는 월 20만원의 무상보육비가 아니라 그 아이들에게 필요한 기저귀 값을 지원해주는 것이 현실적인 지원이다.

보육과 관련한 무상복지에 앞서 현재 실시하고 있는 잘못된 한부모 모자가정 정책부터 제대로 바로잡아야 한다.

정부에서 고아원의 1인 아동에 105만원을 지급하고 있는데 비해 한부모 가정에는 만 12세까지 지원되는 월 7만원이 전부이고 미성년자에게는 분유 값으로도 모자란 월 15만원이 전부이니 한부모가 어린자녀를 고아원에 보내지 않고 양육할 수 있도록 양육에 필요한 최소한의 현실적인 생활비와 의료보험혜택을 받을 수 있게 해주어야 한다.

복지 선진국인 영국·독일·호주 등의 미혼모정책은 미혼모 한부모 가정에 적극적인 재정지원을 제공하고 미혼모가정을 다양한 가족형태의 하나로 인정하고 당당한 사회일원으로 받아들이고 있는 반면에, 이 나라 대한민국에서는 한부모 엄마들이 이성관계가 복잡하고 문란한 사람들로 오해하고 잘못 호도하여 사회적인 냉대와 홀대에 복지정책까지 차별대우가 이만저만이 아니다.

2014년 7월 18일자 송옥진 기자님의 미혼모에 대한 한국일보 보도에 의하면, 스위스에서 목회자로 활동하시던 김도현(60) 목사님께서 스물세 살의 한국계 스위스 입양인 여성이 양부모의 친아들인 두 살 위 오빠에게 오랜 기간 성폭행을 당해오다가 1993년 6월 '나는 친엄마를 보기 위해 길을 떠난다.'는 유서를 남기고 스위스 라인 강의 차가운 강물에 몸을 던졌다는 기사를 보고 입양보다는 친가족이 아이를 키울 수 있도록 지원해야 한다는 생각을 갖게 되셨다고 한다.

김도현 목사님은 한국으로 돌아온 2006년부터 입양의 날인 매년 5월 11일 입양에 반대하는 토론회와 집회를 열기 시작했다.

2011년부터는 입양의 날에 '싱글맘의 날' 행사를 열고 있다. 미혼모와 입양인의 목소리를 듣고 싱글맘에 대한 사회의 지원을 촉구하는 자리다. 김도현 목사님은 "입양은 이별, 결별에 기반을 둬 제공되는 복지"라며 "입양으로 아이와 엄마 모두 일생 동안 깊은 상처를 안고 사는데 정부가 입양의 날을 만들어 '더 많은 아이들이 입양되도록 하자'는 메시지를 전달하는 건 잘못됐다."고 말했다. 입양이 완전히 사라질 순 없지만 양육, 위탁 등 미혼모의 여러 선택지 중에 입양, 특히 해외입양은 최후의 선택이어야 한다는 것이다.

김도현 목사님은 이를 위해 "미혼모의 연령, 소득에 관계없이 월 45만원 정도의 양육비를 지원하는 것이 바람직하다"며 "입양, 위탁, 시설 수용 등 친부모로부터 멀어질수록 아이에게 경제적 지원이 많아지는 현재의 왜곡된 시스템을 고쳐야 한다."고 말했다. 월 45만원은 가정법원에서 산정한 아동양육비의 최소금액이다. 국내에서 입양하는 가정에는 15만원의 생계비와 정신상담비 20만원을 포함하여 최저 35만원이 지급되고 있고, 의료비 혜택도 주고 있다.

김도현 목사님은 2012년 입양특례법 개정에 앞장서 가정법원의 허가가 있어야 입양이 가능하도록 바꿨다. 이런 법 개정은 입양절차를 까다롭게 해 베이비박스에 아이를 버리는 미혼모가 늘어났다는 논란이 일기도 했다. 김도현 목사님은 "베이비박스건 입양이건 친부모로부터 버려지는 것은 아이 입장에서 똑같다"며 "입양인은 아무리 좋은 환경에서 자랐다고 하더라도 평생 자신의 친가족이 누군지, 모국은 왜 자신을 버렸는지, 끊임없이 혼란스러워하기 때문에 아동 인권 차원에서 봐도 입양은 공적인 영역에서 맡아야 한다."고 말했다.

미국으로 입양됐다가 34년만인 지난해 친엄마를 찾은 수정(38)씨가 어머니 김정숙(59 · 가명)씨에게 보낸 편지에는 이런 대목이 있다.

"양부모님은 언제나 저를 많이 사랑해 주었고 많은 미국인 사촌과 이모, 삼촌들이 있지만 저는 항상 그 가족과 겉도는 느낌이었습니다. 입양되지 않고 한국에 있었어도 가족과 행복한 인생을 살 수 있었겠다는 생각이 듭니다."

김도현 목사님은 해외입양인을 위한 시민단체 '뿌리의 집'을 운영하며 싱글맘 지원운동을 벌이고 있는데, 그 취지는 입양은 불가피할 경우의 마지막 선택이어야 하며 아이는 가급적 엄마가 키워야 한다는 것이다.

대한민국에서 한부모 엄마의 신분이 된 사람들은 대부분 혼인과 관련하여 양산되었다.

해마다 9만~10만 명의 10대 미혼모가 생겨나는 영국은 미혼모들이 학업과 취업 등을 중단하지 않고 사회에 적응할 수 있도록 정책을 집중한다. 그리고 16세 미만의 미혼모들이 학교 교육을 정상적으로 마치도록 의무화하고 있다. 미혼모들이 아이를 낳은 뒤 학업을 계속할 경우 소득에 따라 일주일에 3만 6,000~5만 4,000원의 교육유지수당을 지급한다. 이와 함께 자녀 1인당 일주일에 양육비 29만원을 제공하여 양육 걱정 없이 학업에 전념할 수 있도록 하고 있다.

독일 역시 10대 미혼모에 대해 충분한 경제적 지원은 물론 교육권을 철저히 보장한다. 독일 미혼모들은 매달 164만원의 최저생계비를 지원받는다. 대부분의 주에서는 임신기간 중 결석을 출석으로 인정하거나 휴학으로 처리하는 등 학업에 지장이 없도록 해주고 있다. 또 미혼모는

14개월의 육아휴가를 이용할 수 있으며, 이 기간 동안 월 소득의 67% 또는 최고 월 273만원까지 부모수당을 받는다.

덴마크의 경우에는 미혼모를 가족 형태로 인정한다. 덴마크 통계청은 미혼모, 미혼부의 동거를 결혼으로 간주한다. 이에 따라 미혼모는 모성보호법, 임신보호법 등 일반 결혼여성과 똑같은 법 적용 및 혜택을 받는다.

미혼모 복지에 관심이 높은 호주에서는 미혼모들이 정부와 각종 사회단체로부터 파격적인 지원을 받는다. 호주 정부는 미혼모들에게 매달 100만원의 양육비를 지급하고, 10대 미혼모가 학업을 유지할 수 있도록 맞춤식 교육을 지원한다. 정부 지원으로 세워진 미혼모학교 '파라웨스트 성인학교'는 정규 학교교육은 물론 미용, 요리 등 기술교육을 함께 제공한다. 미혼모들이 수업을 받는 동안 산후보조사들이 미혼모의 집을 방문해 아이를 돌봐주는 등 학업을 위한 배려를 아끼지 않고 있다고 2011년 5월 24일자 서울신문에 보도된 바 있다.

반면 우리나라의 여성가족부나 국회의 보건복지위는 복지부동 1위로 DJ문민정부 시절부터 지금까지 한부모 모자가정 정책에 있어서 한 치의 변함이 없다.

"착한 길을 익히고, 바른 삶을 찾아라. 억눌린 자를 풀어주고, 고아의 인권을 찾아주며 과부를 두둔해주어라."

성경(이사야1장17절)에 하느님의 말씀으로 기록되어 있다.

독실한 신자로 알려져 있고 저마다 복지전문가를 내세우며 이 나라 대한민국의 대통령이 되고자하는 특정정치인들조차도 하느님의 기본적인 말씀조차도 실천하지 않으며 기어이 외면하고 있는 것이 한부모 모자가정 정책이다.

한마디로 이 나라에는 여야를 불문하고 기본이 되는 제대로 된 정치인도, 정당도 없다는 것과 같다.

자식을 사회의 쓰레기가 아닌 인재로 키워내는 일이야말로 나라에 애국하는 일이다.

지금이라도 한부모 모자가정에 현실적인 지원을 해주시기를 부탁드린다.

또한 한부모 가정을 양산하는 혼인사기와 관련하여 사기죄로 20년 이상의 중형에 처벌할 수 있는 엄법을 제정하여 사회적으로 대접받지 못하는 한부모 가정이 양산되지 않도록 해야 한다.

애플의 창업자였던 스티브 잡스는 자신을 버린 친부모를 정자와 난자은행으로 비유하며 자신을 입양하여 최선을 다해 길러주신 양부모님을 1,000%의 진짜 부모님으로 표현하면서 23세 때 임신을 한 여자 친구에게 낙태를 강요하며 출산하여 입양을 보내는 일은 절대로 안된다고 했다고 한다.

이는 친부모에게 버림받은 스티브 잡스가 얼마나 큰 마음의 상처를 입었는가를 알 수 있게 해주는 대목이면서 책임질 수 없으면 아예 낳지 말라는 뜻으로 해석되는데, 불행하게도 우리나라에는 이렇게 바른 말을 해주는 지도층 인사가 없다.

대한민국의 특정 종교단체와 복지단체에서는 자신의 인생을 책임질 준비가 안된 어린 십대 미성년자들에게 낙태를 권하기보다는 출산을 장려하여 낳아서 고아원에 버리라는 정책을 펴고 있는데, 이 나라 대한민국이 제대로 된 나라라고 볼 수 있는가?

인터넷상에서 거래되고 있는 불법입양과 관련하여 부모의 신분과 혈액형도 공개하고 있는데, 대부분이 명문대에 재학 중인 학생들이라 한다. 자신들의 행동에 대한 결과를 책임지려 하지 않고 오히려 출산하여 인터넷입양을 빌미로 돈벌이로 이용하려 하고 있는 현실에 화가 치민다.

잘못된 사회적 통념과 고약한 복지정책으로 인해 미국의 오바마로도, 애플의 스티브잡스로도 절대로 키워낼 수 없는 고약한 나라가 바로 대한민국이다.

대한민국에서 사라져야 할 것이 바로 스티브 잡스가 평생 동안 혐오한 정자와 난자은행이다. 외형적으로 대한민국은 G20에 속한 중진국 대열에 속해 있다고 하지만 OECD국가 중 30개 국가 중에 가장 질 낮은 국가로 28위를 차지하고 있고, 기부문화도 세계 81위를 기록하고 있다.

전 세계를 대상으로 평가한 부끄러운 대한민국의 위상이 숫자로 매겨진 낮은 순위에 있다.

이 대한민국이 바로 서기 위해서는 무엇보다도 스티브 잡스와 같이 제대로 된 스승에 의한 정신교육이 이루어져야 한다.

그리고 이 대한민국의 고약한 사회적인 편견과 차별대우 속에서도 가난한 엄마의 호적에 오른 자식을 버리지 않고 끝까지 책임지려 하는 한부모 엄마들의 정신이야 말로 우리가 본받아야 할 정신이다.

2012년 말 통계에 의하면 월 30만 원 이하의 생활비로 어린 자녀를 혼자 키우고 있는 한부모 가정이 12만 5천명이라고 한다.

물가상승률도 고려하지 않았던 DJ문민정부 시절부터 월 5만원이었던 한부모 모자가정의 양육비는 2013년 1월부로 2만원이 인상되어 월 7만원이 되었다.

2011년 5월에 보건복지위 박근혜 국회의원에게 월 5만원의 한부모 모자가정의 양육비를 최소한 15만원으로 올려달라는 제안을 올렸는데 2012년 12월 대선공약으로 들고 나와 한부모 엄마들의 지지표를 받았다. 하지만 대통령에 취임한 후에는 월 5만원의 양육비가 2만원이 인상되었고, 2015년에는 3만원이 인상되어 10만원이 지급된다고 한다.

한부모 엄마들의 자존심을 상하게 하고 치욕을 안겨주는 한부모 모자가정법이 제대로 된 복지법으로의 개정이 어렵다면 공공일자리라도 고정으로 배정해주어 생활고는 면하게 해주어야 한다.

1998년, 미국령인 해외 티니안 다이너스티 카지노호텔에 지배인으로 근무할 당시, 그 나라에는 잘된(?) 복지정책과 낙태를 인정하지 않는 법으로 인해 십대 미혼모 학생의 신분으로 편안하게 학업을 지속하는 학생들이 있었고, 나라에서 한 자녀에게 지급되는 고액의 양육비 덕에 정상적인 부모가 일자리를 선택하기보다는 출산을 선택하여 여러 명의 자녀를 낳아서 윤택한 삶을 누리고 있는 가정이 많이 있었다.

선진국의 복지정책에 비하면 스스로 목숨을 끊어내고 싶게 만드는 이 나라 대한민국의 최하층민을 위한 한부모 모자가정 복지정책은 그야말로 얼마나 어이없는 정책인가!

제대로 된 복지정책 입안이 어렵다면 일요일 SBS TV에서 방영되고 있는 '동물농장'을 참고로 하면 될 것이다.

이 나라 대한민국에 제대로 된 개(犬)별 맞춤형 복지가 거기에 있다.

농자천하지대본(農者天下之大本)

정부의 잘못된 농정과 자연재해로 농자천하지대본(農者天下之大本)이 망가진 지 오래고, 수산업은 양심 없는 이웃나라들이 불법으로 남의 나라 영역에 침범하여 수산물을 싹쓸이해가는 바람에 어민들이 빈 바다에서 희망이 아닌 절망을 걷어 올리고 있다.

중병에 걸린 시부모님의 요양을 위해 남편과 여섯 살의 어린 딸과 함께 강원도 홍천에 내려가 봉양한 적이 있는데, 그때 내 눈으로 직접 보고 느낀 우리나라 농촌의 현실은 그야말로 어이가 없었다.

서울에서 농촌에 내려간 지 한 해가 지난 2009년 7월.

때는 마침 강원도 특산품인 옥수수가 출하되는 시점이었고 택배회사의 횡포가 최고조에 이르는 달이었다.

어렵게 농사를 짓고 알맞게 잘 익은 옥수수를 정성스레 따서 포장하여 주문한 고객들에게 택배로 보내주어야 하는데 옥수수 한 접의 무게가 거의 80kg이라, 택배회사 직원이 가장 기피하는 품목이 되어 이 핑계 저 핑계 대고 오지를 않는 것이다.

할 수 없이 차가 없는 농민은 따로 운반비를 지불하고 택배회사까지 직접 싣고 가서 택배접수를 해야 했다. 하지만 택배회사가 그 택배회사가 아니고 농민들에겐 아예 고전 속의 우체국이 되어 있었다.

도시에서는 상상도 못할 택배회사의 횡포를 농정을 책임지고 있는 정부의 농림수산부에서 나서서 농민들의 애환을 해결해 주어야 하는데 힘이 미치질 않는다.

그렇다면 농민들을 위해 설립된 농촌의 농협 기능을 다양화하여 도시에서는 증권회사를 인수하고 농촌에서는 농민들을 위한 택배회사를 설립 또는 인수를 하거나 농산물 홈쇼핑 회사를 인수하여 제값을 받을 수 있도록 농산물 판로를 열어주면 병들어 가는 농촌이 아니라 병을 고치는 농촌으로 다시 태어날 수 있을 것이다.

만약 농민을 위한 택배회사 설립이나 인수가 어렵다면 농협에서 직접 물품을 접수하여 물량을 거두어 오고 택배회사에 인계하는 방안도 검토해볼 수 있고, 어느 양심 있는 택배회사가 농촌에서 자발적으로 농민을 위해 운용해 준다면 정부에서는 그 대가로 그 택배회사에 세금감면을 통해 혜택을 주는 방안을 검토해보아야 할 것이다.

농촌이 죽어가는 이유 중의 하나는 잘못된 유통구조에 그 원인이 있다.

예를 들어 배추 한 포기 값이 산지에서 5백 원이면 도시의 소비자 가격은 최소한 2천 5백 원에 거래된다. 그렇다면 농민과 소비자들에게 더 많은 혜택이 돌아가게 하기 위해서 농협에서 직거래로 일괄 관장하여 농민들에게 더 많은 이익이 돌아갈 수 있게 해주어야 한다.

농민들을 위해서 농협의 다양한 역할이 절실히 요구되는 시대인 것이다.

농민과 농촌을 살리기 위해서는 농촌의 현실을 제대로 파악하고 합리적인 방안을 모두 검토하여 제대로 된 법안을 만들고 이 나라의 농민이 되어 겪는 설움과 고달픔을 해결해 주어야 한다.

피땀 흘려 농사를 지어도 밀려드는 수입농산물로 제값 받기 힘들어진 것이 이미 오래전 일이고 뼈 빠지게 농사 지어봐야 자식 교육비 하나 감당하기 힘들다. 그러니 정부에서 세금을 더 걷어 들이기 위해 만들어 놓은 잘된 부동산 정책(?)으로 땅값이 올라 농사를 짓기보다는 땅을 팔아 학비를 대거나 농사일은 아예 접고 부동산에 전념하는 분이 있고, 먹고 살기 위해 농사일에만 전념할 여력이 없어 두 가지 직업을 가지고 있는 분이 있는 것이다. 결과적으로 밭농사를 지으면 최소한 2~3모작을 하여 더 많은 소출을 거둘 수 있는데, 밭농사를 지어야 할 곳에 논농사를 짓고 있고 논농사를 지어야할 곳엔 5~6년 동안 손대지 않아도 되는 삼밭이 들어서고 있는 것이 바로 우리나라 농촌의 현실이다.

새벽부터 일어나 축사를 돌보고 농사일을 주관하는 축산농 남편은 고된 농사일로 몸이 망가져 가고, 직장을 다니며 조석으로 농사일을 거드는 아내의 몸도 역시 망가진 이 나라의 경제와 똑같이 만신창이가 되어 간다.

2013년 1월 10일자 한국경제신문 보도에 의하면 한국농수산식품유통공사의 퇴직공무원이 부정한 방법으로 유통계약을 따내어 곰팡이가 있는 고추와 썩은 양파 등과 같은 불량농산물 수천 톤을 시중에 유통한 것으로 들어났다.

감사원은 한국농수산식품유통공사와 식품의약품안전청을 대상으로 감사를 벌인 결과 유통공사는 잔류농약기준을 넘긴 불량고추 6,600톤을 수입해 유통시켰고, 건고추는 17.8%가 곰팡이가 피어 품질기준에 미달인 것을 알면서도 중국현지보다 35% 비싼 가격으로 수입·수의계약을 맺었다고 한다.

지금 시중에서 유통되고 있는 고추장, 된장을 비롯한 각종 곡물 가공식품류는 수입원산지가 대부분 중국으로 국산이 거의 없다.

중국에서 수입해온 불량식자재로 만든 식품들을 국민들이 마음 놓고 사먹을 수 있겠는가?

한국농수산식품 유통공사는 양심을 팔고 국민건강과 직결되는 불량 농산물을 수입하여 국민들에게 병균을 선물하고 있다.

이 나라 대한민국에서 썩은 정치인들과 종북 좌파도 무섭지만 더 무서운 것이 국민건강과 직결되는 먹거리와 관련하여 물불 가리지 않고 돈 앞에 양심을 파는 행위이다.

건강과 관련하여 우리 농산물에 대한 관심이 높아지면서 농협의 다양한 역할이 절실히 요구되는 시대이다.

박근혜 정부에서 추진하고 있는 중국과의 FTA는 농업분야에서 농민들의 피해가 심각하게 우려되고 있다.

이 나라에서 자체 생산만으로 충족할 수 있는 농축수산물은 수입을 금하고, 이 나라에서 생산되지 않거나 부족한 품목만 수입을 하게 하면 이 나라의 농어민이 골탕 먹을 일이 없다.

지나간 정권시절의 박정희 대통령님은 식량 자급자족을 하기 위해 종자 개량에도 많은 노력을 기울여 기어이 식량 자급자족을 할 수 있게 되었는데, 애석하게도 잘못된 FTA로 인해 자급자족을 하고도 남을 식량을 모든 것을 다 갖춘 강대국의 힘의 경제논리에 밀려서 수입을 하게 되어 이 땅에서는 밀과 보리농사가 거의 사라졌고, 문익점 선생이 어렵게 붓 뚜껑에 숨겨 들여온 목화 농사도 사라졌다.

잘못된 국가 경영진들로 인해 이 나라에서 자급할 수 있는 것조차도 포기하게 만들어 밀가루는 100% 수입에 의존하게 된 데다, 넘쳐나는 쌀까지 수입을 하게 되어 쌀농사를 포기하는 농민들이 점점 늘어나고 있다.

2013년 대한민국의 식량자급률이 23%(쌀 자급률 86%)으로 세계 5위의 식량수입국이 되어 있는데, 장차 닥쳐 올 자연재해로 인해 식량대란이 일어난다면 대책 없이 당할 수밖에 없는 것이 지금의 이 대한민국이다.

또한 신토불이(身土不二) 농업을 보호하여 외국의 유전자조작(GMO) 농산물로부터 국민건강을 지키고 대한민국의 식량안보를 구축하는 일이야말로 더 이상 미룰 수 없는 중차대한 과제이다.

쌀 시장 개방과 관련하여 쌀농사를 짓고 있는 농민들이 정부에서 보호해주지 않는 벼가 자라고 있는 논을 트랙터로 갈아엎고 있다.

1700년에는 영국이 자국의 면방직 산업을 보호하겠다는 이유로 영국의 식민지였던 인도에서 생산되던 면직물 수입을 전면 금지하여 인도의 면방직 산업은 종말을 맞았다.

이와 관련하여 동인도 회사 총독 벤팅크경은

'면방직 장인들의 뼈가 인도의 대지를 하얗게 덮었다.'라고 말했다.

식민지였던 인도에서 생산되던 면화를 영국에서 다른 나라로의 수출 길을 열어주었더라면 인도의 면방직 산업은 망하지 않았을 것이다.

그러니 대한민국 정부도 대한민국 농민들의 생업을 망가뜨리지 말고 제대로 된 FTA를 맺어 이 나라 농민도 살고 교역국도 사는 상생의 정책을 펴야 한다.

잘못된 농정으로 인해 머지않은 날에 대한민국 농민들의 뼈가 대한민국 전역을 하얗게 덮지 않으리라는 법도 없는 요즘이다.

아프리카의 기아를 해결하여 노벨평화, 생리학상 후보로 여러 번 추천되었던 옥수수박사 김순권 박사님은 '정부는 내 연구를 딱 3년간 지원해주곤 중단시켰다. 심지어 가축을 건강하게 키우는 기능성 사료용 옥수수의 생체수량이 수입종보다 30% 이상 높은 육종 연구마저 중단시켰다. 연구에 성공하면 국가적으로 얼마나 큰 이득이 되는지 뻔히 알 수 있는데도 말이다. 연간 1천만 톤의 옥수수를 수입해 70%를 가축 사료로 이용하는 대한민국에서 사료용 옥수수자급도는 0.8%다. 육종 연구만 잘하면 남아도는 논에 사료용, 바이오 연료용 옥수수를 심어 상당량의 수입대체를 할 수 있다. 수입규모 연간 1천만 톤, 50억 달러로 일본에 이어 세계 2위의 옥수수수입국인 우리나라 관료와 정치인, 학자들이 그 막대한 옥수수 수입관련 이권 챙기기에만 골몰하며 나라 전체, 나아가 남북 민족 전체의 이익은 외면하고 있다.'라고 꼬집었다.

옥수수 하나로 남북한뿐만 아니라 전 세계를 구해낼 수 있는 능력을 가진 세계적인 인물을 대한민국 정부가 홀대한 것이다. 이후 중국정부가 그를 외국인 우수과학자로 전폭적인 후원을 하여 중국에 현지법인인 '닥터콘' 벤처기업을 설립했고, 닥터콘을 중국 내 5위 안에 올려놓겠다는 포부를 밝히셨다.

미국과 중국은 대체에너지로 옥수수 줄기를 이용한 에탄올 연구가 진행 중인데 옥수수 알곡 1억 톤을 메탄올 생산에 투입하여 세계 식량파동이 일어 3년 사이에 옥수수 값이 3배나 뛰었다.

옥수수는 알곡과 줄기를 포함하여 버릴 것이 거의 없는 식물로 에탄올 생산연구는 현재 70~80% 성공했다고 한다.

종자와 비료문제만 해결되면 북한의 식량난을 해결할 수 있는데, 김순권 박사님이 98년부터 59차례나 찾아간 북한과의 교류 및 협력은 파탄 난 상태이다.

김순권 박사님의 중국행은 후세대에게 막대한 손해를 끼치는 일이면서 대한민국에 엄청난 손해를 끼치는 국부유출에 해당된다.

수년 전에 태풍 곤파스의 피해로 배추가 금값이 되어 중국에서 수입을 하였는데, 그 여파로 배추농사를 많이 지어 남아도는 배추가 되어서 제값을 받지 못해 화가 난 농민이 밭을 갈아엎는 사태도 있었다. 정부가 싼값에 사들여서 일부는 김치로 가공하여 살림이 어려운 국민들에게 제공하고, 일부는 랩으로 포장하여 냉장보관이라도 하여 비축한다면, 아주 요긴하게 물가 안정을 도모할 수 있었을 것이다.

과다하게 생산되어 자체 폐기되는 농산물을 비싼 수입사료 대신 사용할 수 있도록 연구해야 한다.

수년 동안 국산농산물 값이 금값이 되어가면서 정부의 귀농지원책에 힘입어 2011년 귀농인구가 사상최대로 늘어났다고 하는데 문제는 농산물을 파종하고 수확을 하는데 인력이 부족하여 애를 먹고 있다고 한다. 그래서 농촌에서도 부족한 이 인력을 기어이 동남아 외국인노동자까지 고용하고 있다고 하는데 도시에는 노숙자와 실업자가 넘쳐나고 있다.

농촌에서는 외국인노동자에게 먹여주고 재워주는 것 외에도 임금으로 월 140~150만 원을 지급하고 있다고 한다.

정부와 사회단체에서는 이 나라 대한민국에서 이미 놀고먹는데 익숙해진 신체 건강한 노숙자와 실업자들에게 취업을 장려한다는 의미로 국민의 혈세로 취업수당을 지원해줄 것이 아니라, 인력이 필요한 농촌에 인력을 채용하는 보조금을 지원해주는 것이 더 가치 있고 현실적인 정책이 될 것이다.

빚더미의 대한민국에서 노숙자와 실업자는 이제 사라져야 한다.

지금 이 나라는 지역별로 토양과 기후에 맞는 농업의 특성화를 이루어 농업에 대한 혁신을 이루어야 하는데 그 시점이 바로 지금인 것이다.

지역별 특성화가 사라진 품목이 바로 인삼농사이다.

특정지역에서 생산하던 인삼이 전국농가에서 재배하면서 인삼 값이 떨어져 제값을 못 받고 있다.

이런저런 영향으로 농사에 큰 피해를 입어 과일과 야채 값이 올랐다고 생필품 값마저 덩달아 올라 서민경제가 고약해진 것도 요즘이다.

한번 오른 공산품가격은 내릴 줄 모르고, 기어이 시민단체와 방송에서 성토를 당하고 나서야 쥐꼬리만큼 내리는 회사들의 행태도 문제이다.

정부에서 이 나라를 위하여 이 나라의 근간이 되는 농촌의 농민을 위하여 꼭 이루어 내주어야 할 것이 바로 제대로 된 FTA 정책이다.

그리고 농촌 출신 대학생들에게 학비 특별감면을 해주시되 필요한 재원은 알곡이 되는 기간산업들을 다시 국영기업으로 편입시켜 그 기업에서 창출되는 이익금을 가지고 복지기금을 조성하여 조달하면 큰 문제가 없으리라 생각되고, 학자금 조달이 어려워진 부모들을 위해 학자금으로 대출을 내주는 대출금에는 최소한의 이자로 돌려서 갚을 수 있게 해주어야 한다.

졸업하자마자 직장을 구하지 못해 실업자 신세에, 대출한 학자금을 갚지 못해 신용불량이라는 신분까지 덧대어지는 이 나라에, 가난한 농민의 자녀들을 위하여 현재 학업 중에 갚아야 되는 학자금은 4대 보험이 적용되는 온전한 직장생활을 하게 되면 그 시점부터 대출금을 갚아나갈 수 있도록 해주어야 한다.

2014년 상반기 7만명의 대학생들이 30%의 고금리로 대부업체에서 대출을 받아 갚지 못하고 있는 금액이 무려 2,515억 원에 이른다고 한다.

이 나라에서 신용불량은 취직을 더 어렵게 한다.

OECD 국가들이 대학생에게 지원되는 장학금과 학자금 대출은 평균 19.5%로, 미국이 21.5%, 노르웨이가 43.5%에 달하는 반면 우리나라는 겨우 10.1%밖에 되지 않는다.

학자금과 관련하여 가난한 농촌의 자녀들이 대출한 학자금과 이자와 학비를 제때 내지 못하여 학업은 뒷전으로 미룬 채 아르바이트에 내몰려 월세와 생활비도 감당이 안되어 자살한 학생이 2009년 한해에만 198명이나 되고, 2011년 학자금대출과 관련 신용불량이 된 대학생들이 서울지역에만 4천명이라고 한다.

굳이 무리를 해가면서도 농촌 출신 대학생들이 대학 졸업장에 목숨걸고 연연해하는 것은 자식들만은 자신들과 다른 삶을 살아주기를 바라는 부모의 간절한 바람과 이 나라에 잘못된 파벌과 학벌로 인한 뿌리깊은 차별대우가 존재하고 있기 때문이다.

난립하고 있는 대학의 숫자도 문제이거니와 정부에서 지원되는 보조금의 효율을 높이기 위해서라도 대학의 구조조정을 통한 통폐합이 반드시 이루어져야 하고 무엇보다도 대학의 특성화가 이루어져야 한다.

고등학교 역시 특성화시켜서 대학졸업장이 없어도 실력으로 대접받을 수 있는 건강한 사회풍토가 조성되어야 한다.

그리고 고등학교 졸업 후에는 선진국처럼 부모에게 의지하지 않고 사회생활을 하면서 자신이 원하는 대학교육을 저렴한 비용으로 공부할 수 있도록 정치권에서 공약으로 내건 반값등록금을 실현하여 균등한 배움의 기회를 확대하고 일정한 학점을 이수하면 졸업장을 받을 수 있도록 해주어야 한다.

선진국인 독일에서는 한 학기 등록금으로 개인이 부담하는 최저 금액이 80만 원 가량 되고 그 외에 필요한 교통비나 교재 등은 나라에서 거의 무료로 지원을 받는다고 한다.

현재 반값등록금 정책이 실현되기를 바라는 온 국민들의 바람과는 달리 당장 실현되지 못하고 있는 진짜 이유는 사학재단을 운영하는 경영진들이 비영리재단으로 운영되어야 할 사학재단을 영리를 추구하는 일반기업으로 운영하는 잘못된 정신에 있다.

이 대한민국에 나라의 기본이 되는 농자천하지대본(農者天下之大本)을 실현하여 든든한 기반 위에 정치인과 종교인, 교육자, 학부모 모두 성실한 농군이 되어 현재의 위치에서 자신들의 소임을 제대로 해준다면 이 대한민국(大韓民國)은 건강하게, 더욱 튼튼한 대한민국(大韓民國)으로 다시 태어날 수 있다.

상의(上醫) · 중의(中醫) · 하의(下醫)

국회의원 임기 중 비리혐의로 구속되어 의원직을 상실한 사람은 제외하고는 65세 이상만 되면 죽을 때까지 평생 120만원의 연금을 받는 법이 2014년 5월 26일 통과가 되었다. 따지고 보면 대통령이나 국회의원, 도지사, 시장, 시의원, 구의원 모두 임시직이다. 임시직 퇴임 후 연금을 지급하는 회사는 이 나라에 없다.

한마디로 허가 낸 도둑이 따로 없는 것이다.

명법을 만들고 나라경영을 잘하여 나랏빚을 줄이고 흑자경영을 했다고 하면 국민 그 누구도 연금법에 반대하지 않았을 것이다.

그러나 그 이전에 대한민국의 가장 낮은 곳에 있는 어려운 국민들의 기본적인 복지부터 챙겨주는 일이 선행되었어야 한다.

국회의원들은 자신들의 이권과 관련하여 범죄자를 위한 법을 제정하기 이전에 주인인 국민을 위한 보호법부터 제대로 제정하고 국민들이 자발적으로 밥그릇 챙겨주고 싶게 만드는 국회의원들이 되어야 한다.

15년 전 시흥시에는 자신의 건강도 돌보지 않고 힘없고 어려운 사람들을 위해 앞장서며 빈민들의 대부로 살다 가신 한나라당 제정구 의원이 계셨다.

암에 걸려서 돌아가시기 직전까지도 가난한 국민들을 위하여 애쓰다 세상을 떠나신 제정구 의원님의 유가족들은 아직도 어렵게 살고 있다.

  이 유가족을 위해 연금법이 제정되었다면 그것은 대찬성이지만 나라가 처한 현실도 고려하지 않고 속이 시커멓게 들여다보이는 연금법은 제대로 된 법이 아니다.

  또한 국민의 생명과 직결된 일을 하고 있는 소방공무원은 미국에서는 대를 이어 존경받는 직업으로 각광받고 있는 반면에 이 나라 대한민국에서는 목숨을 내건 위험한 일을 하면서도 공무원으로서의 정당한 대우를 받지 못하고 있을 뿐만 아니라 위험 직업군으로 기피대상이 되어 있다.

  최근 5년간 구조활동 중 사망한 소방관이 36명이고, 다친 소방관은 1,626명이라고 한다. 업무 수행 중에 당한 재해에 대한 보상도 미미할 뿐만 아니라 재활치료가 필요한 소방 공무원에 대해 병원비도 3년 밖에 지급해주지 않아 치료비가 없어서 재활 치료를 포기하여 장애인으로 살고 있는 소방공무원들이 있다.

  국민의 생명과 직결된 위험한 일에 종사하고 있는 만큼 소방공무원들에게는 생명과 관련하여 특별위험수당을 신설하고 업무 중에 당한 재해에 대하여서는 기한에 상관없이 재활치료비를 전액 나라에서 지원해주어야 한다.

  직무에 필요한 안전장비조차도 제대로 갖추어지지 않은 소방공무원들은 불철주야 국민들의 안전을 위해 몸을 사리지 않고 궂은일부터 위험한 일까지 묵묵히 자신의 직무를 수행하고 있는데 비해 수명은 58세에 위험수당으로 겨우 월 5만원이 책정되어 있다.

  그럼에도 불구하고 열악한 조건에 있는 부산지역 소방관들이 '119안

전기금'을 만들었다. 마음만 아파하지 말고 실질적으로 도울 수 있는 방법과 자금을 마련하자는 뜻으로 부산시 소방본부가 실행에 옮겨서 2012년 3월부터 직원들 1인당 2,000원에서 1만원까지 월급에서 자동이체하여 한해 동안 부산지역 소방공무원 2,340여명(전체직원의 90%)이 모금에 참여해 총 1억 6,000여만 원을 모았다.

소방본부는 이렇게 만들어진 기금으로 장애인, 독거노인, 소년소녀가장, 기초생활수급자 등 생활이 어려운 화재 피해자들에게 각종 물품과 생활안정자금을 주고 있다.

대한민국 국회의원은 선진국 기준 정족수보다 220명이 더 많은데도 불구하고 제 할 일을 다 하지 않고 있는 반면에, 소방서에서는 인원부족으로 소방공무원 1인이 책임져야할 업무가 과다하여 아예 집에 들어가지도 못하고 소방서에서 대기 5분조로 새우잠을 자고 있는 소방공무원들이 많다고 한다.

화재사고가 빈번하게 일어나는 요즈음, 일할 소방공무원들의 인원수가 턱없이 모자라 화재를 제때 진압하지 못해 피해가 더 막심해지고 있다고 하니 국민의 안전을 책임지고 있는 막중한 역할을 맡고 있는 소방공무원들의 처우개선과 인원확충이 시급하다.

2010년 8월, 월 천 팔십만 원의 급여를 받아가는 4년 임시직인 국회의원들에게 2011년 7월부터 가족수당과 자녀학자금까지 지원받을 수 있도록 하는 법이 신설되었다.

잘못된 법으로 인해 고통 받고 있는 국민들의 고통은 외면하면서 자리에 있을 때 챙기자는 식으로 자신들의 밥그릇부터 철저히 챙긴 18대와 19대 임시직 국회의원들은 반성해야 한다.

더군다나 천조 원이 넘는 빚더미에 올라 해마다 40조원이 넘는 이자에다 국민의 세금 절반을 빚으로 갚아야하는 게 우리나라의 현실이다.

　대통령 퇴임 후 거처할 사저를 짓는데 재임기간 중의 받는 대통령의 월급보다 더 많은 혈세를 들여서 비싼 사택을 지은 DJ와 노무현 대통령의 봉화마을의 집은 나라에서 다시 반납 받아 나랏빚을 갚는데 사용해야 한다.

　김영삼 전 대통령님은 국민의 혈세를 들여 따로 사택을 짓지 않으시고 사시던 옛집으로 돌아가셔서 청렴한 정치인으로서의 귀감을 보여주셨다.

　이명박 전 대통령은 대통령 퇴임 후 국민의 혈세를 들여 비싼 사택을 짓는 일과 관련하여 다소 논란이 있기는 하였지만 전면 취소하였고, 사택부지도 매각하여 국고에 손실금을 전액 채워 놓았다고 한다.

　이제는 대통령 퇴임 후 국민의 혈세로 사저를 짓는 법과 대통령 가족까지 평생 책임지는 연금법을 아예 대통령 직권으로 폐지시켜서 청와대에 바른 전통을 세워놓아야 한다.

　일본의 외상 마에하라는 외국인에게는 정치후원금을 받으면 안된다는 사실을 알고 몇 번인가 거절을 했다고 하는데 기어이 재일교포로부터 월 5만 엔씩 후원금으로 총 25만 엔을 받았다는 이유로 국민 앞에 사과하고 외상직에서 물러났다.

　안에서 새는 바가지가 밖에서도 샌다는 것을 여지없이 보여준 대단한 (?) 한국인의 위상이 여기에 있다.

　대한민국의 정치인들이 억 단위의 큰돈을 받고도 부끄러움을 모르고 오히려 적게 받았다고 큰소리치며 아무렇지 않게 넘어가는 이 대한민국에서는 절대로 일어날 수 없는 일이다. 현직에서 자신의 밥그릇 챙기기에만 급급한 대한민국의 국회의원들보다는 25만 엔의 바른 양심을 보여준 일본의 외상이 더 존경스럽고 아예 한국의 정계에 자리를 마련해 드렸으면 좋겠다는 생각이 든다.

　2011년 3월 10일, 국회 법사위(법제사법위원회)는 남아도는 변호사들에게 일자리를 마련해주기 위해 자산규모 1,000억 이상의 기업에 의무적으로 변호사 1명 이상을 고용하도록 강제하는 법안을 통과시켜 적어도 1,000명 정도의 변호사들이 대기업에 기생할 수 있게 했고 자신들의 이익과 관련하여서는 변호사 영역을 침범할 수 있는 변리사와 관련한 법은 계류시키다가 자동 폐기되었다고 한다.

　대한민국의 정치인들은 자신의 이익과 관련하여서는 힘과 권력 앞에 줄서기를 제대로 하면서 사람과 사람 사이에 지켜야 할 질서와 예의는 도대체가 지킬 줄을 모른다.

　18대 국회의원들이 유권자들을 상대로 출마공약으로 내걸었던 공약들을 19대 선거를 앞두고 점검해본 결과 대부분이 제대로 지켜지지 않아 국가에 1조원의 손실을 초래했다고 한다.

　지금의 대한민국의 국회는 국회의원 정족수만 늘려서 불필요한 혈세만 낭비되고 있으니 입법부인 국회도 자발적인 구조조정을 통하여 합리적인 운영을 해야 할 때인데 대다수 국민들의 의사와는 반대로 오히려 의석수를 늘려 국민들의 빈축을 샀다.

　2012년 나라 살림이 가장 어려울 때에 국회의원 세비는 20%가 올랐는데, 소득세를 물지 않는 입법 활동비와 특별활동비는 65.8%가 인상되었다. 임금 3.5%가 오른 공무원이나 물가상승률에 비하면 임시직으로는 파격적인 대우다.

　국회의원 1인에게 4년 동안 들어가는 혈세가 국회의원 세비를 비롯한 보좌진과 각종 수당 및 선거비용을 포함하여 35억이나 된다고 한다.

대한민국 국회의원 연봉은 1억 4,500만 원으로 기본급과 관리업무, 정근수당, 가족수당, 입법활동비, 특별활동비, 명절휴가비, 급식비, 자녀학비 등 명목도 다양하다.

여기에다 국회의원 한명 당 보좌관과 비서관 7명에 인턴 2명으로 한 해 드는 예산이 4억 원이라고 한다. 게다가 차량유지비, 기름 값, 운전기사 연봉으로 5,000여만 원을 지원받고 45평 쯤 되는 사무실도 지원받는다.

국회의원 수도 우리나라는 16만 2천명에 한명으로 미국은 62만 명, 브라질은 37만 명, 일본은 26만 명, 멕시코는 21만 명으로 선진국인 미국에 비하면 네 배 이상 많다.

선진국인 미국을 기준으로 한다면 대한민국 국회의원의 정족수는 80명이 되어야 한다. 지금 당장 국회의원 정족수를 선진국 수준으로 맞추기 어렵다면 현재 3백 명에서 3분의 1이라도 줄이고 국회의원 세비도 나라 형편에 맞게 자진해서 삭감해야 한다.

선진국인 스웨덴의 의원은 일주일에 80시간 넘게 일을 해야 1억 원 쯤의 연봉을 받는다고 한다. 여기에는 물론 의원 개인의 보좌진이나 기름 값 지원도 없어 의원 340여 명 중 30%가 일이 너무 힘들어 임기 중에 그만둔다고 한다.

대한민국 국회의원의 특권목록을 본 스웨덴의 스톡홀름 시민은 정말 놀랍고 무섭기까지 하다고 말했다.

미국 역시 상·하의원들에게 월 급여 외에는 일절 지원되는 것이 없다고 한다.

대한민국 국가부채는 현재 1,000조원에 이르고 2012년부터 태어나는 아이들은 1억 원이 넘는 부채를 지고 나오는 것과 같다고 한다.

국가부채는 정치인들이 차세대 예산을 미리 끌어다 쓴 결과이다.

조상이 되어 후세대에 알곡이 넘치는 복지국가가 아닌 막대한 부채 국가를 물려주게 된다면 이는 후손들에게 부관참시를 당해도 될 만한 중대 사안이다.

이웃나라 일본의 집권 민주당이 2011년 쓰나미와 대지진에 따른 재정난을 감안해 국회의원 세비의 30%를 한시 삭감하는 방안을 추진하기로 했다고 NHK방송이 보도했다. 이 방송에 따르면 민주당은 6개월간 국회의원 세비의 30%를 삭감하기로 하고 자민당과 공명당 등 야권과 협의하기로 했다고 한다. 재난과 관련하여 이 나라 대한민국의 정치인들과 일본의 정치인들이 보여준 국민들에 대한 관심과 사랑은 질적으로 차이가 있다.

2014년 4월 16일 발생한 세월호 참사와 관련하여 유가족인 유민아빠 김영오님은 딸의 죽음에 관한 진실을 밝힐 특별법 제정을 요구하며 생사를 넘나드는 단식을 40여일이 넘게 감행하였고, 세월호 유족들과 뜻을 함께하는 각계각층에서 일일동조단식을 비롯한 항의 시위에 연일 참여하고 있다.

유가족들이 원하는 특별법은 성역 없는 진상조사를 위한 수사권과 기소권이 포함된 법안이었다. 그런데 유가족들과 국민들의 뜻을 제대로 읽지 못하는 무능한 정치권에서는 유가족과 국민들의 의사에 반하는 황당무계(荒唐無稽)한 특별법안을 들고 나왔다.

그 내용을 보면

1) 사망자에 대한 국가추념일 지정

2) 추모공원지정

3) 추모비 건립

4) 사망자 전원 의사자 처리

5) 공무원 시험 가산점 주기

6) 단원고 피해학생전원 대입특례전형 수업료 경감

7) 사망자 형제자매 대입특례전형 수업료 경감

8) 유가족을 위한 주기적 정신적 치료 평생지원

9) 유가족 생활안정 평생지원

10) TV수신료 감면

11) 수도요금 감면

12) 전기요금 감면

13) 전화요금 등의 공공요금 감면

14) 상속세 조세감면

15) 양도세 등 각종 조세감면 혜택

16) 기타 세월호 피해자에 대한 근로자 치유휴직

17) 유가족들의 직계비속에 대한 교육비 지원

18) 형제자매들에 대한 교육비 지원

19) 아이보기 지원

20) 간병서비스

21) 화물 등 물적피해 지원

22) 경제적 어려움을 겪고 있는 피해자 금융거래관련 협조요청

등으로 이는 세월호 유족들과 국민들의 공분(公憤)을 사고도 남을 비상식(非常識)의 법안들이다.

억울하게 죽은 어린 자식의 생목숨과 바꾸어 팔자 고치고 싶은 부모는 대한민국에 없다.

민주정치가 발달되어 있는 선진국들의 의원들은 사무실이 없어도 국민들에게 꼭 필요한 제대로 된 법안들을 만들어 내는데, 유독 우리나라 국회의원들은 넓은 사무실을 차지하고도 갖은 명목으로 수당과 세비를 타내어 호위호식하면서도 법을 제정하는 본연의 의무조차도 제대로 해

내지 못하고 각종 이권에 개입하여 뇌물이나 챙기고 있으니 아까운 국민들의 혈세만 낭비되고 있는 셈이다.

이처럼 국민의 이익과 관련하여 국민들이 국회와 정부에 맞설 경우에는 중재자가 필요한데 우리나라에는 중재자가 없다.

현재의 대한민국 국민들은 악법을 만들어 내는 국회의 독주를 막아낼 방법이 없으며 오히려 최고 주권자인 국민과 각 부처의 장관들을 우습게 알고 아랫사람 대하듯 하는 국회의 오만함이 이 대한민국 국회에 있다.

해마다 때만 되면 각 부처의 장관들과 국무총리가 정당 당수들을 알현(?)하고 원활한 국정 협조를 부탁하며 머리를 조아리는 모습은 악법으로 피해를 당한 피해자이며 주권자인 국민의 한사람으로 참으로 불쾌한 장면이 아닐 수 없다.

잘못된 법을 제정한 것에 대해 엄중한 경고를 해도 모자랄 판에 도에 지나치는 당수들의 오만한 태도 또한 국민들의 심기를 불편하게 한다.

그리고 여야 국회의원의 신분으로 불법 정치자금과 관련하여 법적인 책임을 져야 하는 행위를 일삼고도 면책특권(免責特權)을 이용하여 면죄부를 받는 국회의원들의 잘못된 행태는 일반국민으로서 납득하기 어렵다.

잘못된 법들을 국회에서 자발적으로 고치지 않는다면 국민과의 직접소통(국민투표)을 통해 잘못된 법들을 폐지해야 한다. 그리하여 국회의원들의 잘못된 행태를 바로잡고 국익과 국민의 이익에 반하는 악법을 제정한 국회의원들을 전원 직무유기죄와 직권남용으로 엄하게 단죄하고, 국민소환제를 통해 직위를 해제 시켜야 한다.

국회의원이란 직분이 이 나라에 제대로 된 법(法)을 제정하는 일인만큼 직분과 직업에 충실하여 이제는 당리당략(黨利黨略)의 차원을 벗어나서 대한민국(大韓民國) 후손들을 위한 제대로 된 법을 제정해 주시길 바란다.

　한나라당이 정치적 위기에 직면하여 15년 동안 사용해온 당명을 버리고 새 당명을 공모했을 때 분노한 국민들의 냉소와 비아냥이 담긴 '개소리당, 뽑아주면또사기친당, 국민사기당, 국민삽질당, 국민개고생당, 국민잡쉬당, 국민사망당, 유신그네당, 쑈당, 국민조롱당, 닝기리뽕당' 등 국민정서를 반영하는 무려 8천여 개의 공모댓글이 달렸다고 한다.

　10년 동안 집권하고도 정치를 선진국 수준으로 끌어올리지 못하고 국민의 삶을 질을 떨어뜨리고 '뚜껑열린당'으로 비유가 되었던 것을 생각하면 집권당으로 국민의 기대에 부응하지 못한 야당도 예외는 아니었다.

　한나라당이 천막당사에서 새 출발을 다짐했을 때 국민들은 한나라당에 많은 희망을 걸었다. 그런데 그 기대가 여지없이 무너졌을 때 돌아온 것은 국민들의 좌절과 분노와 냉소였다.

　이 나라 대한민국이 정치적 위기에 직면하여 여나 야나 당리당략(黨利黨略)에 의해 이해집산(離合集散)을 일삼으며 당의 이름만 바꾼다고 해결될 문제가 아니라 정치인들 스스로 '대국민 사기극'을 벌인 것에 대해 반성하고 썩은 정신부터 바로 세우는 일이 선행되어야 한다.

　선진국인 미국이나 영국이나 일본은 오랜 세월동안 정당의 이름이 바뀌지 않고 명맥이 그대로 이어져오고 있다.

　이 나라 대한민국에서 잘못된 정당의 폐해를 절감한 국민들 입장에서는 철저히 자신들의 이익만 추구하는 잘못된 정당에 속한 국회의원보다는 개인으로 평가받는 제대로 된 무소속 국회의원이 더 낫겠다는 것이 대다수 국민들의 생각이었다.

　2012년 4월에 치러진 19대 국회의원 선거의 전국 투표율은 54.3%, 총선거인 수는 4,000만 명 중에 2,100만 명이 투표를 하였다.

현실정치에 염증을 느낀 온전한 무소속 후보는 빠지고 새누리당과 민주통합당 후보밖에 없어서 정치를 포기하는 심정으로 투표에 불참하는 사람들이 많았고, 투표에 참여한 유권자들 역시 울며 겨자 먹기로 투표를 할 수밖에 없었다.

2014년 7.30 지방선거 역시 마찬가지였다.

전국투표율 32.9%로 3분의 1도 안되는 지역유권자의 절반의 지지를 얻어 16%의 지지율로 당선이 된 것이다.

투표에 참여한 역대 최저의 낮은 투표율이 잘못된 정치의 결과인데도 불구하고 여권에서는 반성의 움직임이 나온 것이 아니라 오히려 자신들에게 유리하게 해석하고 있다.

티베트에서는 가진 것들을 많이 버릴수록 존경받는 사람이 되고 서양에서는 높은 자리에 오를수록 존경받는 사람이 된다고 한다.

이제 대한민국의 정치인들은 국민보다 우선하는 200가지의 모든 특혜를 내려놓아야 한다. 그리고 국회의원과 대통령 출마자격은 높은 학벌과 사회적인 지위가 아니라 나라에서 인정하는 기초학력으로 전 국민들을 위한 봉사활동 점수를 기준으로 해야 한다.

대한민국에서 살신성인(殺身成仁)의 대민봉사정신이 투철한 소방공무원들의 정신을 정치인들이 본받아야 한다.

또한 천억 원에 육박하는 막대한 국민혈세가 정당에 지원되는 대통령선거와 관련해서 나라 현실에 맞게 선거법도 다시 제정해야 한다. 대권에 출마한 모든 후보들에게 나라에서 TV토론을 할 수 있도록 공평한 기회를 제공해 주고 선거와 관련하여 각 후보들이 내놓은 공약들을 일정한 부수로 인쇄하여 국민들에게 제공해주는 법을 만들어야 한다.

막대한 비용을 들이고도 소음공해로 유권자들에게 외면당하고 있는 차량유세 제도는 없애야 한다. 그리고 나라에서 선거와 관련하여 각 정당에 지급하고 있는 막대한 국고보조금 제도는 일체 폐지해야 한다. 각 정당에서 국민의 혈세로 임대료를 지불하고 있는 당사 역시 국회로 옮겨서 모든 의정활동은 국회 안에서 이루어지게 해야 한다.

대한민국 정치인들이 각종 회의실을 구비하고 있는 넓고 넓은 대한민국 국회를 놔두고 국회 담장 밖에서 국민들의 혈세를 써가며 지금까지 이루어 놓은 것이 무엇인가?

그야말로 밀실야합으로 이루어 놓은 막대한 빚더미의 나라이다.

국회 예결위에서 정부에서 올린 예산안을 마음대로 쥐락펴락하며 서민들을 위한 의료예산과 국방예산을 삭감하고 호텔방에서 쪽지를 통해 자신들의 지역구 예산이나 챙겨가는 잘못된 예결권은 정부에 돌려주어야 한다.

국민들의 혈세로 월급을 받고 있는 국회의원들이 지금과 같이 제 역할을 해주지 못한다면 각 분야의 최고의 전문가들로 구성된 무보수 명예직으로 운영하는 사이버국회와 사이버국회의원제도를 도입하는 것이 이 나라 대한민국에서는 오히려 효과적일 거라는 생각을 한다.

2014년 4월 3일 JTBC 조민진 기자의 보도에 의하면 한국은행이 발표한 2013년 말을 기준으로 가계와 기업, 정부의 빚이 모두 3,783조원이라고 한다. 2013년 국내총생산 GDP 1,428조원의 3배에 가까운 수치로 빚이 소득의 3배에 가깝다.

빚이 늘어남에 따라 가계소비와 기업투자가 위축되어 국가세수도 줄어들 수밖에 없다. 결국 최고의 국민복지인 일자리도 줄어들어 실업자가 넘쳐나게 되고 경제는 가파른 내리막길로 치달을 수밖에 없다.

이처럼 파산직전의 나라를 만들어 놓고 4년 임시직으로 국민복지는 철저히 외면한 채 200가지의 특혜로 정치인들만의 복지국가를 만들어 온 것이 바로 대한민국 국회의원들이다.

그래서 대한민국에서 정치를 오래하신 분들일수록 욕을 더 많이 먹어야 하는 나라가 되어 있다.

　　여나 야나 지금 이 나라 대한민국에 필요한 사람은 어려움에 처한 국민과 나라를 구해낼 사람이지 위기의 당을 구해내야 하는 사람들이 아니다.

　　대한민국의 각 정당들이 국민들에게 외면을 당하고 있는 것은 끊임없이 민의를 거스르고 철저하게 자신들의 이익만을 추구해왔기 때문이다.

　　버려야 할 것과 버리지 말아야 할 것을 구별하지 못하는 정치인들은 이제 이 대한민국에서 영구히 사라져야 한다.

　　대한민국의 정치인들은 대한민국의 현실을 가장 잘 아는, 대한민국 국민들의 기본적인 복지를 제대로 챙길 줄 아는, 국민들을 위한 제대로 된 복지사와 의사가 되어 주시면 좋겠다.

　　상의(上醫)는 마음을 다스려서 질병을 미리 치료하는 의사이고,

　　중의(中醫)는 음식을 통하여 질병을 미리 치료하는 의사이며,

　　하의(下醫)는 환자의 질병을 보고나서 치료하는 의사라고 하였다.

　　망가진 이 나라 대한민국에 정치인들은 상의(上醫), 중의(中醫), 하의(下醫) 중 어느 의사가 되어야 하겠는가?

松下問童子하니 言師採藥去라 (송하문동자, 언사채약거)

소나무 아래 동자에게 물으니 스승은 약을 캐러갔다 하는데

只在此山中이련마는 雲深不知處라 (지재차산중, 운심부지처)

이 산중 어디엔가 있으련마는 구름이 깊어 알 수 없구나

-宇宙變化의 原理 본문 중-

백년대계(百年大計)

　대한민국 사회에서 동남아 출신의 다문화가정에서 태어나는 2세들이 기본적인 언어소통이 되지 않아 초등교육에서부터 문제가 제기되고 있다.

　정부에서 초등학교 저학년 학급에 2~3명의 다문화 가정의 학생들을 위해 제3외국어 선생을 고용할 방침이라고 한다.

　그런데 다문화가정의 엄마들의 출신은 대부분 필리핀, 베트남, 태국, 방글라데시, 파키스탄, 네팔, 러시아 출신으로 엄마가 아이들을 키우다보니 언어는 엄마의 모국어를 먼저 배우게 되고 현지인인 아버지의 나라의 말인 한국말은 습득이 늦다.

　초등학교에 입학해서 피부색이 다르다는 이유로, 혹은 말을 잘 못알아듣는다는 이유로 동급생들로부터 왕따를 당하기도 한다고 한다.

　그러나 더 큰 문제는 한국말을 알아듣지 못해 선생님의 수업을 따라갈 수가 없다는 것이다. 독일이나 미국, 영국, 호주, 프랑스 등 선진국 출신의 다문화가정에서 태어나는 2세들은 모두 외국인학교에 입학하여 지금까지 교육에 있어서 기본적인 언어소통의 문제는 제기되지 않았다.

우리도 교육을 전담하는 교육부에서 다문화가정의 아이들로 인해 야기되는 문제들을 풀어내는데 있어 다수의 토종한국인 아이들에게 피해가 가지 않도록 다각적으로 검토하여 신중하게 정책을 수립해야 한다.

학생을 위한 길도, 부모를 위한 길도, 선생님을 위한 길도 아닌 모두가 함께 망가질 수 있는 정책은 만들지 말아야 한다.

지금 대한민국은 기존의 초등학교 외에 다문화가정의 자녀들을 위한 대안학교 설립이 유행처럼 번져가고 있다. 송도 신도시 건설과 관련하여 인천의 구도심에 위치해 있는 박문여중고와 제물포고등학교를 신도시인 송도로 옮겨간다고 한다. 신도시가 건설되었으면 당연히 교육을 위한 학교도 신설되어야 하는데 구도심에 위치한 전통 있는 명문학교들을 송도로 모두 옮겨가고 나면 구도심에 살고 있는 시민들의 자녀들은 구도심과 먼 거리에 있는 송도나 그 외 타 지역으로 통학을 해야 한다.

이것이 국민을 위한 제대로 된 행정이라고 볼 수 있는 것인지?

교육부는 지금이라도 구도심의 명문학교들을 송도로 이전하는 계획을 전면 철회해야 한다.

미래의 인재를 양성하는 공교육만큼은 일반사기업의 경영논리를 들이대지 말고 사회적인 공헌과 기여를 목적으로 해야 한다. 그리고 학생수가 얼마 되지 않는 산골 시골학교나 섬에 있는 섬마을 학교들과 같은 맥락으로 교육을 지원해주어야 한다.

한편 공립은 국가에서 100% 지원을 받아 운영되고 있고, 사립 또한 국가에서 95%를 지원받고 있다.

초등학생들이 다니는 보습학원은 한 학기 이상 너무 앞선 선행교육으로 학교에서 가르치는 학습 진도에 복습과 예습이 제대로 이루어지지 않아 공교육이 큰 효과를 보지 못하고 있다. 그러니 보습학원이 학교 교과과정에 맞게 진도를 맞추어 복습과 예습이 이루어질 수 있도록 관계당국에서 계도를 해주면 좋겠다.

딸아이가 다니고 있는 송림초등학교에서는 방과 후 학습이 자리를 잡아 매주 5일 동안 다녀야했던 학원 대신 방과 후 학습으로 매주 2일 동안 학교에서 공부를 하는데, 친구들과 친교를 다지고 취미생활도 가능하여 정서함양에도 도움이 되고 성격도 밝아졌다.

이처럼 학부모들도 비싼 사교육보다는 저렴한 비용으로 학교에서 시행하고 있는 방과 후 학습프로그램을 적극 활용해 주었으면 좋겠다.

현재 공교육이 사교육에 잠식당하여 입시를 앞둔 학생들은 낮에 학교에 등교하여 수업시간에 아예 잠을 자는 학생들이 부지기수라고 한다.

그런데다 학교수업은 아예 뒷전으로 밀려서 학교 선생님들조차도 학교 수업시간에 잠을 자는 학생을 혼을 내기는커녕 그대로 방치하고 있다고 하니, 공교육을 살리기 위해서는 예능학원만 제외하고 일반학원은 수강을 전면 금지시켜야 하고 방과 후 학습을 강화시켜야 한다.

현재 고등학교에서 입시와 관련하여 밤 10시까지 의무적으로 실시하고 있는 야간자율학습도 폐지되어야 한다. 야간자율학습으로 인해 학생들을 담당하고 있는 선생님들이나 학생들 모두 휴식이 없어 피로와 스트레스로 인해 가정의 구성원들이 망가지고 있고, 비싼 사교육비로 인해 가정경제에도 부담이 되고 있다.

입시학원은 고등학교를 졸업한 사람에 한하여 허용해야 한다는 것이 나의 개인적인 의견이다.

그리고 현재 대학 입시에서 필수과목이 아닌 선택과목으로 전락한 국사를 필수과목으로 부활시켜 대한민국의 역사를 바로 알게 하고, 무분별한 해외유학으로 인해 낭비되는 외화유출도 막아야 한다.

여기서 반드시 폐지되어야 할 대학 입시과목으로는 논술이 있다.

애매모호한 채점방식도 문제일 뿐더러 사교육과 연관하여 막대한 교육비를 지출하고도 가장 억울한 과목이 논술이다. 하물며 논술을 주관하시는 유명한 교수님들조차도 논술의 폐해를 주장하며 폐지할 것을 요구했지만 사교육과 연관되어 막대한 이득을 보고 있는 계층으로 인해 그대로 유지가 되고 있다. 이렇듯 막대한 사교육비를 지출하고도 채점방식부터 애매모호하여 가장 억울한 과목으로 자리 잡은 논술을 폐지하여 대학입시를 투명하게 하여야 한다.

논술을 폐지해야 하는 이유는 이미 초등학교에서부터 교과과정으로 논술이 자리 잡아가고 있으므로 채점방식이 애매한 대입전형 시험으로까지 시행해야할 이유가 없다는 것이다.

한 가지 덧붙이자면, 요즘은 교실에서 사라진 사랑의 매를 대체할 제도도 만들어야 한다고 본다. 학부모 참관수업에 가서 보면 버릇없는 아이들의 행태가 그대로 보여서 학부모로서 오려 선생님께 민망할 때가 있다. 선생님의 권위는 버릇없는 제자들을 바르게 계도하기 위한 회초리에 있다. 그런데 맞벌이로 인해 가정교육이 제대로 이루어지지 않아 초등학생부터 대학생까지 인성과 예절교육이 전혀 안되어 있는데다 체벌까지 금지되어 있어 선생님들의 권위를 세울 수 없어 상급학교에서는 버릇없는 학생들에게 선생님이 오히려 매를 맞고 있는 실정이다.

요즘 극성을 부리고 있는 학교폭력도 따지고 보면 인성교육의 부재에서 비롯되었다. 공영방송사에서도 이제는 과도한 폭력이나 불륜을 소재로 한 드라마는 그만 만들고, 청소년들을 위한 건강한 프로그램들을 많이 만들어 주었으면 좋겠다.

현재 TV에서 청소년을 위한 프로는 일요일 저녁에 방영되는 골든벨 장학퀴즈 하나밖에 없다.

게임을 개발하는 게임회사에서도 자라나는 청소년들의 정신건강을 위해 게임은 등급제를 적용해야 하고, 청소년들이 즐겨하는 게임에 너무 잔혹한 게임은 개발자체를 하지 말아야 한다.

퍽퍽한 학교생활에 지쳐 있는 청소년들을 위해 즐거움을 줄 수 있는 자연과 연계된, 피로회복제가 되는 건강한 게임들이 많이 개발되었으면 좋겠다.

오래전에 일본에서는 귀여운 동물 캐릭터인 피카츄를 개발하여 키우는 게임이 있었는데 이것은 자라나는 청소년들의 정서발달에도 큰 도움이 되었다.

우리나라에는 어린이를 위한 세계적인 만화영화 김수정 작가님의 '아기공룡 둘리'가 있었다.

지금까지 대한민국의 교육이 내 자신만의 이익만을 추구하는 이기적인 인간들을 키워내는 죽은 교육이 이루어져 왔다면 이제부터라도 나도 이롭고 남도 이롭게 하는 자리이타(自利利他)의 정신에 입각하여 도올 김용옥 선생님의 뜻을 받들어 시대의 이단아가 아닌 '협력하는 인간'을 키워내는 것을 교육의 목적으로 삼아야 한다.

현재 국민들이 낸 세금으로 운영이 되고 있는 이 나라의 최고 학부라는 서울대가 세계 순위에서 109위를 차지했고 포항과학기술대는 28위를 차지하였는데, 저렴한 학비로 최고의 시설과 최고의 교수진으로 모든 혜택을 받고 있는 서울대생들이 졸업 후의 취업 목표가 국내 기업이 아닌 외국계 기업을 선호한다는 사실에 놀라움을 금할 수가 없다.

결국 이 나라 대한민국은 인재를 키워서 남의 나라에 좋은 일을 하는 꼴이 되었다.

국내 대기업들의 안일한 경영행태에 실망한 이 나라 최고의 인재들이 스스로 자국의 기업을 외면하게 만들었다. 하지만 이는 학생들을 탓할 일이 아니고 이 나라와 이 나라 대기업의 경영진을 탓해야 할 것이다.

물론 한편으로는 이 나라에서는 최고의 대기업이라 지칭하는 대기업 군에 들어가 경영혁신을 통하여 외국기업에 뒤지지 않는 경영을 해주었으면 하는 개인적인 바람도 있다.

서울대학 군이 외국계 기업에 취업을 목표로 하고 있는 반면에 설립된 지 그리 오래 되지 않은 포항과학기술대는 세계 순위에서 서울대를 월등하게 앞지르고, 이 나라의 핵심이 되는 기술연구 분야에 취업을 하고 있다고 한다.

이 나라 대한민국에 최고라 자부하는 잘못된 스승들의 가르침도 없지 않겠지만, 그에 앞서 잘못된 정책을 편 이 나라 정부에도 책임이 있고 낡고 구태의연한 경영방식에서 벗어나지 못하고 있는 기업들의 잘못도 크다.

서울대가 이 나라의 최고학부로서 순수한 이 나라 국민들의 세금으로 외국계 기업을 위한 인재를 키워내는 대학이 되기보다는, 이 나라를 위한 제대로 된 인재를 키워내는 교육기관이 되었으면 좋겠다.

이 나라에서 최고학부인 대표국립대학은 원래 성균관대학이 맥을 이었어야 했다.

고구려시대부터 국립대학인 태학에서 고려시대 국자감을 거쳐 조선조에 성균관으로 국립대학의 맥을 이어왔는데, 일제강점기에 일제의 농간으로 사학(私學)으로 전락하였고, 이후 일제가 서울대학을 국립대학으로 설립하였는데, 서울대학은 엄밀하게 말하면 서울 지방의 대학으로 서울대라는 명칭을 사용했어야 함이 옳다.

지금이라도 유구한 역사와 전통을 자랑하는 성균관대학의 위상을 재정립하여 이 나라의 맥을 있는 명문대학으로 위상을 정립(正立)해 주었으면 좋겠다.

또한 18%밖에 안되는 국공립대학을 명문대학으로 키우는 일은 사립대와 달리 반값등록금을 당장 실현하여 실력 있는 인재들이 모일 수 있도록 해야 하고, 궁극적으로 장학금제도를 활성화 시켜서 빈부에 상관없이 균등한 배움의 기회를 제공하여 제대로 된 국가의 미래를 위한 인재양성이 이루어지게 해야 한다.

가난을 이유로 등록금을 제때 내지 못해 자살하는 대학생들이 줄을 잇자 반값등록금을 공약으로 내걸었던 대통령과 정치권을 비난하며 대학가에서 연일 시위가 벌어졌고 야당의 정치인들까지 시위에 가세하였다.

여야를 막론하고 이런 시위까지 나오게 된 배경에 대해 정치인들은 시위에 참가하기보다는 이 나라의 어른으로서 사회의 지도층으로 스스로 책임감과 부끄러움을 느끼고 젊은 대학생들이 비싼 등록금으로 인해 자살하는 학생들이 더 이상 나오지 않도록 자발적으로 장학회라도 설립하여 말이 아닌 행동으로 진심을 보여주었어야 한다.

특히 사학재단을 소유하고 있는 국회의원 분들은 자신이 소유하고 있는 재단만이라도 반값이 아니라 삼분의 이 등록금만이라도 즉시 수용해주면 좋겠다.

국회의원들은 한 달 세비 중 매달 10만원이라도 장학금으로 기부하여 반값등록금 약속을 지키지 못해 어려움에 처해 있는 이 나라의 가난한 학생들을 한명이라도 더 구제해주는 일에 앞장서기 바란다.

현재 실시하고 있는 0세부터 5세까지 실시하고 있는 무상보육보다는 단계적으로 고등학교까지 무상의무교육을 실현하는 것이 이 대한민국에서 비싼 교육비로 고통 받고 있는 학부모와 학생들에게 구원의 빛으로 가장 현실적인 정책일 것이다.

반값 등록금을 약속한 정치권에 그 정책을 실현시켜줄 것을 대학생들과 학부모가 참여연대의 안진걸 팀장이 이끄는 등록금넷과 연대하여 시위를 한 결과, 정치권에서 대학등록금을 3년 이내에 30%를 낮추겠다는 정책을 내놓았고 사립대학의 잉여등록금을 재단으로 전입시키지 못하는 법을 제정하는 성과를 올릴 수 있었다.

이참에 대학에서 유료로 운영되는 부대시설(구내식당 · 매점 · 문구점)등을 직영으로 전환하여 부대시설에서 발생되는 이익을 학생들을 위한 장학금으로 활용하는 방안도 법으로 제정해야 한다.

반값등록금을 실현하기 위해서는 기업의 세금을 감면해 줄 것이 아니라 기업들이 의무적으로 사회에 공헌할 수 있도록 기업들에 교육기부금으로 순이익의 3%~5%를 기부하는 법을 법제화 시키는 방안도 연구해야 한다.

교육기부금제도를 기반으로 교육이 안정적으로 운영되어야 하고 대한민국이 현재 대학진학률 87%라고 하는데, 명문대에서 이루어 놓은 고약한 인맥과 학벌을 타파하여 쓸데없는 졸업장에 연연해하지 않는 풍토가 조성되어야 한다.

2012년에 송도 신도시에 미국 뉴욕주립대학 분교가 개원하고 조지아공대, 미주리대 등 미국 7개 대학과 영국 서리대학도 2012년까지 입주할 계획이라고 한다.

본국의 지원을 받는다면 문제가 없겠지만 외국대학 분교에 이 나라 국민들의 혈세가 지원된다면 형평성 논란의 여지가 있다.

제주도에도 2011년에 유치원과정부터 대학과정까지 운영되는 영국의 유명한 국제학교 NCLS가 개원을 하여 772명의 56%인 436명이 입학을 했는데 외국인은 19명뿐이고 강남 3구 출신이 37%에, 영국 본교에 로열티로 매년 20억 원을 지불해야 한다고 한다.

홍콩은 영국의 식민지로 국제금융도시가 되어 각국의 국제학교들이 많이 들어서는 것이 오히려 득이 되었지만 제주도는 천혜의 자연경관을 자원으로 관광지로서의 특성을 살려내야 하는데 엉뚱하게 금융도시로 계획하여 더 많은 국제학교를 유치할 계획이라고 하니 답답한 현실이다.

이 대한민국에 들여와야 할 것은 해외 유명대학의 분교가 아니라 열린 교육의 기본이 되는 앞선 시스템이다.

대한민국에 외국의 분교가 개원하는 일만큼은 자존심 상하는 일이기에 교육계가 목숨 걸고 기필코 막아야 할 사안임에도 불구하고 그 누구도 나서서 따지는 사람도 항의하는 사람도 없다.

대한민국 땅에 외국의 분교가 개원한다는 것은 한마디로 이 대한민국이 스스로 외국의 속국임을 뜻하는 것이다.

개원한지 천년이 넘는 성균관대학을 세계적인 명문대학으로 살려 낼 생각은 하지 않고 외국의 분교를 개원할 계획을 세운 입안자들은 대체 어느 나라 사람들인지 모르겠다.

그런데 이 대한민국에는 명문을 자처하는 등록금이 비싼 사학재단이 난립함에도 불구하고 국제적으로 내세울 만한 명망 있는 제대로 된 교육재단이 왜 하나도 없는 것인지?

대한민국의 주체성과 정체성이 줏대 없는 정치인들로 인해 사라져 가고 있으니 참 안타까운 일이다.

대한민국 군대 유감(遺憾)

　2014년 3월 11일자 뉴스를 보니 한 시민단체에서 28살의 한 젊은이가 양심적 병역거부선언 기자회견을 하였다. 남과 북이 대치하고 있는 대한민국의 특수한 상황에서 병역거부는 양심적이 아니라 비양심적인 행동이다.

　어제도 북한은 동해상에 단거리미사일을 10발이나 쏘아댔다.

　특정한 종교 또는 세계평화를 이유로 병역을 거부하여 전 세계에 수감 중인 사람은 전체 723명으로 그 중 669명이 한국인이라고 한다.

　최근에 어느 젊은이는 헌재에 대한민국에서 남자만 병역의무를 지는 것은 부당하다고 헌법 소원을 냈는데, 여자와 남자의 다른 신체조건과 출산을 이유로 남자만 병역의 의무를 지는 것은 합당하다는 판결이 내려졌다.

　현재 대한민국 남자들만 의무적으로 지고 있는 병역제도는 분명 문제가 있다.

　2008년부터 지난 5년간 군대에서 593명의 사망자가 발생했는데, 이 중 45%가 자살로 인한 사망이었다고 한다. 그리고 대한민국 군대 내에서 한부모 가정과 소외된 어려운 계층의 자제들이 관심병사로 분류되어

보이지 않는 차별대우를 당하고 있음도 밝혀졌다. 이 관심사병은 3개 사단 규모로 지난 10년간 821명이 자살한 것으로 나타났다.

요즘 살벌한 병영참사와 관련하여 '참으면 윤일병 되고 터지면 임병장 된다.'라는 말이 유행어가 되었다.

관심병사로 분류되어 특별한 관심으로 보살핌을 받지 못하고 오히려 보이지 않는 차별로 따돌림을 받은 임병장이 탈영병이 되어 끝내 동료에게 총부리를 겨누고 차디찬 영창에 갇혀야 하는 사건이 일어난 게 불과 몇 달 전 일이다.

그 사건의 후유증이 채 가시기도 전에 2014년 4월 7일, 잔혹한 고문과 심한 집단구타로 사망한 윤 일병의 사건이 2014년 8월 1일 언론에 보도되었다.

윤 일병은 선임병들의 가혹행위로 주눅이 들어 행동이 느리다는 이유로 선임병과 동료들에게 죽기 직전까지 35일 동안 매일 2~3시간 동안 심하게 구타를 당했고 선임병과 동료들에게 5분에 한 번씩 미안합니다, 라는 말과 함께 살려달라고 애원을 했다고 한다.

사망하기 전 2일 동안 겨우 라면 한 끼를 먹이고 잠도 재우지 않고 매일같이 집단구타를 하고 바닥에 가래침을 개처럼 핥게 하고 심지어는 친절(?)하게 성기에 안티프라민까지 발라주었다고 한다. 있을 수 없는 악행을 저지른 가해자들은 자신들의 비리가 탄로날까봐 윤 일병과 부모의 면회도 막고 신앙생활도 방해를 했다고 한다.

이렇게 기막힌 윤 일병의 참사는 기어이 군 입대를 앞 둔 아들을 둔 대한민국 부모들에게 공분을 샀고 병영기강이 개선되지 않으면 영창에 보내는 한이 있더라도 군 입대는 시키지 않겠다는 부모를 만들었다.

그런데다 군대 내에서 운이 좋아 구타로 맞아죽지 않는다 해도 휴가를 나와서 자살을 선택하는 군인들이 늘어가고 있다. 그들이 남긴 일기장이나 메모에는 한결 같이 선임병을 죽이고 싶다는 증오에 찬 유서와 같은 글들이 많다고 한다.

만약 현재의 상태에서 북한이 무력으로 도발을 감행한다면 대한민국 군대는 그야말로 백전백패(百戰百敗)를 당할 수밖에 없는 현실이다.

인권위에 진정된 군 인권문제와 관련하여 75%가 기각당하고 6.4%만 조사를 받았다고 하고, 군 인권과 관련하여서는 대한민국 장병 60만 명에 배정된 국방부예산은 전체 국방예산 25조 1천 960억 원 중에 겨우 1억 2천 700만원으로 0.0005%에 불과하다고 한다.

국방을 책임져야 할 군대가 신성한 국방의 의무를 가로막는 지옥의 묵시록을 쓰게 하는 악마의 군대가 되어 있는 것이다.

현재 대한민국 군대 내에서 반인륜적인 무자비한 폭력이 행사되고 있는 군내부의 문제를 해결하기 위해서는 독일의 옴부즈맨 제도를 도입해야 한다.

독일연방 기본법은 '45조 b'에 군사 옴부즈맨을 설치하도록 돼 있다.

독일의 군사 옴부즈맨은 의회나 의회의 국방위원회가 지시하는 사항, 연방군 장병들의 기본권 침해나 내적지휘 원칙 위반사항들을 조사하거나 장병들이 군대생활을 하면서 발생하는 공식적 · 개인적 · 사회적인 문제의 전반을 관할한다.

연방군 소속의 모든 군인은 직무상의 명령계통을 거치지 않고 자신의 문제를 직접 군사 옴부즈맨에게 청원하고 호소할 수 있는 권리를 가지며, 군인이라면 누구나 기간의 제한을 받지 않고 자신의 판단에 따라 복무하면서 느낀 모든 불만족스러운 문제점들을 군사 옴부즈맨에게 형식의 제한 없이 토로할 수 있다.

군사 옴부즈맨의 권한도 막강해서 사전에 예고 없이 언제든지 연방군 소속부대 · 시설 · 행정부서를 방문할 수 있고 국방장관과 국방부 소속 관청과 직원이 작성한 기록을 요구할 수 있는 정보요구권을 가지고 있으며, 직권조사권도 가지고 있어 조사과정에서 자신이 입수한 정보에 근거하거나 장병들이 제안한 사항, 언론매체에 보도된 내용에 대해 조사활동을 펼칠 수 있다.

5년 임기의 군사 옴부즈맨은 연방의회의 국방위원회나 정당의 추천을 받아 연방의회 재적의원 과반수의 찬성으로 선출된다.

정무차관급에 해당하는 신분을 지니는 군사 옴부즈맨은 보조기관인 사무처 아래 1과(국방정책, 내적 지휘의 원칙, 행정), 2과(군 인력, 관리, 해외파병), 3과(현역 및 예비군 복무, 군대 내 여성문제), 4과(직업군인 복무문제), 5과(복지, 장병 및 가족문제)를 두고 자신을 보좌하는 70여 명의 직원을 거느리고 연방군에 대한 의회의 통제권을 구현하고 있다.

독일식의 군사 옴부즈맨 제도를 벤치마킹해 군의 고질적 인권침해 문제를 개선하려는 노력은 노무현 참여정부 당시 시작되었으며 2003년 국민고충처리위원회 정책연수팀이, 2006년 청와대 군사 옴부즈맨 TF가 군사 옴부즈맨 연구를 위해 독일을 방문했다.

최근 잇따른 군대 사건사고의 근본 원인이 군대 조직의 폐쇄성 때문이라는 지적이 나오고 있는 가운데, 19대 국회에는 국회 안에 군사 옴부즈맨을 설치하는 것을 주요골자로 하는 '군인 지위 향상에 관한 기본법안'이 안규백 새정치민주연합의원 대표발의로 제출돼 있다.

그러나 군 조직이 외부에 공개되는 것을 꺼리는 국방부의 반대가 가장 높은 벽이 되어 지지부진한 상태라고 한다.

국가의 안보를 위해서라도 군사 옴부즈맨 제도를 하루빨리 도입하여 국방의 의무를 짊어진 대한민국의 아들들도, 부모도 마음 편안한 세상을 열어주어야 한다.

박근혜 정부의 15명의 고위공직자 자제 16명이 복수국적법을 이용하여 군 입대를 면제 받았다는 뉴스도 있었다.

고위층들의 자제들은 복수국적법을 이용하여 법적으로 병역을 기피하고 있고 현재 군 입대를 앞둔 대한민국의 남학생들은 군 입대 대신 병역특례가 적용되는 기업을 물색하고 있다고 한다.

그런데 서민의 아들인 대한민국 최고의 학벌인 S대에서 3%안에 드는 수재조차도 병역특례 업체에 들어가기가 '하늘의 별 따기'라는 것이다.

한마디로 대한민국 고위층의 자제들은 법을 이용하여 합법적으로 국방의 의무를 면제받고 힘없는 국민들의 자제들만 가야 되는 군대로 이미 자리를 잡은 것이다.

장관급 이상 고위공직자는 대한민국 병역의무를 이행한 사람만이 할 수 있도록 병역법을 고쳐야 한다.

현재의 대한민국 군대는 복리후생도 제대로 되어 있지 않아 중이염을 제때 치료받지 못해 귀머거리가 되어 돌아온 아들도 있었고 최근에는 군에서 건강검진을 받고 종양이 발견 되었으나 검진 결과에 대해 설명도 듣지 못하고 치료조차 제대로 받지 못해 죽음에 이르는 위험한 상황에 처해 있는 아들도 있다고 한다.

국방의 의무를 다하기 위해 군복무 중에 발생한 사소한 병조차 제때 치료받을 수 있는 변변한 군병원시설이 없는 이 나라 대한민국에서 대통령을 비롯한 최고위층 공무원들은 최고의 시설을 갖춘 병원에 가서 치료를 받을 것이 아니라 군인들이 이용하는 군병원에서 똑같이 치료를 받아야 한다. 그렇게 하지 않고서는 개선될 수가 없다.

일선의 사단장들이 가장 많이 받는 전화가 군병원에 입원한 자제를 일반병원으로 옮겨서 치료를 받을 수 있게 해달라는 전화라고 한다.

하나밖에 없는 목숨인데 복리후생이 불안한 대한민국의 군대보다는 감옥이 더 안전한 곳이 되어 있다.

이러한 여건 하에 목숨을 내놓고 군대에 다녀와도 특별한 보상이 주어지지 않는다.

대한민국이 처한 특수한 상황으로 인해 병역의 의무만큼은 큰 가치를 부여하고 우대를 해주어야 함에도 불구하고, 장애인들과 잘못된 남녀평등의식으로 인해 기어이 폐지시킨 군가산점 제도도 문제이다.

군가산점제도는 1961년에 제정되어 2년 이상 군 복무자에게는 5%, 그 이하는 3%의 가산점을 주어 공무원채용에 적용했던 제도인데 여성과 장애인에 대한 상대적 차별이라는 논란이 일어 1999년에 헌법재판소에서 위헌 결정이 내려지면서 폐지됐다.

새누리당 여성가족위원회와 여성가족부가 당정협의에서는 "군가산점제가 사회적 갈등을 초래할 가능성이 있다"면서 신중론을 펴며 사실상 반대의견을 냈다.

전 국민의 70%가 폐지된 군가산점 제도의 부활을 찬성하고 있다.

대한민국 정치인들은 70%의 건강한 대다수 국민들의 의견을 무시하고 30%의 건강하지 못한 국민들의 말도 안되는 논리를 내세워 나라가 망하는 지름길로 향하고 있다. 현재 군가산점 제도와 관련하여 대안으로 호봉조정으로 보상해주자는 의견도 있는데 내 개인적인 생각으로는 노후연금에 연계하여 보상을 해주면 좋겠다는 생각이다.

또한 군가산점 적용에 있어서는 정식으로 군에 입대하여 전방에서 하는 병역의무와 후방에서 편하게 근무하는 공익근무요원과는 차별을 두는 제도를 도입해야 한다.

군가산점 제도에 불만이 있으신 여성분들은 군대에 자원입대하여 군가산점 적용을 받을 수 있게 해주시고, 혹시라도 신체적 결함으로 입대할 수 없는 분이 계시다면 사회적인 봉사로서 공익근무로라도 대체

복무할 수 있도록 제도를 바꾸어 주시길 정부 당국자에게 제안한다.

대한민국에서 병역을 거부하는 합당한 이유가 세계평화나 종교적 이유가 되어서는 안되고 대한민국 군대의 불합리한 복리후생과 보상이 없음을 내세움이 더 합당하다고 생각한다.

그리하여 불합리한 여건의 복리후생과 군복무 제도를 개선하여 누구나 마음 편히 군복무를 할 수 있게 해야 한다.

요즘은 젊은이들이 병역을 기피하는 시대가 되어 국가재정이 넉넉하다면 직업군인제도를 확대하는 것도 하나의 방법이 될 수 있겠으나, 막대한 부채를 지고 있는 대한민국 현 상황에서는 현재의 병역제도가 그나마 나라의 안보를 유지하는 방편이라 본다.

사법부에서는 비양심의 병역 거부자들에게 군복무기간보다 짧은 겨우 1년 6개월의 실형을 선고하고 있다.

모든 조건이 열악한 군대에서 위험을 감수하고 1년 9개월 동안 피땀을 흘리며 고생하고 있는 양심 있는 아들들에 비하면 비양심의 병역거부자들에게는 1년 6개월은 너무도 가벼운 형벌이다.

비양심의 병역거부자들에게는 1년 6개월의 실형을 선고할 것이 아니라 군 복무기간의 10배에 해당하는 중형을 선고해야 함이 마땅하다고 생각한다.

남녀성비의 불균형으로 여성의 비율이 높아져 머지않은 날에는 어쩌면 남자 대신 여자들이 군대를 대신 가야할지도 모르고, 아니면 불편부당의 법칙에 의거 남녀 모두 국방의 의무를 지게 될 지도 모를 일이다.

그렇게 되지 않기 위해서는 평화유지군이 있어야 하고 궁극적으로 남북화해 분위기가 조성되어 통일이 되어야한다.

국방정책도 국가가 처한 현실에 맞게 펴야함이 옳은데, 나라의 부채가 감당이 안 되는 상황에 있는 대한민국 정부는 오지랖 넓게 우리와는 상관도 없는 해외에 치안을 유지로 군대를 파병하고 그 비용도 대한민국 정부가 부담하고 있다.

내 나라 안에서 병역의무를 이행하는 군인의 월급은 최저가 112,500원이고 해외 파병된 군인의 월급은 158만원이라고 한다.

IMF를 극복하겠다고 나라 안의 코흘리개부터 해외교민들의 애국심을 자극하여 교민들의 주머니까지 털었던 DJ문민정부가 노벨평화상을 탔다.

그런데 대한민국의 부채는 줄어들지 않고 DJ와 노무현 대통령 정권 아래 나랏빚은 늘어났으며 세계평화유지를 앞세워 아프가니스탄에 파병까지 하였다.

노무현 대통령은 이라크에 치안을 유지로 상록수부대를 파병하였다.

그리고 노무현 대통령 퇴임 후, 이명박 대통령은 이라크의 상록수부대를 철수시키지 않고 또다시 파병을 연장하였다.

대한민국은 세계에서 유일한 분단국으로 전쟁이 종결된 나라가 아니라 전쟁을 잠시 중단한 휴전국이다.

대한민국에는 대한민국(大韓民國)의 평화유지를 이유로 미군이 금수강산(錦繡江山) 곳곳에 고엽제와 같은 고약한 쓰레기를 몰래 파묻어가며 주둔하고 있다.

대한민국에서 병역의 의무를 짊어진 힘없는 우리의 불쌍한 아들들은 계속된 정치권의 잘못된 국가경영으로 인해 막대한 혈세를 들여가면서 대한민국의 내 혈육과는 전혀 상관도 없는 세계평화(?)까지 책임져야 하는 것이다.

그야말로 오지랖 넓은 무능한 국가경영진들로 인해 국민들의 혈세가 줄줄이 새고 있다.

외국에서 태어나 외국인의 지위를 갖고 있는 교포의 자녀들은 국내에 국방의무를 다 하기 위해 돌아오고 있는데, 이 나라 안에 있는 정치인들과 고위층의 자제들은 오히려 병역을 기피하기 위해 없는 병명까지 새로 만들어 내며 면제를 받으려고 온갖 술수를 쓴다.

2011년 1월부터 발효된 복수국적허용법도 철저하게 가진 사람들만을 위한 법이다.

연평도 포격사건으로 전운이 감돌았던 시점의 대한민국에서 복수국적허용법은 외국을 나갈 수 없는 국민들 입장에서는 대한민국이 아닌 다른 외국의 국적을 보유할 수 있는 계층을 위한 유사시 안전한 피난처로 여겨질 수밖에 없다. 이처럼 대한민국 국회가 복수국적법 허용과 같이 상식에 어긋난 법을 계속 만들어 낸다면 대한민국에 남아야 하는 사람들은 외국으로 마음 놓고 해외여행 한 번 나가기 힘든 가난한 국민들 밖에 없다.

복수국적허용법은 이 대한민국에서 병역의무뿐만 아니라 범죄와 관련하여 철저하게 악용되고 있으므로 폐지되어야 마땅하다.

복수국적법을 허용하고 군복무와 관련하여 이중국적을 가진 사람들에게 국적을 선택해 줄 것을 요구했을 때 가차 없이 버린 국적이 바로 대한민국 국적으로, 이 법을 주관하는 법무부 직원조차 대한민국의 위상이 이 정도로 땅에 떨어져 있는지 몰랐다며 어이없어했다고 한다. 만약 복수국적허용법 폐지가 어렵다면 병역의무를 마친 사람에게만 복수국적을 허용하는 법으로 고쳐야 한다. 그것도 어렵다면 이참에 아예 이 국적법을 핑계로 이 나라 대한민국의 국적이 마음에 안 드는 사람들은 마음에 드는 외국으로 모두 떠나주길 바라고, 외국에서 알곡이 되어 대한민국을 제대로 된 부강한 나라로 만들어 더불어 살 국민들만 돌아와 주었으면 좋겠다.

해외협력기관으로 분류되고 있는 외교부 산하의 코이카(KOICA)도 자원봉사를 이유로 병역기피용으로 이용되고 있다.

이렇게 병역특례법을 이용하여 기업체에서 일정기간 최고급의 인력을 싼 값으로 노동력을 착취하고 병역기피용으로 이용되고 있는 병역특례법도 폐지해야 한다. 오죽하면 가난한 집 자제들이 군입대하여 부자의 자제들을 지켜주고 있다는 말이 나왔겠는가! 병역의무만큼은 이 나라가 처한 현실을 감안하여 빈부에 관계없이 평등하게 이루어지게 해야 한다. 물론 특정한 종교를 이유로 양심적(?) 병역거부도 허용되어서도 안된다. 그것은 양심적인 것이 아니라 비양심적이기 때문이다.

1년간 군복무 기간의 국가 안보가치가 대략 3천만 원 정도라고 한다.

대한민국은 군인이 부족하다고 해도 선진국과 같이 직업군인의 용병 수입은 사실상 불가능하니, 대한민국 여성분들이 현재의 군가산점 제도에 불만을 토로하기보다는 감사해야 한다.

대한민국에 신체 건강한 남자로 태어났다는 이유 하나만으로 병역의 의무가 해결되지 않으면 유학도, 해외여행도 자유롭지 않은 남성의 입장에서 생각하면 불평등은 오히려 대한민국의 남자들이 당하고 있다는 것을…….

팔레스타인 민족을 무력으로 내쫓고 땅을 차지한 이스라엘은 스스로 남녀 모두 국방의 의무를 지고 있음에도 불구하고 어느 한사람도 불만을 토로하는 사람이 없다.

이스라엘의 여성들에 비하면 우리나라 여성들은 그 얼마나 행복한가!

대한민국 군대!

이제는 남녀 구별 없이 누구나 안심하고 갈 수 있는 군대로 바뀌어야 하고 대한민국의 내 가족을 위한 군대가 되어야 한다.

양심적 병역거부 선언과 관련하여서는 혼돈의 시대에 대한민국의 젊은이들을 바르게 이끌지 못하고 있는 특정 종교단체와 시민단체에 심히 유감을 표하는 바이다.

다문화 시대 유감(遺憾)

　대한민국보다 경제적으로 하위권에 있는 동남아 베트남, 태국, 필리핀, 네팔, 파키스탄, 방글라데시 등과 조선족을 상대로 해외 국제결혼 상담소를 통하여 아버지와 딸 같은 나이 차이를 불문하고 1주일 만에 매매혼이나 다름없는 결혼으로 이루어지는 다문화가정이 늘어나고 있다.

　이 다문화가정으로 인해 언어소통의 문제나, 문화적인 차이 등 이삼 일이 멀다하고 끊이지 않는 범죄가 발생하여 국제결혼한 지 3일 만에 신부를 살해하는 사건이 일어나는가 하면 외국인인 아내가 남편을 살해하는 사건도 일어났고, 또한 살인자가 된 남편에게는 솜방망이 처벌을 내려서 예의를 잃은 인면수심(人面獸心)의 나라로 전락하고 있다.

　70년대와 80년대 중반까지 우리나라에도 이와 똑같은 전철이 있었다.

　먹고살기 어렵다는 이유로 국제결혼상담소를 통하여 국제결혼이라는 명분으로 일본의 농촌으로 팔려간 가난한 대한민국의 꽃다운 딸들이 있었고, 지금도 이어지고 있다.

　눈높이를 낮추면 이 나라 안에서도 결혼문제가 해결이 될 터인데 어떻게 된 일인지 다들 드라마속의 왕과 왕비로만 살고 싶어 한다.

　다문화가정은 현재 26만 가정으로 국제결혼 피해사례가 급증하고 있다. 통계청 자료에 의하면 2007년 8,294건이었던 국제이혼건수가 2012년 말 1만 887건으로 2011년 우리나라 이혼부부 10쌍 중 1쌍 이상이 다문화가정이라고 한다.

다문화가정에는 소위 '기획이혼 브로커'들이 개입하여 이혼을 부추기고 있다고 한다. 국제결혼 피해센터 김형하 조사국장은 '법무사나 행정사무소와 결탁한 브로커들이 여러 방법으로 모집한 이주여성들의 이혼소송을 대리해주고 큰돈을 챙기는 식이라면서 일부 이주여성 쉼터나 상담소도 정부지원금을 더 받으려 이혼을 조장하는 경우도 있다.'고 지적했다.

이로 인해 국제결혼으로 이루어진 다문화가정의 이혼피해를 입은 대한민국 남성은 10만 명에서 15만 명으로 추정되고 있다. 더구나 지나친 이기심의 발로에, 양심 없는 국제결혼상담소의 농간까지 겹쳐 다문화가정에서 태어나는 2세들에 대한 교육문제뿐만 아니라 이 나라의 정신문화 자체가 존폐 위기에 처해 있다. 잘못된 다문화정책으로 인해 민족(民族)의 정기(精氣)가 사라져가고 있는 것이다.

독일에서도 이미 나라에서 50년 동안 지원했다가 문화적으로 실패한 정책이 바로 다문화가정 정책이었는데, 정부에서 정책적으로 560억 원이나 되는 막대한 세금을 들여 다문화가정을 지원해 주고 있고 지자체에서도 다문화가정의 가난한 엄마의 나라인 고향 방문을 위해 왕복항공권을 지원해주고 있으며, 일자리와 교육 등 정부와 지자체에서 다문화가정을 위해 국민들의 혈세로 아낌없는 지원을 해주고 있다.

대한민국에서 개인의 결혼과 관련하여 국제결혼으로 이루어지는 다문화가정에 대한 지원은 국가가 정책적으로 지원해주어야 할 사안이 아니다.

필리핀 출신의 새누리당 이자스민 국회의원은 이주아동권리보장 기본 법안을 발의하였는데, 내용은 '불법 체류자 부부가 아이를 낳으면 해당 가족 구성원의 누구도 추방할 수 없으며, 모든 교육, 육아, 의료, 복지 등 대한민국 국민을 위한 복지서비스를 받을 수 있다. 그러나 대한민국의 국방의 의무는 지지 않는다.'라고 되어 있다. 한마디로 외국인 불법체류자들에게 권리만 주고 의무는 면제를 해준 것이다.

국가의 존립에 중요한 국방의 의무와 납세의 의무를 지고 있는 내국인 국민에 비하면 가히 파격적인 법안이다.

대한민국 국민이 열심히 피땀 흘려 일을 하여 낸 세금으로 내 가족이 혜택을 보는 것이 아니라 일면식도 없는 외국인 불법체류자들이 혜택을 보게 되어 있는 것이다.

더군다나 이 법안은 선진국인 미국이나 캐나다도 선뜻 동의하지 못하고 있는 법안이다.

이자스민 의원은 지난해 2013년 12월 16일 열린 법안 심사소위에서 '국회 내 일본군 위안부 피해자 기림비'를 설치하자는 안건에 대해 부정적인 견해를 표했다.

이자스민의 다문화와 불법체류자들을 위한 정책들은 빚더미의 대한민국을 이중 삼중으로 거덜 내고도 남을 정책들이다. 이자스민 국회의원이 공약으로 내건 불법체류자 의료비지원, 불법체류자 다문화가정 무료의료지원, 다문화가정 특례입학, 보육료 무료지원, 다문화가정 공립유치원 우선입학, 외국인 유학생 각종 장학금 지원, 고향 방문비 지급 등의 31가지 공약 중 26건이 실행 중에 있으며 정부와 지자체를 합쳐 2천억 원대의 예산이 집행되고 있고 사랑의 열매와 나눔 로또에서도 외국인들에게 지원하고 있다.

반면에 내국인 소외계층을 위해 늘어나야 할 결식아동 급식지원금과 사회적 일자리 창출 지원금, 저소득층 의료비 지원 복지예산은 삭감되거나 줄어들고 있는 상황이다. 생활고로 고리대금 사채를 빌려 쓰고 이를 갚지 못해 여관방에서 어린 세 자녀를 살해한 엄마에 관한 뉴스가 나왔는데 다문화가정에서 생활고로 어린 자녀와 동반자살 했다는 뉴스는 한 번도 들어본 적이 없다.

개인적인 결혼과 관련한 다문화가정은 국가가 나서서 지원해주어야 할 사안이 아니므로 당연히 폐지되어야 함이 마땅하고, 이 대한민국 땅에서 어린자녀와 힘든 생활고를 겪고 있는 한부모 가정에 대한 아낌없는 지원이 먼저 이루어져야 한다.

또한 국제결혼은 정부에서 정책적으로 장려해야하는 것도 아니고 개인이 선택한 것이므로 나라에서 굳이 국민의 혈세를 들여 지원해 주어야 할 이유가 없다.

정부에서 3개월 과정으로 양성하는 다문화가정을 위해 영어를 사용할 줄 아는 다문화가정 지원도우미 파견사업이 있는데, 이 정책은 대단히 잘못된 정책으로 나라의 근간 자체를 흔들리게 하는 국제결혼을 장려하는 것과 다름없으니, 국민들의 혈세로 지원되는 다문화가정 정책은 폐지되어야 하고, 개인이 필요에 의해서 선택한 일인 만큼 철저하게 개인이 책임지게 해야 한다.

그리고 이것은 엄밀하게 말해 나라에서 지원해 주어야 할 것이 아니라 결혼을 주선한 국제결혼상담소에서 지원해 주어야 할 문제이다.

국제결혼상담소를 통해 이기적인 계산으로 맺어지는 국제결혼으로 인해 시어머니의 밥에 쥐약 타는 며느리가 생겼고 부부간에 서로 목숨까지 위협하는 다문화가정에서 태어난 2세들은 이쪽저쪽에도 온전하게 속하지 못하는 불쌍한 제3국의 아이들이 되어 가고 있다. 이 불행한 2세들의 처지가 안타까워 가수 인순이 선생님이 사비를 털어서 강원도에 다문화가정의 2세들을 위하여 대안학교를 설립하셨다.

현재 각 지역에서도 정상적인 교육이 어려운 다문화가정의 2세들을 위해 대안학교 설립을 추진하고 있다.

하지만 언론에서는 다문화가정의 부정적인 측면은 감추어두고 긍정적인 장면만 보도하여 현실을 왜곡하고 다문화국제결혼에 대한 환상을 심어주고 있다.

각 동사무소에 비치되어 있는 지역신문은 기본적인 언어소통이 이루어지지 않아 한글로만 발행하고 있는 것이 아니라 한글 외에 베트남어, 태국어, 중국어 등 제3국의 외국어까지 병행하여 발행하고 있다.

언어소통의 부재(不在)로 빚어지는 참극은 이미 여러 차례 언론을 통해 보도되었다.

불행한 2세들과 대한민국의 미래를 위해서라도 계산적인 국제결혼은 이제 그만 중단되어야 한다.

현재 공단이 밀집해 있는 안산지역에서는 정부에서 막대한 예산을 들여 지원해주는 다문화가정 정책에 힘입어 국제결혼을 목표로 동남아 외국인들이 심신이 미약한 미성년자와 장애를 가진 내국인 여성들을 상대로 성범죄를 저지르고 있다.

잘못된 국가정책으로 인해 내국인이 범죄의 표적이 된 것이다.

안산지역에 거주하는 여성들은 노소를 불문하고 외국인들의 범죄로 인해 대낮에도 외출을 꺼려하는 실정이라고 한다.

정부는 지금 당장이라도 다문화가정 지원정책을 중단하고 동남아 외국인들이 차지한 일자리를 내국인들이 다시 되찾을 수 있도록 다각적인 지원을 모색해야 한다.

그리고 취업을 앞둔 전국 공업고등학교 졸업예정자들에 대한 취업을 장려하여 이들을 고용하는 사업장에 세금혜택과 취업장려금을 지원해주고 기숙사 시설비도 지원해주어 내국인 고용을 늘려야 한다.

그리하여 실업율도 줄이고 내수경제도 살리고 내국인 여성들을 범죄의 표적에서 해방시켜 내 나라 땅에서 마음 놓고 활보하며 살 수 있도록 해주어야 한다.

내 나라 대한민국이 어린 자녀와 가난으로 고통 받는 내 동포의 고통을 외면하면서 불순한 의도로 다문화가정을 이룬 외국인들을 먹여 살리기 위한 전략적 기지로 이용되어서는 안된다.

대한민국에서 추구해야 할 것은 사회적인 또 다른 문제를 양산하는 다문화가정이 아니라 외국의 잘된 다문화를 받아들여서 제대로 된 우리 것으로 만들어 대한민국을 다문화의 중심지로 만드는 것이다.

가난한 제3국과의 국제결혼으로 양산되는 가정에서는 제대로 된 다문화 교류가 이루어지고 있는 것이 아니라 계산적인 이해관계만 이루어져 있다.

국가적으로 잘못된 정책을 시행하게 되면 바로잡기가 어려워 역사 속에 죄인으로 기록될 수밖에 없다. 그래서 대한민국의 정치만큼은 대한민국을 진심으로 사랑하고 내 나라의 국민을 진심으로 아끼고 사랑하는, 홍익인간(弘益人間)의 이념을 실현시킬 수 있는 애민정신이 살아있는 분들이 했으면 좋겠다.

가난한 대한민국(大韓民國) 정부론(政府論)

　국영기업으로 운영되어야 할 전기, 통신, 도시가스, 유선방송, 항공 교통, 은행 등이 DJ문민정부와 노무현 정권 아래 대부분 민간사업으로 넘겨져 가격 통제가 되지 않은 탓에 물가 불안을 주도하고 있다.

　특히 민생과 관련 있는 도시가스는 원가상승을 이유로 작년에도 연료비가 4.8% 올랐는데 올 하반기 들어 평균 5%가 올랐다. 한겨울에 전기요 한 장에 의지해온 영세민들은 이제 전기요금마저 너무 올라 전기요도 마음대로 쓸 수 없는 시대가 되어 한여름에는 전기요금 걱정에 겨울에는 가스요금 걱정으로 사계절 마음 편할 날이 없다.

　도시가스를 나라에서 국영기업으로 관리했더라면 물가안정을 도모하는 측면에서 많이 오르지는 않았을 것이다. 지금이라도 국민생활과 직결된 기간산업은 다시 국영기업으로 편입해야 한다.

　현재 전기요금 고지서에는 TV수신료 명목으로 2,500원이 포함되어 있다. 서울지역을 제외하고 유선방송을 설치하지 않으면 TV수신 자체가 불가능하여 울며 겨자 먹기로 유선방송을 따로 설치하고 있는데 가입비 4만원에 그 비용이 최하 세금 포함 월 8,800원이다. 유선방송사는 세금까지 가입자에게 부담시키고 있으니 그야말로 가만히 앉아서 돈을 긁어모으는 셈이고 나라에서 비싼 돈 들여 추진하는 전파사업은 한마디로 무용지물이 되었다. 원하지도 않는 쓸데없는 프로그램들이 즐비한 유선방송에 월 2,500원의 TV수신료 포함하여 매달 한가구당 최하 월 11,300원이 지출되고 있는 셈이다. 다양한 채널보다는 국영방송을 우선시하는 노년층에게는 속이 쓰리지 않을 수 없다.

오래전 유선 방송에 월 3천 원 정도에 기본채널만 제공하는 상품이 있었는데 언제부터인가 슬그머니 사라지고 기본요금이 8천원으로 바뀌었다. 그런데 문제는 유선방송 사업이 사업자간에 서로 나누어 먹기 식으로 지역마다 독과점 사업이 되어 가입자 입장에서 선택의 여지가 없다는 것이다. 이것은 정부에서 다시 나서서 유선방송 채널을 차등화 하여 기본채널만 제공하는 상품도 선택할 수 있게 해주어야 한다.

원칙적으로 난시청 지역은 TV 수신료를 내지 않아도 되는데 전기요금 청구서에 일괄 청구되어 나오기 때문에 내고 싶지 않아도 낼 수밖에 없다. 이러한 상황에 KBS이사회에서는 제작비 급상승과 막대한 디지털 전환비용으로 적자구조가 고착화하고 있다며 현행 월 2,500원의 수신료를 단계적으로 인상하는 방안을 상정하였는데, 2014년 5월 8일 새누리당에서 수신료를 4,000원으로 인상하는 법안을 기습 상정하였다.

국민 개개인의 가정형편을 들여다보면 수년간 지속된 경제불황으로 가정경제가 편안하지 않은 지금, 수신료 인상이 문제가 아니라 국가 경영을 하는 경영진들의 정신에 문제가 있는 것이다.

야권과 시민단체들은 KBS가 공영방송으로서의 제대로 된 역할을 강조하며 수신료 인상안을 반대해 왔다.

MBC나 SBS 기타 전문 방송국들이 TV수신료와는 무관하게 운영되고 있는 점을 감안하면 지금 시대에 수신료에 의존하여 운영되는 국영방송은 국민들에게 큰 의미가 없다고 여겨진다. 이제 국영방송 자체에서도 광고 외에 수익을 창출할 수 있는 방법을 다각적으로 모색해야 하고 국민들이 억울하게 부담하고 있는 TV수신료 자체도 폐지해야 한다.

그리고 TV수신료 인상과 관련하여 일반국민들은 나라에서 추진하고 있는 전파사업과는 무관하게 서울지역만 빼고 난시청으로 인하여 유선방송에 가입하여 비싼 사용료를 지불하고 있으니 전파사업과 관련한 비용은 전파를 제대로 사용할 수 없는 일반국민에게 부담시킬 것이 아니라 유선방송사에 전액을 부담하게 해야 한다.

불가능하다면 유선방송사업권을 나라에서 회수하여 저렴한 비용으로 국민들에게 직접적인 혜택이 돌아갈 수 있게 해야 한다.

나라에서 직접 운영해야 할 알짜배기 사업들이 민간사업으로 넘어가면서 원가상승을 이유로 물가 불안을 조성하는 가격인상에 제동을 걸 수가 없어서 그 부담은 고스란히 국민들이 떠안고 있다. 한마디로 민간사업자만 배불리는 꼴이 되었다.

요즘은 인터넷과 관련하여 패키지상품으로 각 가정마다 월정액 2~3만원을 지출하고 있고, 각 통신사에 지불하는 이동 전화요금도 너무 비싸서 각 가정에 큰 부담이 되고 있는데 국가 기간산업으로 나라에서 직접 운영했더라면 국민들이 이렇게 많은 부담을 하지 않아도 되었을 것이고 국가도 안정적인 수익을 창출하면서 물가안정에도 크게 기여할 수 있었을 것이다.

이동전화요금은 전화요금이 비싼 만큼 비싼 기본요금제를 없애야 한다. 유선을 설치하는 설비비가 드는 것도 아닌데 굳이 내지 않아도 되는 비싼 기본요금을 설정하여 가정경제에 국민 부담을 가중시키고 있으니 이동전화에 대한 요금제도는 반드시 개선되어야 한다.

나라에서 이동통신사에 전파를 제공하고 사용료만 받을 것이 아니라 나라에서 이동통신과 인터넷 사업을 합리적인 가격으로 가정경제의 부담을 줄여주고 물가안정에 기여해야 한다.

현재 이동전화를 관장하고 있는 KT는 황금주파수를 민간에 거액을 받고 팔아넘겼는데 황금주파수는 민간 기업에 넘겨야할 것이 아니라 국영기업에서 소유해야 함이 마땅하다.

황금주파수 하나로 인해 이동통신사 시장의 판도가 달라진다.

통신기간의 본체인 KT의 나태한 운영으로 인해 고객들이 등을 돌리고 있으니 KT는 타 통신사와 통화품질뿐만 아니라 부수적인 서비스의 형평성도 고려하여 과감한 경영혁신을 해야 한다.

국가기간 산업의 본체로서 KT가 황금주파수를 되찾아오고 비싼 이동통신 요금제를 기본 5천원에 제공하는 상품을 내건다면, 타 회사의 기본요금 인하도 자연적으로 이루어질 수 있을 것이고 통신시장의 판도도 아예 바꾸어 놓을 수 있을 것이다.

대한민국은 이권과 관련하여 허가권을 쥐고 있었던 특위에서 무분별하게 허가권을 남발하고 정부에서 외채를 발행하여 결과적으로 보면 힘없는 가난한 정부를 만들어 세금을 더 거두어들일 수밖에 없게 되었다. 그런데 그 세금을 거두어들이는 정책에 있어서 큰 금액을 은행에 적립하여 쉽게 불려지는 돈에 대해서는 세금을 적게 부과하고 땀 흘려 일한 대가에 대해서는 너무 과한 세금을 부과하여 형평성이 문제가 되고 있다.

한전 역시 전기요금 정책에 있어서 중소기업육성과 지원정책의 일환으로 중소기업에만 적용해주어야 할 전기요금 할인을 대기업들에게 특혜나 다름없는 어마어마한 금액을 할인해주었고 특혜를 받은 대기업은 해외로 거점을 옮겨갔다.

만성적자로 돌아선 한전의 경영난에 못 이겨 기어이 정부부처와 한마디 상의도 없이 기습적으로 38% 인상안을 결의하였다가 점진적으로 인상하는 방법으로 선회하였다.

원전에 사용한 불량부품에다 전기 공급마저 불안정한 지금의 삼복염천(三伏炎天)에 서민들 입장에서 보면 동장군이 따로 없다.

지난겨울 비싼 기름 값과 가스비, 전기요금에 밀려서 기어이 연탄보일러로 교체하고 있는 가정이 늘어나고 있다고 하는데, 마음대로 난방기를 교체할 수도 없는 가난한 세입자들의 입장을 헤아려 서민생활과 직접적인 관련이 있는 국영기업들은 합리적인 경영을 해야 하고, 국민들을 상대로 너무 많은 이익을 남기려 해서는 안 될 것이다.

또한 세금을 추징하는데 있어 형평성에 맞는 합리적인 정책을 펴야 할 것이다.

DJ문민정부와 민주당 노무현 정권 아래 나랏빚이 천조 원으로 늘어났고 임시직인 정치인들에 의해 IMF미명 아래 알짜배기 기업들을 민간 사업자와 외국기업들에게 헐값에 넘겨 힘없고 가난한 정부를 만들어 대한민국에 최악의 만행을 저질렀다.

그리고 노무현 대통령은 돈과 관련하여 생목숨을 끊었다.

역대 대통령 중에 가장 양심 있는 대통령으로 지지자의 한사람으로 가슴 아픈 일이 아닐 수 없다.

그런데 그 알짜배기 기업을 민간에 헐값으로 넘기고 있는 행태는 지금도 계속 이어지고 있다.

김종필 전 총리께서 소유하고 계셨던 대한통운을 나라에 헌납했는데 흑자를 내고 있던 대한통운의 경영이 제대로 이루어지지 않아 대기업인 CJ에서 인수했다.

대한통운을 우체국과 통합하여 운용하는 방안을 모색했더라면 굳이 헐값에 매각을 하지 않아도 되었을 것이다.

흑자를 내고 있는 인천국제공항도 외국의 투자를 유도한다는 명분으로 지분 매각을 추진하다가 국민의 부정적인 여론이 들끓자 슬그머니 국민주로 전환한다고 하는데 결과적으로는 정부의 소유자산이 줄어들어 가난한 정부가 될 수밖에 없다.

흑자를 내고 있는 포항제철과 한전도 적지 않은 지분이 외국자본에 넘어가 해마다 천문학적인 배당금을 챙겨가고 있다.

금융권도 마찬가지다.

KTX도 이용률이 제일 높은 수도권 일부구간을 민간에 사업권을 넘긴다고 하는데 민간 사업자에게 넘기기보다는 국민주로 공모하여 완공시켜서 운용하는 방안을 검토해야 한다.

이제는 정부에서 민간사업과 국영사업을 잘 구별하여 허가를 내주어야 하고 국가의 이익과 국민의 이익에 반하는 어떤 사업도 허가를 내주어서는 안 될 것이다.

현재 국제 유가파동으로 물가가 급등하여 해외에서 수입하는 밀가루를 원료로 하는 스낵류와 밀가루 제품이 단박에 30%가 인상되었는데 나라에서는 수입업체에 관세를 면제해 준다고 한다.

이미 물가는 오를 대로 올랐는데 이것은 누구를 위한 면제인가?

수입업체에 관세를 면제해 주어 국민들에게 싼 값에 공급해 준다면 나름대로 합당한 처사이지만 면세를 통하여 이득을 보는 것은 국민도 정부도 아니고 오로지 수입업체만 배불리는 셈이 되었다. 수입업체에 관세를 면제해 줄 것이 아니라 세금을 적확하게 부과하여 제대로 걷어서 나라살림을 제대로 해주는 것이 바로 국민을 위한 길이다.

가난한 정부는 모든 국민의 적이다.

부자 정부가 되면 국민들에게 세금을 적게 거두어들이고 계층에 알맞은 다양한 복지정책을 실시할 수 있다.

그러나 가난한 정부는 최하층민을 위한 복지정책도 제대로 펼 수 없고 세금을 거두어 해마다 늘어나는 공무원 월급을 감당하기에도 벅차다.

2010년 민주주의의 효시인 그리스가 국가경제가 파탄되어 IMF의 관리 하에 들어가게 되었는데 IMF자금을 지원받으며 국가자산을 매각했다.

가난한 정부로 가는 지름길을 열게 된 것이다.

그 원인은 복지정책과 관련하여 연금관리를 소홀히 한 결과였고, 공무원과 고위층에게는 자신이 낸 원금보다 몇 배나 되는 연금을 지급하고 하위층에게는 겨우 원금에 이자정도만 더하여 지급한데 원인이 있다고 한다.

1982년 12월에 우리나라에 제정된 공무원연금법은 공무원에 대한 사회보장제도 확립과 복지향상에 기여함을 목적으로 제정되었다. 그런데 대한민국 역시 직역연금에 해당하는 공무원 연금, 사학연금, 군인연금, 별정우체국 직원연금 등은 공무원들에게 일반국민에 비해 불입한 금액보다 너무 많은 금액을 지급해주어 형평성에 문제가 제기되고 있다. 공무원 등 특수연금을 받는 사람들의 월평균 수령액은 200만원 수준이지만 현재 국민연금을 받고 있는 246만 명(2011년 기준) 월평균 수령액은 28만원이라고 한다.

연금수령액에 있어서 큰 차이가 나는 원인은 특수직역연금은 같은 돈을 내면서도 국민연금보다 훨씬 더 많이 돌려받는 구조에 있다.

국민연금은 보험료의 1.7배를 돌려받고 공무원 연금은 2.3배로 돌려받는데 0.5%의 차이가 난다.

보사연에서 발표한 결과에 의하면 33년 가입 소득대비 보험료 부담률 17.3%를 기준으로 할 때 소득대체율은 공공부문 근로자가 70%를 적용받는데 비해 민간부문은 51%에 불과하다고 한다. 이에 공무원 연금공단 측은 민간에 비해 퇴직금이 적고 보험료율(14%)은 높아 소득대체율이 높은 것이 당연하다고 주장하지만 이를 모두 감안해도 20%에 가까운 차이가 난다.

그런데다 2013년에도 직역연금의 재정적자를 메우는데 2조 2,500억원이 국고에서 지원되었다.

대통령 연금과 관련한 '전직 대통령 예우'에 관한 법률은 1969년 박정희 대통령 시절에 만들어졌으며, 제정 당시에는 보수연액의 70%를 지급하도록 되어 있었으나 1981년 전두환 대통령 시절에 국가보위입법위원회에서 이를 90%로 상향 조절하는 법을 통과시켰다.

현재 대한민국 대통령의 연금은 재임시 급여의 95%를 지급받도록 되어 있다.

참고로 미국의 전직 대통령은 재임 시 연봉의 38.5%를 연금으로 지급받는다고 한다.

대통령은 고정급금 적용대상으로 이명박 전 대통령의 경우 매달 1,088만원의 연금에 교통과 통신비 명목으로 1,700만원이 지원되어 총 2,788만원을 매달 지급받는다고 한다. 거기에다 비서관 3명에 운전기사 1명, 경호 및 경비인력에 사무실을 지원받고 대통령과 그 가족에 대한 질병 치료비용까지 지원되어 본인과 가족이 국민의 혈세로 평생 편안한 삶을 보장 받게 되는 셈이다. 적어도 전직 대통령 경호는 5년으로 제한하는 것이 맞다고 본다.

또한 전직 대통령이 사망했을 경우 그 배우자가 보수연액의 70%를 받게 되어 있다.

대통령 퇴임 후 경호에 관한 것은 외국과 동일하게 시행한다 하더라도 대통령 연금법은 폐지하고 일반국민과 똑같이 국민연금으로 통합하여 국민연금을 지급받아야 한다. 대통령연금법 폐지가 어렵다면 최소한 선진국인 미국 기준으로 조정해야 할 것이다.

2013년 7월 3일 국회의원연금법 폐지를 계기로 대한민국에서 대통령 한 번만 하면 그 가족까지 국민의 혈세로 평생 연금을 지급 받는다고 하는 이러한 법은 이제 폐지되어야 한다.

대통령은 평생직이 아니라 5년 임시직으로 그 임시직을 수행하고 가족들까지 연금으로 평생 편안한 삶을 보장 받는다는 것은 고단한 삶을 살아가고 있는 일반국민들 입장에서는 쉽게 이해하기가 어렵다.

대통령 등 고위직 임시공무원이 많아질수록 막대한 지출이 늘어나기 때문에 대한민국 재정이 파탄날 수밖에 없다, 그러니 고위직하를 막론하고 직역연금에 해당하는 공무원연금, 사학연금, 군인연금, 별정우체국연금 등을 대기업의 회장이나 직원, 주부, 실업자 등 전 국민이 가입하고 있는 국민연금과 통합하여 형평성에 맞게 일반국민들과 똑같이 연금을 납입한 금액과 기간에 맞게 국민연금을 받게 하는 것이 마땅하다.

형평성에도 어긋나고 나라의 주인인 국민의 의견에도 반하는 직역연금 개혁에 반대의사를 표명하고 있는 공무원 노조가 사리사욕(私利私慾)을 버리고 자발적으로 나서서 나라형편에 맞는 합리적인 개혁을 이끌어내어 비정상의 나라를 정상의 나라로 바로 세워놓아야 한다. 그것이 바로 국민들이 바라는 것이다.

대한민국 국민들이 무턱대고 무상복지를 갈망하는 것은 아니다.

국민을 힘들게 하는 것은 결국 '고소영', '강부자'라는 말 한마디로 압축시킨 국가 경영진들의 무분별한 무능한 경영에 있다.

지금 이 나라는 국가 부채가 천조 원이 넘는 나라로 국민들은 전세대란과 관련하여 사상 최대치인 천백조원의 가계부채를 지고 있는데 반해 재벌들에게는 정책적인 특혜를 통해 천문학적인 감세지원을 해주고도 세금을 제대로 내지 않고 있고 이를 일반국민들이 간접세로 떠안고 있다. 나라나 개인이나 모두 빚더미에 올라 국민들은 나라사정과는 상관없이 기본적인 복지라는 이름으로 더 많은 것을 요구하는 시대가 되었다. 그런데 이 대한민국은 국민들이 갈망하는 이 기본적인 복지마저도 들어줄 수 없는 가난한 정부가 되어 합리적인 국가경영을 통해서 해결하는 방법밖에는 없다.

정부는 헐값에 민간에 팔아넘긴 알곡이 되는 기간사업들을 국영기업으로 다시 편입시켜 제대로 된 국가경영을 통하여 어마어마한 나랏빚부터 갚아나가고, 국민들을 위하여 반드시 부자 정부가 되어 더 이상은 가난 때문에 어린 자식을 버리는 부모가 없는 나라가 되게 해야 한다.

그리고 과거의 잘못된 정권의 공권력 집행으로 인해 2008년부터 이루어진 국가 배상금이 무려 1,222억 9,973만원에 이른다고 한다. 사건의 대부분은 1961년부터 1979년까지 장기 집권이 이루어졌던 박정희 대통령 재임 시에 이루어진 사건들이다.

공권력에 의해 조작되었던 민청학련 사건과 대한민국 초유의 사법 사망사건으로 불리는 인혁당 재건위 사건 외에도 많은 사건들이 잘못된 공권력 행사로 인해 국가배상을 신청하여 과거에 저질러진 과오에 대한 댓가가 막대한 배상금으로 남아 국민들에게 폭탄이 되어 되돌아오고 있다. 잘못된 정치도 대한민국 정부를 가난하게 만드는 지름길이면서 과거에까지 발목이 잡혀 복지국가로의 진입을 막아서고 있는 것이다.

그러니 하루빨리 잘못된 과거를 청산하고 제대로 된 정치를 이루어내어 가난한 정부에서 벗어나 제대로 된 복지국가의 기틀을 다져야 한다.

청백리(淸白吏)

　올해 93세가 되신 부추실의 고문이신 박영록 전 4선의원님은 청렴한 정치인으로 초대 민선강원도지사를 거쳐 원주시를 지역구로 6,7,9,10대 국회의원과 신민당 부총재, 평민당 부총재, 통합민주당 최고위원, 범민족화합통일운동본부 총재를 지내셨다. 현재까지 부부가 성북구 삼선동의 2.8평 컨테이너에서 11년 넘게 살고 계시다.

　평생을 독재와 싸워온 야당의 정치원로인이신 박영록 4선 국회의원은 전두환 신군부의 눈엣가시로 여겨져 합헌적 최규하 전 대통령 체제를 전복음모에 단신으로 맞서 싸우다가 잡혀가 의원직을 강탈 당하셨다.

　8년 동안 근검절약하여 모은 세비로 구입한 6,000만원 밖에 안되는 재산을 전두환 신군부에서 30배로 늘려 "18억 원 부정축재자"로 조작하여 재산을 몰수당하고 퇴임 이후 민족사회단체총연합회를 만들어 활동하였으나, 밀린 임차료를 갚지 못해 2003년 3월, 40년간 살았던 삼선동의 35평 자택을 공매처분 당했다.

　그리고 200만 원짜리 2.8평의 컨테이너에서 남몰래 살아오는 동안 차남은 부모님을 제대로 모시지 못해 죄송하다며 스스로 목숨을 끊었고, 장남은 80년도에 아버지와 함께 신군부에 끌려갔다 온 이후부터 고

문후유증으로 정신적 고통에 시달리고 있으며 지금까지 한 맺힌 생활을 이어오고 계시다.

박영록 의원님은 30대 초대 민선 강원도지사에 당선되어 미국 케네디 대통령과 함께 한국의뉴프론티어를 선창하며 자동차를 이용하지 않고 걸어서 출근하기, 도시락 지참 등 공직자 윤리강령을 몸소 실천하여 김영삼, 김대중, 이철승과 함께 정관계에 새로운 바람을 일으킨 40대 기수론의 선두주자셨다.

6, 7, 9, 10대 국회의원과 3야당 부총재, 총재대행까지 역임하면서 헤이그에 있는 이준열사의 묘역을 챙기고, 베를린올림픽 기념탑에 새겨진 손기정 선수의 일본 국적을 5시간 동안 끌과 정을 이용하여 한국 국적으로 복원하여 민족적 정기를 회상토록 하였다.

또 가뭄으로 농민들의 가슴이 타들어 갈 때 백운대에 올라 기우제를 지내며 하늘을 우러러 만 번 째 큰절을 하자, 무릎이 터져 선혈이 흐르면서 억수같은 비가 전국에 내렸다는 의원님의 일화는 눈시울을 뜨겁게 만든다.

그뿐 아니라 식량 증산을 위해 이중곡가제(二重穀價制)를 창안하여 선창하면서 외유 길에 여비를 절약하여 일본으로부터 다수확 벼씨 3가마를 사들여와 우리 민족의 보릿고개를 없앤 사람이 바로 박영록 의원님이라고 한다.

박영록 전 의원님은 지난 6대(1963.12.17~1967.6.30) 국회의원 시절에 보사분과위원회 간사를 맡아 '동서의약 균등발전 건의안'을 제출하셨는데, 2009년에 '동의보감'이 유네스코 세계기록유산으로 등재되고 나서 나라의 큰 경사를 서양의료에 속하는 약사와 의사출신들로 구성된 의협의료일원화 특별위원회에서 폄하하는 논평을 내자 이는 잘못된 행동이라고 유감을 표하셨다.

정부의 의료정책 대부분이 양방 일변도인 까닭에 우리의 전통의학인 한의학이 외면당하고 왜곡 당하며 고사 직전에 몰린 현실이 안타까워 국회에 동서의약의 균등 발전을 촉구하는 건의안을 제시하셨는데, 박영록 전 의원님의 노력에도 불구하고 보사부 내 의약정책이 대부분 의사와 약사 출신의 관료들에 의해 좌지우지됐기 때문에 당시 한의약정책은 큰 변화가 없었다. 그 일로 인해 오히려 지역구의 약사와 의사들로부터 낙선운동의 대상이 되기도 했고, 그때 당시가 독재정치 청산 투쟁보다 더 힘들었다고 하셨다.

그러나 대한민국의 전통문화와 민족정신이 올곧게 보존되고 전승돼야 한다는 그분의 한결같은 신념은 그때나 지금이나 변함이 없으시다.

박영록 전의원님의 동의보감에 대한 신념은 다음과 같이 확고하시다.

"동의보감이 무엇입니까. 그 책 속에는 단군께서 우리나라를 세웠던 개국정신이 스며있어요. 개국정신이란 조물주의 섭리입니다. 즉, 인간이 자연과 하나가 돼 육체적, 정신적으로 질병이 없는 상태에서 건강하게 천수를 누려야 한다는 생명존중의 사상인 것이죠. 바로 그와 같은 사상이 동의보감의 전체에 흐르고 있다고 봐야 할 거에요."

박영록 전 의원님은 한·양방이 상호간의 장점을 격려하고 협력하며 함께 발전하고자 하는 모습을 보일 때 국민에게 신뢰와 존경을 받는 의료인이 될 수 있다고 강조하셨다.

또한 한방 의료영역의 폭넓은 보험화에 대해서 보다 더 많은 의료혜택이 이루어져야 한다고 하셨는데, 요즘에는 한의약도 보험혜택이 이루어져 많은 국민들이 한방의료 혜택을 보고 있다.

의원님은 80년도에 신군부에 반대하다 단전단수까지 당하여 뒷집에서 담을 뚫고 고무호수로 공수 받았고, 식량은 청소부를 가장한 당원들이 쓰레기통에 넣어주는 밀가루 봉지로 연명하시면서도 끝내 굴하지 않으시며 현금 5억 원까지 주며 권하는 국회의원 자리마저 거절하고 국민 앞에 양심선언을 하셨다.

2007년 제헌절에 한 시민단체로부터 대한민국 청렴정치인 대상을 수상하신 고문님은 3평도 안되는 비좁은 컨테이너에 사시면서도 '집 없는 잘 곳 없는 노숙자들에 비하면 나는 행복하다'고 말씀하셨다. 그리고 부상으로 수여받으신 1억 원의 상금은 한 푼도 집으로 들이지 않으시고 사회를 위한 일에 쓰셨다.

맑고 깨끗한 정치로 한평생을 살아오신 의원님께 선비의 고장 안동 5,000여 시인님과 고성군들이 흠모하여 대한민국 청렴정치인 대상과 우리민족 최고의 청백리 황희 정승대상을 수여하였다.

또한 불교와 기독교를 비롯한 전국 30개 애국사회단체에서는 남북통일과 세계평화운동에 앞장서 오신 의원님께 통일의 기수대상을 시상해 거족적인 지지와 성원을 보내오기도 했다.

이 대한민국에서 대통령이 되셨어야 할 분은 바로 박영록 전 국회의원님이셨다.

박영록 전 국회의원님과 가족들에게 불행한 삶을 선물한 전두환 전 대통령은 자신의 전 재산이 29만원에 불과하다고 했지만 그와 그의 가족들은 호화로운 생활을 해왔다. 전두환 전 대통령은 재임시절 축재한 비자금이 들통 나 1997년 대법원에서 추징금 2,205억 원을 선고 받았고, 전직 대통령 중 유일하게 국민의 의무인 4,000만원에 달하는 지방세도 내지 않으면서 수도권에 새로 개장한 골프장에서 골프를 즐긴 뒤 동행한 사람들과 최고급 양주파티를 즐겼다.

자녀들은 시공사 등 거대 출판그룹을 운영하고 있고 경기 연천군에 토지를 매입, 대규모 휴양지인 허브빌리지를 만들었다.

전 전 대통령은 2003년 추징금 관련 재판을 받을 당시에 '측근과 자식들이 추징금을 왜 안 내주나'라는 판사의 질문에 "그들도 겨우 생활하는 수준이라 추징금을 낼 돈이 없다"고 했었다.

결국 2013년 6월 27일 국회에서 '전두환 추징법'이 통과되어 시효가 2020년으로 7년 연장되었다. 이 법안에 의하면 가족을 비롯한 제3자가 불법 재산임을 알고 넘겨받았으면 그것도 추징할 수 있다고 한다. 이에 전두환 전 대통령은 미납한 추징금을 전액 완납하겠다고 했다.

더불어 전 대통령이 국가에서 탈취해간 거액의 자산으로 불린 이자에 대한 환수도 논의되었는데 국고에 환수시키는 것은 너무도 당연한 일이라 생각한다.

그리고 다시는 동일한 범죄가 재발하지 않도록 공소시효법 자체를 폐지해야 한다.

지금까지 정치권은 힘없는 서민들에게는 엄한 법의 잣대를 들이대면서 국가 반란죄에 재임기간 중 중대한 범죄를 저지른 전직 대통령들에 대해서는 경호를 비롯해 분에 넘치는 혜택을 주었다. 그러나 이제는 범죄를 저지른 전직 대통령에 대해서 일반국민보다 우선하는 모든 혜택을 폐지해야 한다.

전두환 군부정권에 억울한 누명을 쓰시고 강탈당하신 박영록 전 국회의원님의 재산권도 하루빨리 되찾아 드려야 한다.

2009년 5월 진실화해를 위한 과거사정리위원회는 "합수부가 박 전 의원을 불법 감금해 고문했고 강제로 땅을 빼앗았다"는 진실규명 결정을 내렸다. 또 "국가가 박 전 의원에게 사과하고 강제헌납 받은 재산에 대한 구제조치에 나서라"고 권고했다.

박영록 전 의원님은 이 권고를 바탕으로 국회에 청원서를 제출했으나 국방부의 어처구니없는 행태로 강제 헌납된 재산을 되찾지 못하고 있다. 이유는 재산을 돌려줄 법이 없다는 이유였다.

불법으로 국가공권력을 이용하여 개인의 재산을 강탈하고도 돌려줄 법이 없어 돌려주지 못한다는 어이없는 항변에 이 나라 대한민국에 미래가 있는지 묻고 싶다.

과거사정리위원회에서 진실규명이 이루어졌으면 정부와 국회에서는 응당 강탈한 재산을 돌려주는 법안을 즉시 제정하여 국민의 침해당한 재산권을 돌려주어야함이 마땅하다. 노태우와 전두환, 이 두 전직 대통령에 대하여는 없는 법을 새로 제정하면서까지 미납추징금을 환수하면서 박영록 고문님의 사건은 왜 바로잡지 않고 있는 것인지?

또한 박영록 의원님의 정치 친구이신 김대중, 김영삼 전직 대통령님들께서 대통령 재임기간 중에 적극적으로 나서서 박영록 고문님의 억울함을 풀어주려 노력하셨다면 대한민국의 역사가 바뀌고 개인의 운명도 바뀌었을 것이다.

90이 넘으신 연로하신 몸으로 언제 하늘의 부름을 받으실지 알 수 없는 지금 박영록 의원님은 서울시에 귀속된 땅을 되찾아 윤봉길, 이봉창, 백정기 의사(義士)를 기리는 애국공원을 만드는 것이 마지막 꿈이라고 하신다.

2012년 11월 부정부패와 관련한 포럼에 참석하신 박영록 의원님은 어려운 정국의 해법으로 눈이 먼 아버지를 찾을 수 있는 '심청이의 지혜'를 역설하셨다.

한 때 개그계에서 '돈 많이 벌어서 뭐 하노…… 쇠고기 사먹다 가겠제.'가 국민 모두가 공감하는 유행어가 되었었다.

대한민국의 정치인들은 돈 많이 벌어서 동맥경화(動脈硬化)를 유발하는 '쇠고기'만 사먹다가 떠날 것이 아니라 국민 모두가 누릴 수 있는 선진국의 잘된 법과 제도를 후손들에게 물려주고 떠나야 한다.

대한민국 최고의 복지사

청렴영생(淸廉永生), 부패즉사(腐敗卽死)를 정치인의 기치로 삼아 경기도정을 돌보신 김문수 경기도지사님은 지역민들의 민심을 살피기 위해 골프채 대신 택시 운전대를 잡고 늘 귀를 열어놓고 민심에 귀를 기울이며 행정에 참고로 하셨다고 하신다.

그는 경기도에 많은 외국투자기업을 유치하기 위하여 일정기간 세금을 감면해주고 대한민국에서 기업하기 가장 좋은 지자체로 만들었다.

또한 불경기로 전국에 물가가 천정부지로 치솟고 있던 2012년에 경기도 김문수 도지사는 물가안정에 기여하는 착한 가격업소 활성화를 위해 '착한 가격 업소에서 행복 찾기' 운동을 전개했다.

경기도는 어려운 경제 여건 속에서도 가격을 올리지 않고 개인서비스 요금 안정에 적극 동참한 237개 착한가격 업소들의 매출 증대를 위해 도, 시군, 공공기관 직원을 대상으로 월 1회 이상 간담회나 회식, 점심 식사 시 이용하도록 권장키로 했다.

그리고 고객과 주인이 함께 행복할 수 있는 착한가격 업소 이용 홍보를 신문, 방송, 트위터, 페이스북, 전광판 등 다양한 홍보매체를 활용하여 추진했다.

김문수 도지사는 파주시에 일자리 창출과 경제회복을 위해 LCD를 생산하는 일본 전자업체의 5,500억 원 규모의 외자유치를 성공시켜서 리더로서 경영자로서의 능력을 보여주었다. 경기도청 보도에 의하면 일자리 창출을 위해 김 지사가 가장 심혈을 기울인 부분은 외국인투자유치였다. 2013년 4월까지 김문수 도지사님이 유치한 외국인투자는 130건, 172억 6천만 달러다. 직접고용 효과만 6만 170명이며, 간접고용효과 31만 7,706명까지 합치면 38만 명이다.

중소기업에 대한 신용보증과 자금지원도 확대했다.

지난 7년 동안 경기도가 중소기업과 소상공인을 대상으로 한 자금융자 지원은 3만 8,465개 업체에 9조 1천억 원에 이르고 보증지원은 27만 9741개 업체에 8조 4,040억 원 규모다.

건국 이래 최대규모로 평가받는 삼성전자 유치도 경제 분야의 큰 성과 중 하나다.

2009년부터 삼성전자 유치에 공을 들인 김 지사는 2010년 사전입주협약 체결, 2012년 7월 용지매매 분양계약 체결에 이어 지난 5월 평택시에 120만평 규모의 삼성전자 전용산업단지 착공을 이뤄냈다.

삼성전자는 2015년 완공예정인 이곳에 100조원 이상을 투자해 차세대 반도체 생산시설 및 의료기기를 비롯한 신수종사업 생산시설을 조성하고, 3만 개 이상의 신규 일자리를 창출할 예정이다.

민선 4기, 김 지사가 처음 얻은 별명은 '규제개혁 전도사'였다.

정부는 물론 각종 토론회, 주민모임, 경기도 현장 실국장회의 등 그가 있는 곳은 언제나 규제개혁이 화두였다. 규제개혁만이 침체된 투자를 활성화하고 일자리를 만드는 가장 손쉬운 방법이라는 김 지사의 주장은 점차 설득력을 얻었고 지난 7년간 괄목한 만한 성과를 이뤄냈다.

공장총량제 적용대상 연면적이 200㎡에서 500㎡로 상향됐고, 한시적이긴 하지만 녹지, 관리, 농림, 자연환경보전 지역의 기존 공장건폐율이 20%에서 40%로 확대됐다.

경기도는 이 같은 기업 관련 규제개선으로 도내 347개 기업이 18조 9천억 원을 투자하게 됐고, 그 효과로 4만 5천 개의 일자리 창출이 가능해졌다고 보고 있다.

오랫동안 경기도민의 재산권을 제한하고 난개발의 원인으로 지목받았던 각종 토지 관련 규제도 대폭 완화됐다.

일자리가 최고의 복지라고 말하는 김문수 경기도지사는 2012년과 2013년 경기도정의 화두를 '일자리 만들기'라고 밝힐 만큼 일자리 창출에 노력해왔다.

김문수 도지사 취임 이후 다양한 기업지원과 취업정책을 통해 경기도가 만들어낸 일자리는 모두 87만 9천 개(통계청 발표)에 이른다. 이는 같은 기간 전국에서 만들어진 일자리 182만 6천 개의 48%다. 민선 4기 동안 49만 4천 개, 민선 5기 현재까지 38만 5천 개로 7년 동안 전국에서 만들어진 일자리 두 개 중 하나가 경기도에서 창출된 셈이다.

대한민국 사회에서 천형으로 여겨지는 소록도 한센인에 대한 김문수 도지사의 관심과 사랑도 각별하여 그동안 경기도의 대표적인 한센인 집단 정착촌인 경기도 포천 시 장자마을에 학습관을 건립하는 등 각종 지원을 아끼지 않았고, 민선 5기 경기도지사로 재직하면서 '더 낮은 곳으로 더 뜨겁게'라는 슬로건 하에 복지의 사각지대인 한센인 복지에 앞장서왔다.

김문수 도지사는 스스럼없이 한센인들의 짓뭉개진 손을 덥석 잡아주고 만나는 한센인마다 일일이 손을 잡고 악수하고 그들과 포옹하며 말벗이 되어 주었다.

김문수 도지사는 '우리 사회의 소외되고 그늘진 곳에서 헌신과 희생의 자원봉사가 있었기에 오늘날 대한민국은 세계에서 자랑하는 국가가 되었다. 자원봉사야말로 더불어 사는 공동체에 꼭 필요한 소중한 자산임'을 강조하고 '함께 열심히 봉사하자'고 힘주어 말하였다.

"지금도 뼈만 앙상하게 남은 사람을 보면 불효로 보낸 나의 어머니처럼 보여 조금이라도 더 붙잡고 싶어집니다. 하지만 내가 한센인들의 손을 잡는 근본적인 이유는 그들이 감추고 싶어 하는 그 손을 내가 잡음으로써 그들이 위로받고, 그로 인해 나 또한 내 맘 속에 있는 잘못과 허물을 구원받기 때문입니다."

김문수 도지사가 심혈을 기울여 2008년 시행한 무한돌봄사업은 복지 사각지대에 방치된 이웃을 찾아 생계비 · 의료비 · 교육비 · 주거비 · 연료비 · 전기요금 등을 무기한 · 무제한 지원하는 것으로, 민간과 공공기관의 사회복지서비스를 연계해 복지 최고브랜드로서의 무한성공에 많은 이들이 감사함을 전하고 있다.

이는 중앙정부 및 국내외 복지전문가들의 벤치마킹 모델이 되어 왔으며, 정부는 경기도의 무한돌봄센터를 벤치마킹해 '희망복지지원단'제도를 시작했을 정도로 성장했다.

2013년 9월 경기도청 월례조회에서 김문수 도지사는 최근 통합진보당 내란음모 사건에 대해 "대한민국 자체를 근본적으로 태어나지 말았어야 할 나라라고 주장하고 있다. 이건 아니다."며 "전 세계 어느 국가도 나라를 근본적으로 부정하는 사상을 받아들이는 곳은 없다. 현대사를 공부하지 않으면 이 문제가 해결되지 않는다."고 지적하셨다.

"북한이 존재하는 한 대한민국에선 폭력혁명노선과 적화통일노선이 계속 시도된다."며 "대한민국 탄생과 정당성, 미래를 부정하는 세력에 대해서는 단호히 대응해야 한다."고 덧붙였다.

이어 그는 "헌법에 문제가 있다면 국민발의와 국회발의, 국민투표 등 합법적인 방식으로 고쳐야지 혁명이나 쿠데타 같은 폭력적인 방식으로 나라를 뒤엎는 건 절대 받아들일 수 없다."며 "어떠한 상황에서도 인권을 침해하는 건 안된다."고 전했다.

김 지사는 "대한민국은 1948년 건국될 때부터 공산주의와 자유민주주의 사상이 대립해왔다."며 "1970년대부터 1980년대에는 운동권에서 사회민주주의의 정당성을 주장하는 무리를 비롯해 극단적 민족주의까지 주장하며 민주주의를 부정하는 세력이 매우 많았다."고 말했다.

마지막으로 김 지사는 "공직자들은 대한민국 체제를 지키고 대한민국 헌법의 가치·질서·체계를 지키는 마지막 수호자다. 헌법적 가치와 대한민국 정통성에 대해 공부를 안 하면 아무리 회계·세무 행정을 잘한다 해도 영혼이 없는 공무원."이라며 역사의식 함양을 강조했다.

후손들에게 빚을 떠넘길 수 없다는 신념을 가지신 도지사님은 퇴임식도 조촐하게 어르신들을 위한 급식봉사로 대신하셨다.

김문수 전도지사님은 대담프로그램에서도 "가야 할 길이라면 가시밭길이라도 마다 않지만, 가지 말아야 할 길이라면 비단길이라도 안 간다. 국회의원은 제 자리가 아니고 백의종군하면서 국민의 말씀을 섬기는 게 맞다고 본다."고 굳은 신념을 밝히셨다.

지금 이 나라 대한민국에 꼭 필요한 정치인은 김문수 도지사님과 같은 정신을 가진 분들이다.

김문수 도지사가 대학 졸업장을 25년 만에 받고 대한민국 국회의원으로서 유일하게 모든 평가에서 1위를 차지하셨던 그 이유를 정치인들이 깨닫고 귀감으로 본받아야 한다.

대한민국(大韓民國)은 민주공화국(民主共和國)이다?

1982년에 작고하신 김지태 회장님은 대한민국의 자본가, 정치인, 언론인이었다.

부산상업고등학교를 졸업하고 동양척식주식회사 부산지점 입사를 시작으로 하여 조선섬유한국생사(주) 사장, 부산상공회의소 초대회장, 부산일보 사장, 경남 육상경기 연맹회장 등을 역임하고, 1950년에는 무소속으로 제2대 민의원, 1954년 자유당 소속으로 제3대 민의원을 역임하였다.

사업가로서의 시초는 울산의 직물공장 사업이었다. 동양척식주식회사 부산지점장의 인간적 신뢰로 동경의 본사와 의논해 불하받은 울산의 땅 2만평에 직물공장으로 사업을 출발하였으나 실패하고, 지기공업(紙器工業)에 진출하여 중일전쟁으로 인해 사업에 성공하여 막대한 부를 쌓았다. 해방 후 조선견직(전 아사히 견직), 삼화고무, 제사업(製絲業)을 주축으로 전국적인 사업가로 성장하였다.

1956년 12월 사사오입 개헌에 반대하다가 자유당 해당 행위자로 제명되었으며, 1957년 5월에 복당했으나 1958년 5월 제4대 민의원 선거에서 낙선하고 정계에서 은퇴하였다.

김지태 회장은 6.25 전쟁이 발발하여 정부가 부산으로 피난했을 무렵, 이승만이 자신의 재선을 위해 김지태 회장에게 3억 원의 자금지원을 요청했는데 단호히 거절하였다.

　이 일로 김지태 회장은 이승만의 미움을 사게 되었고 그 후유증으로 한국 최고의 적산회사인 조선방적 인수를 앞두고 특무대장 김창룡에 의해서 방적회사가 '광목을 생산하는데 순면만 사용하지 않고 재생광목을 5% 사용했다.'는 어이없는 이유로 조선방적 임직원 50여명이 구속되었고, 김지태 회장도 이적행위를 한 혐의로 기소되는 사태가 발생하였다.

　결국 이승만 정권의 조직적 방해로 조선방적은 정치깡패 출신인 강일매에게로 넘어갔다.

　이승만 정권 몰락의 결정적 계기가 되었던 3.15 부정선거 마산 개표 현장에서 총을 시민에게 발포하여 사상자가 발생하는 사건이 발발하자 김지태 회장은 당시 부산일보 사장실에 마이크를 설치하고 속보를 내보내는 기민성과 과단성을 발휘하여 '마산 개표현장의 총격사건'을 특보로 보도했고 결국 이승만 하야에 결정적인 역할을 하였다.

　부일장학회의 설립자 김지태 회장은 의식 있는 기업인이었다.

　그가 삼화고무와 방적회사 등을 운영하여 성공한 기업인으로서 선망의 대상이 되었지만, 기업가로서 그의 가치나 진면모가 드러난 것은 바로 문화산업의 중요성과 가치를 일찍이 알고 과감하게 사업으로 운영한 사람이었기 때문이다.

　그는 1949년에 부산일보를 운영하는 한편 1959년 한국 최초의 민영 상업방송인 부산문화방송을 설립하였으며, 오늘날의 MBC의 전신인 서울문화방송을 설립한 장본인으로 1958년 부일장학회를 설립하였다.

김지태 회장은 우리 사회가 해방과 분단 그리고 6.25 전쟁 등의 혼란한 시기를 겪고 있을 때 문화사업을 일으키는 것 말고, 자원 빈국인 우리나라의 당면과제가 인재육성에 있음을 알아차렸고, 부산 서면 지역의 금싸라기 땅 10만여 평과 수억 가치의 재산(현재시가로 수조 원)을 투자하여 부일장학회를 설립하여 인재양성에 힘을 쏟은 것이다.

김지태 회장은 기업 경영에서만 탁월한 능력을 발휘한 경영자가 아니라 문화를 큰 가치로 생각하는 기업가였고 기업가로서 번 돈을 어떤 식으로 사회에 환원해야 할지에 대해 알고 있었던, 의식이 깨어있는 존경받을만한 기업인이었다.

5.16 쿠데타 직후인 1962년 3월 27일, 중앙정보부 부산 지부는 부정축재처리법위반. 해외재산도피혐의로 삼화고무 김지태 사장을 포함한 간부들을 수사한다고 발표하였고, 며칠 후 김지태 씨의 부인 송혜영 씨를 밀수혐의로 체포하였다. 당시 혁명정부가 김지태 사장에게 적용한 혐의는 김지태 사장과 부인 송혜영 씨가 2년 전 부산일보에서 사용할 윤전기를 구입하기 위하여 독일 출장을 갔을 때 반지와 카메라를 사온 것을 들어 밀수 혐의를 적용하였다.

재판 진행과정에서 "카메라와 반지는 밀수가 아니라 정당한 통관을 거쳤다."는 세관원의 진술이 있었지만 오히려 이 세관원은 이 진술 때문에 파면을 당하게 되는 등 곡절을 겪으면서 재판은 혁명정부에 의해 철저히 짜여진 각본대로 진행되었다.

김지태 사장에게 부정축재나 해외재산도피에 대한 혐의는 어디에도 없었지만 회사 간부를 모조리 잡아들인 당시의 상황에서 결국 김지태 씨는 회사를 살리기 위해 귀국하게 되었고, 갖가지 회유와 협박에 의해서 김지태 씨는 부일장학회와 부산일보 주식 100%, 부산문화방송 주식 100%, 서울문화방송 주식 100%를 헌납한다는 각서에 도장을 찍어 주었다. 이후 1962년 6월 말 결국 군 검찰의 공소취하로 석방되었다.

혁명정부에서 강탈한 부일장학회는 5.16 혁명을 영구히 기린다는 의미에서 5.16 장학회로 개명하였고, 다시 1980년 박정희와 육영수를 영구히 기린다는 의미에서 박정희와 육영수의 이름을 따 정수장학회로 개명하였다.

정수장학회 전신인 부일장학회 설립자 고(故) 김지태 씨의 재산 헌납은 박정희 정권의 강압으로 이뤄진 것이라고 법원이 판단했고, 앞서 '국정원 과거사건 진실규명을 통한 발전위원회'와 '진실화해를 위한 과거사 정리위원회'도 김 씨의 재산헌납을 "공권력에 의한 강탈"이라고 결론지은 바 있다.

서울중앙지법 민사17부(염원섭 부장판사)는 김 씨의 장남 김영구 씨(74) 등 유족 6명이 정수장학회와 국가를 상대로 낸 소송에서 "강제헌납 받은 부산일보와 문화방송, 부산문화방송의 주식을 반환하거나 국가가 손해를 배상하라"고 판결했다.

재판부는 "과거 군사정부에 의해 자행된 강압적인 위법행위로 주식이 증여됐으므로 국가는 김지태가 입은 손해를 배상할 책임이 있다"고 밝혔고, 정부기관에 이어 법원까지 헌납과정의 불법성을 인정하면서 법원은 "강박에 따른 증여 의사표시에 대한 취소권은 주식을 증여한 1962년 6월 20일로부터 10년이 지나 소멸됐다"고 밝히고, 국가에 대한 손해배상청구도 "김 씨가 석방된 1962년 6월 22일로부터 10년이 지나 소멸시효가 완성됐다"며 기각했다.

5.16 군사정권에 의한 고(故) 김지태 회장님의 재산 강탈과 관련하여 김영삼 전 대통령은 자신의 회고록에서 '부정축재의 수단'이라고 규정했고, 부일장학회에서 내어준 장학금으로 공부를 한 고(故) 노무현 전

대통령님도 정수장학회에 대해 '범죄의 증거이자 장물'이라고 하면서도 재임 시 바로잡아주지는 못했다.

당시 김지태 사건 수사를 지휘한 박용기 전 중앙정보부 부산지부장조차 "죄가 있으면 처벌하면 되지 재산을 뺏는 것은 잘못됐다. 그것도 국가에 재산을 헌납했으면 문제가 없지만 5.16장학회를 만든 것은 문제였다. 특정인에게 재산이 갔으니까 문제가 생긴 것이다"고 회고했다.

송혜영 여사님은 남편 김지태 회장님이 피땀으로 이루어 놓은 재산을 5.16 정권에 강제로 강탈당하고 회장님 사후 가족들과 생활고에 허덕이다가 마지막까지 팔고 싶지 않았던 밀수품으로 신고 된 다이아몬드 반지와 카메라를 팔아 목숨을 연명했고, 위 수술과 뇌수술등 큰 수술을 5번이나 겪으며 병원비가 없어 고생하셨다고 하신다.

정수장학회는 지난 50년간 3만여 명에게 장학금 혜택을 주었다고 하는데 정수장학회로 바뀌기 전 부일장학회에서는 1년에 3,000명에게 장학금을 지급했다고 한다.

송혜영 여사님은 부일장학회가 그대로 남아있었더라면 지난 50년간 최소한 15만 명에게 장학금을 지급했을 거라며 아쉬워하셨다.

송혜영 여사님의 꿈은 사사로이 운용되고 있는 강탈당한 남편의 재산을 다시 되찾아 회장님의 유지를 받들어 자신의 손으로 사회에 환원할 수 있게 되는 것이다.

민주주의 국가에서 국가경영진이 법위에 군림하여 국민의 재산권을 침해하고 국민의 기본권마저 지켜주지 못한다면 나라 자체가 존립해야 할 이유가 없다.

더 늦기 전에 범죄자에게 유리한 공소시효법과 시효소멸권을 폐지하여 여생이 얼마 남지 않으신 고(故) 김지태 회장님의 미망인이신 송혜영 여사님의 피맺힌 한을 풀어드렸으면 좋겠다.

대한민국에 법(法)의 정신(精神)이 살아 있는가?

　대기업이 중소기업의 기술을 도용하여 10년 동안 힘겨운 법정 싸움을 벌인 서오텔레콤의 김성수 사장님이 계시다. 흔히 '다윗 대 골리앗'의 싸움으로 알려진 서오텔레콤과 LG텔레콤(현 LG유플러스)의 특허전쟁은 특허분야 종사자라면 모르는 사람이 없을 정도로 유명한 사건이다.

　사건의 발단은 2004년 LG텔레콤의 알라딘폰(일명 SOS폰)이 시중에 등장하면서, 김대표가 2001년 개발한 '이머전시 콜'의 특허를 LG텔레콤에서 침해했다고 주장하면서부터다. 이는 김 대표가 LG텔레콤에 업무제휴를 위해 제품설명 자료를 넘기고 1년이 지나 발생한 일이었고 그동안 LG텔레콤은 너무 앞선 기술이라며 연락을 끊은 터였다.

　LG의 알라딘폰은 때마침 유영철 사건이 화제가 되면서 날개 돋친 듯 팔렸다.

　서오텔레콤의 긴급구조 기능은 휴대전화의 긴급버튼을 누르면 미리 저장된 보호자나 경찰서 등에 위급상황 메시지가 전달되고 통화가 되는 시스템이다. 성폭력 사건 등의 현장증거가 된다는 점에서 매우 각광받는 기술이었다.

　김성수 대표는 지리한 법정공방 끝에 2007년 LG텔레콤이 제기한 특

허무효심판 청구소송 상고심에서 승리했고, 12개 청구항 모두 서오텔
레콤의 특허가 유효하다는 판결을 받았다. 헌법재판소에서의 결정도
김 대표의 손을 들어주었고, 검찰이 LG텔레콤의 특허권 위반혐의를 불
기소 처리한 것에 대해 헌재는 검찰의 불기소가 부당하다고 판단했다.
그런데 정작 LG텔레콤의 특허침해에 대한 손해배상 청구소송은 연전
연패였다. 일찌감치 서울고법에서 고배를 마셨고, 대법원 최종판결에
서도 결과를 뒤집지 못했다.

"특허침해가 명백하다는 판단은 여러 번 있었습니다. 검찰도 인정했
고 그간의 판결과 중기청의 판단도 일치했습니다. 그런데 손해배상청
구는 인정하지 않아요."

8년여의 법정싸움에서 김성수 대표가 얻은 것은 상처뿐이었다. 소송
비용만 80억 원 가까이 들었고, 현재 90억 원에 이르는 사옥도 법정비
용 마련을 위해 몇 해 전 40억 원에 매각했다. 지금은 예전 사옥 일부
에 세 들어 사는 신세다.

"고등법원에서는 1년간 사건 해당 판사가 세 번이나 바뀌고, 검찰은
공소권 날짜를 조작하는 사건까지 벌어졌습니다. 대기업의 힘이 닿지
않는 곳이 없어요. 대통령이 '온 나라가 썩었다'고 했죠? 맞습니다. 정
말 썩었어요."

김성수 대표는 예전에는 '국가 미래를 위해 값진 희생이 필요하다'거
나 '중소기업이 대기업과의 특허 싸움에서 이기는 선례를 만들겠다'는
명분으로 대기업과 싸웠다고 했다. 하지만 지금은 그런 명분이 사라
졌고, 대신 '대한민국의 미래는 없다'는 쪽으로 결론을 내렸다고 했다.

'법원은 돈 있고 배경 있는 사람들에게 명분을 만들어주는 곳'이라고
도 했다.

김성수대표에게 '대기업과의 상생'이라는 말은 그저 정치문구에 지나

지 않아 보였다.

이에 대해 LG유플러스 측은 "특허무효심판 청구소송에서 서오텔레콤이 승소한 것은 서오텔레콤이 가진 특허가 유효하다는 판결이지 LG텔레콤이 서오텔레콤의 특허를 침해했다고 판결한 것이 아니다"면서 "본 건은 그동안 몇 차례에 걸친 형사고소 건에서 무혐의 종결 처리됐고, 추가로 진행된 민사소송에서도 1심, 2심, 최종심까지 모두 일관되게 LG텔레콤이 서오텔레콤의 특허를 침해하지 않았다는 판단을 내림으로써 최종 종결된 사안"이라고 2011년 7월 13일자 머니위크 지에 보도되었다.

벤처기업 서오텔레콤과 대기업인 LG유플러스 간의 특허와 관련된 소송에서 사법부에서 중소기업의 특허권은 인정하면서도 대기업에서 특허기술을 침해한 사안에 대하여서는 손해배상을 인정하지 않는 법관들의 행태는 도저히 이해가 가지 않는 대목이다.

법관들의 잘못된 판결로 인해 국가의 미래를 짊어진 벤처기업인에게 기어이 대한민국의 미래는 없다는 단호한 결론을 내리게 했다.

만약에 이 벤처기업이 선진국인 미국이나 다른 나라에 이주를 한다면 우리나라 대기업들은 비싼 로열티를 지급하고 특허기술을 사용해야 한다.

아무것도 없는 이 대한민국에 기술력 하나로 국가의 미래를 짊어지겠다는 중소기업의 도약 할 꿈을 짓밟은 행태는 결국 대한민국의 미래를 포기한 것이나 다름없다.

대기업과 중소기업 간의 상생(相生)을 위해 이런 특허기술력을 대기업에서 인정하고 정당한 대가를 주고 기술력을 사용한다면 국가적으로도 아무런 문제가 없다.

중소기업에서 많은 노력을 기울여 개발한 기술을 돈 한 푼 안들이고 공짜로 사용하고 있는 대기업의 비양심의 극치는 법(法)의 정의(正義)가 사라진 사법부의 위상을 여실히 보여주고 있다.

어려운 이 시대에 사법부만이라도 제대로 된 판결을 내려주어 정의사회 구현을 위해 앞장서야 하는데 사법부가 제 기능을 하지 못하여 서오텔레콤의 김성수 대표님과 같이 억울한 기업인들이 양산되어 국가의 미래를 포기하게 만들고 있는 것이다.

2014년 10월 17일, 국회의원회관에서 정신문화회복 범국민운동본부와 정의사법구현단이 공동으로 주최한 '사법정의 어떻게 실현할 것인가' 세미나에 참석하신 김성수 대표님은 특허와 관련한 분쟁사건에는 특허전문가를 참여시켜야 한다고 역설하셨다.

정부에서는 대기업과 중소기업 간의 동반성장을 외치며 상생법(相生法)을 제정했지만 엘지유플러스와 같이 중소기업에서 피땀 흘려 개발한 특허기술을 돈 한 푼 내지 않고 공짜로 사용하며 법적으로 사용료를 내지 않아도 된다는 판결까지 더해주는 사법부로 인해 중소기업인 서오텔레콤은 대기업의 횡포로 피를 토하며 이 나라 대한민국에서 희망이 아닌 절망을 절감하고 있다.

대기업과 중소기업 간에 상생법(相生法)은 그저 문구에 지나지 않는 것인가?

뛰어난 기술력을 가지고 선진국인 미국의 특허부터 출원하려는 국내 벤처기업인들의 속내가 여기에 있다. 이러한 뛰어난 기술력이 해외로 유출되는 것을 막기 위해서라도 정부는 상생법(相生法)을 강화하여 대기업의 횡포로부터 중소기업을 보호해 주어야 한다.

대한민국의 미래는 바로 사법부에 달려 있다.

법(法)이 바로 서지 않는 한 대한민국의 미래는 결단코 없다.

그런데 이 사법부가 썩어서 법의 정의가 사라지고 온통 이 나라 안에 불법이 판을 쳐서 힘없고 억울한 국민들의 분노와 울분이 도처에 깔려 있다.

억울함을 법으로 해결하려다가 오히려 비싼 인지세로 인해 사옥을 팔고 세입자로 전락한 서오텔레콤과 같은 불행한 일이 재발하지 않도록 소송과 관련한 인지세 제도는 소송금액과 상관없이 건당 일정한 금액을 내는 제도로 바꾸어야 한다.

법관들이 사건을 조사하기 위해 비싼 비행기를 타고 다니는 것도 아니고 서류로 올린 사안을 제대로 검토하여 제대로 된 판결만 내려주면 되는데, 소송금액에 따라 달라지는 막대한 인지세는 억울한 국민들을 위해 건당 일정금액으로 바뀌어야 한다.

정부도 억울한 국민들이 내는 인지세로 막대한 세금을 거두는 일은 이제 그만 해야 한다.

미국은 인지세가 저렴하여 국민 누구나 법적 소송을 통하여 문제를 해결한다고 한다.

'법관은 헌법과 법률에 의하여 그 양심에 따라 독립하여 심판한다.'라고 명시되어 있는 헌법 103조를 등에 업고 '부러진 화살'의 석궁 김명호 교수님 사건과 같이 명백한 사안들에 대한 판사들의 잘못된 판결로 인해 '화성인 판결'로 국민들의 분노를 자아내고 있는데, 이를 방지하기 위해서는 '3심 아웃제'를 도입하여 잘못된 판결을 세 번 이상 되풀이 하는 판사에게는 아예 법복을 벗게 해야 할 것이다.

그리고 잘못된 판결을 내린 판사들에게는 변호사 개업자격도 제한해야 한다.

'일사부재리의 원칙'도 잘못된 판결에는 예외규정을 두어 사법감시센터를 설치하여, 재심을 통해 억울한 국민들이 구제받을 수 있게 해야 한다.

명명백백(明明白白)한 사안마저도 제대로 된 판결을 내리지 못하는 사법부에 시민단체에서 엄중한 경고장이라도 보내주길 바라고 대통령이나 국회의장 직권으로라도 잘못된 판결을 취소하고 양심 바른 법관들로 하여금 제대로 된 판결을 내리게 해야 한다. 그리고 정부여당도 기업 상생법(相生法)을 문구로만 제정해 놓을 것이 아니라 기업들에 대한관리감독을 제대로 하여 요즘과 같이 어려운 시대에 약자인 중소기업에 빛과 소금으로 살아있는 법(法)의 역할을 제대로 하게 해야 한다.

삼권분립을 완성하기 위하여 '대법원장 직선제' 거리서명을 주도하고 계신 정의사법구현단의 연도흠 대표님은 능력 있는 경영인 출신이다. 막대한 부채를 지고 있던 혈육의 회사를 정상궤도로 올려놓고도 경영권을 탐낸 혈육의 잘못된 욕심으로 인해 그가 제기한 소송에서 부패한 사법부의 부정한 판결을 받아 막대한 피해를 당하신 당사자이기도 하시다. 그리하여 자신과 같이 부정한 사법부의 사법피해를 당한 국민들을 위해 시민운동에 헌신하게 되었고, 무전유죄, 유전무죄, 전관예우가 통하는 사법부의 잘못된 관행을 근절시키고 사법부를 바로 세우기 위한 방법으로 대법원장 직선제를 추진하게 되었다.

공직사회의 기강을 바로잡기 위해 만든 일명 '김영란 법'도 통과가 되었다.

정의사법구현단에서 추진하고 있는 '대법원장 직선제'가 하루빨리 이루어져 대한민국의 법치(法治)를 바로 세우고 제대로 된 법(法)을 집행하여 무너진 나라의 기강을 바로 잡게 되기를 진심으로 염원(念願)한다.

∷ 정의사법구현단 연도흠대표의 사법정의 실현을 위한 방향

1. 부정부패 판사·검사 처벌기관 설립을 추진하여 국가 및 국민이 직접 처벌할 수 있게 해야 한다.

2. 부정수사·부정재판에 대해 별도로 처리할 수 있는 기관을 설치한다.

3. 학연·지연·사법 인맥을 통한 청탁을 근절시킨다.

4. 판사와 검사는 특별한 사정이 없는 한 정년을 보장하고 변호사를 못하게 한다.

5. 전관예우를 철저히 차단시키고 전관예우로 인한 부당한 수입은 가중 처벌 및 재산을 국고로 환수시킨다.

6. 검사의 불기소 이유를 고소인의 고소사실에 근거하여 작성한다.

7. 항고, 재정신청 기각사유를 고소사실에 맞추어 분명하게 기장한다.

8. 헌법 103조 판사의 독립적 양심의 범위를 법률적으로 제한시킨다.

9. 부정재판·부정수사를 없애면 현재의 고소, 소송의 절반이 사라진다.

10. 상고심 특례법은 부정재판의 부당함을 합법적으로 마무리 한다.

11. 상고심 특례법을 철폐한다.

12. 판결문의 판결주문은 소송의 청구 취지에 근거하여 작성한다.

13. 재판과 수사의 잘못은 국가와 해당 판·검사가 끝까지 배상책임을 진다.

14. 재판과 수사의 판단에 영향을 미치게 하는 청탁을 한 변호사는 변호사를 할 수 없게 제명시킨다.

15. 범죄의 처벌에 대한 양형 기준을 명확히 설정한다.

16. 증거로 제출한 것은 증거로 채택해야 한다.

국민을 폐인으로 만드는 대한민국(大韓民國)의 법(法)

18대에 이어 19대 국회의원들도 뽑아준 국민 편에 서서 일을 하지 않는다.

국민 생활과 밀접한 관련이 있는 법사위원장 자리는 이제 여야 합의로 명망 있는 인권변호사 출신이 맡도록 법으로 제정했으면 좋겠다. 그리고 19대 국회에서 민생 챙기기 현안으로 여야 모두 국민의 생활과 직결된 민형사상의 잘못된 기본법들부터 바로잡는데 앞장서 국민의 인권과 복지를 위해 일하는 정치인이자 정당으로서의 면모를 국민들에게 보여주시면 좋겠다.

내가 대한민국의 평범한 소시민으로 경험한 대한민국의 법(法)은 한마디로 어이가 없었다.

근 10여 년 전에 비상장 투자와 관련하여 약속을 지켜주지 않는 기업의 대표이사를 상대로 소송을 제기했다가 녹취록으로 증거까지 제시했음에도 불구하고 속인 사람보다 속아 넘어간 사람이 잘못이라는 명판결(?)을 내려주어 어이가 없었다.

그리고 잘못된 판결이 내려지게 되면 좀처럼 판결을 뒤집기가 어려운 사법부의 풍토에다 법적으로 드는 인지세 비용도 아까워서 항소조 차 못하고 포기한 적이 있다.

현재 투자사기와 관련하여 내가 경험한 민형사상의 법 중에는 공소 시효법과 개인정보보호법, 그리고 민사에서 국민의 재산권을 침해하고 있는 10년의 시효소멸권이 있다.

우선 형사사기와 관련한 공소시효법은 7년에서 10년으로 늘었지만 대한민국에서는 이를 악용하는 지능적인 악랄한 범죄자들이 있어 법을 잘 모르는 순진한 국민들에게는 오히려 원성을 사는 법이 되어 있다.

또한 투자사기와 관련하여서는 피해자가 마지막으로 입금한 날짜를 공소시효 적용기점으로 삼고 있는데, 공소시효 적용을 알지 못하는 일 반인들은 사기꾼에게 속아 공소시효를 넘기기가 쉽다.

그러므로 사기와 관련한 공소시효는 피해자가 사기라는 것을 인지한 그 시점부터 공소시효를 적용해야 함이 옳다.

범죄자에게 유리한 공소시효법은 원칙적으로 폐지를 해주시던지 아 니면 공소시효기간을 30년으로 연장하여 범죄자를 범죄에서 자유로울 수 없게 만들면, 국민은 30년의 정해진 기간 동안 증거서류를 토대로 사건을 충분히 해결할 수 있을 것이다.

또 공소시효적용에 있어 공소시효정지 사유에는 검사가 공소를 제기 하였을 경우 범죄자의 해외출국 사실만 정지사유로 명문화되어 있는 데, 범죄자가 공소시효 만료 전에 고의로 연락처를 두절했을 경우에도 공소시효정지 사유로 인정하는 법안을 만들어야 한다.

그리고 나와 같이 중병(대장암 말기, 췌장암, 파킨슨씨병, 울혈성 심부전증, 울혈성 신부전증, 녹내장, 당뇨, 고혈압, 아토피피부염, 위염, 불면증, 퇴행성 관절 염)인 시부모님의 병수발을 들었던 7년과 투자사기로 인해 혼인파탄 후 어린 자식의 생계를 책임지기 위해 정해진 법적인 기한 내에 고소를 할 수 없는 여건에 있었던 약자인 피해자를 구제하기 위한 법안도 마련되어야 한다.

헌정질서를 파괴하는 범죄에 해당하는 내란죄와 외환죄, 군 형법상 반란죄, 이적죄, 집단살해 범죄에는 공소시효법을 적용하지 않고 있어 범죄의 증거만 있다면 언제든지 처벌이 가능하다.

어찌 됐건 개인정보 보호법과 같이 잘못된 법으로 인해 경찰이 인정하는 사기 증거서류를 가지고도 민사소송이나 지급명령에 필요한 범죄자의 신상을 경찰서에서조차도 알아낼 수 없어서 2년 남아있던 시효는 그대로 시효소멸권이 완성되고 말았다.

개인 간의 금융거래와 관련하여 민사상에 적용되고 있는 10년의 시효소멸권은 국가가 국민의 재산권을 침해하고 있는 법이니 시효소멸권을 당장 폐지하여 국민의 재산권을 보호해 주어야 한다.

10년의 시효소멸권은 엄밀하게 법적인 절차를 통하여 판결을 받은 시점부터 적용하여야 하는데 법적으로 소송조차 하지 않은 사안에 대해 시효소멸권을 적용하는 것은 문제가 있다.

또한 금융과 관련한 민사소송에 소송을 제기한 날로부터 국가에서 25%의 법정이자가 적용되는데 이 법 또한 소송을 제기한 날로부터가 아니라 당사자 간에 금융거래가 시작되었던 날을 기점으로 소급 적용해주는 법으로 바꾸어야 한다.

피해를 당한 국민들에게 필요한 법은 범죄자가 지인과 가족명의로 은닉해 놓은 재산을 찾아내어 피해자에게 돌려주는 법이다.

사기피해 당사자인 나는 개인정보보호법으로 인해 민사소송에 필요한 범죄자의 신상도 알아낼 수 없어서 범죄자에게 지급명령조차도 할 수가 없게 되어 사기꾼이 떠넘긴 2억 원이 넘는 신용불량 채무로 인해 사회활동의 제약을 받아 막대한 피해를 입었다.

개인정보보호법은 선량한 국민들을 위해 존재하는 법이 아니라 범죄자를 철통같이 보호해주는 법으로 이 법을 제정한 국회의원들 또한 나라경제를 좀먹는데 일조한 나라의 대역죄인이다.

2008년에 발효된 불합리한 개인정보보호법은 수정 및 보완을 거쳐 2013년 3월에 다시 공표되었지만 여전히 범죄자에게 유리한 법이다.

어렵게 찾아낸 범죄자는 현재 국내 굴지의 유통회사에 납품을 하며 해외에 지사를 설립하고 승승장구 하고 있는데 반해, 나는 회사설립자본금의 21%의 지분에 해당하는 금액을 사기 당하고도 개인정보보호법으로 범죄자의 신원조차 알아낼 수가 없어서 지급명령조차 하지 못하고 10년의 시효소멸권이 완성되어 재산 0원이 되었다.

나라에서 법적으로 10년이 지나면 남의 돈 빌려 쓰고 갚지 않아도 된다고 명문화시켜놓아 대한민국은 그야말로 도둑님(?)의 나라를 만들고 있다.

한마디로 대한민국의 법(法)은 민형사상 범죄자에게만 유리하고 법(法)을 잘 모르는 피해자인 국민들은 두 눈 벌겋게 뜨고도 잘못된 법으로 인해 재산 0원의 알거지가 되어 폐인이 되고 있다.

다시 말하면 개인정보보호법으로 인해 사기의 증거를 가지고도 민사소송에 필요한 범죄자의 신상을 파악하는 것조차도 철저히 막아서 사기꾼에게는 그야말로 철통같은 울타리가 되어주고 있는 것이다.

대한민국 형법 제 307조 1항에 의하면,

공연히 사실을 적시하여 사람의 명예를 훼손한 자는 2년 이하의 징역이나 금고 또는 500만 원 이하의 벌금에 처한다.〈개정 1995.12.29〉

2항은 공연히 허위의 사실을 적시하여 사람의 명예를 훼손한 자는 5년

이하의 징역, 10년 이하의 자격정지 또는 1천만 원 이하의 벌금에 처한다. 〈개정 1995.12.29〉라고 되어 있다.

형법 307조 1항에 의거, 대한민국에서 진실을 유포한 것 자체가 죄가 된다면 '진실'이 있어도 '진실'이 없는 것과 같다.

형법 제 307조 1항과 같은 법은 세계에서 한국과 일본에만 적용되고 있다.

법을 제정하는 국회의원들이 307조 1항을 만든 의도는 무엇일까?

온갖 음모와 권모술수(權謀術數)가 난무하는 추악한 대한민국의 정치판에서 숨겨야 할 것들이 많은 진실 너머(?)에 있는 정치인들에게 꼭 필요한 법이기 때문이다.

그러나 진실(眞實) 안에 있어야 하는 국민들에게는 반드시 폐지되어야 할, 필요 없는 법이 바로 307조 1항이다.

이 나라 대한민국에서 진실(眞實)은 공인된 언론을 통한 보도는 허용되고 개인에 의한 출판물이나 광고에 의한 공개는 상대방에 대한 명예훼손으로 간주되어 처벌받게 되어 있는데, 공인된 언론이 협조해주지 않을 경우 307조 1항과 같은 악법(惡法)으로 인해 진실은 영원히 어둠 속에 묻힐 수밖에 없다.

법(法)은 개인이나 언론사나 만인에게 평등하게 적용되어야 하는데 형법 제 307조 1항만큼은 형평성을 잃고 있다.

이것이 현재 대한민국 법(法)의 현실이다.

죄를 지은 범죄자에게는 명예를 논할 가치가 없다.

그런데 이 나라 대한민국에서는 범죄자의 범죄 사실이 명예(?)로 간주되어 법(法)에 의해 철저하게 보호를 받고 있는 반면에, 피해를 당한 사람은 명예가 심각하게 훼손되어 사회에서 '덜 떨어진 사람(?)' 취급을 받고 있다.

조선조의 세계적인 대학자인 지봉 이수광 선생의 '군주의 12계율'에 의하면,

'의약이 병을 치료하듯 법제는 사회의 악을 막아낸다. 좋은 법(法)이 없으면 나라를 다스릴 수 없고 법 제정을 함부로 해서는 안되며 법(法)은 인의(仁義)를 바탕으로 만들어야 한다.

법(法)을 위반하는 것은 인의(仁義)를 위반하는 것이다. 세상이 달라지면 법(法)도 바뀌어야 하고, 법(法)이 시대에 맞지 않으면 법(法)을 집행할 수가 없고, 법(法)을 집행해도 실효를 거둘 수가 없기 때문이다.'

라고 하셨다.

형법 제307조의 1항과 같이 민의(民意)와는 상반된 법제정만큼은 하지 말아야 한다. 범죄자를 위한 법이 명백한 형법 309조 1항도 선량한 국민들을 위해 반드시 폐지되어야 한다.

형법 309조 1항에는 사실을 적시한 출판물에 의한 명예훼손으로 3년 이하의 징역, 금고 7백만 원 이하의 위자료와 3년 이하의 공소시효가 적용되고, 2항에는 허위사실을 출판물에 의한 명예훼손은 5년에서 10년 이하 자격정지에 1천 5백만 원 이하의 위자료에 3년의 공소시효가 적용된다. 피해를 당하고도 잘못된 법으로 인해 법으로도 해결할 수 없고, 출판물을 이용해 세상에 알릴 수도 없게 만든 악법(惡法)이 바로 형법 309조 1항이다. 한마디로 피해를 당하고도 범죄자를 위해 조용히 입 다물고 살라는 것이다.

이 법을 제정한 국회의원들이 뉘신지 모르겠지만 형법 제310조는 형법 제307조 제1항 공연히 사실을 적시하여 사람의 명예를 훼손한 자는 2년 이하의 징역이나 금고 또는 500만원 이하의 벌금에 처한다. 〈개정 1995.12.29〉의 행위가 진실한 사실로서 오로지 공공의 이익에 관한 때에는 처벌하지 아니한다고 규정하고 있는 바, 310조는 307조 1항,

309조 1항과는 상반된 법이다.

국민들의 상식에도 반하는 이런 법들을 만들어 놓고도 태연히 국민들의 혈세로 월급을 받는 사람들이 대한민국의 국회의원들이라는 사실에 분통이 터진다.

형법 307조 1항과 309조 1항을 피해자인 국민을 위한 법으로 바꾼다면 '사실을 적시한 출판물에 대하여는 명예훼손죄가 성립되지 않으며 국가의 이익에 반하지 않는 한 그 어떤 법적인 제재를 가할 수 없다'로 개정해야 한다.

현재 민형사상 적용되고 있는 대한민국의 법(法)은 선량한 대다수의 국민들을 위한 법이 아니라 범죄를 저지르는 소수의 범죄자를 위한 법이다.

이러한 악법(惡法)들이 제정되어도 법(法)을 잘 아는 국회의원 그 누구도 이런 악법(惡法)들에 대해 일언반구도 하지 않고 있고, 코에 걸면 코걸이, 귀에 걸면 귀걸이 식으로 운용되고 있으니 이 나라 대한민국의 법치 현실이 답답하기만 하다.

민생과 밀접한 관련이 있는 위에 지적한 법들을 당장 고칠 수 없다면 대국민들을 상대로 똑같은 피해가 발생하지 않도록 언론을 통한 충분한 홍보가 이루어져야 하고 어렸을 때부터 중고등학교 교과과정에 정규교육과정으로 포함시켜 기본으로 가르쳐야 한다.

법을 제정하는 대한민국의 정치인들은 잘못된 법을 제정하여 역사 앞에 부끄러운 사람이 되기보다는 정법(正法)을 제정하여 역사 앞에 당당한 사람이 되어야 한다.

대한민국을 짊어지고 갈 미래의 어린 꿈나무들을 위해서라도 이제는 거짓이 아닌 진실(眞實)이 통하는 세상이 되어야 한다.

5천년 역사를 자랑하는 이 대한민국(大韓民國)에 8조법과 인간을 널리 이롭게 한다는 홍익인간(弘益人間)의 이념이 정법(正法)으로 빛나고 있는 고조선의 역사(歷史)가 너무도 슬픈 오늘이다.

위의 글은 2012년 6월 여당과 야당에 올린 입법 청원서이자 참여연대 박경신 교수의 '진실유포죄'에 정혜옥이 서평을 내드린 글로, 재편집을 하였습니다.

또한 2013년 7월 15일에는 황교안 법무부장관님께 개인정보보호법과 형법 307조 1항 폐지를 요구하는 청원서를 올렸습니다.

공공의료원 정책 유감(遺憾)

대한민국의 지방의료원의 역사는 1909년 일제강점기에 개원한 관립 자혜의원이 시초다. 지방의료원은 현재 전국적으로 34곳이 있다. 지방의료원은 공공의료기관으로 지역의 저소득층인 서민들이 주로 이용하고 있으며 지역주민의 건강증진과 지역보건 의료발전에 힘써 왔다.

그러나 현재 지방의료원의 대부분은 부실화된 지자체 관할 하에 만성적자와 임금체불, 시설낙후, 인력부족 등 4중고에 시달리고 있는데 정부는 지방공공의료원에 독립채산제를 적용하여 최신식장비와 고급 의료인력을 갖추고 철저히 이윤을 추구하는 영리병원과 경쟁하도록 하였다.

공공의료원의 설립목적은

'제1조(목적) 이 법은 국립중앙의료원을 설립·운영하여 공공의료의 효율성과 만족도를 높이고 수준 높은 공공보건의료기관으로 육성하여 공공의료를 선도하게 함으로써 국민건강 증진과 국가 보건의료의 발전에 이바지함을 목적으로 한다.'

라고 되어 있다.

전국의 33개 지방의료원과 5개 적십자병원에서 발생한 적자의 63.7%

는 이른바 '착한적자'라는 연구결과가 나왔다.

정성출 ㈜갈렙ABC 대표가 2012년도 회계를 분석한 결과 38개 공공병원에서 발생한 총 손실액 1,383억 원 중 881억 원(63.7%)가 공익적 역할 수행에 따른 착한 적자에 해당됐다.

881억 원의 손실에는 필수의료 수행 237억 원, 수익이 발생하지 않아 민간병원이 꺼리는 의료서비스 제공 443억 원, 사회취약계층 진료 175억 원, 적정의료 221억 원, 정책이나 행정의료 118억 원 등이 포함됐다.

진주의료원과 같은 33개 지방의료원에서 발생한 공익적 손실비용은 812억 2천 7백만 원이었다.

정부에서는 독립채산제를 적용하며 착한 적자에 대한 부분만 지원을 논하고 있는데 공공의료원의 설립목적과 취지에 맞게 100% 운영비를 정부에서 지원해주어야 함이 마땅하다.

비효율로 따지자면 자신들의 복지는 완벽에 가깝게 챙기고 막대한 국민혈세를 좀먹고 있는 대한민국 국회가 으뜸이다.

대한민국 국회의원들은 세월호 참사 발발 후 4개월 동안 0건의 법안을 처리하고 1,000억 원의 혈세를 집어삼켰다.

그러한 국회에 비하면 공공의료원에 들어가는 운영비는 그야말로 새 발에 피다.

국회의원 1인에 연간 지원되는 총금액이 6억 원이 넘는다.

공공의료원에 들어가는 비용은 국회의원 정족수를 3분의 1만 줄여도 운영비는 충분할 것으로 생각한다.

정부에서 적자를 이유로 국립의료원이 폐업을 하게 되면 그 지역에서 서민들이 마음 놓고 이용할 수 있는 병원이 사라지는 셈이다.

강릉의료원에서는 그동안 맞춤형 특성화진료, 친절서비스 개선, 방만한 경영구조의 개선 등 경영개선 활동을 꾸준히 한 결과, 금년 들어 진료 실적이 크게 나아지고 있으며 특히, 인공관절시술 특성화사업으로 경영수지가 개선되고 있다고 밝혔다.

한편, 민간병원이 꺼리는 분만서비스를 당진의료원에서 시작하여 3년 만에 300명이 넘는 신생아가 이 병원에서 태어났다고 한다.

공공의료원을 정부에서 지원하는데 있어 민간병원과의 역차별을 운운하시는 분도 계신데 민간병원은 적자생존의 원리를 따른다.

직원들을 가족과 같이 대하시는 따뜻한 마음을 가지신 인천국립의료원의 조승연 원장님께서는 노후화된 인천국립의료원을 과감하게 현대식으로 리모델링하고 교통편의도 제공하며 의료서비스의 질을 높였고 많은 인천시민들이 마음 편히 이용할 수 있는 공공의료기관으로 되살려 놓으셨다.

교통편이 편리한 곳에 위치한 일반병원에 비해 공공의료원들은 대부분 쉽게 찾아오기 힘든, 교통편이 불편한 곳에 위치하고 있다.

조승연 원장님은 병원을 쉽게 찾아오지 못하는 노숙자 등 취약한 계층의 의료지원을 위해 '마중 나가기' 봉사를 창안하여 의료봉사단을 이끌고 날씨 여부에 상관없이 사계절 동인천 북광장으로 진료를 나가신다.

의료인으로서 역지사지(易地思之)의 의료봉사를 실천하고 계신 것이다.

따뜻한 마음을 가지신 조승연 원장님은 어머니의 장례식에 들어온 조의금 전액을 어려운 이웃에 써달라고 기부를 하셨다. 그리고 전국의 공공의료기관인 국립의료원이 공공의 목적을 달성하기 위해 필요한 유관기관들과 협약을 추진하고 계시며 부실화된 국립의료원을 정상화시키기 위한 방안을 모색하고 계시다.

지방의료원과 지역의 각 보건소 역시 해마다 예산이 삭감되어 만성적자와 시설낙후, 인력부족 등 4중고는 여전하다고 한다. 이에 서민의 한사람으로써 대기업에서 설립한 복지재단에 의료장비가 노후화된 국립의료원에 최신식 의료장비 기증운동을 제안하는 바이다. 기증받은 최신식 의료장비로 서민들이 한층 업그레이드된 의료서비스를 받을 수 있게 해준다면 기업의 명예와 위상도 높이고 국립의료원의 기능도 되살려 국민과 함께하는 진정한 국민기업으로 '아름다운 동행'이 이루어질 수 있다.

미국에서는 나라가 어려울 때 벤저민 프랭클린은 복권을 발행하여 전쟁에 필요한 대포를 구입했다고 하고, 초대 대통령 조지 워싱턴은 복권기금으로 로키산맥 주변을 잇는 몬테인 로드를 건설했다고 한다. 미국 3대 대통령 토머스 제퍼슨은 복권을 발행하여 8만 달러의 나라 빚을 갚았다고 하고 세계 명문대로 유명한 하버드, 예일, 프린스턴 대학들은 복권 수익으로 세워졌다고 한다.

로또 천국이 되어가고 있는 대한민국에서는 로또복권을 팔아 국민들에게 걷어가는 세금을 포함하여 65%가 넘는데 연간 2조원에 육박하는 수익금을 국립의료원 살리는 일에 쓴다면 그 누구도 반대할 사람은 없을 것이다.

나라가 어려울 때 로또로 조성되는 기금만 제대로 집행해도 국민들을 위한 기반이 조성될 수 있을 텐데…… 참 답답한 현실이다.

2013년 7월 2일에 '진주의료원법'이 국회 본회의를 통과되었는데, 이 법은 진주의료원 사태의 재발을 막기 위한 법안으로 지자체가 지방의료원을 설립하거나 통합 또는 분원을 설치하는 경우 또는, 지방의료원의 경영상 부실을 이유로 해산하려는 경우에 보건복지부 장관과 사전에 협의하도록 되어 있다.

그러나 이 법안은 잘못된 법안으로 '지방의료원은 국민을 위한 공공의료기관으로 공공의 목적을 위해 설립되었으므로 경영상의 이유로 지자체장이 폐업이나 해산을 명할 수 없다.'가 되었어야 한다.

이 시점에서 정치인들이 해주어야 할 가장 시급한 일은 지방의 국립의료원이 공공의료기관으로 공공의 목적을 달성할 수 있도록 부실화된 지자체에 맡기지 말고 이제는 중앙정부 직속으로 바꾸어 주는 일이다.

부실화가 되어버린 대한민국 정부가 미처 챙기지 못하는 서민들을 위한 전국의 국립의료원을 위해 대기업에서 최신식 의료장비를 기부해주셔서 공공의료 목적을 수행하는 공공의료원에 도움을 주시면 좋겠다.

부초(浮草) 정부 유감

　대한민국은 일제 치하 36년의 강점기를 거쳐 1945년 해방 후 건국 68주년이 되었다.

　이에 국회 상임위에서 정부 조직법 개정안을 조정했다. 문제는 정권이 바뀔 때마다 정부 부처의 명칭을 바꾸고 부처가 고무줄처럼 늘었다 줄었다 하는데 있다.

　자고로 나라의 근간이 되는 정부 부처와 명칭은 바뀌지 않아야 한다.

　노무현 정부에서는 13부 2처 17청이었던 부처가 이명박 정권에서는 15부 2처 18청이 되었고 박근혜 정부에서는 17부 3처 17청이 되었다.

　부처의 명칭도 가지각색이다.

　예를 들면 행정부가 노무현 정권에서는 행정자치부로 명칭이 바뀌었고 이명박 정부에서는 행정안전부로 바뀌었는데 박근혜 정부에서는 안전행정위원회로 바뀐다고 한다. 문화체육관광방송통신위원회는 미래창조과학방송통신위원회, 교육과학기술위원회는 교육문화체육관광위원회, 국토해양위원회는 국토교통위원회로 명칭을 변경하고, 농림수산식품위원회는 농림축산식품해양수산위원회, 외교통상통일위원회는 외교통일위원회로 명칭을 변경하고, 지식경제위원회는 산업통상자원위원회로 각각 명칭을 변경한다고 한다.

정부부처 명칭에 다른 이름을 덧대어 부른다고 부처의 기능이 바뀌는 것도 아닌데 왜 정권이 바뀔 때마다 부처의 명칭을 바꾸어야 하는지 국민의 한사람으로 이해가 되지 않는다.

부처의 명칭이 바뀌고 통폐합될 때마다 홍역을 앓는 공무원들도 문제이지만 명칭을 바꾸는데 막대한 비용을 들이면서 겪는 국민들의 혼란도 만만치 않다.

가능하다면 이제부터라도 여야가 합의하여 나라의 기틀이 되는 각 부처의 고유 명칭을 간략하게 하고 함부로 바꾸지 못하도록 법으로 제정함으로써 시대의 흐름에 따라 꼭 필요한 부처만 새로 신설하도록 해야 한다.

선진국에서는 정권이 바뀌어도 정부 부처의 명칭이 바뀌지 않고 그대로 이어져 오고 있는데, 유독 역사도 짧은 이 나라 대한민국에서만 정권이 바뀔 때마다 통치권자의 입맛대로 부처의 명칭을 마음대로 쥐락펴락 한다. 이는 분명 문제가 있다.

어이없는 정부 조직법 개편안을 지켜보면서 정치 후진국으로 나라의 기틀을 잡지 못하고 있는 것 같아 이를 지켜보는 국민의 한사람으로 씁쓸하기만 하다.

국민행복기금 유감(遺憾)

　정부에서 신용불량자들을 구제해주기 위한 방안으로 국민혈세로 조성된 '국민행복기금'을 운용한다고 한다.

　정부에서 이미 신용불량자들을 구제하기 위한 방안으로 개인회생제도를 시행하여 원금과 이자에 대해 30% 감면을 해주고 있는데 국민행복기금이 개인회생제도의 의미를 무색하게 하고 있다.

　빚을 갚지 않고 버티고 있는 신용불량자들에게 50%~70%의 빚을 탕감해준다고 한다.

　'국민행복기금'은 성실하게 빚을 갚고 있는 사람에게는 오히려 불리하고 '배째라'식으로 나오는 신불자들에게는 유리한 제도로 인식되어 자신의 분수에도 맞지 않게 과소비를 부추기지는 않을 런지 우려된다.

　요즘 젊은이들은 과소비로 인해 월급을 타고 15일 만에 월급이 고갈되어 남은 15일은 신용카드에 의존한다고 한다.

　국민행복기금은 기존의 개인회생제도를 죽이는 거나 다름없다.

　타인에게 신용을 빌려주어 신용불량이 된 사람들은 개인회생제도를 이용하여 성실하게 빚을 갚아나가고 있기 때문이다. 그러니 억울한 이들을 위해 정부에서는 '국민행복기금'을 운용하기 이전에 이들을 구제

할 수 있는 법안부터 만드는 것이 순서일 것이다.

신용대출 사기와 관련하여 사기를 당한 당사자가 금융감독위원회나 은행연합회에 사기를 당했다고 신고를 하면 금융감독위원회에서 계좌를 추적하여 최종적으로 돈을 쓴 사람에게 추징하는 법안을 만들어야만 남의 신용을 이용한 대출사기사건이 근절될 수 있다.

국민의 혈세로 조성된 '국민행복기금'은 국민 모두가 공감하고 국민 모두가 행복해질 수 있게 개인회생제도의 보완책으로 운용되어야 한다.

민주주의의 꽃 '선거'

2014년 6월 4일에 치러질 지자체의 공정한 선거를 위해 2013년 11월 1일 공정선거지원단 2기가 발족되었다.

11월 11일 공정선거지원단 중앙연수원 교육에서 30년을 봉직해 오신 선관위 조원봉 조사국장님은 갑(甲)과 을(乙)의 관계를 빗대어 늘 국민을 섬기는 을(乙)의 자세로 업무에 임해주길 당부하셨다.

지방선거를 앞두고 선거법과 관련하여 가장 무서운 것이 선거일 180일 전까지 사전불법선거운동으로 분류되는 물질, 향응, 접대가 기승을 부린다고 한다.

지방선거에서는 근소한 표 차이로 당락을 좌우할 수 있기 때문이다.

사전불법선거운동에 해당하는 접대를 받았을 경우에 선거법위반으로 접대 받은 금액의 50배 이하의 과태료를 물어낼 수도 있으니 접대에 응하기보다는 선관위에 신고를 하여 포상금을 타시길 권한다.

참고로 포상금 지급의 최대금액은 5억 원이다.

선거공영제에 의하여 선거에서 유권자 득표 15% 이상을 획득하면 법정으로 정해진 선거비용 전액을 돌려받을 수 있고, 10% 이상 15% 미만일 경우에는 선거비용의 50%를 돌려받을 수 있다.

기탁금 또한 유권자 득표 15% 이상을 하면 전액을 돌려받을 수 있고, 10% 이상 15% 미만일 경우 50%를 돌려받을 수 있다.

기탁금에서 부담하는 비용은 선거법에 의한 과태료 및 불법시설물 등에 대한 대집행비용 등이다.

선거공영제는 선거에 있어 과열경쟁을 방지하고 후보자의 빈부의 격차에 상관없이 기회를 균등하게 주기 위해 국민세금으로 지원을 해주는 것이다.

따라서 2014년 6월 4일 지자체의 선거에 출마하시는 후보들은 지역민들에게 건강한 정책으로 선택을 받아야 한다.

고아출신으로 미국의 대통령이 된 오바마는 미국 국민들에게 꼭 필요한 '오바마 케어(Obama Care)' 의료보험 개혁안을 공약으로 들고 나와 재선에 성공하였다.

선진국인 미국에서 대한민국 의료보험정책보다 뒤쳐진 가장 취약하게 운용되고 있었던 것이 바로 의료보험정책이었다.

막대한 예산을 이유로 시행은 연기되었지만 오바마 케어의 목표는 가난하고 심각한 질병이 있는 사람을 포함해 국민 100%가 건강보험이 있어 제때 치료하고 미리 예방할 수 있도록 하는 것이다.

지난 대선에 출마했던 모 후보는 결혼을 하면 1억 원을 주고 주택을 무상으로 공급하며 유치원부터 대학까지 등록금도 지원해주고 징병제를 폐지하고 모병제를 도입 하겠다는 혹세무민(惑世誣民)하는 공약을 내놓기도 했다.

예산이 많이 소요되는 노인 기초노령연금과 한부모 모자가정 양육비와 관련한 공약은 국민들에게 꼭 필요한 정책이면서 반드시 지켜야하는 공약임에도 합리적인 경영을 하지 못하여 지켜지지 못하고 있는 것은 실로 유감스러운 일이다.

　서민들을 위한 공약(公約)이 공약(空約)이 되지 않도록 하기 위해서는 선거를 주관하는 선관위가 기획재정부와 공조하여 후보자들의 공약을 세밀하게 검토하고 심사하여야 하며, 후보자들의 공약 실현가능여부를 가려내주어 유권자들이 혹세무민(惑世誣民) 당하는 일을 미연에 방지해야 한다.

　지금까지 매번 치러진 선거에서 대한민국 정치인들은 지방과 중앙을 불문하고 여야 모두 국민들에게 살기 좋은 복지국가를 만들어주겠다고 사기를 쳐서 당선이 되었고 그 이후에는 부정부패가 판을 치는, 국민들이 살기 불편해하는 나라를 만들어 놓았다.

　그 증거가 바로 국가부채 1,118조원이라는 막대한 빚에 있다.

　한마디로 대국민 사기극을 벌인 것이다.

　당연히 지켜야하는 공약을 지키지 않은 정치인들에 대해서는 퇴임 후 대국민 사기죄로 고소를 하여 사기정치를 일삼는 정치인들에게 엄중한 죄를 물어야 한다.

　대한민국에서 사법부도, 행정부도, 국회도 제 기능을 다하지 못하고 있는 작금의 현실에서 '민주주의의 꽃'인 선거를 주관하는 선관위가 주도적인 역할을 하여 대한민국(大韓民國)에 바른 정치 풍토가 이루어지도록 선거문화를 이끌어나가야 한다.

　대한민국의 답답한 정치현실과 관련하여 대다수 국민들은 농수산물이나 고가의 사치품을 수입하여 들여오기보다는 민주주의가 정립되어 있는 선진국의 능력 있고 바른 정치인들을 영입하기를 바라고 있다.

　선관위와 시민단체, 매니페스토 운동본부에서 실행하는 것으로, 선거가 끝난 후에 당선된 정치인들이 임기 내에 공약을 제대로 실천했는가를 감시하는 매니페스토(Manifesto)운동이 있다. 이 매니페스토(Manifesto)운동은 공약의 구체성과 지속가능성과 지역성을 반영하고 효율성과 이행이 가능한지의 여부가 가장 중요한 판단기준이다. 이제는 사후 감시보다는 사전에 감시를 강화하여 전액 국민의 혈세로 치러지는 민주주의(民主主義)의 꽃인 '선거'가 제대로 이루어지게 해야 하고, 유권자들도 소중한 권리인 투표권을 제대로 행사해야 한다.

2014년 6.4 지방선거에 선관위는 단속위주에서 벗어나 불법선거운동을 미연에 방지하기 위한 정치관계법을 사전에 안내하여 불법선거운동 예방을 최우선 목적으로 하였다. 하지만 현재 예산 때문에 인력이 부족하여 선관위가 제 역할을 다하기가 어려운 게 현실이다. 선관위의 책무가 이토록 막중해지고 있는 지금, 선관위가 제 역할을 다하기 위해서는 중앙정부에서 예산도 넉넉하게 배정되어야 한다.

그리고 요즘 크고 작은 선거와 관련하여 부정선거 의혹이 끊이지 않고 제기되고 있는데 이러한 선거에 대한 의혹을 불식시키고 '민주주의의 꽃'인 선거가 제대로 치러지기 위해서 '부산의 미래를 준비하는 사람들' 박희정 대표님께서 선거관리 문화혁명 캠페인을 하고 있다.

내용은 투표소에서 이동 없이 바로 수개표하여 언론발표까지 투명하게 발표하는 선거투개표관리시스템을 개혁하는 것이다. 민주주의를 확고히 지키는 개혁입법을 정부와 국회의원들에게 요청하고자 시민들의 거리서명과 인터넷서명도 받고 있다.

이에 '민주주의의 꽃'인 선거를 통하여 대한민국의 민주주의가 완성될 수 있도록 시민들의 자발적이고 적극적인 참여를 부탁드리는 바이다.

선거의 투명성을 위하여 중앙선관위 위원장 직선제도 반드시 이루어져야 할 것이다.

대한민국의 새싹들을 위하여

요즘 광화문과 시청 광장에서는 아이들에게 안전한 나라를 만들어 주자는 세월호특별법 제정을 원하는 국민들과 국민연금과 형평성에 어긋나는 공무원 연금 개편에 반대를 하는 공무원노조가 삭발식을 하며 집회를 열고 있다. 대한민국은 지금 3년 치 예산에 해당하는 1,118조원의 막대한 부채를 진 채무국가로써 아이들에게 빚을 지우는, 미래가 없고 안전하지 못한 불안한 나라가 되어 있다. 국민의 피와 땀으로 조성된 혈세로 월급을 받고 있는 양심 있는 공무원들이라면 삭발식이 아니라 연금의 일부를 반납하는 운동이라도 자발적으로 벌여서 대한민국 미래의 주역들이 될 아이들의 안전부터 챙기자고 해야 하는 게 마땅하다.

진도 앞바다에는 안전불감증에 걸려 있는 대한민국의 실체인 세월호가 억울하게 죽어가야 했던 어린 아이들의 혼백과 함께 가라앉아 있고, 대한민국 지상에는 아이들의 안전을 위협하며 금방이라도 무너질 것 같은 낡은 학교 건물들이 지상의 세월호가 되어 있다고 한다.

전국에 지어진지 40년이 넘는 3,300개의 학교건물 중에 노후로 인한 긴급 보수·보강이 필요한 '재난위험시설(안전등급 D~E 등급)'은 총 104개라고 한다. 심각한 문제는 안전등급 D, E의 심각한 시설로 평가를 받고도 예산이 부족해 속수무책으로 손을 댈 수 없는 학교가 대부분 이라는 점이다.

지난 5월 서울소재의 여고에 다니는 한 학생은 "우리 학교 건물에 금 이 가고 누수현상이 발생했다"며 SNS를 통해 알렸다가 어이없게도 학 교 측에서 이 학생을 고소했고, 이 사실이 알려지면서 학교는 여론의 뭇매를 맞았다.

대한민국의 미래를 진정으로 걱정하고 사랑하는 공무원노조라면 국 민의 피와 땀으로 조성된 혈세를 눈 먼 돈으로 취급하여 임시직 정치인 들과 똑같이 갖은 명목으로 나랏돈 빼먹기에 혈안이 되어야 하는 것이 아니라 대한민국을 안전한 나라로 만드는 일에 앞장서야 한다.

정홍원 총리는 고령화 추세와 연금재정 상황을 감안할 때 개혁은 불 가피하다며 고통분담에 동참해달라고 호소했다. 불안한 현실을 살고 있는 대한민국의 국민들은 정홍원 총리의 호소에 적극 공감한다. 빚이 많은 부모는 자식에게 아무것도 해줄 수 없다. 나라도 마찬가지이다.

갚아야할 천문학적인 빚을 진 나라에서 공무원노조마저 자신들의 의 무는 저버리고 이권만 챙기려하고 있다. 무능한 정치인들은 빚을 내어 국민들의 복지를 챙겨준다고 하는데 이는 국민들의 밥그릇을 채워주는 것이 아니라 밥그릇마저도 못쓰게 만드는 일이다.

공무원들과 정치인들은 과다하게 지급받고 있다고 지탄받고 있는 자 신들의 연금을 어린 새싹들에게 양보하여 안전한 나라를 만들어주어야 한다. 정부에서는 나라살림이 적자라고 서민들에게 복지 없는 증세를 선택하여 힘없는 국민들에게 짐을 지우고 있다. 이에 정치인과 공무원 들은 지금 당장 내입으로 들어가는 최고급 음식이나 내 몸에 걸치는 비 싼 옷 한 벌 대신 미래의 주역인 어린 새싹들을 위하여 양보의 미덕을 발휘해 주시면 정말 좋겠다.

영세민 울리는 나라미

정부에서 영세민 저소득층과 차상위 한부모 가정에 정부 양곡을 시중가의 절반가격에 구입할 수 있는 권리를 주었습니다. 그래서 지난달에 20kg 21,500원을 입금하고 한 달 만인 어제 쌀이 도착하였습니다. 옆집 어머니께서 오셔서 저소득층에 공급하는 나라미가 하품이 되어 질이 안 좋다고 소문이 났다며 뜯어보라고 하여 어머니 앞에서 열어보니 바구미가 가득하여 그만 아연실색하고 말았습니다.

포장지를 유심히 살펴보니 포장지에는 다음과 같이 인쇄되어 있었습니다.

〈나라미〉

이 쌀은 우리 농업인들이 정성어린 손길로 재배되어 국립농산물품질관리원의 엄격한 품질 검사를 받은 믿을 수 있는 우리 쌀입니다.

원산지: 국산

등급: 2등급

단백질 검사: 미검사

생산년도: 2012년

도정일: 2013년 08월 28일

생산자 주소: 충남 예산군

상호명: ○○정미소

바구미가 가득한 질 떨어지는 쌀을 어떻게 영세민들에게 공급할 수 있는 것인지?

도정일이 2013년 8월 28일자로 되어 있는데 제가 보기에는 십년도 더 묵어 보이고 쌀알도 좁쌀처럼 적고 윤기도 없어 그야말로 저급한 품질의 쌀입니다. 집안 살림 십 수 년 만에 이렇게 질 떨어지는 저급한 쌀은 처음 봅니다.

쌀 등급은 1등급부터 5등급으로 분류되고 있습니다.

대한민국에서 가난한 것도 서러운데 동물사료용으로나 쓰일 쌀을 영세민들에게 공급해서야 되겠습니까?

다음부터는 대통령님과 농림축산식품부 장관님께서 내 가족이 먹는 쌀이다 생각하시고 직접 검수를 하신 다음에 영세민들에게 나라미를 공급해 주셨으면 합니다.

위기의 대한민국(大韓民國)

　2009년 2월에 국회를 통과한 개정 재외국민투표법은 19세 이상 대한민국 국적을 가진 국민 또는 해외영주권자에게 대통령선거와 국회의원선거 비례대표와 지역구 선거(일시 체류자 및 국내거소 신고자) 투표권을 부여하고 있다.

　재외국민 투표법안의 통과로 2012년 국회의원선거부터 해외 230만 교민(미국 88만 명, 일본 47만 명, 중국33만 명, 호주와 뉴질랜드 10만 명, 캐나다 10만 명)을 대상으로 107개국 158개 공관에서 재외국민투표를 실시하였는데 투표율이 2.5%였다.

　참여가 저조한 낮은 투표율에 530억 원이 투입되었다고 하는데 투표율 대비 1표당 26만 여원이 소요된 셈이라고 한다. 국내 선거에는 1표당 12,000원이 든다고 한다.

　막대한 부채를 지고 있는 대한민국의 재정형편에 재외국민투표에 드는 막대한 선거비용은 국민들의 공감을 얻기가 어렵다.

　해외 재외공관에서 재외 교민들을 대상으로 한 국민투표는 자칫하면 대한민국을 위험에 빠뜨릴 수 있으니 재외 교민들을 상대로 한 투표 법안은 당장 폐지해야 한다.

투표 기간 중 내국인으로 해외 출장 중에 있거나 해외에 파견되어 상주하는 투표에 참여할 수 없는 여건에 있는 국민들은 부재자투표로 대신하면 된다.

투표는 이 나라 대한민국 땅에 거주하는 국민들을 위한 정치를 하기 위한 것이므로대한민국의 힘이 미칠 수 없는 치외법권(治外法權)인 외국에서 자리 잡고 살고 있는 재외 교민들의 삶과는 전혀 상관이 없기 때문이다.

해외교민들은 국방의 의무를 면하기 위한 목적과 정치와 교육, 복지 등 모든 면에서 후진국수준을 벗어나지 못하고 있는 대한민국이 싫어서, 일부는 사업을 이유로 이민을 선택한 사람들이다.

또한 외국에 살고 있는 교민들은 대한민국 국민으로서 갖는 조세의 의무도, 국방의 의무도 없는 사람들이다. 엄밀하게 말하면 외국인이나 다름이 없는 외국인의 지위에 있는 교민들에게 투표권을 준다는 것은 한마디로 어불성설(語不成說)이다. 그러니 해외 교민들에게 대한민국의 국민으로 투표권을 부여하려면 내국인과 똑같이 해외의 교민들에게도 세금을 부과하고 국방의 의무도 이행하게 해야 한다.선진국의 해외 교민들에게 대한민국이 지향해야 할 정책에 관하여 의견수렴 차원에서 자문을 구하는 것은 외려 반가워할 일이다.

우리나라는 정치적으로 아직 후진국 대열에서 벗어나지 못하고 있는 것도 사실인데, 쓸데없는 선거와 관련된 시스템은 너무 앞서 나가려 한다.

온 국민이 열망하는 무상교육 실현과 정치권에서 반값등록금 정책을 약속하고도 그 약속 하나조차 제대로 이행하지 못하면서 정정당당하게 세금을 내어 월급을 주는 주권자인 국민을 무시하고 치외법권(治外法權)인 외국에 나가 대선출마를 논하고 오는 정치인들을 대하노라면 주권자인 국민의 한사람으로 왠지 씁쓸함을 느낀다.

재외교민 투표에 드는 막대한 비용을 무상교육, 반값등록금 실현에 보태준다면 그게 외려 국민들에게는 현실성 있고 반가운 일이 될 것이다.

광주에서 외국과 문화교류 사업으로 추진한 '광주의 정자'는 얼마나 멋진 사업인가!

문화교류 사업은 우리의 전통 건축 축조기술이 그대로 전해져 일일이 손으로 칠을 해야 하는 단청의 아름다움과 우아함이 돋보이는 건축양식으로 지어진 정자 쉼터를 제공하여 해당 국가의 교민들에게 대한민국의 전통문화에 대한 좋은 이미지를 심어주고 교민들에게는 고국에 대한 문화적 자긍심과 자부심을 심어줄 수 있으니, 일석이조(一石二鳥)의 아주 훌륭한 사업이다.

사물놀이로 유명하신 김덕수 선생님도 해외에 우리의 전통문화를 널리 알리고자 노력하신 결과 사물놀이가 해외에서 호평을 받고 있다고 한다.

이처럼 우리나라가 해외 교민들을 위해 해줄 수 있는 일은 앞선 전통문화 교류를 통해 자긍심을 받쳐 주는 것이다.

개성공단이 가동된 2006년 이후 북한에는 5만 3천개의 일자리가 제공되었고, 임금으로 연간 9천만 달러(천억 원)가 지급되었다고 한다.

이 나라 대한민국 정부와 정치인들이 야합하여 서민경제와 지역경제가 위기에 처한 형편과는 상관없이 지역의 기반이 되는 온전한 기업마저 경협이라는 명분으로 북한으로 이주시켜 지역기반을 붕괴시키고, 대한민국의 최하층민들의 일자리를 빼앗아 북한을 살리려 했다.

2013년 박근혜 정부가 출범한 직후 북한에서는 미사일을 발사했고 재신임된 김관진 국방장관을 타도대상 1호로 지목하며 악감정을 드러

내기도 했는데, 이런 와중에 개성공단에 입주한 기업들에 대한 폐쇄조치가 이루어져 120개 기업이 부품 조달을 받지 못해 생산에 차질을 빚기도 했다.

무리한 개성공단 추진은 대한민국의 산업기반을 송두리째 마비시킬 수 있는 사안으로 이미 예고된 것이었다.

재작년에 국내에서 서민층에게 부업으로 돌렸던 자동차부품산업을 북한으로 옮겨간다고 하기에 당국에서 통일을 염두에 두고 북한의 노동자들에게는 조금 더 높은 임금을 주겠거니 생각했다.

그런데 뉴스에서 북한노동자들에게 지급한 한 달 임금이 187달러였다고 한다.

187달러면 우리 돈으로 겨우 월 20만원 수준이다.

국내에서 서민들이 부업으로 8시간 이상 일하고도 한 달 벌이가 겨우 20여만 원이었던 것을 생각하면 북한노동자들에게 지급한 금액이나 대한민국 부업가정에 지급한 금액은 별반 크게 차이가 나지 않는다.

대한민국 정부가 흡수통일을 염두에 두고 개성공단 입주를 추진한 것이라면 북한 노동자들에게 최소한 대한민국 노동자들이 정상적으로 지급받는 월급의 삼분의 일이라도 지급해주었다면 현재와 같은 폐쇄조치는 일어나지 않았을 것이며, 대한민국을 한민족·동포로 인정하여 통일을 앞당겨 이루어야겠다는 동기마저 부여해줄 수도 있었을 것이다.

또한 북한에 입주하기를 원하는 외국기업들에게도 대한민국 기업이 북한노동자들에게 지급하는 동일한 임금을 지급하도록 유도하는 견인차 역할이 이루어질 수도 있었다.

개성공단에 입주한 기업들이 북한동포들의 값싼 노동력을 이용하여 기업의 이익만 추구하는 추악한 모습을 보여줄 바에는 아예 입주를 하지 말았어야 했다.

철저히 정치적인 계산으로 시작된 개성공단에 정부는 대한민국에서 부족한 전력까지 공급해주면서 얻은 것이 무엇인가?

북한의 김정은은 북한경제가 어렵다면서도 세계 평화에 위협이 되고 있는 핵무기를 생산할 수 있는 핵을 증강하였다.

북한의 김정은은 김정일의 대를 이어 예의와 신의를 저버린 비양심의 정권임을 금강산 관광사업에서 극명하게 보여주었다.

십여 년 전 대한민국은 현대그룹으로 하여금 금강산관광사업에 투자를 하게 하여 북한에 관광사업 기반을 다져주고 북한정권이 말도 안되는 논리를 내세워 임의대로 투자자산을 몰수한 뒤 폐쇄하였다. 그로 인하여 관광사업에 투자했던 기업들과 관광사업 종사자들에게 막대한 손실을 끼쳤다. 당시 중단된 금강산 관광사업으로 인해 7천백억 원의 손해를 보았고, 관광업에 종사했던 많은 사람들이 일자리를 잃어 일자리를 찾아 고향을 속속 떠났다. 그 후유증은 지금까지도 이어지고 있다.

북과의 관광사업 중단은 어차피 예고된 것이었다.

관광사업은 통일이 된 연후에나 개발해야 할 사업이다.

폐쇄된 북한사회에 3차 산업인 관광사업과 같이 개방된 사업은 오히려 체제 유지에 도움이 안되고, 생산과 안정적인 일자리를 창출해내는 2차 산업은 쌍수를 들고 환영할 사업이다.

지금 이 대한민국에는 1차와 2차 산업을 홀대하고 서비스산업인 3차 산업은 퇴폐산업으로 변질되어 망국에 이를 정도로 심각하게 기형적으로 발전되어 있다.

이제는 나라의 근간이 되는 1차와 2차 산업을 제대로 일으켜 세워 건강한 일터를 살려내야 할 때이다.

경협이라는 명분으로 개성공단으로 옮겨간 5만 3천개의 일자리를 다시 되찾아 대한민국 경제를 살리고 서민들에게 일자리를 돌려주어 서민경제를 살려냈어야 한다.

그리고 정부에서 개성공단에 입주했던 기업들에게 근로자의 채용장려금을 지급해주면 회사경영에도 도움이 될 것이다.

김정일 사후 대를 이은 김정은은 대한민국뿐만 아니라 세계평화를 위협하는 존재가 되어 당장 제거되어야 할 대상이 되어 있다.

정권을 움켜쥔 북한의 최상위 그룹은 어느 것 하나 부족함이 없이 호의호식을 즐기는 반면에 최상위 그룹을 위해 희생한 최하층민들은 기아와 굶주림에 지쳐 목숨을 건 탈북사태는 지금도 매일같이 이어지고 있다.

이러한 현실을 무시한 채 무조건 북한에 동조하고 추종하는 세력들이 대한민국에 현존하고 있고 동해안을 통해 귀순한 북한병사가 휴전선을 넘어 군 막사를 두드릴 때까지, 그리고 연평도에서 탈북한 어부가 어선을 탈취하여 월북하여 선주가 신고할 때까지 당국은 몰랐다고 하니 대한민국 정부는 그야말로 위기의식이 전혀 없는 안일하고 무능한 정부가 되어있다.

대한민국은 종전국(終戰國)이 아니고 휴전국(休戰國)이다.

이제는 북한과의 교류는 국가 간에 이루어지는 철저한 무역방식으로 재정립해야 하고, 위기에 처해 있는 대한민국을 기초부터 다져 든든한 국가로 다시 세워야 할 때이다.

신의도 없고, 예의염치도 없는 북한에 야당 정치인들과 기업인들은 무엇을 믿고 개성공단 재개를 추진했는지 도대체 이해가 되지 않는다.

탈북자들이 만든 북한 민주화 대표신문 프리엔케이(Free NK)에서는 2012년 충격적인 소식을 전했다. 프리엔케이에 따르면 남한 인사들이 방북할 때마다 북한의 젊은 여성들이 성 접대에 동원 되었으며, 그 대상은 DJ와 노무현 정권 측 방북인사가 대부분이었다고 한다.

개성공단과 관련한 인사들은 북한에 꿀단지라도 숨겨놓고 온 것인가?

현재 개성공단과 관련하여 대한민국에서 소위 종교계 지도층으로 불리는 분들이 개성공단 되살려내기 서명운동을 주도하고 있다. 만약 옮겨간 기업들의 자산을 또다시 북한에서 몰수하고 하루아침에 부품공급을 중단한다면 이 나라 대한민국의 근간이 되는 2차 산업은 그야말로 마비를 초래하여 나라경제가 송두리째 망가질 수도 있는 일이다.

대한민국 서민들의 일자리를 빼앗아 북한을 살리느니 북한에 외국기업을 유치해주는 것이 현재의 상황에서는 합리적인 일이다.

선진국인 미국도 해외로 내보냈던 2차 산업인 볼트와 나사, 못을 생산하는 산업을 자국에서 다시 적극 권장하는 산업이 되었다.

대한민국은 지각없는 정치인들과 기업인들로 인해 나라가 큰 위기에 봉착해 있는 것이다. 국가의 총체적인 위기를 초래한 전 정권의 심각한 국정운영에 대해서는 여야가 따로 없이 따져 물어야 하는데, 여야는 서로의 이해관계를 따져가며 국민의 여론에는 귀를 막고 있다.

이제는 북한에 인도적인 차원에서 행해지는 식량지원이나 의료약품 지원, 그리고 문화교류를 제외한 대북과 관련한 경협은 북한에 광물자원을 수입하는 무역 외에 개성공단과 같은 무리한 사업은 전면 중단시켜야 한다.

국민들의 일자리를 창출하고 경제를 살리기 위해 대한민국 최고의 복지사 김문수 도지사는 경기도에 외국기업을 유치하기 위해 안간 힘을 쓰고 있었던 반면에 중앙정부와 정치인들은 개성공단 진출로 오히려 국민들의 일자리를 빼앗고 있었으니 통탄할 일이다.

대한민국을 총체적인 위기에 빠뜨리고 있는 것은 외형상으로는 우파 보수를 표방하면서 정치적으로는 좌파성향을 가진 인사들이 집권하고 있기 때문이다.

중국이 현재 막강한 부국으로 성장하고 있는 원동력이 된 것은 사회주의체제를 기본으로 중국에 투자한 외국의 기업에 세금을 일정기간 감면해주고 막대한 자금을 국외로 유출하는 것을 전면 금지시키는 법을 만들어 재투자를 유도하였기 때문이다.

대한민국은 2010년까지 해외 도피자산이 900조원으로 세계 3위에 올라 있다.

2015에 갚아야 하는 이자가 40조원에 육박하고 국민 1인당 76만원에 해당된다고 한다.

반값 등록금에 필요한 재정이 7조원이라고 하는데 어림잡아 40조원에 육박하는 이자 빚을 국민을 위한 복지에 쓴다면 복지를 어느 정도 이룰 수 있을까?

2014년에 필요한 재원을 조달하기 위해 정부에서 또다시 빚을 내었고 국가부채는 자그마치 1,118조원에 이른다고 한다.

정부도 국민들이 카드를 돌려막기 하는 식으로 차세대 예산을 미리 끌어다 쓰고 있는 셈이다. 국민들이 바라는 것은 빚이 없는 나라이다.

빚더미 위에서 이루는 것은 사상누각(砂上樓閣)에 불과하다.

후세대에게 부담이 되는 막대한 빚을 내어 복지를 이루려하기보다는 나라의 형편에 맞게 계획을 세우고 나랏빚부터 줄이는 것이 후세대를 위한 일이다.

한국은행과 한국개발연구원, 경제협력개발기구, OECD가 최근 줄줄이 올해 우리 경제를 어둡게 전망했다.

2012년 11월에는 20대 젊은이들 중 38.8%가 구직을 포기했다고 한다.

2030년엔 세계 최저치인 0.6%의 성장률을 예측하여 대한민국의 미래가 희망이 아닌 절망을 예감하게 한다.

오늘날 위기의 대한민국이 된 이유는 정권 대대로 임시직인 국가 경영진들의 안일하고 태만한 경영이 누적된 결과에 있다.

대통령을 비롯한 임시직 정치인들은 임기 말까지 월급을 전액 반납내지는 삭감하여 재정위기에 처한 정부에 일조하고 위기에 직면한 대한민국 정부의 안일하고 방만한 경영부터 바로잡아야 한다.

그리고 막대한 국가부채 상환계획부터 수립해야 한다.

지금 정치권에서 시급하게 추진해야 할 일은 나라가 처한 현실에 맞게 합리적인 정책을 펴서 막대한 나랏빚을 갚고 후손들을 위해 건강한 나라로 바로 세우는 것이다.

대한민국은 현재 빈익빈부익부(貧益貧富益富)로 갈수록 심화되는 양극화 현상의 모든 문제의 해법을 재벌들에게 막대한 세금으로 부과하여 해결하려 하는 양상을 보이고 있다. 이것은 합리적인 경영을 하고 있는 기업들에게는 오히려 부담을 주게 되어 해외투자를 명분으로 치외법권인 해외로 내모는 결과를 초래할 수 있고, 실제로 5만 명의 일자리를 창출해낼 수 있는 특혜를 받은 국내 굴지의 대기업은 투자를 명분으로 중국으로 옮겨갔다.

프랑스의 부호 루이비통 회장 역시 부유세를 반대하여 벨기에로 귀화를 하려했으니 거주기간이 짧아 무산되었다. 미국에서는 과감하게 부유세를 법으로 통과시켰으나 민주주의국가에서 부유세와 같이 반민주적인 법은 국민의 조세의 의무에 있어 형평성에 위배되므로 제대로 된 해결책이 아니라고 본다.

지금의 대한민국은 빚더미에 앉은 대한민국을 상식에 맞게 합리적으로 경영해주실 경제대통령이 절실히 필요한 시점이다.

증세는 결코 없다던 박근혜 정부가 모자라는 세금을 충당하기 위한 방법으로 증세를 통하여 손쉽게 국민들에게 세금을 떠넘기는 정책을 입안하여 국민들의 공분을 불러일으키고 있다. 증세를 하기보다는 국민들의 공분을 사고 있는 곳간이 줄줄이 새고 있는 원인부터 파악하여 진단하고 제대로 된 구조조정을 실행해야 할 때이다.

민생정부를 표방한 박근혜 정부는 불안한 새로운 정책을 추구하기보다는 기존의 잘못된 정책들을 바로잡는데서부터 출발해야 한다.

2012년에 미국의 51번째 주로 편입을 국민투표로 결정한 푸에르토리코는 현재의 시스템을 그대로 인정받고 미국에서 20조원 외에 각종 지원 및 혜택을 받을 예정이라고 한다.

총체적인 문제를 끌어안고 있는 대한민국도 푸에르토리코와 같이 아예 선진국인 미국의 52번째 주로 편입되어 선진국과 똑같은 혜택을 받기를 바라는 국민들이 없으리란 법도 없는 요즘의 대한민국이다.

쉬어가기

많은 외국인들이 이용하는 유명한 호텔 레스토랑에 한 외국인이

혼자 식사를 하기 위해 들어섰다.

유난히 큰 발의 외국인을 본 직원이 혼자말로

"발이 꼭 도둑놈 발 같이 크네."

그 말은 들은 외국인 왈(曰)

"한국사람 발 작아도 도둑놈 많아요!"

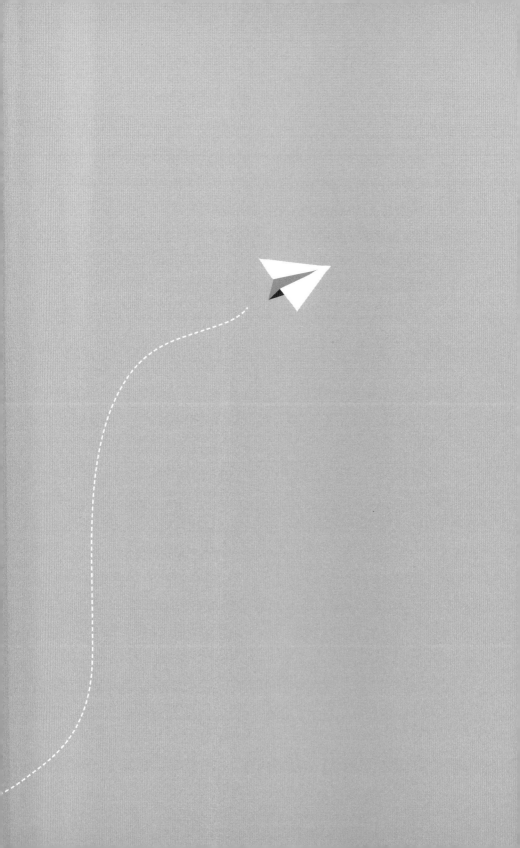

제 3 장

역사 속의
교훈들

올곧은 선비 강수(强首)와 그의 아내

　고구려, 백제, 신라가 힘겨루기를 하던 7세기 초에 세 나라의 국경이 맞닿은 중원 소경에 석체라는 사람이 살았는데, 석체는 원래 임나가야 대가야 사람이었다. 대가야는 진흥왕 23년인 562년에 이사부 장군에 의해 정복되어 신라로 편입되었다. 이에 그는 나라를 잃고 신라의 백성이 되어 마음 한구석에는 늘 잃어버린 조국에 대한 그리움과 신라에서 튼튼하게 뿌리를 내리려는 야심을 갖고 있었다. 그런 그에게 기다리고 기다리던 자식이 태어났는데 평범한 아이가 아니었다. 그의 모습은 양쪽 귀 위로 머리가 불쑥 솟은 꼴이 금방이라도 뿔이 튀어나올 것 같은 상이었고, 머리 가운데 검은 반점까지 있어 흉측스럽기까지 하였다.

　이에 석체의 아내는 괴물이라도 낳은 양 부끄러워하며 어렵게 남편 석체에게 태몽 이야기를 털어놓았는데 내용은 다음과 같다.

　"꿈에 한 사람을 만났는데 덩치가 크고 눈이 부리부리하며 머리에 커다란 뿔이 두 개나 돋아 있었습니다. 그가 성큼성큼 다가오더니 품으로 와락 뛰어들지 뭡니까?

　부끄러워서 당신한테 말을 못했는데 그 뒤에 아이가 생겼답니다. 그랬는데 이런 아이를 낳고 보니 꿈속에 나온 그 소의 형상과 닮았습니다."

그 말을 듣고 석체는 관상을 잘 본다는 현자를 찾아가 자식을 내보이고 아이의 관상을 보아 달라 청했다. 아이를 요모조모 뜯어보던 현자의 얼굴에 미소가 돌며,

"축하합니다. 이 아이는 귀인의 골상을 타고 났습니다. 예로부터 귀인이나 성인은 보통사람과 생김생김부터 달랐습니다. 복희황제는 호랑이 상이었고 여와(천상의 지혜의 신)는 뱀 상이었으며 순임금을 보필한 재상 고요는 말상이었습니다. 이 아이는 특별히 소의 머리를 하였는데 그 소 머리상은 옛날 신농 황제의 상입니다. 신농씨는 세상의 모든 풀과 나무를 분별하여 못 먹는 것과 약이 되는 것과 독이 되는 것을 구별해 주고 농사를 가르쳐주신 분입니다. 또 관상을 보는 법에는 얼굴에 난 사마귀는 좋을 것이 없고, 머리에는 나쁜 사마귀가 없다고 하였습니다. 그러니 이 아이는 장차 나라를 위해 큰 공을 세우는 선비가 될 것입니다."

그 말에 석체와 그 부인은 그제야 안심이 되었고 아이의 이름을 우두(牛頭)라고 지어주고 정성껏 보살피며 가르쳤다. 우두 역시 부모의 기대를 저버리지 않고 스스로 글을 읽을 줄 알았고, 시키지 않아도 공부를 해나갔다.

어느 날 아비 석천이 우두에게 물었다.

"지금 세상에는 불교와 유교의 가르침이 크게 일어나고 있는데 너는 장차 무엇을 공부하려 하느냐?"

"제가 듣건대 부처의 가르침을 세상 밖의 것이라 하였습니다. 저는 세상 안에 사는 사람이니 마땅히 유교의 가르침을 익힐까 합니다."

우두는 본격적으로 유교경전을 공부하기 시작했고 작은 것 속에서 큰 것을 배우고, 낮은 가르침을 들어도 높은 진리를 깨달았다고 삼국사기 열전은 전하고 있다.

청년이 된 우두는 나라 안에서 손꼽히는 선비가 되었고 스무 살이 되

기도 전에 벼슬자리를 받았다. 이후 우두는 천민들이 사는 부곡마을을 자주 찾았는데 그곳의 대장장이의 딸을 사랑하게 되었다.

이 사실을 알게 된 석체는 우두를 불러 엄하게 꾸짖고 마음을 접을 것을 명하였지만 우두는 그 자리에서 일어나 부모에게 두 번 절을 하고 자신의 결심을 떳떳하게 밝혔다.

"대장장이의 딸이 비록 배운 것이 적고 신분이 낮으나, 마음과 행실이 올곧고 아름다우니 다시 한 번 헤아려 주십시오. 가난하고 천한 신분은 부끄러운 것이 아니고, 진실로 부끄러운 것은 올바른 도(道)를 배우고도 실천하지 않는 것입니다.

후한의 송홍 역시 천한 신분의 여인과 부부가 되었는데 그가 재상에 오르자 황제가 자신의 누이를 아내로 맞으라 했다 합니다. 이에 송홍은 가난할 때 사귄 벗은 잊을 수 없고, 어려움을 함께 한 조강지처(糟糠之妻)는 내쫓아서는 안된다며 거절했습니다."

우두의 이치에 맞는 이 말 한 마디에 석천은 혼인을 허락했고 두 사람은 부부가 되었다.

7세기 중엽에도 고구려, 백제, 신라간의 분쟁이 끊이지 않고 계속되자, 궁지에 몰린 신라가 당나라에 수교를 청하였다. 그때 신라를 미더워하지 않는 당나라 황제가 신라왕에게 전한 편지가 있었는데, 그것을 제대로 해석하고 답을 써 보낼 만한 인재가 없었다.

유교문화가 한껏 발달한 당나라에 비해 신라는 학문이 그다지 발달해 있지 않은 탓이었다. 태종 무열왕 김춘추는 답답하였고 신하들은 부끄러워 고개를 들지 못하였는데, 그때 한 신하가 우두(牛頭)를 추천하였다.

무열왕이 흔쾌히 허락하여 우두를 서라벌로 불러들여 당나라 황제의 편지를 보이니 우두는 어려운 한자 문장을 막힘없이 풀어냈다.

우두의 정확한 풀이에 무열왕이 감탄하여 그 자리에서 우두에게 강수

(强首)라는 이름을 내렸다. 그리고 그에게 나라를 대표하는 문서를 맡게 하였다. 그리하여 강수는 기가 막힌 외교문서를 만들어 삼국을 통일하는데 지대한 공을 세웠다.

삼국사기에 따르면 강수는 매우 가난했으나 청빈하고 즐겁게 살았다고 전하고 있다. 강수의 뛰어난 문장으로 인하여 신라와 당나라 간에 전쟁의 위기도 막을 수 있었고 평화를 유지할 수 있었다.

무열왕 사후에 문무왕 또한 강수를 큰 문신으로 극진히 예우하였고, 칼 대신 붓으로서 가장 작은 나라 신라가 삼국을 통일하는데 지대한 공을 세웠으니 대단한 인물임에는 틀림이 없다. 그는 신문왕대에 이르러 환갑이 넘은 나이로 그 명을 다하였다고 삼국사기에 전해져오고 있고, 강수의 아내 또한 남편의 사후 나라에서 집안 살림을 살펴 주려 하자 딱 잘라 거절하며 이렇게 말하였다 한다.

"저는 천민의 신분으로 남편 덕에 나라로부터 많은 은혜를 입었고, 남편은 지금 세상을 떠나고 없는데 어찌 홀로 넘치는 은혜를 입겠습니까?"

그 말 한 마디를 남기고 강수의 아내는 그 길로 보따리를 싸서 서라벌을 떠나 자신이 살던 고향으로 돌아갔다고 한다.

아내 또한 남편에 못지않은 올곧은 정신이 있어 자신의 분수를 알고 공짜를 바라지 않았으며 스스로 물릴 줄 아는 올곧은 여걸 선비였다.

퇴직금도 없었던 고대 시절에 남편 사후에 나라에서 살림을 살펴 주겠다는 것조차 마다했던 강수의 아내가 있었고, 지금 시대에는 복지연금제도가 잘 되어 있어서 공무원과 정치인이 퇴임 후에 먹고 살 걱정이 없는데, 뉴스를 보면 현직에 몸담고 있으면서도 콩고물을 넘보는 분들이 왜 그리도 많은지 모르겠다.

일 년 내내 수시로 보도되고 있는 고위층 인사들이 수수한 뇌물과 관련한 뉴스를 보고 있노라면 답답한 생각이 든다.

이 대한민국에서 믿을 만한 정치인 누가 있나?

不義之財는 補止於家하고 (불의지재 보지어가)

옳지 않은 재물은 집안 살림에 잠시 도움이 될 수는 있지만

不義之食은 補止於五臟이라 (불의지식 보지어오장)

그 재물을 사용하여 먹는 음식은 오장을 기름지게 하여 오히려 건강을 상하게 한다

-'매월당 김시습' 본문 중-

천륜(天倫)을 저버린 비정한 아비

　정종은 태조 이성계의 둘째 아들로 형제들 중에서 권력에 대한 욕심이 가장 적었다.

　이방원의 계책으로 원래는 태조 이성계가 왕위에서 물러나고 이방원이 왕위에 올라야 했으나, 형제를 죽이고 아버지를 왕위에서 내쫓았다는 비난의 여론이 들끓을 것을 염려하여 둘째 형인 방과를 왕위에 앉혔다.

　그 왕이 바로 조선 제2대왕 정종으로, 모든 권한은 동생인 이방원이 쥐고 있었고 자신은 이름만 왕인 허수아비 왕으로 조선역사에 기록되어 있다.

　정종은 왕위에 올라 있던 2년 2개월 동안 한명의 왕후와 아홉 명의 후궁을 거느렸고 하는 일이라고는 고작 격구나 치고 기생들과 어울려 춤을 추는 등의 일과로 시간을 보내는 일이 전부였다. 그렇게 시간을 보내던 중 이방원과 동서지간인 조박이라는 인물이 정종 앞에 "불노"라는 청년을 데려와 누구인 줄 아느냐고 정종에게 물었다.

　"얼굴이 익긴 한데 누구요?"

　"바로 전하의 맏아드님이십니다."

이 한마디에 깜짝 놀라 자초지종을 알고 보니 정종이 왕위에 오르기 전에 첩을 하나 들였는데 그녀가 가이궁주 유 씨로, 그 유 씨의 몸에서 태어난 아들이 바로 불노라 하였다. 불노는 태어난 뒤에 줄곧 외가에서 자랄 수밖에 없었다.

자신의 뒤를 이을 똑똑한 아들이 없었던 명목상의 왕인 정종을 떠보기 위해 조박이 데려온 아들 앞에서 정종은 핏줄조차도 외면할 수밖에 없는 아비가 되었고, 고심 끝에 왕비인 정안왕후가 꾀를 내어 아들의 목숨도 구하고 동생 방원의 눈 밖에 나지 않기 위한 방편으로 아들을 부정하고 궁궐 밖으로 내칠 것을 제안하여 그대로 행하였다.

결국 그 아들은 궁 밖으로 쫓겨나 유랑생활을 하며 지내야 했고, 훗날 태종시대에 자신이 정종의 장남이라고 떠벌리고 다니다가 붙잡혀 충청도 공주로 유배되었다가 강제로 승려가 되어 죽음을 맞이했다.

무능한 아비로 인하여 귀하게 대접받고 살았어야 할 왕족이 유랑걸식으로 천민보다 못한 삶을 살다간 조선 최초의 왕손으로서의 비극사가 여기에 있다.

그 후 왕위에서 물러난 정종은 재위시절과 똑같은 세월을 보내다가 19년 뒤인 1419년 9월에 생을 마감하였고, 묘호(죽은 왕의 위패를 모시는 종묘에 올리는 이름)도 받지 못하고 그냥 공정왕이라 불리다가 수백 년이 지난 숙종시대에 이르러 겨우 정종이라는 묘호를 받았다. 자식을 부정하고 버린 비정한 애비, 무능한 허수아비 왕으로서만 역사에 기록되어 전해져오고 있으니 이 어찌 부끄러운 아비라 아니할 수 있겠는가?

정종이 자식을 부정하고 왕위에서 물러난 이후라도 장손으로서의 예우를 잘해주었더라면 비정한 아비로 역사에 기록되지는 않았을 것이다.

정종이 떠나고 수백 년이 지난 오늘날에도 처자식을 부정하고 엉망진 창의 인생을 살아가고 있는 정종보다 더한 후예들이 이어져 오고 있으니, 그 대표적인 예가 2009년 12월 크리스마스 즈음에 MBC에서 방영해 준 '풀빵 장수 엄마' 이야기였다.

암에 걸려 말기의 상태로 이혼이라는 합법적인 절차를 통해 어린 두 아이와 함께 버림을 받은 처참한 그 젊은 엄마의 이야기는 이 세상에 있어서는 안되는, 너무도 가슴 아픈 이야기였다.

이 대한민국에 그렇게 많은 종교단체가 있음에도 불구하고 썩은 정신을 가진 가장들을 계도하고 치유해야 할 제대로 된 영적 지도자들을 만나기가 어려운 세상이 되어 있다는 게 더욱 더 가슴이 아픈 현실이다.

'풀빵 장수 엄마 이야기'가 국제영화제에서 권위 있는 에미상을 수상했다는 뉴스를 접하고 부끄러움에 얼굴이 화끈거렸다.

동방예의지국(東方禮義之國)이라는 이 나라 대한민국(大韓民國)에서 암으로 생명이 꺼져가는 아내와 엄마의 손길이 절실히 필요한 어린 자식들을 이혼이라는 합법적인 절차를 통해 버린 천인공노(天人共怒)할 대사건으로, 국제적으로 개망신감인 이 다큐멘터리가 영화처럼 취급되어 수상했다는 그 자체도 경악할 일이지만 2009년 12월에 TV에 방영되고도 이웃이나 그 지역의 사회단체, 종교단체 그 어느 단체에서도 따뜻한 관심조차 가져주지 않았다는 사실에 더 화가 난다.

어린 자식들 뒤로하고 한 많은 삶을 마감하는 마지막 순간까지 촬영에 임했던 방송관계자들은 너무도 가슴이 아파서 한동안 잠도 편히 잘 수 없었다고 한다.

부부가 되어 고단한 짐을 함께 나누어지고 가기보다는 손쉽게 버리고 가는 길에 더 익숙한 세대가 되어가는 이유 중에는 매스컴의 영향도 적지 않다.

오래전 MBC에서 불륜을 소재로 한 '애인'이라는 드라마의 열풍으로 온전한 대한민국 사회에 고약한 도덕불감증을 유발하여 그 후유증이 지금도 이어지고 있다.

사랑으로 키워내야 할 희망의 싹들이 건강하고 올바르게 자랄 수 있도록 부모 된 자의 덕목, 부모로서 갖추어야 할 자질이 무엇인지 제대로 가르쳐줄 수 있는 영적 지도자가 절실히 필요한 시대가 바로 지금의 시대가 아닌가 한다.

불효자(不孝子)

　세종은 태종 이방원의 셋째 아들로 첫째 형인 양녕대군이 세자에 책봉되었으나 왕위를 이을 자질이 부족하여 아버지 태종에 의해 폐위된 후 세자에 책봉되었다.

　양녕대군이 세자 자리에서 내쳐진 결정적인 사건은 다음과 같다.

　양녕은 학문에는 관심이 없고 밤마다 궐 밖 출입을 일삼으며 여자 뒤꽁무니만 쫓아다녔고 여염집 규수뿐만 아니라 기생까지도 궁 안으로 끌어들였는데 그 기생이 바로 어리라는 기생이었다. 어리는 원래 양반의 첩이었으나 양녕대군이 강제로 궁 안으로 끌고 들어와 태종의 분노를 사는 바람에 태종이 어리라는 기생을 감옥에 가두었고, 양녕대군을 시중들던 내시들도 양녕의 잘못된 행실로 인하여 세자 양녕 대신 태종으로부터 뭇매질을 당하는 일이 다반사였다.

　어리가 감옥에 갇힌 후 양녕대군은 밥도 굶고 방안에 처박혀 누워 태종에게 시위까지 하였다. 그 꼴을 보다 못한 태종이 양녕대군을 불러 어리를 풀어주면 앞으로 다시는 허튼짓하지 않겠다는 약속을 받고 어리를 풀어주었는데 이후에도 똑같은 일이 반복되었다.

　이를 참다못한 태종이 여러 정승들을 불러놓고 한숨을 쉬며 세자를 바꾸겠다는 선언을 했고 정승들이 만류하며 한 번만 더 기회를 주자는 간청을 해와 하는 수없이 정승들의 뜻을 받아들였는데, 세자는 반성하는 빛이 전혀 없었고 오히려 아비인 태종에게 오만방자한 편지를 올렸다.

그 편지의 내용은 다음과 같다.

"아버님께서는 열 명도 넘는 첩을 거느리고 계시면서 어째서 이 아들은 단지 한명의 첩을 거느리고자 하는데 그리도 야박하게 구십니까? 자식이란 모름지기 아버지를 보고 배우는 것입니다."

이 편지를 읽은 태종은 분노가 극에 달해 그 자리에서 세자 양녕을 폐위시키고 다시는 도성에 들어오지 못하게 하라는 명을 내리게 되었다.

자식은 부모의 거울이다.

자질도 안되는 자식을 왕위를 이을 세자 자리에 앉힌 대가로 개망신을 당한 태종 이방원에게는 아비로서 이러한 아픔이 있었다.

그리고 양녕대군의 뒤를 이어 세자에 책봉이 된 셋째 아들 충녕대군은 스무 살의 나이로 왕으로서 갖추어야 할 교육을 받기 시작하였다.

충녕대군의 성정을 알아본 아비 태종이 충녕대군에게 수차례에 걸쳐 왕위를 양위하려 하였으나 아직 부족함이 많다며 극구 사양하다가 결국 1418년 8월에 태종이 충녕대군에게 왕위를 넘기고 상왕으로 물러났다.

왕위를 물려준 후에도 태종은 자신의 안위를 걱정하여 군사지휘권은 그대로 유지를 하였고, 후에 세종의 장인 심온이 세력이 커져 왕권이 위협받을 것을 염려하여 심온의 동생 심정을 역적으로 몰아 누명을 씌워 집안을 몰락시켰다.

그리고 태종이 세종의 왕후인 소헌왕후를 세종에게 내칠 것을 명했지만 세종은 아비 태종에게 이렇게 말했다.

"일개 백성도 아내를 버리지 않는 법인데 어찌 한 나라의 왕이 아내를 버리겠습니까? 왕은 만백성(萬百姓)의 아버지요, 왕비는 만백성(萬

百姓)의 어머니입니다. 아버지가 어머니를 버리면 자식 된 백성들이 어떻게 왕을 믿고 따르겠습니까?"

태종이 기어코 왕후를 내쫓으면 세종이 스스로 왕위를 내놓을 태세였고 태종도 그런 세종의 마음을 읽고 왕비 폐위(廢位)를 포기했다.

덕분에 소헌왕후 심 씨는 왕비의 신분을 유지할 수 있게 되었다. 하지만 어머니와 그 형제들이 관노의 신분이었기 때문에 서로 만날 수가 없는 처지가 되어 훗날 태종이 죽고 난 뒤에 몰래 궁궐을 빠져나가 눈물을 흘리며 어머니와 형제들을 만나야했고 태종 사후에도 여전히 노비의 신분에서 벗어나지 못하여 소헌왕후는 평생을 눈물로 보내야 했다.

세종은 조선조 건국 이래 치세(治世)의 성군(聖君)으로서 훈민정음을 비롯한 인재 등용에 있어서 각 지방에서 선비로서 덕이 높고 학문이 깊은 사람들을 추천하게 하여 관리로 임명하는 '도천법'을 실시하였고, 책을 만드는데 필요한 구리활자인 '갑인자'를 만들어 내어 백성들에게 필요한 예의와 도덕에 관한 〈오례의〉와 〈삼강행실도〉를 책으로 펴내었다.

또한 나라에 억울한 백성이 없도록 '삼복법'이라는 재판법을 만들어 실시하였는데, 이는 오늘날의 '3심제도'에 해당한다.

당시에 양반들이 노비를 물건처럼 취급하여 학대하고 때려죽이는 일도 다반사로 일어나 노비들을 불쌍히 여긴 세종이

"아무리 천한 종이라지만 그들도 사람이다. 지금부터 함부로 종을 죽이는 자는 살인죄로 처벌하리라."

는 엄명을 내려 사람대우를 받지 못하고 파리 목숨 같았던 종들에게 법적으로 생명의 보호를 받을 수 있게 해주었다.

당시에는 죄인을 매로 때리는 '태형'이라는 것이 있었는데, 그 중에 등뼈를 때리는 방법이 있어 이 벌을 받은 사람은 병신이 되었다. 그래서 세종은 매를 칠 때는 엉덩이를 치도록 하였고, 80세 이상 노인과 열 살

이하의 어린이는 죄를 지어도 잡아가두는 일이 없도록 하였다.

또한 우리 글자가 없어 남의 나라 글자인 어려운 한자를 빌려 쓰고 있어 백성들이 쉽게 자신의 뜻을 나타낼 수 있도록 집현전 학자들에게 한글 창제를 명하셨다.

그리하여 집현전 학자들이 10여 년 동안의 피나는 노력 끝에 나오게 된 것이 바로 한글이다. 하지만 한글과 관련하여 최만리와 같이 지나치게 반대하는 사람도 있었다. 이에 세종은 화가 나서 한글을 반대하는 사람은 모두 옥에 가두고 벼슬을 빼앗고 귀양을 보내라는 명을 내리기도 했다.

한글 사용을 발표할 때 세종은 머리말에서 한글을 만든 뜻을 밝혔다.

"우리나라 말이 중국과 달라 한자를 가지고는 서로 잘 통할 수가 없다. 그래서 가엾은 백성들은 하고 싶은 말이 있어도 자기 뜻을 펼 도리가 없다. 나는 이것을 안타깝게 생각하여 새로 28자의 글자를 만드니 사람마다 쉽게 배워 생활에 도움이 되기를 바랄 뿐이다."

세종은 항상 나라의 주인은 백성이라는 생각으로 국정을 다스렸다.

세종은 가난을 없애고 백성들이 편안하게 살 수 있도록 하는 것이 무엇보다 급한 일이라고 생각했다.

봄이면 양식이 떨어져 굶주리는 백성들이 많아지자 나라에서 곡식을 빌려주고 가을 추수 때 갚도록 하는 '환곡법'이라는 제도를 시행했다.

세금과 관련하여서는 '연분 9등법'을 실시하였는데 연분 9등법이란 땅의 좋고 나쁨을 아홉 종류로 구분하여 그 땅에서 나는 곡식의 20분의 1을 세금으로 바치게 하는 것이었다.

그리고 음악의 천재인 박연으로 하여금 악기와 음악을 연구하게 하여 궁중음악을 새롭게 고쳤는데 이것은 오늘날 고전음악으로 전해지고 있다.

과학 분야에 있어서는 천민인 장영실을 신분과는 관계없이 등용하여 물시계와 해시계인 '앙부일귀'와 농사에 도움이 되는 측우기를 발명하게 하였다. 여기서 '옥루기륜'이라는 물시계는 종각지기가 알려온 시간에 따라 종을 치면 서울의 8개 대문이 열리고 닫히게 되었으며 서울생활의 시작과 끝을 알려주는 역할을 했다.

세종은 1450년 2월 17일, 54세를 끝으로 조용히 눈을 감았다.

세종은 성군으로서 전 분야에 걸쳐 수많은 업적을 이루어 내긴 하였지만 자신의 가장 가까이에 있는 왕후의 아픔과 슬픔을 평생 동안 끝내 외면하고 풀어내주지 않았다.

세종!

그는 밖으로는 백성들에게 자애로운 왕이었지만 안으로는 왕후의 슬픔과 한을 풀어내주지 않은 냉혈한(冷血漢)으로, 한마디로 이중인격(二重人格)의 소유자였다.

그는 아비 태종이 세상을 떠난 후에도 아비로 인하여 처가가 억울한 누명을 쓰고 가문이 몰락되었음을 알면서도 이를 바로잡아 주지 않았다. 세종이 아비 태종의 이름 석 자에 오점을 지워 내주지 못하여 효자가 아닌 불효자식이 되어 버린 이유가 바로 여기에 있는 것이다.

진실로 부모의 이름을 빛내고 높이는 일은 자식을 위한다는 명분으로 아비의 잘못된 판단으로 인해 처가를 몰락시킨 오욕의 사건을 바로잡는 일이 되었어야 했는데, 이를 바로잡지 못하여 세종대왕이 성군으로서의 치세 중에 유일한 오점을 남겼다.

이 세상 그 누구도 완벽할 수 없을 뿐더러 완벽하다고 자신 있게 말할 수 있는 왕도, 신하도 없다.

백성을 살펴주는 그 마음으로 아내의 눈물을 닦아 주고 아픔의 근원적인 원인을 풀어줄 수 있는 자상한 남편이 되어 주었더라면, 조선조에 완벽에 가까운 성군(聖君)으로 기록될 수 있었으리라는 아쉬움이 남는다.

소헌왕후!

자신의 집안을 몰락시킨 원수의 집안 남편과 피 맺힌 한을 안고 평생을 살 수 밖에 없었던 그녀의 한(恨)이 절절이 느껴지면서 그녀가 참으로 가련하다는 생각이 든다.

세종!

그는 성군(聖君)이기에 앞서 아내인 소헌왕후에게 냉혈한(冷血漢)이자 잔인한 남편이었다.

옳지 않은 재물과 관련하여 생목숨을 끊어낸 노무현 대통령 재임 시 전 국민을 상대로 한 동양학 강의 중에 민의와 상반된 정책을 편 노무현 대통령을 향해 거침없이 "노무현 개XX"라고 일갈 하신 도올 김용옥 교수님이 계셨는데, 자신의 뜻과는 반대로 불효자로 살고 있었던 아우 같은 성도를 향해 "개자식"이라 하시며 '개'자를 떼고 사람의 자식으로 살라하신 죽향동산의 김상운 목사님께 세종대왕에 대한 평가를 해주십사 부탁을 드린다면 아마도 그 대답은 짐작하기 어렵지 않다.

아비의 명백한 잘못을 알면서도 바로잡아 주지 않은 불효가 여기에 있고 남편으로서 평생 동안 정인에 대한 한(恨)과 아픔을 풀어주지 않은 죄로 역사 속에서 세종은 밖으로는 하늘인 백성을 위한 치세를 이루어 성군으로 평가받으면서 안으로는 집안의 해인 왕후를 편안하게 해주지 못하여 세종의 어릴 적 이름인 이도(李祹)의 그 도(道)를 반 밖에 이루지 못하였다.

지난 2012년 대선에 새누리당 박근혜 대통령이 대권주자로 출마했을 때 육영재단과 정수장학회, 문화방송, 영남대와 관련하여 부친이신 고 박정희 대통령 정권하에 저질러진 불편한 진실들이 화제로 떠올랐다.

진심으로 아버지를 이제는 그만 놓아드렸으면 좋겠다는 박근혜 대통령의 바람이 이루어지기 위해서는 부친이신 고 박정희 대통령 시절에 저질러진 잘못된 과오에 대해 국민의 재산권과 관련하여 자신과는 관련이 없다고 잡아떼지만 말고 문제의 소지가 되고 있는 수조원에서 100조 원까지 추정되고 있는 정수장학회를 비롯한 부산일보, 문화방송, 영남대 등을 원소유주들에게 진심 어린 사과와 함께 재산권을 되찾아주어 깨끗하게 정리를 해주시면 좋겠다.

　원소유주들에게 돌려주는 것이 어렵다면 국가에 헌납하는 형식을 빌려서라도 잘못된 과거사를 바로잡아 주셔서 제대로 된 지도자로서의 위상을 보여주시기 바란다.

　도(道)란 더불어 사는 법(法), 바로 상생(相生)에 있다.

過則勿憚改(과즉물탄개)

잘못된 과거의 실수를 빨리 고칠 수 있으면 매사에 실패가 적은 법이다.

－孔子－

스승의 도(道)

연산군은 1476년 성종과 폐비 윤 씨와의 사이에서 태어난 장남으로 이름은 융이다.

8세에 세자가 되었는데 본래 공부를 싫어하고 성격이 거칠어 손순효와 같이 뜻있는 신하는 성종에게 그를 폐세자 할 것을 건의하기도 했고, 성종 또한 연산군의 자질이 군왕으로서는 많이 부족하다고 생각했으나 차마 폐하지는 못했다.

연산군은 어릴 때부터 성격이 포악했다. 성종이 아들 연산군을 불러놓고 왕의 도리에 대하여 가르치고 있었는데 갑자기 사슴 한 마리가 다가와 연산군의 손과 옷을 핥았다.

그 사슴은 성종이 몹시 아끼는 짐승이었다.

연산군은 한낱 짐승이 세자의 옷을 더럽힌다며 사슴을 마구 차서 쫓아버렸다.

그 모습을 본 성종이 몹시 화를 내며 연산군을 꾸짖었지만 연산군은 뉘우치기는커녕 후일 왕위에 오르자마자 그 사슴을 죽여 버렸다.

또 연산군은 공부하는 것을 몹시 싫어하여 그 때문에 수업시간을 자주 빼먹었는데, 그럴 때마다 어김없이 스승 조지서가 와서 연산군을 엄하게 꾸짖었다.

연산군에게는 그와 상반된 또 한 명의 스승이 있었는데 바로 허침이라는 인물이었다. 그는 늘 연산군에게 너그러워 연산군이 수업을 빼먹어도 이를 두둔하곤 했고, 이런 까닭에 연산군은 허침을 좋아하고 조지서는 싫어했다.

그래서 하루는 동궁 벽에다 이런 낙서를 하였다.

"허침은 대성인이고 조지서는 대소인배다."

그러나 이것은 단순히 낙서로 끝나지 않았다. 연산군이 나중에 왕위에 오른 뒤에 조지서는 결국 참살을 당했고, 허침은 공부를 하지 않았던 연산군을 너그럽게 대한 덕분에 연산군 즉위 이후에 승진을 거듭했다.

연산군은 간신과 다름없는 스승 허침을 따라 결국은 조선시대 최고의 대학이었던 성균관도 없애버리고, 그 곳을 기생들의 숙소로 바꿔버렸다.

왕에게 유학의 경전을 강의하는 경연도 없애버리고, 왕에게 상소하는 제도도 없애버렸다. 심지어 백성들이 훈민정음으로 상소문을 써 올리자 훈민정음 사용금지령을 내리기도 했다.

연산군은 복수(復讐)의 화신(禍神)으로 그 시대에 이미 알려진 무오사화(戊午士禍)와 갑자사화(甲子士禍)로 수많은 인명을 살상하고 희대의 패륜아가 되어 역사에 기록되어 있다.

연산군은 성군의 자질이 안되는 자식에게 기어이 왕위를 물려준 아비 성종의 실수와 더불어 허침 같은 잘못된 스승이 있었기 때문에 패주(敗走) 연산군으로만 역사에 남아 있다.

조지서는 성균관의 최고 학부인 대제학(大提學)으로, 이 나라 당대 최고의 학자가 연산군과 같은 패륜아에 의해 참살 당한 일은 국가적 재앙으로 남아 인재양성에 차질을 빚게 되었으니, 참으로 안타까운 일이 아닐 수 없다.

연산군이 엄했던 스승 조지서의 뜻을 받들었더라면 그가 집권 초기에 보여준 통치자로의 능력을 인정받아 뛰어난 군주(君主)로 역사에 기록될 수 있었을 것이다.

조선조 역사에 있어서 왕실에서 왕위 후계자들에게 고대 중국의 요임금과 순임금과 우왕에 대한 가르침만 제대로 해주었어도 조선은 결코 망하지 않았을 것이다.

아무리 타고난 성품과 자질이 안된다고 해도 인위적으로 올바른 양육(養育)과 교육(敎育)을 통해서 타고난 성품(性品)과 자질(資質)을 바꾸어 줄 수도 있다.

이를테면 우리나라 고전 중에 '젊어지는 샘물'이라는 동화가 있다.

옛날 한 마을에 욕심쟁이 영감과 자식이 없는 착한 할아버지와 할머니 부부가 있었다. 어느 날 할아버지는 산에 나무를 하러 갔다가 우연히 날아온 예쁜 파랑새를 따라 깊은 산속에 들어가서 작은 옹달샘을 발견하게 되었는데, 마침 목이 말라 마셨더니 자신도 모르는 사이에 젊어져서 다시 집에 돌아와 할머니를 데리고 그 옹달샘에 가서 샘물을 마시게 하여 할머니까지 젊어지게 하였다.

나중에 이웃에 사는 욕심쟁이 할아버지가 그 소식을 듣고 자신도 젊어질 수 있게 샘물이 있는 곳을 알려 달라고 졸라 할아버지는 샘물의 위치를 가르쳐 주었는데, 욕심쟁이 할아버지가 샘물을 구하러 간 후에 돌아오지 않아 걱정이 되어 그 옹달샘에 가보니 물을 너무 많이 마셔서 갓난아기가 되어 버린 욕심쟁이 할아버지가 있었다는 것이다.

부부는 마침 아기가 없어서 그 아기를 데려다가 친자식으로 삼았고 사랑으로 잘 키워서 성실하고 착한 사람으로 행복하게 살았다고 한다.

　연산군이 비록 어려서 어미를 잃었다 할지라도 따뜻한 성품을 가진 후궁들이 있어서 사랑으로 잘 키워 주었더라면, 포악한 성격이 온유한 성격으로 바뀌었을 수도 있다.

　또한 극과 극의 스승인 조지서와 허침이 합심하여 연산군을 잘 가르쳤다면 군주로서의 자질도 제대로 갖출 수 있었을 것이라는 아쉬움이 남는다.

　올곧은 스승 밑에 올곧은 제자도 나오는 법(法)이다.

조선 최고의 성군(聖君), 광해

1575년에 태어난 광해군은 선조의 둘째 부인 공빈 김 씨 소생으로 왕후의 적자인 임해군에 이어 두 번째로 태어난 왕손이다. 어려서 어머니를 잃고 외로움 속에 자란 광해군은 머리도 영민했을 뿐만 아니라 성실하여 학문과 무예를 닦는 일도 게을리 하지 않았다. 그 반면에 왕세자인 형 임해군은 어려서부터 학문을 등한시하고 행실이 바르지 않아 궁궐밖에 나가 계집질에 분탕질만 일삼아 백성들의 원성을 샀다. 한마디로 군주의 자질이 안되는 자식이었다. 이러한 임해군과 광해군의 극명한 차이는 임진왜란을 통해 확실하게 증명이 되고 있다.

왜군이 도성까지 침범하여 선조가 도성을 버리고 피난길에 올랐을 때, 임해군과 광해군에게 의병을 모집하여 왜군과 싸울 것을 명했으나, 임해군은 한 번 싸워보지도 않고 왜군의 포로가 되었고 협상 대상으로 지목되어 조선왕조의 골칫덩어리가 되었다. 반면 광해군은 전쟁 중인 전국을 발로 누비며 의병을 모집하고 군량미를 모아 왜군과 싸워 승리를 거두었다.

광해군은 차기 군주로 인정받을 수 있을 만큼 많은 능력을 인정받아 임진왜란이라는 큰 전란의 와중에 선조로부터 왕세자로 인정을 받았다. 왕세자가 된 후에는 일선을 누비며 전쟁을 지휘했는데 아비인 선조는 여차하면 명나라로 귀순까지 하려 하여 왕으로서의 위신이 땅에 떨어진 반면에 아들인 광해군에 대한 신망은 높아졌다.

아버지 선조는 전쟁이 끝난 후 아들인 광해군을 인정하면서도 힘을 받쳐주기보다는 견제하게 되었고, 늘그막에 15세의 처녀에게 새장가를 들어 아들을 낳으니 그녀가 인목대비이고 그 아들이 영창대군이다.

장성한 아들들을 두고 아들보다도 한참 아래인 어린 처녀에게 장가를 든 선조의 행태는 도무지 이해하기가 힘들다. 왕후의 자리가 비었으면 왕후의 다음 서열에 있는 후궁을 왕후로 임명하면 될 터인데, 굳이 어린 처녀를 왕후로 들여 후사를 보고 장성한 왕자들을 찬밥 대우하였으니 일부러 형제간에 분란을 조장한 것과 다름이 없다.

여색을 탐한 아비 선조의 어이없는 행위로 인해 훗날 골육상쟁(骨肉相爭)이 일어나게 되었으니, 부모 된 아비의 덕성이 얼마나 중요한지 엿볼 수 있는 대목이다.

이 고약한 결혼제도로 인해 조선왕조 오백년을 통틀어 골육상쟁(骨肉相爭)으로 망가진 나라가 조선이 되었다.

광해군은 아비인 선조의 변덕이 늘 두통거리였고 언제 왕세자 자리에서 밀려나게 될지 모르는 공포 속에서 17년을 버텨야 했다. 천신만고(千辛萬苦) 끝에 왕위에 오른 광해군은 의욕이 넘쳤고, 전쟁으로 피폐해진 민생을 어루만지고 무너져 버린 국가의 기반을 재건하려고 많은 노력을 기울였다.

대동법을 실시하고 「동의보감」을 반포하며 자주독립국가로 거듭나기 위한 정신을 남겨준 것이 광해군이 남긴 가장 큰 업적이라 할 수 있다. 광해군은 서자로 태어난 신분의 태생적인 한계 때문에 왕위에 오른 후에는 능력 있는 서얼 출신들을 기용하여 우대하였고, 왕권 강화를 위해서도 많은 노력을 기울였다. 이후 그칠 날 없는 당파 싸움의 정쟁을 막기 위해 신하들을 다독거리고 많은 노력을 기울였지만, 간신 모리배로 변한 이이첨의 권력 남용 때문에 왕의 권위를 세우기 위해 무리하게 궁궐들을 새로 지었는데, 이러한 것들이 훗날 광해군이 몰락하는 직접적인 계기가 되었다.

정쟁으로 인하여 어린 영창대군을 왕위에 옹립하려는 세력이 등장해 기어이 죄 없는 영창대군이 살해당하고 어미인 인목대비는 유폐되어 광해군은 어머니를 폐하고 혈육을 죽였다는 멍에를 쓰고야 말았다.

왕위에 오르기 전 임진왜란 중에 보여 주었던 왕세자로서의 모든 능력을 높이 평가해주었던 명나라가 광해군이 왕위에 오르자 이 핑계 저 핑계를 대고 왕위 승인을 해주지 않았다. 이것은 똑똑한 성군이 조선 땅에 있으면 명나라에 오히려 해가 된다고 여겨서 어떻게든 능력 있는 광해군을 왕위에서 끌어내리려 한 것이다. 광해군을 끌어 내린 후의 대안으로 영창대군을 옹립하려 하였던 명과 조선 조정의 간신들 간에 모종의 결탁이 있었던 것으로 보인다.

백성들과 현장에서 가난과 전쟁을 체험했던 광해군은 왕이 된 후 무리한 요구를 계속해오는 명나라에 고분고분하지 않았고, 사나운 후금과 노회한 명나라 사이에서 중립적인 외교를 펼치려 애를 썼으나 명나라에 우호적인 간신배들로 인해 기어이 그 뜻이 꺾이고야 말았다.

명과 후금과의 전쟁이 계속되는 가운데 명의 무리한 요구는 계속되었고, 광해군은 사신과 첩자를 끊임없이 명과 후금에 보내어 동향을 살피고 정보를 수집하였다. 한반도 역사 이래 광해군 만큼 열심히 주변 열강의 동향을 살피고 기민하게 국제정세 변화에 대처하려 했던 군주는 없었다.

광해군의 외교 목표는 조선의 평화와 독립이었다. 이런 확실한 목표를 가진 광해군이 무리한 궁궐축조 공사와 당쟁으로 인하여 1623년 인조반정이 일어나 왕위에서 쫓겨났다. 쫓겨난 직후 그의 아들은 탈출을 시도하다 발각되어 자살했고, 며느리는 스스로 목을 매어 남편의 뒤를 따라갔다.

광해군의 부인 역시 충격으로 세상을 떠나고, 왕위에서 축출당한 뒤 가족을 잃고 홀로 된 광해군은 강화에서 교동으로, 교동에서 제주로 귀양지를 옮겨 다니며 19년 동안 질긴 목숨을 이어 갔고, 제주에서는 시중드는 계집종에게까지 구박을 받았다.

조선에서 가장 뛰어난 성군으로 추앙 받을 수 있었던 인물이 당쟁으로 인한 골육상쟁(骨肉相爭)의 희생물이 되어 권력무상, 인생무상을 온몸으로 체험하고, 아무도 지켜보는 이 없는 가운데 1641년 한 많은 세상을 떠났다.

조선 오백년을 통틀어 치세의 성군으로 불리고 있는 세종은 아비 태종이 닦아놓은 기반 위에서 치세를 이루어낸 반면 역사 속에 가장 긴 지옥의 전쟁으로 기록되어 있는 임진왜란을 겪은 광해는 무능했던 아비 선조의 실정을 바로잡으며 개혁을 주도해야 했다.

광해군을 쫓아내고 그에게 혼주(어리석은 임금)라는 이름을 붙여준 사람들은 1636년 겨울, 청나라의 침입을 받았고 인조는 남한산성에서 나와 청 태종에게 무릎을 꿇고 항복하였다. 청 태종에게 세 번 큰 절을 올리며, 한 번 절할 때마다 이마에서 피가 나도록 세 번씩 바닥에 찧는 가장 치욕적인 항복의식을 행해야 했다. 자주독립국가를 부르짖은 광해군을 혼주라 폄하했던 그들에게 내려진 벌이었다.

광해군을 떠올리면 새마을운동을 주창했던 박정희 대통령을 떠올리게 된다. 일제강점기를 거쳐 일본의 육사를 졸업하고 해방 후 6.25를 겪으면서 전쟁의 참화에서 벗어나지 못하고 있던 이 대한민국을 어떻게든 가난에서 건져내기 위해 애쓰셨던 박정희 대통령은 자주독립국가를 이루기 위해 이 나라 산업의 근간이 되는 고속도로를 건설하였고, 후대에 도로 확장을 위한 고속도로 주변의 땅들을 매입해 놓을 것을 당부했지만, 아무도 귀를 기울인 사람이 없었다.

박정희 대통령은 고속도로 건설뿐만 아니라 새마을운동을 주창하여 정신개혁을 주도하였고, 온 나라의 길을 넓히고 주거환경을 개선하였다.

역사 속에서 광해군과 박정희 대통령의 공통점은 철저하게 전쟁과 가난을 체험했고 백성들의 궁핍한 삶을 먼저 챙기려 했다는 것이다. 또한 철저하게 자주국방의 필요성을 인식하고 자주국방을 이루려 노력하셨다.

이러한 성군이 집권 말기에 정권을 지키고 키우는데 일조했던 이이첨이 간신 모리배로 변하여 권력을 남용하였고, 광해군 자신도 변질이 되어 백성의 곤궁함과 상관없이 무리한 궁궐공사에 집착하여 정권몰락의 직접적인 계기가 되었다.

박정희 대통령 역시 나 아니면 안된다는 권력에 대한 욕심이 앞서서 유신정권을 탄생시켰고, 존경받는 기업인의 재산을 파렴치한 방법으로 강탈하였으며, 일련의 과정에서 대한민국 중앙정보부 부장, 미국 정보부 소속의 김재규에게 민주화라는 명분으로 피살되었다. 광해군에게는 인조반정이 있었다.

한반도 역사는 고구려와 발해의 역사를 제외하면 독립국가가 아닌 속국의 역사였다. 오천년의 역사 속에서 빛나는 고조선이 있는데 한반도의 역사를 아무리 뒤져봐도 한반도는 끊임없이 침략을 받아 중국이라는 거대한 나라에 속국으로 조공을 바쳐온 역사만 되풀이 되었으니, 이 근본원인은 썩은 정신에 있다.

올곧은 선비정신의 발현인 가장 작은 나라인 신라가 외세인 당을 끌어 들여 자주독립국가로서의 역사가 사라지고 속국의 역사가 시작되게 하였으니, 이 한반도 역사에서 신라의 존재는 역사의 아이러니가 아닐 수 없다.

한반도의 가장 작은 나라 신라가 외세의 힘을 빌려 삼국을 통일하고 볼품없이 줄어든 땅덩어리에 중국에 조공으로 바쳐진 아녀자를 포함하여 구한말 일제가 강점하기 직전까지 수백만 명이나 되었고 금과 은을 비롯해 셀 수도 없이 많은 자원이 조공으로 반출되었다. 그야말로 양질의 것은 모두 중국에 조공으로 보내졌고, 이 한반도는 껍데기만 남게된 것이다. 지금의 이 한반도를 만들어 놓은 것은 썩은 정신의 본체인 통일신라가 기점이었다.

신라의 본체가 되는 경상도에서 배출한 큰 인물로 박정희 대통령과 전두환 대통령, 노태우 대통령, 노무현 대통령이 있다.

초기에는 썩은 정신을 갈아엎고 제대로 된 나라를 건설하고자 하는 것이 앞선 두 대통령의 목적이었고, 역사 속에서 박정희 대통령은 빈곤퇴치 운동인 새마을운동을 벌여 성군으로 추앙받고 있는데 반해, 정수장학회나 영남대와 관련하여 감추어진 측근들의 부정으로 인해 극과 극의 극단적인 평가를 받고 있다.

전두환 대통령은 어마어마한 나라의 재물을 털어 IMF로 가는 지름길을 열었다. 후임자였던 노태우대통령 역시 측근들이 천문학적인 액수의 나라 재물을 털어 가난한 정부를 만드는데 일조하였고, 김영삼 대통령은 너무 앞선 지방자치제를 실시하여 경영능력도 검증이 되지 않은 단체장들이 무리하게 중앙정부에서 예산을 끌어다 쓰고 갚지 않아 지자체와 정부 모두 천문학적인 빚더미에 앉게 했다. 전라도 출신으로 팔백조원에 시작된 IMF를 극복하기 위해 나라 부채부터 갚자고 나온 김대중 대통령은 빚을 갚는다는 명분으로 금모으기 운동을 벌여 최단기간에 IMF에서 벗어났지만 알곡이 되는 기업과 정부자산을 헐값에 매각한 것은 잘못한 일이다. 뒤를 이은 노무현 정권은 합리적인 경영을 하지 못하여 나랏빚을 늘려 놨다.

그리고 노무현 대통령은 퇴임 후 생목숨을 끊어낸 비운의 대통령으로 기억되고 있으면서 대통령 재임 시의 행적과 관련하여 세간의 곱지 않은 시선을 받고 있다.

이제 이 나라 대한민국을 경영해야 할 분들은 법(法)을 바로 세워 명법(明法)에 의거하여 경제를 잘 알고 제대로 된 경제정책을 입안하여 실행할 수 있는 능력이 검증된 분들이 되어야 한다. 그리고 대한민국의 망국병을 진단하고 처방을 내릴 수 있는 분들 중에서 대통령이 선출되어야 이 나라의 가장 낮은 곳에 있는 최하위층과 최상위층을 위한 제대로 된 정책이 실현될 수 있다. 제대로 된 국가경영을 통해 나라의 빈 곳간도 채워야 한다.

지금이 바로 망가진 대한민국 재건을 목표로 한 능력 있는 이재명 성남시장님과 같은 정치인들이 절실히 요구되는 시대이다.

이 나라 대한민국이 망가진 가장 큰 이유 중에는, 지방자치제로 인해 검증되지 않은 인사들이 자신들이 내건 선심성 공약을 이루기 위해 무리하게 중앙정부의 예산을 무조건 끌어다 쓰고 갚지 않아 누적된 데다가, 기업에서 해외투자를 명분으로 유출되는 거액의 탈세가 있다.

그뿐 아니라 취업을 이유로 외국계 기업에 유출되는 이 나라 최고 학부의 인재들이 있고, 비싼 수입명품 외제만을 추종하는 다양한 계층이 있으며 2012년에 고물가로 인해 나라경제가 가장 어렵다는 시기에 사상초유로 160만 명이 국내여행보다는 외국여행을 하기 위해 출국하였고, 최상위층을 위한 부자감세 정책과 같은 정부의 잘못된 경제정책도 이유가 될 수 있다.

사업을 빌미로 국내의 인건비가 비싸다는 이유로 제3국인 중국으로 공장과 기술을 이전하여 고스란히 기술력까지 빼앗기고 쫓겨 나오는 기업도 허다하고, 그 후유증으로 싸구려 중산 전자제품이 이 대한민국에 홍수처럼 밀려들어 시장을 점유하고 있다.

중국은 아시아의 용이 되어 대한민국에 투자를 명분으로 제주도에 막대한 자금력을 들여와 호텔을 비롯한 투자개발이 한창 진행 중에 있고, 증권에도 막대한 자금을 투자하여 대한민국 증권산업의 지지기반대 역할을 하고 있다고 하니, 수년전까지 중국을 개발도상국으로 지원을 했던 대한민국의 입장이 역전되고 말았다.

한마디로 우리 경제가 중국의 막대한 자금에 잠식당하고 있는 것이다.

정부와 민간단체에서 북한을 지원한 명분이 중국에 있었는데 결과를 놓고 보면 중국에 먹힌 것은 북한이 아니라 바로 이 대한민국이다.

샴페인을 너무 일찍 터뜨린 나라의 비극이 여기에 있는 것이다.

동방예의지국(東方禮義之國)이 동방무례지국(東方無禮之國)이 되어, 군자의 나라라는 이 나라에 작은 이익에는 밝고, 큰 이익에는 어두운 간신 모리배의 근성만 남아 있으니…….

광해군과 정암 조광조 선생이 이 대한민국에 다시 살아 돌아오신다면 꼭 해야 할 일 한 가지가 있다. 그것은 바로 망국병에 걸린 대한민국을 건강한 나라로 다시 일으켜 세우기 위한 정신개혁 운동이다. 올바로 된 정신이 바로 서지 않는 한 유사 이래 계속 되어온 오욕의 역사는 되풀이될 수밖에 없다.

대한민국은 일제강점기를 거쳐 둘로 쪼개진, 세계 유일무이(唯一無

二)의 분단국이 되어 한 쪽에서는 기아로 허덕이고, 다른 한 쪽에서는 동포애로 빚을 끌어다 무상으로 원조를 해주고도 대접 받기는커녕 연평도 사건과 같이 포탄으로 화(禍)를 당한 나라가 되었다.

미국이나 일본, 중국, 러시아 그 어느 나라도 한반도 문제가 우리민족 내부의 문제가 되는 것을 바라지 않고, 한반도와 관련하여 국제적인 회담의 의제의 내용까지도 자신들의 입맛대로 재단하려 한다.

광해군이나 박정희 대통령이 지향했던 열강의 입김에서 벗어나서 안으로는 민족화합을 이루어 내고, 밖으로는 자주적인 외교를 펼칠 수 있는 외교적 지혜가 절실히 필요한 시점이 바로 지금이 아닌가 한다.

그런데 각 분야의 전문가는 있는데 적재적소(適材適所)에 배치가 되지 않는다는 것이 가장 큰 문제이다.

우리가 당면한 민족 문제, 남북 간의 문제는 남의 손에 맡기지 말고 당사자인 두 나라가 필요할 때 언제든지 회담을 열어, 이익을 떠나서 서로 부족하고 필요한 부분을 채워나갈 수 있는 알찬회담이 되게 해야 한다.

그 이유는 동독과 서독이 통일을 이루는데 있어서 경제면에서 낙후되어 있던 동독으로 인해 통일에 소요되는 모든 부담을 서독이 떠안았는데, 그 비용은 모두 차관으로 이루어져 고스란히 나랏빚으로 남았기 때문이다.

이러한 통일을 이룬 독일의 전철을 밟지 않기 위해서는 무리 없이 통일을 이루어 낼 수 있는 점진적인 통일방안 수립이 필수이다.

무조건 퍼주기 식이 아니라 통일을 이루는데 반드시 선행되어야 할 조건을 제시해서 그 조건이 이루어지면 다음 단계로 넘어가야 한다.

특히 영토와 관련하여 일본에서 끊임없이 들이대는 독도영유권문제는 남북 간에 합일을 이루어 공동으로 대처해야 함이 옳다.

그런데 단 한 번도 독도문제에 대해 한목소리를 내 준 적이 없고, 잘못된 햇볕정책으로 무조건 퍼주기 식이 되다 보니 연평도 포격사건이 일어나게 된 것이다.

역대 정권 북한송금액 순위를 살펴보면

1위 김영삼 정부 4조원, 2위 이명박 정부 8천 6백억(임기 절반), 3위 노무현 정부 1조 6천억, 4위 김대중 정부 1조 5,500억 원이다. 현재 대한민국 공식 부채는 1,118조원이라고 한다.

남한에서 투자한 개성공단에 대한 일방적인 폐쇄조치와 남측 파견 관리자들을 추방한 일은 한민족으로서 신의와 예의를 잃은 것으로 UN 국제기구에서조차도 제재를 할 수 없는 고약한 집단이 바로 북한이다.

지금까지 북에 무상원조 되었던 식량을 비롯한 많은 구호물품들이 나랏빚으로 즉, 모두 이 나라 대한민국 국민들의 혈세로 지급된 것인데 좋은 일을 하고도 복을 받기는커녕, 오히려 연평도 포격을 당하여 우리 국민들이 어이없는 죽음을 당했으니 다시는 무조건 퍼주기 식이 되어서는 안되고 계산이 철저한 주고 받기식인 무역방식을 통해서 교류를 해야 한다.

세상에 공짜는 절대로 없다.

북한이 우리의 한민족 동포이기 전에 우리가 철저하게 경계해야 할 적이라는 사실이 연평도 포격사건뿐만 아니라 오래전 판문점습격사건에서도 검증이 되었다.

우리 민족이 지향해야 할 것은, 조선 최고의 성군 광해가 지향했던 내실을 먼저 다지는 것이고, 오욕으로 얼룩진 한반도의 역사를 자주독립국이었던 고구려와 발해의 정신을 다시 일으켜 세우는 일이 되어야 한다.

열린 시대의 비극(悲劇)

    백성들의 살림살이를 살피기 위하여 조선 건국 역사 이래 가장 많은 미행을 나갔던 조선 9대왕 성종은 경호원 한 명 없이 몇 날 며칠을 미행을 나갔다가 기방문화의 최고봉이며 송도삼절 중의 하나로 손꼽히는 황진이에게 반하여 남자로서 한 번 만나보기를 소원하였는데, 왕의 신분을 알아 본 신하가 있어 황진이가 있는 기방으로 안내를 하였다.

    황진이와 어렵게 자리를 마련해 주었는데 황진이는 성종을 거들떠보지도 않고 자리를 주선한 이만 상대로 대화를 즐기니, 성종이 화가 나서 그 자리를 박차고 나갔다. 성종은 왕을 알아보지 못한 황진이에게 죄를 물을 수도 없었다. 이후 신하는 황진이를 잊지 못하는 성종을 위해 황진이와의 만남을 다시 주선하였는데, 이번에는 뱃놀이를 갔다.

    그리하여 배 위에서 건방지게 술판이 벌어졌고, 아리따운 목소리로 노래를 부르며 춤을 추는 황진이만 바라보던 성종은 황진이에게 술 한 잔 대접 받지 못한 것에 부아가 치밀어 올라 술상을 뒤엎었고 요망한 계집이라며 황진이를 물속으로 집어 던졌다.

    물속에서 간신히 살아나온 황진이는 기방문화에 염증을 느꼈고 이미 명성이 자자한 화담 서경덕선생의 문하에 들어가 토정 이지함을 비롯하여 그 시대의 내로라하는 인물들과 교류하며 기방문화에서 점점 멀어져 갔다. 그 사이 성종은 국정에 전념하여 후대에 치세의 성군으로 불리게 되었다.

가질 수 있는 것과 가질 수 없는 것에 대한 교훈이 여기에 있다.

남들이 다 귀하게 여기고 우러러 보는 황진이를 가질 수 없다하여 죽음으로 내몰았던 성종은 황진이를 취하고는 싶었으나 신분을 숨긴 죄로 왕으로서 만이 아니라 남자로서도 대접을 받지 못하였고, 황진이 또한 기인 중의 한사람으로써 사람을 알아보는 눈이 있어 이미 대접 받기에 능한 성종을 일부러 외면한 것이었다.

만약에 조선조에 지금과 같은 TV 대중매체가 있었다면 백성들의 민심을 살피기 위해 경호원 하나 없이 미행을 다닐 수 있는 왕이 과연 몇 명이나 되었겠는가?

늘 당파 싸움에 시달리며 정권을 지켜내기 위해 끊임없이 누군가의 희생을 필요로 했던 오욕의 역사 한 가운데에 왕들이 있었고, 그러한 행태는 작금에도 변한 것이 없다.

당당하게 대중매체를 통해 이름이 알려져 대통령에 당선된 이 나라의 대통령님들은 오히려 상식에 어긋난, 민심과는 반대되는 잘못된 정책을 시행하여 퇴임 후에 경호원이 있어도 담장 밖으로 자유롭게 나다니실 엄두를 못 내고 있으니, 열린 시대에 갇힌 자들의 세계가 바로 여기에 있다.

정책에 있어서 성종과 같은 치세를 이루어 경호원 없이도 국민들의 살림살이를 살피러 다닐 수 있는, 그리고 국민 누구라도, 어디에서라도 마음 편히 웃으며 대화를 나눌 수 있는 그런 대통령이 단 한 사람만이라도 이 대한민국에서 나와 준다면 정말 좋겠다!

태양인(太陽人)

　손응구(손병희)는 1861년 4월 고종임금이 다스리던 대한제국시대에 낮은 벼슬자리에 있던 손 의조의 서자로 태어났다. 그의 어머니 최 씨는 어느 날 태몽으로 태양이 자신의 품에 안기는 꿈을 꾸었다고 한다.

　손 응구는 서자로 태어난 까닭에 사회적인 편견으로 사람대접을 받지 못하고 또래들에게 첩의 자식이라 놀림을 당해야 했고 이로 인해 어린 응구는 아버지를 아버지라 부르는 것조차 싫어하게 되었다.

　어린 나이에 겪어야 했던 사회적인 편견과 차별대우로 인해 응구는 자신이 어른이 되면 자신과 똑같은 처지에 있는 그늘에서 사는 불쌍한 사람들을 위해 싸우겠다고 마음속으로 다짐을 하였다.

　응구가 여덟 살이 되던 해, 이웃에 사는 아전으로 일하는 친구의 아버지가 돈 천 냥 때문에 죽음을 당하게 되었다. 아버지를 구할 방법을 지 못해 애를 태우는 친구에게 응구는 자신이 아버지를 구해주마고 약속을 하고 아버지가 관가에 낼 돈 천 냥을 보관중인 문갑을 가르쳐 주며 친구에게 친구의 아버지를 위해 몰래 꺼내 가라고 하였다.

　돈이 없어진 사실을 알고 집에서는 난리가 났는데 응구는 태연하게 자신이 한 짓이라고 아버지께 고했다. 그러면서 아버지께 사람의 목숨이 우선 아니겠느냐며 오히려 아버지를 설득하였다. 응구의 아버지는 어린 자식의 이런 기특한 마음에 감동을 했고, 오히려 어린 아들의 행동을 칭찬하였다.

응구가 12세 되던 겨울에는 40냥의 공금을 가지고 심부름을 가게 되었는데 눈보라가 심하게 치는 눈길에서 길 위에 쓰러진 나그네를 발견하게 되었다. 응구는 지체 없이 눈보라 속에 나그네를 들쳐 업고 주막에 당도하여 주인에게 나그네를 돌봐줄 것을 부탁하며 서슴없이 30냥의 공금을 주막주인에게 내주었다. 응구는 남은 돈 10냥을 형님에게 내밀며 자초지종을 이야기하였고 형님은 한동안 대답을 하지 않다가 동생의 의로운 행동에 의로움을 길이 간직하여 떳떳한 사람이 되어야 한다며 잘했다고 동생을 칭찬하였다. 그때 응구는 칭찬을 통해 불쌍한 겨레를 돕는 사람이 되겠노라고 결심을 하게 된다.

응구는 15세에 자신을 알아주는 곽 씨 집안의 여식과 혼례를 올렸다.

장가를 든 그 이듬해인 늦가을의 어느 날, 집안사람들이 선산에 모여 시제를 지내게 되었는데 응구도 손 씨 집안의 자손으로서 의관을 갖추고 시제에 참석하였다.

그러자 손 씨 집안의 어른이 첩의 자식이 감히 시제에 참석하려 하느냐 하며 꾸짖었고 그 말에 응구는 당장 집으로 달려가 의관을 벗어던지고 땅을 파는 가래를 메고 와 산소로 올라와 조상의 산소를 팠다.

응구의 행동에 경악한 집안 어른이 응구를 불러 세우자 응구가 대답하기를

"저 역시 서손이기는 하지만 손 씨 집안의 피를 물려받은 손 씨 가문입니다. 저는 다만 조상님의 뼈를 꺼내 나누어다가 따로 산소를 모시고 싶을 따름입니다."

응구의 이 말 한마디에 감복한 집안 어른이 함께 시제에 참석하도록 허락을 하였다.

손응구는 길 위에서 주운 거액의 재물도 망설이지 않고 주인에게 돌려주었고, 불의를 보면 참지 않고 나서서 해결해주기도 하였다.

응구의 나이가 20세 되던 해에 그는 의젓한 장정이 되어 충청도 음성 땅의 마송이라는 마을을 지나가게 되었는데 그 마을에는 역병이 돌아서 여섯 명의 가족이 몰살된 집이 있었다. 그런데 마을 사람들은 병이 옮을까봐 두려워 그 누구도 죽은 지 엿새가 지나도록 시체를 치우지 못하고 있었다. 이 장면을 목격하게 된 응구는 혼자서 두 팔을 걷어 올리고 시체를 정성껏 염을 하여 장사를 지내 주었다.

또 손응구는 20대 시절에 우연히 건달패에 가담하게 되어 두목으로 대접을 받기도 하였다.

이후 집안에서 나랏일을 걱정하고 있던 손응구에게 동학군에 가담하고 있던 조카 손천민이 찾아와 동학군에 가담하여 세상을 바로잡을 것을 권유하였고 이에 손응구는 손천민을 따라 동학에 가담하게 되었다. 서양의 종교인 서학에 반대하여 일으킨 종교인 동학은 높은 사람도 없고, 양반 상놈의 차별도 없는 종교였고 손응구는 깊은 관심을 갖게 되었다.

1882년 동학에 입도하여 손병희로 이름을 고쳤으니 술이나 퍼마시고 주먹을 휘두르던 건달패 두목이 참된 길을 찾는 새사람이 된 것이었다.

그는 동학에 입도하여 3년 동안 수양을 하고 24세 되던 해 동학의 2대 교주인 최시형을 만나게 되었다. 그리고 청주의 동학 집회소에 나타난 최시형의 설교에 깊은 감명을 받았다.

"여러분, 우리 동학의 가르침은 사람을 한울(하늘)처럼 섬기는 일입니다. 남을 얕보거나 업신여기지 말고 한울처럼 섬기십시오. 사람이 곧 한울인 것입니다."

사람의 가치가 형편없이 떨어져 있는 오늘날에 비하면 이 얼마나 감동적인 말인가!

수운 최제우 교주가 포교 5년 만에 붙잡혀 처형되고 최시형이 2대 교주가 되어 동학의 교리를 완성하고 동학을 확립하였는데 손병희는 당시 최시형 교주 밑에서 많은 가르침을 받게 되었다. 최시형은 손병희에게 큰 나무가 되기를 희망하였다.

고종 29년 대한제국 말기에 나라 안이 온통 썩은 탐관오리로 넘쳐나는 가운데 1894년 전라북도 고부에서 전봉준이 민란을 일으켰다.

손병희 역시 민란의 선봉에 서서 관군과 싸워 승리하여 남쪽으로 내려가 전봉준 선봉 부대와 만나게 되었다. 동학군은 공주로 내려가게 되었는데 최신무기인 기관총과 대포로 무장한 일본군의 공격으로 대패를 하게 되었다.

최시형과 손병희는 전국에 체포령이 내려졌고 최시형은 교주자리를 손병희에게 물려주고 관군에게 체포되어 처형되었다.

이후 동학에 대한 탄압이 날로 거세지자 손병희는 중국으로 몸을 피했는데 중국에서 받아주지 않자 일본으로 건너갔고, 그곳에서 애국지사들을 만나 의기투합하여 고국에서 인재들을 데려다가 교육을 받게 하였다.

그리고 고국에 돌아와 동학을 천도교로 고치고 서울에 자리를 잡은 뒤 천도교라는 조직을 통하여 국민의 정신을 일깨우고 자금 사정이 좋지 않은 보성과 동덕 등을 인수하여 젊은이들을 위한 교육사업에 힘쓰면서 독립운동에 전념하였다.

십시일반(十匙一飯)으로 성미제도를 만들어 전국의 천도교 교도들이 밥을 지을 때마다 한 사람에 한 숟가락씩 쌀을 떠서 모으는 일도 하였다.

나라가 어렵고 가난한 이웃들이 넘쳐날 때 손병희 선생께서 주창하신 이 성미제도가 오늘날까지 대한민국의 모든 종교단체를 통하여 이어져 왔더라면 참 좋았을 텐데 불행하게도 좋은 정신은 계승이 되지 못하였다.

　손병희는 동지들을 불러 모아 불교에서는 한용운, 기독교에서는 이승훈, 천도교에서는 손병희가 대표가 되어 민족대표 33인을 뽑았고 1919년 1월, 오후 3시 정각에 파고다 공원을 비롯해 전국 방방곡곡에서 '대한독립만세' 삼창을 외쳤다. 그리고 독립선언서의 맨 앞에 서명한 의암 손병희를 비롯한 민족대표 33인은 이제 죽어도 여한이 없다는 말을 남기며 일본경찰에 끌려가게 되었다.

　1920년 7월 민족대표 33인에 대한 재판이 시작되었는데 손병희는 일본인 법관은 우리 민족을 재판할 권한이 없다며 끝끝내 재판에 응하지 않았고, 독립운동에 대한 정당성을 주장하였다.

　손병희는 징역 3년의 언도를 받았으나 감옥에서 병을 얻어 보석으로 풀려 나와 집에 감금된 채 치료를 받게 되었다.

　1922년 5월 19일 아침, 가족들과 천도교 간부들을 불러 모은 손병희는 이 나라의 독립을 끝내 보지 못하고 떠남을 아쉬워하며 나라를 되찾기 위해 온 힘을 기울여 줄 것을 당부하며 조용히 숨을 거두었다.

　여러 상황을 미루어볼 때 태양인 손병희에게 있어 첫 번째 단점은 가장으로서 집안 살림을 살피려 하지 않았다는 것이다. 그도 그럴 것이 생계와 관련하여 먹고사는 일은 늘 아내와 어머니 몫이 되었고 가난한 집안을 도맡아 책임지기에는 시대적인 어려움이 있었다.

　손병희는 밖에 나가면 호인으로 대접을 받고 살았지만 형편없는 집안 살림으로 가족들은 늘 굶주림에 시달려야 했다.

　아버지가 아들에게 책임질 가족을 부양하는 법부터 가르쳤더라면 출중한 능력을 가지고도 가족의 배를 주리게 하지는 않았을 것이다.

두 번째로 가장 큰 실책은 파고다공원에서 이 나라의 민족지도자 33인을 데리고 '독립선언서'를 발표하고 독립만세운동을 주창한 것이다. 결국 그들은 감옥과 형장으로 보내져 민족정신의 본체들이 사라져 버렸고 해방 후에는 매국노들이 득세하여 민족정기마저 사라진 나라가 되게 하였다.

민족주의 정신을 앞세워 대중 앞에 앞장서서 3.1 만세 운동을 벌여 일제의 총칼 앞에 살육 당한 애국선열지사(愛國先烈志士)가 되게 하기보다는 조국의 독립에 대비하여 비밀조직을 만들어 활성화시키고 그 활성화된 조직에 교육을 통하여 민족주의 정신을 가르치며 나라의 주권을 되찾는 큰 일꾼들을 더 많이 배출했더라면 해방 이후 일제 치하에서 같은 동포를 핍박하고 일제의 녹을 먹은 관리들이 재임용되어 똑같은 부패가 저질러지는 일은 없었을 것이고 이 나라 대한민국의 역사(歷史) 자체가 바뀌었을 것이다.

동학혁명이 성공하였다면 우리나라는 지금의 분단국이 아닌 잘사는 선진국이 되어 있었을 텐데 불행하게도 내부의 문제에 외세를 끌어들여 문제를 해결하려 하다 보니 기어이 주권을 빼앗기고 오늘날의 이 같은 분단국이 되었다.

천년의 신라가 마음을 잘못 먹어 외세인 당을 끌어들여 중국 중원의 드넓은 영토를 가졌던 천년의 고구려를 망하게 하였고, 문화적으로 꽃을 피운 백제를 망하게 하여 신라 또한 천년의 사직을 지키지 못하고 망하는 나라가 되었다.

조선 또한 오백년의 고려왕조를 무너뜨리고 조선을 세워 똑같이 내부적인 문제에 외세를 끌어 들여 오백년의 역사로 망한 나라가 되었다.

대한민국(大韓民國)!

크고 위대한 백성의 나라라는 원뜻과는 반대가 되어 있는 지금, 진실로 역사 속에 살아 있어야 할 이름은 바로 고구려와 백제의 이름이다.

대한제국이 동학혁명군이 일어난 원인을 외세를 끌어 들이지 않고 내부에서 해결했다면 든든한 반석위에 부강한 나라가 되었을 것이다.

동학은 서양의 종교인 서학(천주교)에 반대하여 일어난 종교로 인간을 하느님으로 여겨 받들게 하고 인간존중을 실현하려 한 종교인 반면 서학은 유일신인 하느님을 경배하면서 인간에 대한 존중은 중요하게 여기지 않았다.

이러한 증거는 중세에 계속된 종교전쟁인 십자군, 백년 전쟁만 보아도 잘 알 수 있다.

종교를 이유로 신의 심부름꾼으로 손과 발이 되어야 할 사람들을 살상하여 신의 뜻을 거스르고 오랜 세월동안 전쟁을 통하여 화탄지옥을 선물한 자들이 과연 신의 사제라 할 수 있겠는가?

현재 우리나라는 서양의 외래종교가 대부분을 잠식하여 동양의 정신을 무시하고 쓸데없는 성경문구만 가르치는 통에 이웃 간의 예의도 사라진 지 오래다.

2012년 대한민국에 등록된 종교단체는 총 7만 4,712개로 기독교 5만 6,904개, 불교 1만 3,658개, 천주교 2,063개, 민족종교 883개, 기타 1,204개 단체가 등록되어 있다.

대한민국에도 민족종교군으로 천도교가 있고 증산도와 기천문 등 많은 종교단체가 있다.

서글픈 것은 이 나라 대한민국(大韓民國)에 민족종교(民族宗敎)가 하나로 통일을 이루어 낼 구심점이 없어서 제대로 뿌리를 내리지 못하고 있다는 것이다.

홍익인간(弘益人間)의 이념을 가지고 이 땅에 오천년의 역사를 여신 단군왕검의 신화를 부정하고 외래종교인 기독교의 광신도들에 의해 초등학교 교정에 건립된 단군왕검의 동상이 절두(截頭) 당하는 사건이 일어났는데, 교회에 세워진 예수의 동상이나 성모마리아상이 훼손되었다는 뉴스는 들어본 적이 없다.

이제부터라도 단군왕검의 홍익인간(弘益人間)사상 아래 각 계파의 수장들이 욕심을 버리고 단군을 시조로 한 홍익인간(弘益人間)의 이념을 되살려 내는 일에 동참해야 한다.

민족종교가 말살되기 시작한 것은 바로 조선 후기 소격서 폐지에서부터 시작되었다.

국가의 중대사와 관련하여 하늘에 제를 올렸던 곳이 바로 소격서였다.

조선 후기 실학이라는 학문이 정립되면서 신의 존재가 미신으로 간주되기 시작하였고 서양에서 들어온 서학에 의해 유일신인 하느님 경배만 가르치고 동양의 정신인 오행(五行), 인의예지신(仁義禮智信)에 관하여서는 등한시했다.

서양의 종교는 유일신인 하느님께 직접 기도하는 형식을 취하고 있고 별점으로 사람들의 운명을 예언하는데 비해, 동양에서는 개개인의 정해진 운명을 알 수 있는 계시로서 이미 6천 년 전에 역학(易學)이 완성되어 있고 교리(敎理)로서 공자의 유교사상을 정립해 놓았다.

그리고 이 작은 나라 한반도에서 그보다 한 차원 더 높은 경지인 기(氣)철학에 관한 이론을 정립해 놓은 당대의 대학자로서 겸손함과 예의를 중요시한 화담 서경덕 선생이 있었고 성리학의 이론을 체계적으로 정립하여 국제적으로 공인을 받은 퇴계 이황과 성리학의 대가인 기대승과 이율곡이 있었다.

남명 조식과 정인홍, 이지함 등은 조선의 학자이자 앞날을 예견할 수 있는 예언능력까지 갖춘 선각자(先覺者)로 다녀가셨다.

동양의 종교는 유불선(儒佛仙)으로서 가장 높은 경지는 상생(相生)의 도(道)을 중요하게 여긴 선(仙)에 해당하는 도교(道敎)가 있고 그 다음으로 불교가 대중의 종교로 자리매김하였다. 또한 사회윤리와 규범을 강조한 이상사회 건설을 위해 학문으로 정립된 유교(儒敎)가 있었다.

동양의 정신계는 서양보다 차원이 앞선 형식과 틀을 정립해놓고도 개인수행으로 인해 맥을 잇지 못하고 당대에 그쳐서 비결서로만 전해져 오고 있고 종교로서의 위상은 정립되지 못하였다.

수운 최제우 선생께서 창시하신 동학은 서양의 종교인 서학(천주교)에 반대하여 일어난 종교인데 이 종교가 일제 치하에서 민족주의자들에게 계승이 되어 해방 후 민족종교로 제대로 자리매김했더라면 오늘날과 같이 각종 종교가 난립하는 어지러운 대한민국이 되지는 않았을 것이다.

남북분단을 결사반대하셨던 철저한 민족주의자이셨던 김구 선생님보다는 미국편에서 철저하게 온 겨레의 바람을 무시하고 신탁통치를 찬성하여 오늘날의 분단국으로 고착화되는데 일조한, 아부를 더 좋아했던 기독교의 이승만 대통령을 추종하는 세력들이 더 많은 이 나라 대한민국은 민족주의가 실종된 것과 다름이 없다.

1948년에 국회에 설치된 반민특위는 일제강점기에 일본인과 협조하여 악질적으로 반민족 행위를 한 자를 조사하여 처벌하는 활동을 하였는데 이승만과 경찰에 의해 강제로 해산되어 대한민국의 정치적인 명운을 바꿀 친일청산이 가로막혔다.

1950년 6월 25일 새벽, 전쟁이 발발하자 이승만은 자신부터 살겠다고 서울을 몰래 빠져나가 대전에서 특별담화를 녹음하여 우리 국군이 용감하게 적을 물리치고 있으니 국민과 공무원은 정부를 믿고 동요하지 말라고 하며 대통령 본인도 서울을 떠나지 않고 국민과 함께 서울을 지키고 있다고 생거짓말을 하였다.

그리고 28일 새벽에는 아무런 예고도 없이 한강대교를 폭파시켜 피난을 가던 50대 이상의 차량이 물에 빠지고 다리를 건너가던 500여명이 빠져 죽었다.

1946년 6월 이승만은 좌익사상을 통제하기 위해 반공을 강령으로 삼은 관제단체로 보도연맹을 만들었다. 그리고 6.25가 발발하자 이승만 정권은 보도연맹이 남한을 배신하고 북한에 동조할 것을 미리 염려하여 4,934명의 보도연맹원을 무차별적으로 검거하고 즉결처분을 하였는데, 당시 민간인을 포함하여 10만~20만 명이 살해당한 것으로 추정되고 있다.

9.28 서울 수복 후에는 한강다리가 끊겨 서울에 남아 고생한 시민들을 부역자로 몰아 죽이고 고문을 하고 연좌제로 평생을 괴롭혔다.

대한민국 독립에 지대한 공을 세운 이승만 대통령의 가장 큰 실책이 바로 신탁통치 찬성에 있다.

이제는 단재 신채호 선생님과 도산 안창호 선생님, 김구 선생님의 민족주의 정신을 되살려 건강한 대한민국으로 다시 세워야 한다.

해방 후, 몇 안되는 민족주의 정신을 가진 분들의 짧은 학력을 문제삼아 정치권에서 배척당하고 일제 치하의 녹을 먹은 잔당들이 재임용되어 매국노(賣國奴)들에 대한 청산작업이 이루어지지 않았다.

그 후 해외유학파들에 의해 세워진 이승만 정권은 일제 치하에서 아부만 일삼았던 자들로 가득차고 넘쳐 민족주의 정신의 본산이셨던 백범 김구 선생님을 안두희로 하여금 암살하는 만행까지 저질렀고 설익은 민주화라는 명분으로 기본인 민족주의를 무시하고 허접한 문화만 추종하고 양산하여 민족정기가 사라진 나라를 만들었다.

해마다 3.1절과 광복절이 되면 한국말은 한마디도 하지 못한 채 해외에 살고 있는 민족주의 지도자 단재 신채호 선생님의 손자들을 인터뷰

하는 장면들을 대할 때 마다 아직도 국내에서 대접받지 못하고 해외에서 떠돌고 있는 이 나라 대한민국의 민족주의의 서러움이 절로 느껴진다.

진정한 민족주의란 같은 피를 나눈 내 동포들을 먼저 사랑하고, 내 나라 안의 부족한 것들을 먼저 채워서 부족함이 없게 한 연후에 여유로운 것들을 다른 민족을 위하여 아낌없이 내어주고 베풀 줄 아는 것이 바로 진정한 민족주의이다.

안팎으로 독립운동을 앞장서서 주도하셨던 독립투사들의 후손들은 선조들이 모든 재산을 조국의 독립을 위해 동전 한 닢 남겨놓지 않아 궁핍한 생활을 하고 있는데 반해 호위호식하며 자란 조상의 부끄러움을 모르는 친일 매국노의 자손들이 나라에 몰수·추징당한 재산을 반환하는 청구소송을 하여 일부에서 승소했다고 한다.

그 여파로 친일파의 후손들에 의한 재산 반환청구소송이 줄을 잇고 있다고 하니 이 나라의 민족정기와 관련하여 잘못된 법관들의 판결로 인해 역사를 바로 세우기가 참으로 어려운 대한민국이 되었다.

이제는 민족종교의 큰 인물로 다녀가신 성현들을 비롯하여 종교인이자 애국지사(愛國志士)였던 의암 손병희 선생님의 뜻을 되살려 서양의 문물에 밀려서 잃어버린 민족의 정체성을 다시 되찾아야 하고, 단군왕검의 널리 인간을 이롭게 한다는 홍익인간(弘益人間)사상을 되살려 내야한다.

그러기 위해서는 우리의 자녀들에게 범세계적으로 가장 많이 팔리고 잘 팔리는 베스트셀러가 된 성경을 읽게 하기보다는 동양(東洋)의 맑은 정신을 담은 사서오경(四書五經)이나 이 나라의 기상이 살아있는 고구려의 역사책 한 권을 선물하여 읽게 하는 일이 오히려 가치 있는 일이 아닐까 생각해본다.

아픈 6.25의 잔상(殘像)

　6.25전쟁이 발발하여 나라를 지키기 위해 전쟁터에 나간 한 가장이 있었다.

　양계장을 하는 아내와 세 아이의 엄마를 집에 남겨두고 전방의 전쟁터에 나간 남편은 가족들의 평안을 위하여 죽을힘을 다해 인민군과 맞서 싸웠는데, 전쟁이 끝나고 집에 돌아와 보니 빨갱이들에게 몸이 만신창이가 되어 그 충격으로 정신이상까지 되어버린 아내와 밥 때만 기다리는 먹여 살려야 할 올망졸망한 눈망울의 어린 자식들이 자신을 기다리고 있었다.

　그 당시에는 먹고 살만한 집안으로 남들이 부러워하는 집안이었는데 전쟁터에 나간 후 빨갱이들이 군인의 집이라 하여 집안을 쑥대밭으로 만들어 놓은 것이었다.

　그 후로 남편은 아내에게 일어난 사건으로 인해 모든 삶의 의욕을 잃고 정처 없이 밖으로 떠돌게 되었다고 한다.

　13살의 큰 아들은 머리도 영민했는데 아내로 인한 충격으로 가족들을 잘 돌보지 않고 밖으로 떠도는 아버지로 인해 제대로 된 교육을 받지 못해 어렸을 때부터 공사장을 전전해야 했고, 10살의 어린 딸은 남의 집에 아이를 돌보며 잔심부름을 하는 식모로 보내졌다고 한다.

집에 남겨진 두 남매는 정신이 온전치 않은 엄마와 밖으로 겉도는 아버지로 인해 굶기를 밥 먹듯 해야 했다.

그리고 끝내는 외딴곳에 살고 있던 그 가족이 마을에서 사라져 주기를 바란 마을 사람 누군가가 한밤중에 그 집에 불을 질러 가족 모두 타다 남은 시체로 발견이 되었다고 한다.

충남 홍성군 홍성읍 옥암리에 있었던 그 집터도, 마을도 함께 아픈 세월 속으로 사라지고 현재는 고속도로가 들어서 있다.

이 나라 대한민국에 6.25의 화마를 겪고 살아남아 평생 지워내지 못하는 전쟁의 아픈 상처를 끌어안고 사는 집안들이 아직도 존재하고 있다.

학도병으로 6.25에 참전하셨던 시아버님께서는 백골부대 출신으로 최전방의 고지를 지켜내기 위해 무수한 전투를 치루시고 그 과정에서 원치 않는 인명살상도 많이 하셨다고 한다.

6년 전에 6.25에 참전한 공이 인정되어 나라에서 무공훈장 외에 추가로 수훈공로상을 늦게나마 수여받으셨다.

6.25 전란 중 하사로 입대하여 통역을 담당하셨던 내 아버지는 장교로 제대하신 후 무공훈장을 수여받으셨다.

아버님은 내 가족과 내 나라를 지켜내기 위해 적이라면 어쩔 수 없이 나이를 불문하고 생명을 앗아야 하셨는데, 전장에서 적으로 마주한 채 살려 달라 애원했던 북한군 소년병사의 눈빛이 잊히지 않아 평생 동안 마음 아파하시고 괴로워하셨다.

6.25로 인해 살아남아 겪는 산 자들의 아픔이 대한민국 역사에 담겨 있다.

전쟁에 참가하여 돌아오지 못한 생사조차 확인할 수 없는 실종자의 가족들이 있고, 분단으로 이산가족이 되어 짧은 만남을 위해 긴 세월을 기다려서 눈물로 상봉해야 하는 우리의 아픈 가족들과 이웃들이 있다.

6.25를 직접 경험해 보지 못한 대한민국의 젊은 세대들에게는 낯선 이야기들이겠지만, 지금도 굶주림에 감자 여섯 알을 훔친 죄로 맞아죽었다는 북한 병사의 가슴 아픈 뉴스를 보며 북한의 동포들과 대한민국의 극빈자들에게는 차라리 전쟁이라도 일어났으면 하는 바람이 있을지도 모르겠다는 우려가 든다. 정치적으로 좌파라 불리는 북에 가까운 사람들이 많아지고 있는데, 정치인들이 제대로 된 정책을 펴야 북한에 무조건 동조하고 추종하는 세력들이 없어진다.

북한의 최고위층의 지나친 욕심으로 인해 전쟁이 다시 야기될 수도 있음을 잊지 말고 지나간 역사 속에서 지혜를 배우고 경계로 삼아 다시는 6.25와 같은 전쟁의 화마가 되풀이 되지 않도록 건강한 정신으로 국방을 더욱 더 굳건하게 강화시켜야 할 때이다.

대한민국 참교육의 대부(代父) 이야기

울산과학기술대에 다니고 있는 조카의 모교인 제물포고등학교는 50여 년간 이어져 온 '무감독 고사'가 있다고 합니다.

제물포고등학교를 세우신 길영희 초대 교장선생님은 '학식은 사회의 등불, 양심은 민족의 소금'이라는 교훈을 남겨주셨습니다.

일제강점기 시대에는 민족의 역사를 중심으로 가르치고 민족의 정신을 일깨워주셨다고 합니다.

그리하여 학생들이 올바른 역사를 알게 해주셨고, 한국인이라는 자부심을 심어주셨다고 합니다.

'무감독 고사'가 시행될 적에 낙제생이 50여명이었는데 길영희 선생님께서는 양심을 지킨 학생들에게 '제군들이야말로 믿음직한 한국의 학도이며 너희는 우리학교의 양심이고 영웅이다. 다음에는 더 노력해서 진급하도록 하여라.' 라고 하시며 그 학생들에게 장학금을 지원해주셨다고 합니다.

장학금을 지원받은 학생들은 다음 학기에서 모두 진급을 했다고 합니다.

길영희 교장선생님은 입시에 맞추어 지식공부만 시키신 것이 아니라 세상에서 가장 중요한 양심을 지키는 훈련을 '무감독 고사'를 통해서 하신 것입니다.

길영희 교장선생님의 가르침이야말로 바로 참교육입니다.

길영희 교장선생님은 교육목표를

1. 지성인 – 지식탐구를 통해 지혜로운 삶을 살 수 있는 사람

2. 창의인 – 혁신적인 마인드나 창의력을 가진 사람

3. 양심인 – 양심을 바탕으로 자신과 이웃을 존중할 줄 아는 사람

4. 건강인 – 건강한 몸과 마음으로 협동하는 사람

으로 정하셨다고 합니다.

학생들은 공부를 하는 이유를 알고 공부를 하기 때문에 제물포고등학교 출신들과 재학생들은 모교 명문학교에 대한 자긍심을 가질 수 있다고 합니다.

길영희 교장선생님은 '나는 성직자가 되고 싶었지만 성직자가 될 수 없어 가장 비슷한 교육자가 되었다.' 라고 하셨습니다.

대한민국에 길영희 교장선생님과 같이 참교육을 실현해주실 훌륭한 선생님들이 많아지길 기대해봅니다.

두 개의 코리아(Korea)

한반도는 두 개의 코리아(Korea)로 되어 있다. 남한과 북한.

국제적으로 공인되어 불리고 있는 북한의 정식 명칭은 조선민주주의
인민공화국(朝鮮民主主義人民共和國, Democratic People's Republic of Korea)
이다.

북한은 동아시아의 한반도 북부에 있는 공화국으로, 수도는 평양직
할시라고 표기되어 있다.

대한민국은 1945년 일본제국으로부터 독립되어 1948년 9월 9일 단
독정부를 수립하였다. 한반도가 해방과 동시에 남과 북으로 갈리면서
대한민국은 아시아 대륙 동쪽에 돌출한 한반도와 그 부속도서를 영토로
하는 민주주의 공화국이라고 되었다. 수도는 서울특별시이다. 한반도
는 한민족이 남과 북으로 갈리어 60여 년 동안 각기 다른 이념 체제 아
래 끊임없이 서로를 적대시하며 긴장을 늦추지 않고 있다.

북한은 대한민국 내에서 김정일 체제에 대한 반감을 표출시키는 것
조차도 못마땅하게 여겨 도발을 하겠다는 의사표시를 강하게 하였다.

정치권은 이제 남과 북이 서로 다른 체제이며 국제적으로 공인된 각
기 다른 나라라는 것을 인정해야 한다.

대한민국의 영토 표기도 이제는 한반도와 그 부속도서를 영토로 한다고 해야 하는 것이 아니라 한반도 남부 38선 아래와 부속도서를 영토로 하는 나라라고 정확하게 표기해야 함이 옳다.

서로 간에 불필요한 대립과 마찰을 줄이기 위해서라도 상호 불간섭주의를 표방하고 최고통치자들은 자국민들의 복지증진을 위해 노력해야 한다.

나라 밖에서 들려오는 선진국의 소식을 보면 일 년의 절반이 겨울날씨로 농사조차 제대로 지을 수 없는 척박한 땅 스위스에서는 직접민주주의로 국가소득의 3분의 1에 해당하는 1인 월 3백만 원을 전 국민에게 지급하는 법을 국민투표에 부쳤다가 부결되었다고 한다.

대한민국은 1,118조원에 육박하는 막대한 나랏빚부터 갚아나가고 매년 이자로 나가는 수십조 원을 국민들에게 꼭 필요한 복지재정으로 써야 한다.

대한민국은 대대로 무능하고 썩은 임시직 공무원들로 인해 현재 회복하기 어려운 JUNK BOND가 되어 있다.

양국 간에 복지국가가 이루어지면 통일도 어렵지 않다.

현재 서로 각기 다른 체제하에서 정치적으로 민족의 염원인 '통일'이라는 두 글자를 내세워 순진한 국민들을 우롱하는 행태도 근절되어야 한다.

대한민국 내에서 북한을 맹종하는 종북 좌파도 감당하기 어려운 현실에 치외법권(治外法權)인 북한주민들의 인권(人權)을 들먹이며 북한정권을 자극하여 대한민국 정부에 숙청을 저지시켜달라는 북한인권운동도 부담스러운 게 지금 우리 대한민국의 현실이다.

대한민국에서 북한인권법을 제정한다고 북한주민들의 인권이 보장된다는 법은 없다.

북한주민의 인권은 국제적으로 공인된 기구인 유엔 인권위를 통해서 바로 잡도록 권고안을 내야 한다.

그것이 바로 국가 간에 서로 지켜야 할 최소한의 예의이다.

대다수 국민들의 여론을 무시하고 판문점 인근에서 자행되고 있는 탈북단체들의 대북 전단지 살포 행위는 남북한 회담까지 결렬시켰고 비이성적인 북한 정권을 자극하여 전쟁을 유발시킬 수 있다.

이제는 대한민국을 위험에 빠뜨릴 수 있는 빌미를 주지 말아야 한다.

대북전단지 살포를 주도하는 애국을 표방한 사이비 보수단체는 대북 전단지를 판문점에서 날리지 말고 북한에 직접 들고 가서 살포하시길 권한다.

끊임없이 어이없는 도발을 행하며 위협을 가하는 비이성적인 북한정권도 지겨워진 대한민국의 국민들이 되어 있다.

이제는 남과 북이 서로 각기 다른 '두 개의 코리아(Korea)'라는 것을 인정하기 싫어도 인정해야만 하는 시대가 된 것이다.

증문(憎蚊)

증문(憎蚊:모기를 증오함)

－茶山 丁若鏞

맹호가 울밑에서 으르렁대도
나는 코 골며 잠 잘 수 있고
긴 뱀이 처마 밑에 걸려 있어도
누워서 꿈틀대는 꼴 볼 수 있지만
모기 한 마리 왱하고 귓가에 들려오면
기가 질려 속이 타고 간담이 서늘하구나
부리 박아 피를 빨면 그것으로 족해야지
어이하여 뼛속까지 독기를 불어넣느냐
이불을 덮어쓰고 이마만 내놓으면
어느새 울퉁불퉁 혹이 돋아
부처머리처럼 돼버리고
제 뺨을 제가 쳐도 헛치기 일쑤이며
넓적다리 급히 만져도 그는 이미 간 곳 없어

싸워봐야 소용없고 잠만 공연히 못 자기에

여름밤이 지루하기 일 년과 맞먹는다네

몸통도 그리 작고 종자도 천한 네가

어찌해서 사람만 보면 침을 그리 흘리느냐

밤으로 다니는 것 도둑 배우는 일이요

제가 무슨 현자라고 혈식을 한단 말인가

생각하면 그 옛날 대유사에서 교서할 때는

집 앞에 창송과 백학이 줄서 있고

유월에도 파리마저 꼼짝을 못했기에

대자리에서 편히 쉬며 매미소리 들었는데

지금은 흙바닥에서 볏짚 깔고 사는 신세

내가 너를 부른 거지 네 탓이 아니로다

선조이신 다산 선생님은 벼슬길에서나 귀양지에서나 백성들이 세금에 뜯기고 관리들의 수탈과 착취에 괴로워하는 모습을 시로 많이 남기셨는데 이 시 또한 그 중의 한편으로, 모기를 지방 탐관오리, 맹호와 긴 뱀을 중앙정부의 고관대작으로 비유하여 당시의 시대상황에 대한 매서운 현실비판과 함께 한때 관직에 몸을 담았을 때 백성들에 대한 수탈시스템을 혁파하지 못하고 귀양살이 하는 자신의 처지에 대한 무기력함을 느끼며 자조 반성하는 것으로 감상할 수 있습니다.

　모든 것이 내 탓이라고…….

　당시의 탐관오리들이 백성들의 피를 빨아먹는 것이 얼마나 지독했으면 뼛골까지 빨아댄다고 했을까요!

　6년 전 돌아가신 시어머님의 장례식장에서 망연자실하여 시어머니의 영정사진을 바라보고 있을 때, 하늘의 계시로 벽과 천장을 차지할 만큼 큰 거미의 형상이 보였습니다. 그 당시에는 거미의 존재에 대해 생각해 본 적이 없었는데 지금에서야 생각해보니 거미는 직접 사냥을 하지 않는 존재로 거미줄을 쳐놓고 먹이가 걸려들 때까지 기다렸다가 먹잇감이 걸려들면 거미줄로 칭칭 말아놓았다가 배가 고플 때 먹잇감의 체액을 전부 빨아먹습니다.

체액을 다 빨린 먹잇감은 빈껍데기 상태로 버려지게 됩니다.

민주주의 국가를 표방하는 나라에서 위정자들이 넘쳐나게 되면 국민을 위한 정치가 사라지고 국가라는 틀 안에서 정치인들은 거미와 다름없는 존재가 되어, 세금으로 국민의 고혈을 빨아먹는 탐관오리가 되고 맙니다.

예나 지금이나 위정자들이 세금으로 백성들의 고혈을 빨아먹는 행태는 변함이 없는 것 같습니다.

대한민국 정치인들에게 있어 경계로 삼아야할 대상이 바로 모기와 거미인 것입니다.

요즘과 같이 서민경제가 어려운 때에 2012년 押海丁氏 종보에 실렸던 茶山 丁若鏞 선조님의 시를 옮겨와 읊어봅니다.

세상에서 가장 멋진 대통령

세계에서 가장 청렴하고 가난한 대통령으로 불리고 있는 호세 무히카는 사회주의자이자 무신론자로 현재 남미의 작은 나라 우루과이의 현직 대통령이다.

1935년 몬테비데오에서 태어났다.

그는 1960년대 활동한 게릴라전사 출신으로 6번이나 총상을 입었으며 1970년 군사정권이 들어서면서 14년간 감옥에 수감되기도 하였다.

수감 중에도 그는 게릴라 조직원들과 소통하며 정치활동을 준비하였다.

그리고 1985년 민정이 들어서면서 석방되었고 민중참여운동에 주도적으로 관여하였다.

1994년 하원의원과 1999년 상원의원으로 선출되었고 대중에게 친근한 인상을 주는 엘 페페(El Pepe)라는 별칭으로 불리었다.

2004년 우루과이 대통령 선거에서 민중참여운동이 선거에 지대한 영향을 미쳐 중도 좌파 계열에 있었던 타바레 바스케스가 큰 승리를 거두어 당선되었고, 총선에서도 중도좌파 연합이 과반의 의석을 확보하였다.

선거에 지대한 공을 세운 호세 무히카는 2005년부터 2008년까지 바스케스 대통령 행정부의 농목축수산부장관을 지냈다.

정치적인 능력을 인정받은 호세 무히카는 2008년 12월, 중도 좌파연합의 대통령 후보로 선출되었고 급진 좌파의 이미지가 강했던 그는 지나친 좌파적인 이미지를 희석시키기 위해 시장개방정책을 유지하는 공약을 내걸었다.

2009년 10월 25일 치러진 1차 투표에서 47.96%의 득표율을 기록하였으며, 11월 29일 2차 투표에서 52.6%의 득표율로 대통령에 당선되어 2010년 3월 1일 5년 임기의 우루과이 대통령으로 취임하였다.

2010년 6월 3일 우루과이 정부가 공개한 관보에 따르면 무히카 대통령이 공식적으로 신고한 전 재산은 20년째 타고 있는 폭스바겐의 1987년 식 비틀 자동차 한 대뿐으로, 전 세계에서 가장 검소한 생활을 하는 대통령이다.

대통령에 취임한 후 호세 무히카는 파격적인 행보를 보였다.

우루과이에서 대마초 판매를 합법화하고 시리아 난민 고아들을 대통령 별장에 수용하겠다고 밝혔고, 시리아 내전 중에 발생한 100명의 고아들에게 새로운 집을 제공하겠다고 말했다.

세기 초유의 박애정신을 발휘한 호세 무히카에게 유엔 난민기구는 환영의 의사를 밝혔다.

호세 무히카 대통령은 오바마 미국대통령과의 정상회담장에 노타이의 평범한 복장으로 나오는가 하면 '스페인어를 쓰는 우루과이가 영어를 배워야하듯 영어를 쓰는 미국도 스페인어를 배워야 한다.'고 주장했다.

이와 관련하여 미국언론들은 '오바마 대통령이 만난 국가정상 중 가장 대통령답지 않은 사람으로 신선한 충격을 줬다.'라고 평가했다.

무히카 대통령은 마리아나 합법화 법안에 공식서명하여 세계 최초로 마약인 마리아나를 합법화한 국가가 되었고, 마리아나의 불법유입을 막아 자국의 산업을 보호하고 마리아나 생산·판매에 면세 혜택을 추진하기로 하였다.

이로써 호세 무히카는 시사주간지 타임에 '마리아나를 합법화한 혁명가'로 세계에서 가장 영향력 있는 100인의 인물에 선정되었다.

파격적인 행보로 '괴짜 대통령, 세계에서 가장 가난한 대통령'으로 불리는 호세 무히카 대통령은 대통령 관저를 마다하고 25년째 살고 있는 수도 외곽의 전통시골집에서 아내와 살고 있다.

대통령 영부인은 시골 마당에 한가로이 햇볕에 빨래를 널고 우물에서 직접 물을 길어다 쓴다.

자녀가 없는 호세 무히카 대통령 부부는 그렇게 평범한 시골노인의 삶을 살아가고 있다.

실정(失政)으로 국민들에게 죄를 많이 지은 대한민국의 대통령들에게서는 절대로 있을 수 없는 일이다.

호세 무히카 대통령은 자신의 월급의 90%를 기부하고 있으며 집권 이후 우루과이는 5% 대의 경제성장률을 기록하고 있고, 현재 국민소득은 15,000불 이상이다.

대통령 궁을 노숙자 쉼터로 내어준 호세 무히카!

그가 바로 프란치스코 교황과 더불어 세계의 정치지도자들과 종교인들이 본받아야할 능력 있는 진정한 리더이면서 살아있는 신(神)이다.

국민들이 정치와 종교에 염증(厭症)을 느끼게 하는 대한민국에서도 21세기가 다 가기 전에 프란치스코 교황이나 호세 무히카와 같은 성현을 꼭 한번 만나고 싶다.

2014년 6.4 지방선거 유감(遺憾)

　6.4 지방선거 개표작업에 참여하면서 참 답답한 상황을 직시했습니다.

　국가에서 막대한 혈세를 들여 치루는 선거를 일부 유권자들은 권리를 제대로 행사하지 않고 장난처럼 여겼는지 모든 후보자들에게 기표를 하거나 아예 기표를 하지 않았습니다. 이런 미개한 국민의식을 가지신 분들 때문에 참된 민주주의가 이루어지지 않고 있습니다.

　막대한 혈세를 들여 치루는 중차대한 선거에 장난으로 임하실거라면 그런 분들은 아예 투표를 하지 않으셨으면 좋겠습니다.

　무효표는 자신의 권리를 포기하는 것으로 정치에 무관심한 것과 똑같습니다.

　정치에 무관심한 분들이 많아질수록 정치는 퇴보할 수밖에 없습니다.

　민주주의의 틀이 잡힌 선진국은 정치에 무관심한 국민들이 많아도 큰 탈이 나지 않지만 정치 후진국을 벗어나지 못하고 있는 대한민국에는 치명타입니다.

　무효표가 유달리 많이 나온 이유가 세월호 여파로 후보들이 선거운동을 소극적으로 할 수 밖에 없었던 이유도 있었겠지만 그래도 후보들이 내건 공약서라도 꼼꼼히 살펴보고 권리행사를 제대로 해주셨더라면 좋앉을 거라는 아쉬움이 남습니다.

지방선거에서 야권과 일부시민단체에서 세월호 심판론도 대두되었지만 지방선거는 여야 모두 세월호 심판의 장이 되어야 하는 것이 아니라 세월호를 통해 정치의 기본부터 바로 세우는 계기로 삼고 내가 살고 있는 지역의 참된 일꾼을 뽑는 선거가 되어야 했습니다.

이번 지방선거에서 구의회와 관련하여 대부분의 국민들의 중론은 제대로 된 역할을 하지 못하고 있는 구의회를 폐지하자는 것이었는데 국회에서는 오히려 의석수를 더 늘려 놓았습니다.

한심한 국회의 행태를 그대로 답습하는 구태의 구의회를 존속시키기보다는 시의회의 기능을 강화하는 것이 더 낫다는 의견도 있었습니다.

깨끗한 인물을 뽑는 선거가 되어야 할 지방선거에 출마한 후보자들의 40%가 전과를 가지고 있었습니다. 2012년에 선출된 19대 국회의원의 20%가 전과자라고 합니다.

다음 선거에서는 공직선거법을 개정하여 사기전과가 있는 인물은 선거에 출마할 수 없도록 해야 합니다.

국민의 공복이 될 수 있는 사람들의 자격을 엄격하게 제한시켜야만 투명하고 깨끗한 선거문화도 정착시킬 수 있습니다.

지방자치를 제대로 하기 위해서는 국민들의 의견을 제대로 반영하여 과감하게 불합리한 제도를 폐지하고 개선해나가야 합니다.

현명한 랍비 벤 자카이 이야기

요한나 벤 자카이는 로마군이 이스라엘을 포위했을 당시 가장 위대한 랍비로 존경을 받고 있었던 인물이다.

예루살렘에 최후의 순간이 닥쳐오고 있는 순간 그는 어떻게 하면 유대인이 승리할 수 있을까 생각했다.

군사적인 승리는 전혀 불가능한 상태에서 유대인이 로마군에게 승리를 거두려면 칼보다 더 강한 무기를 가져야 한다고 생각했다.

예루살렘의 신전이 로마군에 의해 파괴당하는 일은 어쩔 수 없지만 로마인이 파괴할 수 없는 것을 유대인이 가져야 한다고 생각했는데 그것이 바로 교육이었다.

로마인들은 그들의 자손에게 칼을 전해줄 것이나 유대인들은 칼보다 더 강한 교육을 자손대대로 전하여 언젠가는 유대인이 로마인에게 틀림없이 승리할 것이라고 생각했다.

벤 자카이는 이스라엘의 역사인 성서를 가르치는 것이 교육이라고 생각했다.

역사가 곧 유대인들에게는 신앙과 지혜의 원천이었다.

예루살렘 성안에 갇힌 벤 자카이는 미래의 유대인을 위하여 한 알의 씨앗을 뿌리려면 로마군의 사령관을 만날 필요가 있다고 생각하여 성 밖을 나서기 위해 자신이 중병에 걸렸다는 소문을 퍼뜨리게 하고 급기야는 자신이 죽었다는 소문을 퍼뜨리게 했다.

그리하여 그는 스스로 관속에 들어가 성 밖 묘지가 있는 곳까지 나갈 수 있었고, 로마군 전선으로 가서 병사를 통해 로마군 사령관인 베스파시아누스를 만나게 해달라고 청을 하였다.

벤 자카이는 베스파시아누스를 만나자마자 "황제여"라고 불렀는데 벤 자카이와 이야기를 나누고 있는 중에 중앙에서 파견된 사자가 달려들어와 로마의 황제가 죽어버렸고, 이를 안 벤 자카이가 원로원에서 베스파시아누스를 황제로 선출하였다고 전한 것이었다.

벤 자카이에게 예언능력이 있음을 알게 된 베스파시아누스는 자기가 할 수 있는 일은 들어주겠다고 하였다. 그래서 벤 자카이는 지켜야할 것은 건물이 아니라 성서와 랍비라고 생각하고 대학이 있어 학자들이 학생들에게 성서를 가르치고 있는 작은 도시인 야브네만은 파괴하지 말아달라고 부탁을 하였다.

예루살렘이 전쟁으로 파괴되었을 때 벤 자카이는 야브네에서 성서를 읽었다.

대학의 교수와 학생들을 대부분 상(喪)을 당하였는데 유대인들이 상을 입는 기간은 다른 민족들에 비해 매우 짧다고 한다.

이는 상은 몹시 슬픈 일이기는 하지만 너무 오래도록 슬픔에 젖어 있으면 현실을 직시할 수 없게 되기 때문이라고 한다.

벤 자카이는 유연성이 몹시 풍부한 두뇌와 정신의 소유자로 신전에 비둘기나 양을 제물로 바쳐왔던 전통을 과감하게 없애고 하느님께 기도하는 것만으로 제물을 대신하도록 하였다.

전쟁의 패배를 통하여 유대인들이 배운 교훈은 외적인 물리적인 힘에는 질지라도 자기 자신에게 져서는 안된다는 것이었다.

내적인 것이 곧 그들에게 있어 정신이었고, 가족이었고, 그들의 문화였으며, 교육이고 가족 안의 민족의 단결이었던 것이다.

이것이 오늘날 이스라엘을 건설한 유대인들의 힘의 원동력인 것이다.

그러나 세계에서 가장 존경받는 현명한 랍비를 둔 이스라엘이 가자 지역 팔레스타인들에게 무자비한 폭격을 퍼부어 힘없는 민간인들이 수천 명이나 희생당한 사실은 실로 유감이 아닐 수 없다.

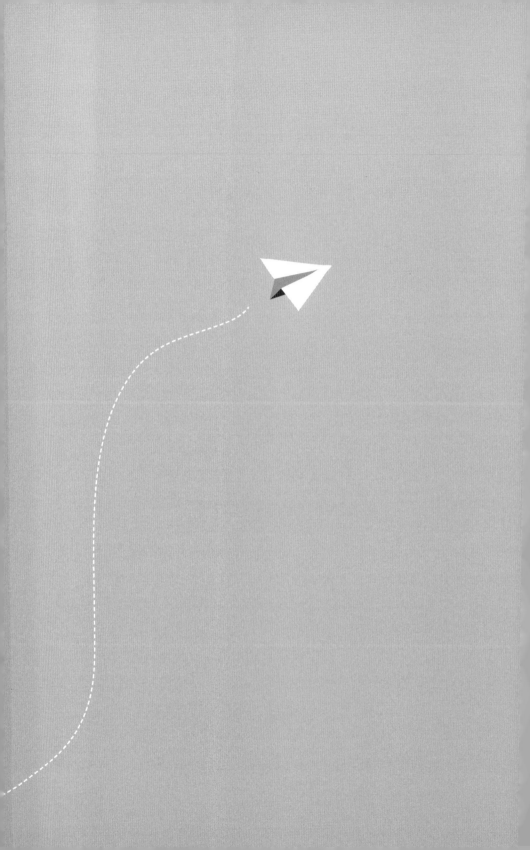

제 4 장

소박한 이웃들과
더불어 살아가는 이야기

영화 '봄 여름 가을 겨울 그리고 봄'

　우연히 TV채널을 검색하다가 '봄 여름 가을 겨울 그리고 봄'이라는 영화를 처음 장면은 놓치고 중간부터 보게 되었다.

　호수 가운데 있는 절에 가기 위해서는 배를 타고 가야 하는데, 병에 걸린 한 여학생이 요양을 하기 위하여 어머니의 손에 이끌려 그 절에 오게 되었다.

　그 절에는 연로하신 주지스님과 여학생과 같은 또래의 상좌승이 있었는데, 어려서부터 세상과 단절되어 절에서만 자란 상좌승은 세상에 태어나 처음 만나보는 또래여자에 대한 호기심으로 출발해 나중에는 인간의 본능이 요구하는 대로 이끌려 여학생과 육체적인 쾌락에 빠지게 되었다.

　그리고 건강을 회복한 여학생이 절을 떠나가게 되자, 그 여학생을 잊지 못한 상좌승은 작은 불상과 여비를 훔쳐서 그 여학생을 찾아 몰래 절을 떠난다.

　수년의 세월이 흘러서 다시 돌아온 상좌승은 살인자가 되어 쫓기는 몸이 되어 있었고, 살인을 하게 된 동기는 사랑했던 그 여인이 다른 사람을 사랑하게 되자 질투심이 불타올라 부지불식간(不知不識間)에 살인

(殺人)을 저지르게 된 것이었다.

상좌승이었던 젊은이는 진심을 다해 모든 것을 받쳐 그 여인을 사랑하고 싶어 했지만, 그 여인은 단지 그 젊은이를 성적 유희의 대상으로만 대했던 것이었다.

세상 밖에 나가 상처받고, 살인자가 되어 다시 돌아온 제자를 위하여 노스님께서는제자의 부질없는 욕심(慾望)과 모든 집착의 끈을 끊어 버리라는 의미에서 사찰의 바닥에 깔려있는 널빤지에 경전을 써주고 제자로 하여금 칼로 새기게 하였다.

살인자인 제자를 잡아가기 위해 와 있던 형사 역시 판각작업이 다 끝날 때까지 기다려주었고, 날이 새서야 겨우 판각작업을 끝낸 제자는 탈진하여 쓰러지는데…….

이후 오랜 세월이 흘러 흰 머리가 희끗희끗한 스님이 그 절에 새로 오셨다. 오랫동안 비어 있던 절간의 법당 문을 열어 보니 노스님은 간데없으시고, 노스님께서 누군가를 위해 가지런히 개어 놓으신 한 벌의 승복 위로 뱀 한마리가 똬리를 틀고 있다가 사라진다.

먼지가 케케묵은 절간 안팎을 쓸고 닦아낸 지 며칠도 되지 않아, 얼굴을 온통 빨간 머플러로 휘감아 눈, 코, 입조차 알아볼 수 없는 여인이 돌도 지나지 않은 어린 아이를 데리고 얼음이 꽁꽁 얼어붙은 호수를 건너 찾아왔다.

스님은 아무 말씀이 없으셨고 여인 또한 아무 말이 없었다.

배가 고파 우는 어린 자식에게 마지막으로 젖을 물려 재우고 잠든 자식의 얼굴 한 번 쳐다보며 뜨거운 눈물을 흘린 여인은 왔던 길을 되돌아가려 호수에 발을 내딛었고, 바로 그 순간 주지스님께서 물을 구하기 위해 뚫어 놓았던 구멍 속으로 발을 헛디뎌 그대로 얼음 밑 호수 속으로 빨려 들어가고 말았다.

날이 밝아 스님께서 호숫가에 나가보니 여인이 신고 왔던 검정고무신 한 짝이 얼음 구멍 옆에 뒹굴고 있었고, 투명한 호수 바닥에는 눈을 뜬 채 얼어 죽은 여인의 얼굴이 봄이 오고 얼음이 녹을 때까지 호수에 박제된 인형처럼 그렇게 머물러 있어야 했다.

그리고 몇 해가 흘러 대여섯 살의 꼬마로 자란 동자승이 고삐 풀린 망아지처럼 혼자서 강과 들과 산을 누비며 다닌다. 아이는 강가에 앉아 작은 물고기를 잡아 입에 작은 돌 재갈은 물려 물속에 놓아주고, 괴로워하며 죽어가는 물고기의 모습을 재미있다는 듯이 박수치며 즐거워했고, 다음에는 개구리를 잡아 물고기에게 한 것과 똑같이 입에 재갈을 물려 놓아주자 개구리도 고통 속에 몸부림치며 죽고 말았다.

아이는 아무런 죄책감 없이 불교에서 금하고 있는 살생(殺生)을 즐기며 즐거워하였고, 인간으로 태어나 교육을 받지 않은 원초적인 악의 본능의 모습이 바로 그 아이에게 있었다.

자식은 부모의 업(業)이다.

자식이 잘되고 못되고는 부모에게 달려 있다.

세속의 삶과는 거리가 먼, 종교의 형식만 갖춘 주지스님에 의해 길러진 아이는 세속의 삶에 대해 아무것도 가르쳐주지 않아 타고난 본능에만 충실할 수 있는 삶을 살 수 있을 뿐이다.

생명의 존엄성에 대해 아무도 가르쳐주지 않으면 이 아이가 자라서 가장 쉽게 저지를 수 있는 것은 살인(殺人)이다.

건강한 부모 밑에서 사랑으로 키워진 아이들은 심성이 밝고 건강해서 무슨 일을 해도 자신감이 있어, 성공(成功)하는 인생(人生)을 살 수 있다.

6.25 전쟁을 겪으신 옛날의 우리 아버지, 어머니 세대처럼 어머니는 집에서 자녀들을 돌보고, 가장인 아버지는 열심히 일을 하여 가족들을 먹여 살렸던 시절에는 자녀들로 인한 별다른 문제가 없었다.

요즘 같이 비싼 사교육비로 부부가 함께 벌지 않으면 안되는 시대에는 자녀들에 대한 보살핌이 소홀해질 수밖에 없고, 부모는 자녀들에게 한 낱 돈 벌어 오는 기계에 불과한 존재로 전락할 수밖에 없게 되었다.

자식!

함부로 낳을 일이 아니고, 낳았으면 확실하게 겉만 채워줄 것이 아니라 속(올바른 정신)도 제대로 채워줄 줄 아는, 책임감 있는 부모가 되어야 한다.

부모가 되어 자식을 배불리 먹이고 입히는 것도 중요하지만 삶의 근본이 되는 올바른 정신을 가르치는 것도 중요한 일이다.

자식들이 잘되게 하기 위해서는 부모가 먼저 자식들에게 모범이 되어 자신의 부모를 공경하고, 제대로 된 길을 알려주는 성경속의 선지자 엘리야도, 이사야도, 요한도 되어야 하고 종교속의 어머니의 표상인 성모 마리아도 되어야 한다.

동양에는 맹모삼천지교(孟母三遷之敎)로 유명한 맹자의 어머니가 있었다.

그리고 우리나라 조선에는 한석봉의 어머니와, 훌륭한 아내와 어머니였던 신사임당과 아내를 늘 존중해주었던 선비 남편 이원수가 계셨는데, 이분들과 같이 모범이 되는 훌륭한 부부가 이 대한민국에 많아져야 한다.

잘못된 교육제도로 인성교육이 부족하여 부모의 바르지 않은 행실로 인한 잦은 이혼으로 편부, 편모, 조손가정이 늘어가고 있는 요즈음, 부모의 역할 분담이 제대로 이루어지지 않아 성(性)의 정체성에 대한 문제가 있다.

이런 가정에서 자란 아이들은 매사 부정적일 수밖에 없고, 부모로부터 보고 배운 것이 없어서 가정을 어렵게 이룬다 해도 부모와 똑같은 전철을 밟을 수밖에 없다.

사랑이 아닌, 계산이 앞선 욕심과 집착으로 만들어진 씨앗은 선한 씨앗이 아니요, 부모의 업(業)의 결과로, 제대로 된 선생을 만나지 못하면 악업(惡業)을 쌓다가 윤회(輪廻)의 고리에 휘말려 힘든 인생(人生)이 반복될 수밖에 없다.

이 세상에 왔다가는 우리 모두 자선을 통하여 덕(德)을 쌓아 좋은 업적을 이루어 자식들에게 물려주고 떠나야 한다.

그것이 제대로 된 부모(父母)의 도리(道理)이다.

性相近也 習相遠也 (성상근야 습상원야)

사람의 천성은 타고나는 것이지만 교육과 환경에 의해 달라진다.

−孔子−

저주받은 무화과나무

이튿날 아침에 예수께서 성안으로 들어오시다가 마침 시장하시던 참에 길가에 무화과나무 한그루가 서 있는 것을 보시고 그리로 가셨다.

그러나 잎사귀 밖에는 아무것도 보이지 않았으므로 그 나무를 향하여,

"이제부터 너는 영원히 열매를 맺지 못하리라."

하고 말씀하셨다. 그러자 무화과나무는 곧 말라버렸다. 제자들이 이것을 보고 놀라서,

"무화과나무가 어찌하여 그렇게 당장 말라버렸습니까?"

하고 물었다. 예수께서 이렇게 말씀하셨다.

"나는 분명히 말한다. 너희가 의심하지 않고 믿는다면 이 무화과나무에서 본 일을 할 수 있을 뿐만 아니라 이 산더러 '번쩍 들려서 바다에 빠져라'하더라도 그대로 될 것이다. 또 너희가 기도할 때에 믿고 구하는 것은 무엇이든지 다 받을 것이다."(마태오 21:18~19)

우리는 이 저주 받은 무화과나무에서 무엇을 배워야 할 것인가?

전지전능한 코드를 가진 신의 대리자로서 털 여문 예수의 모습이 여기에 있다.

자신이 필요로 할 때 그 무엇이든지 다 있어야 한다는 오만함에 앞서

현실은 어디 그러하던가?

무화과나무에 무화과는 없고 잎사귀만 남았다면, 다른 누군가가 예수처럼 배가 고파서 다 따 먹어서 열매가 없을 수도 있고, 영양이 좋지 않아서 열매를 맺지 못했을 수도 있다.

그렇다면 예수가 이 무화과나무를 위해 성인(聖人)으로서 해줄 수 있는 일은 거름을 주는 일이 되었어야 함이 마땅하다.

그런데 예수는 거름을 주기는커녕 저주를 내려 나무를 말라죽게 했으니, 이것이 성인으로서의 온전한 모습이라 생각할 수 있겠는가?

죄인을 부르러 왔다는 예수가 죄인은 부르지 않고, 애꿎은 무화과나무 한 그루만 말라죽게 했으니…….

예수가 제대로 된 성인이었다면 제자들을 모두 불러 무화과나무에 큰 것과 작은 것을 가리지 말고 거름을 주고 가라고 하고, 다음 해에 열매가 풍성하게 열려 많은 사람들이 즐겨먹을 수 있게 해달라고 했어야 함이 옳지 않았을까?

덜 여문 예수의 모습에서 요나를 떠올리게 된다.

요나 또한 무더운 날씨에 아주까리 그늘에서 시원하게 기분 좋게 쉬었는데, 새벽에 하느님께서 아주까리를 벌레가 쏠아 먹어 말라죽게 하셨다.

그리고 해가 뜨자마자 뜨거운 열풍이 불어오게 하셨다.

더욱이 해마저 내리쬐자 요나는 기절할 지경이 되어 차라리 죽는 게 낫겠다고 투덜거렸다. 그러자 하느님께서 요나를 타이르시며 하신 말씀이,

"너는 이 아주까리가 자라는데 아무 한 일도 없으면서 그것이 하루 사이에 자랐다가 밤 사이에 죽었다고 해서 그토록 아까워하느냐?"

요나는 아무것도 하지 않고 편안하게 누리기만 바란 자가 되어 하느님께서 타이르셨듯이, 예수도 무화과나무를 위해 아무것도 해준 일이 없으면서 따먹을 열매가 없는 것만 탓하고 저주까지 내려 말라죽게 했다.

이 세상에는 노력하지 않고 공짜로 이루어지는 것은 없다.

기도 또한 마찬가지이다.

현실과 거리가 먼 욕심과 집착이 가득하여 기도로서 세상부귀를 구하면 그러한 기도는 오히려 영혼을 상하게 하는 것이니, 몸과 마음이 강퍅해져 결국에는 스스로 멸망으로 들어갈 뿐이다.

기도하는 사람이 내면에 미움이 있으면 독이 되는 것을 알아야 한다.

성경속의 덜 여문 예수의 말처럼 백날 기도를 한다고 해서 나 보기 싫은 산이 바다에 빠지는 일은 절대로 일어나지 않는다.

산이 보기 싫다면 내가 다른 곳으로 이사를 가던지, 아니면 골프장으로 개발이 되어 사정없이 포클레인이 산을 떠내게 해달라는 기도가 오히려 현실성 있는 기도이다.

기도로서 구할 수 있는 것과 구할 수 없는 것을 구별해서 할 줄 아는, 상식이 통하는 기도가 되어야 하고 그 상식에 본인이 노력을 더하여 이루어질 수 있는 기도라야만 그것이 바로 참된 기도라고 생각한다.

기도는 창조의 기운이며 자기정화의 수단이다.

기도를 통해서 성령과 합일되어 이루어낼 수 있는 능력으로 병을 치유할 수 있는 신유의 능력을 부여받을 수 있고, 동양의학과 관련하여 병과 관련된 처방전을 내려줄 수 있는 능력도 부여받을 수 있다.

그리고 성령과 합일되어 범죄 없는 세상을 구현하기 위해 극악한 범죄와 관련하여 미해결된 사건해결에도 쓸 수 있는데 실제로 미국과 서방 선진국에서 이용하고 있는 방법이다.

인간이 욕심을 버리고 기도로서 성령과 합일되어 세상을 위해 쓸 수 있는 능력은 무한하다. 그런데 이 나라 대한민국에 명망 있다는 종교인 중에 그 능력을 써준 종교인이 단 한사람도 없었다. MBC의 김상운 아나운서님이 쓰신 신이 부리는 요술 '왓칭(WATCHING)'을 읽어보면 우주와 소통하여 이루어내는 과학으로 증명될 수 없는 기이한 현상들과 증명할 수 있는 사실들이 수록되어 있다. 서양은 이미 교육을 통하여 도덕적으로 건강한 정신계가 완성되어 있어 기도가 통하지 않더라도 본인이 이루고자 하는 것들이 현실로 이루어지고 있다.

현실에서 이미 신인합일(神人合一)을 이루어내고 있는 것이다.

김상운 목사님의 가르침에 따라 기도를 하면서 시부모님의 막대한 병원비로 살림이 어려워져 장을 보지 못하고 있을 때, 감자가 필요하다고 생각하면 그날에는 어김없이 감자가 들어오고, 과일이 필요하다고 생각하면 신기하게도 어디선가 어김없이 채워지는 과일이 있었다.

그리고 하느님께서 우리가족을 위해 음으로 양으로 채워주시고 계시다는 것을 깨닫게 되었다.

늦가을 어느 날 밤, 담배를 피우러 나가는 남편을 따라 형님과 마당에 나와 보니 온 마을이 한치 앞도 보이지 않는 자욱한 안개에 휩싸여 있었다. 그러나 놀랍게도 마을의 가장 높은 곳에 위치해 있던 우리 집만 빙 둘러 안개도 없이 훤하게 뚫려서 하늘의 총총 빛나는 별들이 별무더기를 이루고 있었다.

너무도 신기한 광경에 어안이 벙벙했는데 남편이 별무더기를 가리키며 생전 처음 들어보는 별의 이름을 설명을 해주는 것이었다.

주기도문으로 우리가 늘 외우고 있는 마태오복음의 구절을 인용해 보면

"하늘에 계신 우리 아버지,

온 세상이 아버지를 하느님으로 받들게 하시며

아버지의 뜻이 하늘에서와 같이 땅에서도 이루어지게 하소서." (마태오복음 6장9절)

이 기도문은 하늘의 법(法), 도법(道法)을 의미한다.

'나 이외의 다른 신을 섬기지 말라'는 유일신 하느님의 말씀을 어기고 종교인들은 엉뚱하게도 하느님의 심부름꾼으로 세상을 다녀가신 부처와 예수와 마호메트에게 기도를 하고 심지어는 예수의 어머니인 마리아에게까지 기도를 한다.

그들은 유일신이 아니고 인간이었다.

각 나라에서 종교마다 유일신을 지칭하는 하느님, 천주님, 은진미륵님, 상제님, 알라신으로 호칭은 다르다 할지라도 기도는 하늘의 주인이신 천주님께 직접 해야 한다.

우리는 기도할 때 아무 생각 없이 되뇌는 기도문이지만, 가장 무서운 기도문이 바로 이 주기도문이라는 사실을 명심해야 한다.

아이러니하게도 이 주기도문은 세리(세금을 거두는 관리)였던 마태오가 쓴 것이다. 마태오는 젊은 시절 혼인과 관련하여 신방에 열 명의 신부를 들여 신부들끼리 남편을 차지하기 위하여 서로 내쫓기 위해 간계를 부리기도 하였는데 어른과 아이 할 것 없이 읽혀지는 성경에 수록되기에는 민망한 내용들이 있다.

혼인제도와 관련하여 일부다처제(一夫多妻制)가 허용되었던 시절에는 직위고하를 막론하고 혈육 간의 골육상쟁(骨肉相爭)을 야기하여 편안한 집안이 없었다는 것은 모든 동서양의 역사 속에서 증명되고 있다.

창조주이신 하느님의 법(法), 도법(道法)이 이 지상에 이루어지기 위해서는 자식이 부모에 대한 공경(恭敬), 효(孝)가 먼저 선행되어야 한다.

하느님의 큰 일꾼으로 세상을 다녀가신 부처를 숭배하는 불교에서도 부처님의 가장 중요한 가르침은 불교의 정신인 자비(慈悲)와 바로 부모에 대한 효(孝)에 있다고 말한다.

진정한 효(孝)란 부모님의 이름을 욕되지 않게 살아가는데 있다.

이 효(孝)가 선행되지 않으면 세상에 예의와 질서가 무너져 세상은 혼란스러워지고 범죄가 기승을 부려 문 밖 출입조차 꺼려지게 된다.

바로 지금이다!

이 대한민국에 도법(道法)이 바로 서기 위해서는 무엇보다도 이익과 관련이 있는 정치인과 기업인이 깨끗해져야 하며, 온전한 가정을 망가뜨리는 허접한 사기운(邪氣運)이 사라져야 하고, 도우(道友)들을 이끄는 종교인들부터 하느님의 진리인 빛과 소금의 정신으로 정신무장을 제대로 해야 한다.

종교인은 하느님, 유일신에 대한 경배인 신에 대한 예의를 먼저 가르치기 전에 부모에 대한 예의인 효(孝)를 먼저 가르쳐 하늘과 통하는 가장 빠른 지름길은 바로 효(孝)에 있음을 알게 해야 한다.

가정이 바로 우리가 지켜내야 할 성전(聖殿)이기 때문이다.

딸아이가 1학년일 때 일이다.

딸아이 단짝친구의 엄마가 유방암을 진단받고도 두 살과 네 살의 어린 남매를 대신 돌봐줄 사람이 없어 수술시기를 놓치는 바람에 암세포가 온몸으로 전이되어 수술조차 불가능해진 상태가 되어 있었다.

교실 청소봉사를 나왔다가 이 소식을 듣고 너무도 가슴이 아파 교실 청소 봉사를 나온 급우의 엄마들과 세상을 떠날 준비를 하고 있었던 그 엄마에게 교실청소는 건강한 엄마들에게 맡기고 어린 남매를 위해 희망을 잃지 말라는 따뜻한 메시지와 함께 그 엄마가 병에서 꼭 완쾌될 수 있게 해주십사 하고 기도를 주도한 적이 있다.

하늘의 주인이신 하느님께서는 사리사욕(私利私慾)을 위한 허황된 기도는 절대로 들어주시지 않는다. 그러나 내 가족과 내 이웃이 함께 잘되기 위한 기도는 꼭 들어주신다.

그래서 나는 내 가족과 내 이웃이 잘되기를 바라고, 상식(常識)이 통하는 대한민국이 되길 바라고, 건강한 영혼육(靈魂肉)으로 나는 똥(?) 잘 누게 해달라고 기도한다.

건강이 기본이기 때문이다.

다시 써야 할 장화홍련전

우리나라의 고전이야기 중에,

장화홍련전에서는 어머니가 어린 두 딸을 두고 병으로 시름시름 앓다가 세상을 떠나자, 어린 두 딸을 위한다는 명분으로 아버지가 재혼을 하여 새어머니와 아버지 사이에서는 아들이 태어났다. 아버지는 늘 친엄마 없는 전실 자식이 애처로워 더 귀하게 여기고 편애를 하였고 새어머니와 그 아들이 시기하고 질투하게 만들었다.

새어머니는 전처소생의 딸들이 예쁘게 커갈수록 돈을 들여 시집보내는 일조차 달갑지 않게 여기게 되었고, 오히려 돈을 들여 시집보낼 일을 아까워하였다.

그래서 아들을 시켜 언니인 장화를 연못가에 데리고 가 물에 빠뜨려 죽게 하였는데, 그 언니가 동생의 꿈에 나타나 나중엔 동생까지 연못에 빠져 죽게 하였다.

그 후 죽은 두 자매는 원혼이 되어 부임하는 고을 사또에게 나타나, 담력이 약한 사또들은 그 자리에서 혼절하여 죽음에 이르게 했고, 나중에 운 좋게도 담력이 큰 사또를 만나 억울하게 죽은 사연을 고하여 한을 풀게 되었다는 이야기는 우리가 다 알고 있는 이야기이다.

이 고전 속에서 우리가 주목해야 할 것은 아버지의 행태이다.

아버지가 재혼한 부인 사이에서 태어난 자식과 전실부인 소생의 자식을 차별대우만 하지 않았더라면 새어머니와 동생이 두 자매를 죽음에 이르게 하지는 않았을 것이다.

성경 속에도 이와 유사한 이야기가 있다. 바로 카인과 아벨에 관한 이야기이다.

가을 추수를 끝내고 카인과 아벨이 똑같이 단을 쌓고 하느님께 제사를 올렸다. 그러나 하느님께서 동생 아벨의 제물만 받으시고 카인의 제물은 받지 않으셨다. 그 다음해에도 올리는 제사도 똑같았고 이를 참다 못한 카인은 동생 아벨을 죽이고 살인자가 되었다.

하느님은 똑같은 마음으로 올리는 제물을 받지 않으시고 차별대우를 일삼아 기어이 인간으로 하여금 죄를 저지르게 만드신 것이다. 잔인한 신의 모습이 여기에 있다.

하지만 모든 문제의 원인은 그 집안의 가장인 아버지에게 있었다.

동화 속에 그려져 있는 모든 새어머니의 이미지를 나쁜 악녀로만 그려놓은 이야기에서 앞서 잘못된 가장의 행태를 먼저 지적해주었어야 하는데, 동화 속에서조차도 한 번도 따져 물은 적이 없고 새어머니는 그 누구를 막론하고 나쁜 사람이라는 이미지만 남겨주고 있다.

그것은 작가의 잘못된 의식이 자리하고 있기 때문이다.

이야기의 저자가 심각하게 한쪽으로 치우쳐 있어 좋은 새엄마들이 얼마든지 있을 수 있는데도 지금까지 부정적인 이미지만 주었으니, 이제부터라도 긍정적인 이미지로 바꿔주어야 할 것이다. 장화와 홍련의 아버지 배좌수가 자식들에게 차별대우를 하지 않고 사랑을 골고루 나눠주었더라면, 새어머니 역시 두 자매를 미워하지 않고 예쁘게 잘키워 좋은 집안의 자제와 짝을 지워 행복한 가정 이루게 하고, 훌륭한 새어머니 상으로 그려질 수 있었을 것이다.

나는 장화홍련전이나 신데렐라, 콩쥐 팥쥐 같은 고전을 좋아하지 않는다. 그래서 나는 심하게 한 쪽으로 치우친 동화를 내 아이에게 읽어줄 때에는 반드시 동화 속 주인공들의 개개인에 대해 잘잘못을 따져 묻곤 한다.

왜?

한쪽으로 편향된 편협한 사고를 갖지 않게 하기 위해서다.

요새 잦은 이혼으로 내 자식을 내손으로 키울 수 없는 시대에 사는 엄마 아빠들이 많은데, 배우자의 부모님을 내 부모로 삼고 내 손에 맡겨진 아이들을 내 자식으로 삼아 제대로 키워줄 수 있는 부모가 되어 준다면 그 누구도 재혼가정을 탓할 사람은 없을 것이다.

오늘날과 같이 이혼이 급증하여 편부, 편모, 조손가정이 늘어가고 있는 이 시대에 세상에 태어난 죄밖에 없는 어린 아이들에게 소금밥을 먹여서 사망에 이르게 한 사건이 있는가하면 곰팡이가 가득 핀 지하 원룸에서 굶주리다가 골다공증에 걸려서 발견된 세 자매가 있었다.

이 사건들을 통해 가장의 역할이 얼마나 중요한가를 새삼 느끼게 된다. 장상태 교수님께서 이끌고 계신 좋은 아버지 되기의 '두란노 아버지 학교'의 역할이 절실히 요구되는 시대이다.

가장들이 흔들릴 수밖에 없는 사회적인 환경, 너무도 쉽게 접할 수 있는 음란물과 성매매 광고, 그리고 쉴 새 없이 외부에서 흘러 들어오는 인터넷 음란 이메일과 핸드폰 문자메시지로 인해 중심이 없으면 흔들릴 수밖에 없는 우리의 가장들!

이제는 온 가족이 사랑으로 지켜내야 할 때이다.

어떻게?

좋은 아버지 되는 10가지 방법으로

1. 자녀와 여행가기
2. 자녀를 칭찬해 주기
3. 자녀와 함께 서점에 가기
4. 자녀의 학교에 가기
5. 가족에게 편지쓰기
6. 부모님 고향을 자녀와 함께 찾아보기
7. 아버지도 감정을 가진 사람임을 보여주기
8. 일주일에 하루는 가족의 날로 정하기
9. 교통신호 지키는 아버지 되기
10. 약속을 지키는 아버지가 되기

그리고 좋은 가정교육 10계명으로
1. 부모 스스로 효를 실천한다.
2. 자녀 앞에서 부부싸움을 삼간다.
3. 자녀를 차별하지 않는다.
4. 자녀에게 따뜻한 말로 사랑을 표현한다.
5. 자녀의 말을 끝까지 경청한다.
6. 이웃을 위해 봉사하는 사람이 되도록 가르친다.
7. 힘든 일도 스스로 책임지고 완수할 기회를 준다.
8. 화나는 일도 참고 이해하는 모습을 보인다.
9. 자녀에게 바른 인사법을 가르친다.
10. 작은 약속이라도 반드시 지킨다.

위의 사항들을 반만이라도 지킬 수 있는 부모라면 그 가정의 행복은 보장된 것이다. 그러나 20가지 항목 중에서 두세 개만 해당되시는 분이나, 해당되는 것이 전혀 없으신 분 혹은 아래 글의 답에 해당되시는 분은 혼자 살 것인지 아니면 가족과 함께 살 것인지를 심각하게 고민해 봐야 할 것이다.

초등학교 3학년 어린이들에게 문제를 냈다.

문제: 술에 취해 거리 에서 큰 소리를 지르거나 노래를 부르는 것을 사자성어로 무엇이라고 하는가?
답: ( )( )( )(가)

아이들의 답이 제 각각이었다.
- "고성방가"
- "고음불가"
- "이럴수가"
- "저럴수가"
- "미친건가"
- "저질인가"
- "헤매는가"

그런데 한 아이의 답에 뒤집어졌다.
"아빠인가?"

세기의 명판결(名判決)

1930년 어느 날, 상점에서 빵 한 덩어리를 훔치고 절도혐의로 기소된 노인이 재판을 받게 되었다. 판사가 정중하게 물었다.

"전에도 빵을 훔친 적이 있습니까?"

"아닙니다. 처음 훔쳤습니다."

"왜 훔쳤습니까?"

"예, 저는 선량한 시민으로 열심히 살았습니다. 그러나 나이가 많다는 이유로 일자리를 얻을 수 없었습니다. 사흘을 굶었습니다…… 배는 고픈데 수중에 돈은 다 떨어지고, 눈에는 보이는 게 없었습니다. 죄송합니다. 그저 너무 배가 고팠습니다. 배고픔을 참지 못해 저도 모르게 빵 한 덩어리를 훔쳤습니다."

판사는 잠시 후에 판결을 내렸다.

"아무리 사정이 딱하다 할지라도 남의 것을 훔치는 것은 잘못입니다. 법은 만인에게 평등하고 예외가 없습니다. 그래서 법대로 당신을 판결할 수밖에 없습니다. 당신에게 10달러의 벌금형을 선고합니다."

노인의 사정이 딱해 판사가 용서해줄 것으로 알았던 방청석에서는 인간적으로 너무 한다고 술렁거리기 시작했다. 판사는 논고를 계속했다.

"이 노인은 이곳 재판장을 나가면 또다시 빵을 훔치게 되어 있습니다. 이 노인이 빵을 훔친 것은 오로지 이 노인의 책임만은 아닙니다. 이 도시에 살고 있는 우리 모두에게도 노인이 살기 위해 빵을 훔쳐야만 할 정도로 어려운 상황임에도 아무런 도움을 주지 않고 방치한 책임이 있는 것입니다. 그래서 저에게도 10달러의 벌금형을 내리겠습니다. 동시에 이 법정에 앉아 있는 여러 시민들께서도 십시일반 50센트의 벌금형에 동참해주실 것을 권고합니다."

그러면서 그는 자기 지갑에서 10달러를 꺼내어 모자에 담았다. 이 놀라운 판사의 선고에 이의를 제기하는 사람은 아무도 없었다. 그렇게 해서 거두어진 돈이 모두 57달러 50센트였다. 판사는 그 돈을 노인에게 주도록 했다. 노인은 돈을 받아서 10달러를 벌금으로 내고, 남은 47달러 50센트를 손에 쥐고 감격의 눈물을 글썽거리며 법정을 떠났다.

위의 판결은 84년 전에 실제로 미국에서 있었던 사건이다.

'레미제라블'에는 배고픈 조카들을 위해 빵 한 조각을 훔친 죄로 19년 동안 감옥살이를 한 장발장이 있다. 각종 흉악한 범죄에 솜방망이 처벌을 내리고 있는 대한민국의 법치 현실 앞에 빵 한 조각 훔친 죄로 19년을 선고 받은 것은 그야말로 대한민국에서는 상상할 수 없을 정도로 가혹한 형벌이다. 19년형도 가혹하지만 그 이후의 삶과 관련하여 '전과자'라는 꼬리표로 인해 정상적인 사회인으로 살 수가 없다는 것이 더 큰 문제였다. 이러니 법이 무서워서라도 서양에서는 여간해서는 동일한 범죄를 다시 저지르지 않는다고 한다.

비록 소설이기는 하지만 이 장발장이 대한민국 법정에서 가장 아름다운 판결을 내리신 김귀옥 부장판사님을 만났더라면 아마도 판결은 19년형이 아니라 이 사회를 위해 더 좋은 일들을 많이 이루어낼 수 있는 봉사의 기회를 선물해 주시지 않으셨을까 생각해본다.

상실(喪失)의 시대에 대한 단상

온전한 정신을 갖고 있는 사람을 바보로 만드는 세상이다.

입시가 끝난 며칠 전 중학교 동창에게서 전화가 왔다. 아들은 입시를 앞두고 있는 고등학생이고 남편은 건축사업을 하는데 경기가 좋지 않아 남편의 사업이 어려워졌다고 한다.

그런데 문제는 고등학생인 아들이 입시공부로 인해 받는 온갖 스트레스를 엄마에게 풀어 놓아 엄마인 자신이 감당하기가 어려운 지경에 이르렀고, 사업이 잘되지 않는 남편 역시 자신에게 작은 일에도 화를 내고 짜증을 내어 아무리 마음을 다스리려고 해도 견딜 수가 없어서 정신건강 상담을 받고 연초부터 수면제가 들어 있는 약을 처방받았다고 한다.

약을 먹으면 꿈도 꾸지 않아 잠들어 있는 시간만큼은 편안하다고 한다.

수면제의 폐해는 내 자신이 이미 중병의 시부모님을 모시면서 수년 전에 경험한 바, 이는 잘못하면 우울증으로 인도하는 지름길이 될 수 있고, 심하면 자살에 이르게 할 수도 있다.

친구의 이야기를 들어보니 병원에 다녀야 할 사람은 친구가 아니라 아들과 남편이었다.

아들은 입시를 앞에 두고 아침 일찍 6시에 등교하여 자율학습이라는 명분으로 밤 10시까지 학교에 매여 있어야 하고, 그 이후는 입시학원에 가서 거의 새벽 1시가 다 되어서야 집에 돌아온다고 했다.

학생인 아들은 육체적으로나 정신적으로 피곤함에 못 견뎌 짜증을 내게 되고 뒷바라지하는 부모 역시 피곤하기는 마찬가지로, 가정에 질서가 파괴되어 온 집안식구가 신경이 날카로워져서 서로에게 짜증을 내는 지경에 이른 것이다.

거기에다 입시공부로 인해 받은 온갖 스트레스를 엄마인 그 친구가 고스란히 감당해야 하니 그 마음고생이 오죽하겠는가!

심성이 늘 밝고 명랑해서 좋은 일에 앞장섰던 그 친구가 우울증이 와서 정신과 상담까지 받게 되었으니 이 얼마나 억울한 일인가!

내가 정신과 의사라면 아들과 남편, 담임선생님 그리고 입시교육 주관자 모두 한자리에 불러 내려주고 싶은 처방전은 "역지사지(易地思之)"다.

정신적으로 고통을 겪고 있는 그 친구에게 남편에게 도움을 청하고 병원상담도 함께 받아 볼 것을 권해보았지만, 자신이 부족한 탓이라며 염려하지 말라고 했다.

정신계 약은 진짜 환자가 복용했을 때에는 병을 낫게 하지만 정상에 가까운 사람에게는 독약이나 다름이 없다. 그 이유는 온전한 몸을 망가뜨려서 끝내는 진짜 정신계 질환 환자로 만들 수 있기 때문이다.

그러니 정신과 의사가 이 친구에게 내려 주었어야 하는 처방은 수면제가 들어 있는 약이 아니라

"철저히 마음 비우고 바보처럼 사세요."

가 올바른 처방전일 것이다.

이 세상을 살아가고 있는 우리 모두는 정신과 병원에서 진단만 받지 않았지 모두 정신이 불완전한 존재이다.

힘들 때일수록 가족 간에 서로 배려하고 이해해주어야 하는데 한쪽

에서는 마음이 너무 넓어 다 받아주고도 너무 넘치니 그만 과부화가 일어나게 되고, 극단적으로 자신이 살아남기 위해 제 발로 정신과를 찾게 된 이 기막힌 사연은 입시를 앞둔 수험생 자식을 키우며 이 시대를 살아가고 있는 대한민국의 부모라면 누구나 해당될 수 있는 이야기이다.

수능시험이 끝난 아들은 요즘 학교에서 돌아오면 그동안 자지 못했던 잠을 보충하려는지 잠만 잔다고 한다.

그런데 부모로서 또 한 가지 고민은 논술이라고 한다.

대입에 필수인 논술을 잘 보기 위해 능력 있는 과외선생님께 따로 지도를 받게 하고 있다는데 그 비용 또한 최하 2~3백만 원으로 만만치 않다고 한다.

논술은 이미 객관적인 평가가 아니라 주관적인 평가가 되어 논술을 주관하시는 교수님들조차 그 폐해를 누누이 지적해왔고 폐지를 주장해온 과목이다.

사회적으로 문제를 야기하는 요인이 있으면 전문가가 진단을 제대로 내려서 확실하게 제거해야 다른 문제가 생기지 않는다.

우리 사회는 누구나 다 아는 문제조차 너무 오래도록 방치하여 '입시지옥'이라는 병을 키우고 대한민국 사회 전체를 홍역처럼 앓게 한다.

이런 상실(喪失)의 시대(時代)에 우리들 모두가 가슴에 꼭 새겨야 할 한마디는, 가수 김건모의 노래가사처럼 '입장 바꿔 생각을 해봐. 네가 나라면, 넌 그럴 수 있니'의 역지사지(易地思之)가 아닐까 한다.

며느리 열전

우리나라에 풀지 못할 난제로 고부갈등(姑婦葛藤)이라는 말이 있다.

여자들이 모이는 곳이면 장소불문하고 빠지지 않고 등장하는 주제가 바로 시어머니 흉보기 또는 며느리 흉보기이다.

며느리 입장에서 시어머니에 대한 흉은 끝없는 잔소리(?)가 문제이고, 시어머니 입장에서 며느리를 바라보면 부족함투성이다.

무엇이든 아낄 줄 모르고 낭비하는 것처럼 보이는 소비행태, 고르지 못한 살림, 무엇하나 마음에 드시는 게 없으신 거다.

아들 입에 맞는 반찬 한 가지 제대로 만들 줄 모르고, 청소는 걸레질보다 전기청소기를 더 선호하고, 빨래도 세탁기가 다 해주는데 세제는 어느 정도 넣어야 적당한지 모르니 시어머니 보시기에 못마땅하실 수밖에 없다.

그렇다면 해법은 며느리가 살림에 관해서 시어머니께 여쭈어 하나에서부터 열까지 다시 가르쳐 주십사하고 그대로 따라서 배우면 문제가 없는데, 그놈의 자존심이 뭔지 그런 말 꺼내는 며느리가 없단다.

살림을 가르쳐 주고는 싶은데 가르쳐 달라는 말이 없으니, 시어머니 입장에서 속을 끓일 수밖에 없는 건 당연한 일이다.

그래서 답답한 시어머니 당신이 혼자 집안일을 다 해놓으시던가, 아니면 속 터지는 며느리에게 다 맡겨 놓고 집 밖에서 배회하는 시어머니가 될 수밖에 없다고 하신다. 차라리 능력이 있어서 따로 나가 살아 주면 좋겠는데 그 능력도 안되고……. 따로 살림을 내주자니 형편이 안된다고 하신다.

요즘에는 경제적인 이유로 결혼한 40%의 세대가 부모님의 집에서 함께 거주한다고 한다.

딸을 키우는 엄마 입장에서 볼 때 딸은 아들과는 달리 가사를 가르쳐서 시집보내야 한다고 생각한다. 귀하다고 손에 물 안 묻히고 공부만 시키지 말고, 아내로서, 엄마로서, 며느리로서의 기본적인 살림과 같은 실무는 가르쳐서 시집보내야 된다는 것이 나의 생각이다.

딸이라면 최소한 5~6학년부터는 야채 다듬는 일부터 시작해서 중학교 졸업할 때까지는 기본으로 나물 무치기까지 가르치고, 고등학교 마칠 때까지는 국과 찌개 끓이는 기본만 가르쳐주어도 시집가서 사는데 아무 불편함이 없을 것이다.

서로 기본적인 지식과 실무라도 가르쳐서 남의 집안에 들여보내면 아무런 문제가 없는데 집안 살림과는 상관없는 졸업장만 들려서 보내니 문제가 되는 것이다.

인성교육도 제대로 안되고 살림이라는 실전 교육도 전혀 이루어지지 않고 있으니, 외식사업이 발전할 수밖에 없다.

자식들과 따로 사는 시부모님이 어쩌다 자식들 집에서 며칠 지내게 되면 며느리가 손수 지어 주는 밥상은 언감생심 꿈도 못 꾸신다고 하신다.

내 주변 이웃들을 통해서 만난 이웃들 중에 시어머니 마음에 드는 좋은 며느리는 극히 드물었고, 좋은 시어머님들은 많았다.

고약한 며느리는 부잣집에서 가난한 집으로 시집온 며느리로, 시댁 알기를 우습게 알고 명절 때만 되면 명절 시작되기도 전에 친정으로 내빼서 명절 한참 지나서도 안돌아 오는 며느리가 3위요, 시골 농사꾼에게 시집가서 백일도 안된 어린 자식 떼어놓고 농사일은 물론이요, 낳아놓은 자식조차 거들떠도 안보고 시어머니께 자식 맡겨놓고 몸매관리 한답시고 읍내 수영장으로 수영 배우러 다니다가 바람나서 집나간 며느리가 2위요, 백세가 다 되어 가시는 시어머니와 한집에 살면서도 밥상 한 번 제대로 안차려 주고 밥까지 따로 해먹자고 하는 며느리가 1위로, 그 연로하신 시어머니 방 청소는 고사하고 쓰레기통 한 번 안 비워주다가 시누이에게 딱 걸려서 불 받은, 혼자 사는 시누이가 자신이 모시겠다고 모셔 갔는데 아뿔싸 요리를 못하는 딸이었다.

 요리를 할 줄 모르니 웬만한 것은 다 사다먹는 처지가 되어, 올케가 김치라도 조금 담가다주면 좋을 텐데 김치 인심도 박하단다.

 자신이 모셔야 할 시어머니를 요리도 할 줄 모르는 시누이가 모셔갔으면 응당 김치는 물론이요, 밑반찬이라도 한 달에 한두 번이라도 신경 써주면 좋을 텐데 그것마저도 하지 않으려 한단다.

 못 사는 집안이면 가난이 죄라 하겠지만 서울 강남에서 웬만큼 사는 집안의 큰며느리가 그 모양이란다. 그러니 불 받은 시누이 입에서 "며느리년들"이라는 소리가 안 나올라야 안 나올 수가 없다.

 딸 없는 시어머니들은 말년이 서럽다고 하신다. 아들 가진 부모는 가까운 제주도 여행은 고사하고 집 근처에 경로당 밖에 갈 곳이 없다고 하신다. 반면에 딸 가진 부모는 사위가 비행기 태워서 해외여행도 보내드린다고 한다. 이러니 대를 잇는 아들보다 딸을 더 선호하는 세대로 바뀔 수밖에 없지 않은가!

 시어머니를 내 친정어머니로 삼고, 며느리를 딸로 삼아 주시면 고부간의 갈등이 없을 터이다.

　내가 만나 본 좋은 시어머니상은 개봉동 옆집 아인할머니셨다.
　며느리 둘에 딸 하나를 둔 그 할머니는 친정집 근처에 사는 맞벌이를
하는 딸을 위해 어린 외손녀를 돌봐주고 계셨고, 명절이 가까워오면 직
장 다니는 며느리들 힘들까봐 미리 장을 봐다가 명절음식 다 해놓으시
고, 며느리가 제일 잘 할 수 있는 간단한 음식 한 가지만 손수 할 수 있
게 재료까지 다 씻어서 준비를 해놓으신다고 한다.
　이런 시어머니를 본받을 며느리가 있다면 그 집안은 자자손손 복 받
을 집안이 될 것이다.
　시어머니와 며느리 사이의 고부갈등 역시 역지사지(易地思之)로 서로
입장을 바꿔 생각해보면 고부갈등(姑婦葛藤)이라는 단어 자체가 사라질
텐데, 죽었다 깨어나도 안 풀리는 이유는 철저하게 가족이 아닌 남으
로 살고 있기 때문이다.
　그래서 기본이 되는 가정교육이 절박하게 필요한 시대가 되었다.

　르네상스호텔에 근무할 당시 단골손님으로 연한 아메리칸커피를 즐
겨드시던 현재 한국방송예술진흥원 학장이신 가수 김상희 선생님은 연
예인이라는 직업과는 달리 소박하고 검소하신 분으로, 남편이 8남매의
장남이라 혼수와 관련하여 고민을 하게 되었다고 한다.
　혼수문제로 고민하시는 부모님을 보고 시어머니께 집안 형편상 혼수
와 관련하여 비싼 예단은 할 수 없고 기본만 해 오겠다고 말씀을 드렸
다고 한다. 그런데 막상 결혼을 하고 집안 어르신들께 인사를 드리는
자리에서 예단과 관련하여 집안 어르신들께 고맙다는 인사를 듣고 나
서야 시어머니께서 며느리를 대신하여 버선을 선물로 돌린 사실을 알

게 되었다고 한다.

그 자신이 며느리를 보게 되어 예단과 관련하여 며느리 집안에서 해오고 싶어 하는 비싼 밍크코트와 같은 예단을 다 물리치고 대신, 며느리에게 집안 어르신들께 예의로 편안한 이불 한 채만 해드리라고 하셨다는 것이다.

김상희 선생님께는 이미 현명하고 훌륭하신 시어머니가 계셨고 선생님 역시 훌륭한 며느리로 훌륭한 시어머니가 되어 있으셨다.

느림의 미학(美學)

사무실을 방문한 모 보험사의 직원이 보험설계사들의 성공담을 엮은 책을 틈날 때 읽어보라고 한권 내밀었는데 읽다가 짜증이 나서 덮어 버렸다.

남편이 벌어다 주는 월급이 성에 안차서 어린 자식을 등에 업고 눈이 오나 비가 오나 고객과의 약속을 지킨다며 하루 종일 동분서주하다가 어린 자식이 기어이 엄마의 등에서 소화도 채 시키지 못한 음식물을 토해 놓고, 폭설이 내리는 날에도 눈을 맞으며 아이를 둘러업고 고객과의 약속을 지켰다는 대목에서는 화가 머리끝까지 났다.

남편이 가족을 위해 벌어다주는 월급이 성에 안차더라도 자식이 어리면 알뜰살뜰 아껴가며 살림을 하다가 자식이 어느 정도 자라면 그때 돈을 벌러 나가도 되는데 어린 자식 고생시켜가며 성공했다고 자랑을 늘어놓는 엄마들의 말도 안되는 궤변을 읽으며 예나 지금이나 오로지 돈에 환장 들리게 하는 사회가 과연 제대로 된 사회인가 의문이 든다.

2010년 10월, 초등학교 1학년의 어린 딸아이를 데리고 집에서 할 수 있는 전자부업일을 생계로 삼아 하다가 한 달 20여만 원의 벌이로는 도저히 답이 나오지 않아 인구통계조사요원으로 지원을 하여 통과가 되었다.

그리고 교육을 받기 위해 어린 딸에게 단단히 이르고 학교사정으로 급식이 중단되어 도시락을 싸서 보냈는데 오후 5시에 교육이 끝나고 집에 돌아와 보니 딸아이가 학교에 싸서 보낸 도시락을 먹고 있었다.

양을 많이 싸서 보낸 것도 아니었는데 딸아이에게 그 이유를 물어보니 엄마가 집에 없으면 밥을 못 먹을까봐 일부러 조금 먹고 남겨왔다고 한다. 나는 그 말에 가슴이 미어져 아이를 끌어안고 뜨거운 눈물을 흘린 적이 있다.

그리고 그 다음날부로 인구통계조사 일을 그만두었다.

어린 자식에게 있어 엄마의 존재가 얼마나 중요한 존재인지, 엄마의 부재가 아이에게 얼마나 큰 심리적 불안감으로 작용했는지 알 것 같았다.

그런데 이 나라에는 이런 어린아이의 마음을 헤아려서 실행하는 복지정책이 없다.

엄마들이 마음 놓고 나가서 일할 수 있는 여건을 만들어주면 좋을 텐데 대부분은 엄마나 어린 자식의 마음과는 상관없이 아이를 집에 혼자 두고 일하러 나오라고 한다.

나는 딸아이를 맡길 곳도 없었기에 아이의 양육에 대한 모든 것을 혼자서 책임져야 했다.

형편이 넉넉하지는 않지만 딸아이도 잘 참고 견디어주었고 딸아이가 3학년이 되어서야 처음으로 보건소에서 근무를 하게 되었다.

엄마가 집에 없으면 불안해했던 아이가 이제는 밖에 나가 돈을 벌어야 하는 엄마의 입장을 충분히 이해하고 배려를 해주는 아이가 되었다.

지난 3년 동안 딸아이는 반에서 가장 책을 많이 읽는 아이로 상장을 타왔고, 팔을 다친 친구를 위해 식판을 들어주기도 하고, 다리를 다친

1학년 후배 동생을 교실까지 업어다주는 등 자신보다 어려운 처지에 있는 사람을 배려하고 돕는 아이가 되어 있었다.

10개월 동안 보건소에 근무하면서 아침에는 딸아이를 등교시키느라고 바빠서 버스를 타고 출근하고, 퇴근 후 돌아오는 길에는 운동도 할 겸 교통비를 아끼기 위해 다섯 정거장을 걸어서 시장에 들러 장을 보고 집에 돌아오곤 했다.

큰돈이 절약된 것은 아니지만 아이의 간식비 정도는 아낄 수 있었다.

요즘은 복지정책이 잘 되어 있어 돌도 안된 아기부터 유치원 과정의 아이들까지 편안하게 맡길 수 있는 시대가 되었다.

생활기반을 빨리 다지려는 어른들의 욕심 때문에 고생을 감내해야 하는 건 어린 자식이 아니라 어른이 되어야 한다.

조금 천천히 가더라도 자식을 고생 시키지 않고 기본부터 든든히 다져놓은 다음에 일을 시작해도 늦지 않다고 생각한다.

너무 빨리 앞서가려는 욕심을 버리면 모두가 편안해진다.

내가 만약에 어린 자식 등에 업고 일을 나온 보험설계사를 만났더라면 해주고 싶은 말은 아마도 '아이를 초등학교 2학년까지 키워놓고 나오셔도 늦지 않습니다.'가 되지 않았을까 싶다.

봉사활동 후기

　내 아이가 다니는 학교 학부모 봉사활동이나 적십자 봉사활동도 기본이 안되는 건 똑같다.

　학부모 활동에서 늘 넘치게 지원하는 건 도서관 사서직과 급식 모니터링 요원이고, 아이들을 위해 꼭 필요한 녹색교통 봉사와 교실 청소 봉사일은 늘 뒷전으로 밀려 있다.

　나는 내 아이가 다니지도 않는 길에 가서 교통봉사를 하느라 평소보다 학교에 30분 먼저 아이를 등교시켜야 하는데, 그 길을 이용하여 매일 등교하는 아이들과 아이들 엄마는 자기 아이 손만 잡고 학교에 데려다준다.

　요즘 같이 부부가 경제활동을 함께 해야 하는 바쁜 시대에 학부모에게 봉사라는 명목으로 학교와 관련하여 각종 봉사활동에 참여하라고 보내오는 공문도 부담스럽기는 매한가지이다.

　이제는 학교업무와 관련하여 학교에서 학생들을 위해 전문적으로 꼭 필요한 사서직은 자격증을 소지한 전문인으로 정식 고용하게 하고 여타 교실 청소 역시 일상에 바쁜 학부모에게 도움을 청할 것이 아니라 청소부를 고용하여 학생들에게 깨끗한 환경을 제공해야 한다.

아침 등교시간에 이루어지는 녹색교통 봉사 역시 가까운 파출소나 경찰서에서 고정적으로 인원을 배치하여 지도해주시면 학교나 가정 모두 안심할 수 있다.

이런 저런 명분으로 학부모들에게 지속적으로 손을 내밀게 되면 자녀 교육과 관련하여 신경 써야 할 일이 많은 엄마들은 스트레스를 받는다.

그리고 혹시라도 내 아이가 학교 봉사활동에 참여하지 못하는 엄마로 인해 부당한 대우를 받지는 않을까 부담스러워하는 엄마들도 적지 않다.

내 아이가 다니는 학교는 그나마 공립이라 이 정도인데 사립에서는 정도가 더 심하다고 하니 학부모 봉사활동과 관련하여 관계당국에서는 학부모 봉사활동을 아예 법으로 금지하여 폐단을 없애주었으면 좋겠다.

교육과 관련하여 관계당국에서 꿈이 자라나는 아이들의 안전한 미래를 위해서는 어른들의 이기적인 욕심으로 만들어 놓은, 학교 주변에 설치되어 있는 사행성을 조장하는 오백 원짜리 뽑기 기계도 잘못하면 어른이 되어서 도박으로 이어질 수도 있으니 아이들의 정신건강을 위해서라도 반드시 없애주었으면 좋겠다.

아이들의 정신건강을 좀 먹는 허접한 사행성 기계는 관계당국에서 허가 자체를 내주지 말아야 하고, 엄하게 법으로 제정하여 다스린다면 자라나는 우리의 아이들에게 좀 더 쾌적하고 건강한 환경을 만들어 줄 수 있을 것이다.

요즘 언론에서 계속 보도되고 있는 도박과 관련하여 거액의 전 재산을 국내에서 도박으로 날렸다는 뉴스를 접하노라면 카지노는 내국인에게 허용할 것이 못 된다는 생각이 든다.

그것도 나라에서 운영하고 있는 카지노에서 일어난 일이니 국민들 입장에서는 국민을 알거지로 만드는 카지노를 나라에서 운영하고 있는 것도 이해할 수 없는 부분이면서 도덕적으로도 이해가 가지 않는 일이다.

카지노는 정신이 바로 서지 않은 내국인 출입을 원천 봉쇄하고 외국인관광객을 상대로만 영업을 하게 해야 함이 옳다.

사행성을 부추기는 성인오락실과 관련하여서도 도박 중독으로 인해 망가지는 사람들이 많은데, 정부에서는 부족한 세원을 손쉽게 메꾸기 위해 만든 경마, 로또복권에 이어 축구, 연금복권 등 각종 사행성 복권을 발행하여 요행을 바라는 복권천국을 만들고 있고, 내국인을 상대로 한 카지노를 확장한다고 발표했다. 이 나라에 국민들의 정신건강에 해로운 사행성 사업을 내국인을 상대로 굳이 확장해야 할 이유가 있는지?

참교육이 제대로 자리 잡아 가고 있는 지금, 나라에서 외부적인 환경도 제대로 조성해주어 미래의 인재들을 바르게 키워낼 수 있도록 사회의 협조도 절실히 필요한 시점이다.

동구노인 문화센터에서 있었던 송현동 적십자사 지역봉사 회장님의 개인주최로 있었던 독거노인 무료식사 제공 봉사일도 이미 준비가 다 되어 있는 쉬운 배식 일만 하려 하고 설거지 같은 궂은일은 허리가 아프다며 아예 하지 않으려 해서 칠십이 넘으신 만석동 지역적십자 회장님과 동구 행사 주최자이신 송현동 지역 적십자 회장님께서 직접 설거지를 함께 해주셨다.

쉬운 일은 누구나 다 할 수 있는 일이니 기본이 되는 가장 궂은일을 너도 나도 하려 하면 일이 즐겁고 쉬워질 텐데 참으로 안타까운 현실을 또 절감했다.

그런 반면에 기본이 되는 설거지를 한 일꾼들에 대해 진심으로 고마워하시며 늦은 점심이라도 꼭 챙겨주려 배려하셨던 회장님들의 따뜻한 마음을 보았다.

대한적십자에서 이 대한민국의 가장 취약한 계층을 위하여 가치 있게 빛과 소금으로 쓰여야 할 것이 바로 적십자 회비이다.

적십자는 설립취지 그대로 재난·구호사업에만 전념해야 하고 수익과 관련된 사업은 절대로 벌여서는 안된다는 것이 내 개인적인 생각이면서 대다수 지역 적십자봉사회 회장님들의 의견이기도 하다.

그런데 자선기금 모금을 명분으로 일반아파트 부녀회에서 음식장사를 하거나 물건을 판매하는 일들이 종종 있다.

적십자는 국민들이 낸 기금으로 운용이 되는 단체인 만큼 새로운 사업을 벌일 생각이라면 이윤추구와는 상관이 없는 이 나라의 가장 취약한 계층을 위한 구호사업이 되어야 함이 마땅하다고 생각한다. 노인 분들께 한 달이 멀다하고 열어드리는 효도잔치와 선심성 관광이 아니라 그분들에게 실질적으로 필요한 맞춤형 구호사업으로 병원과 연계하여 개인맞춤형 의료지원사업도 검토해볼 수 있을 테고, 가사 도우미파견 지원사업도 생각해볼 수 있을 것이다.

병약한 몸에다 살림까지 넉넉하지 않은 그분들에게 일회성 보여주기식 관광이 아니라 한 가족이 되어 지속적으로 그분들에게 꼭 필요한 것들을 찾아서 채워줄 줄 아는 봉사 사업일이 되어야 할 것이다.

그런데 현재 대한적십자사 이름으로 이루어지는 봉사의 대부분이 효도잔치라는 명목으로 이루어지는 일회성 무료급식과 때만 되면 선심 쓰듯 열어주는 효도관광뿐인데, 이런 일들은 비용도 많이 들뿐만 아니라 돈의 가치에 있어서도 효과가 미미하다. 그러니 이제는 일회성 행사에 치중하기보다는 내실 있고 알찬 봉사사업으로 병원과 연계한 개인맞춤형 의료지원사업과, 가사도우미 파견지원 사업, 반찬지원 사업 등을 구체적으로 연구하여 실행이 될 수 있으면 좋겠다.

봉사요원들 또한 개인회비까지 따로 내면서 바쁜 시간을 할애하여 무료봉사 일을 한다는 그 자체로도 실효성이 없을 뿐만 아니라 업무의 질이 떨어진다는 것이 가장 큰 문제이다. 비근한 예로 무료급식 건만 하더라도 힘든 허드렛일은 아예 손도 대지 않으려 하고 손쉬운 일만 골라서 하려고만 한다.

상부조직은 알 수 없지만 외부행사와 관련한 하부조직의 봉사요원은 반드시 유료로 전환을 검토해야 하는 이유가 여기에 있다. 가능하다면 유료로 전환하여 적십자의 설립취지를 살려줄 수 있는 경영체제로 전환해야 한다.

현재 정부의 보건복지부에서 관장하고 있는 영세민 복지정책을 적십자에서 주요한 업무로 받쳐주는 것이 바람직하다고 생각한다.

적십자 회비 또한 투명경영을 통해 가치 있게 합리적으로 집행하고 징수한다면 국민 누구나 흔쾌히 참여할 것이다.

국민들의 주머닛돈을 털어 만들어 준 기금을 가장 가치 있게 써주는 일이야말로 국민들의 뜻을 가장 잘 받들어주는 일이다.

그런데 해외에 본부를 두고 있는 민간봉사단체인 적십자에 정부에서 심하게 지원을 해주고 있다. 그 예로 지로로 발행되는 적십자 회비 징수를 위해 통장들을 동원하여 반 강제로 징수하고 있다는 점을 들 수 있는데, 금액은 1인 최하 8,000원이다. 게다가 국민들의 자발적인 헌혈로 모아진 혈액들을 판매한 금액조차 적십자기금으로 사용하고 있다고 한다. 항간에는 혈액 관리부실로 폐기처분되는 혈액도 적지 않다고 하는데 이는 매우 부당한 처사로 여겨지며, 국민들의 자발적인 헌혈로 모아진 혈액은 해외 민간봉사단체인 적십자에서 관장할 일이 아니라 보건복지부에서 관리를 해야 한다고 본다.

대한적십자사 역시 설립취지 그대로 이 나라의 취약한 계층을 위한 순수한 봉사를 목적으로 하는 봉사단체로 운영되어야 하고 설립취지와는 달리 특정 정당에서 사진만 찍어 정치적인 홍보를 목적으로 이용하려 해서는 안 될 것이다.

정부도 적십자회비 징수와 관련하여 반강제적으로 통장들을 동원하는 일도 그만해야 하고, 해외에 본부를 두고 있는 민간단체인 만큼 자율적으로 운영될 수 있도록 해야 한다.

정부에서 기금 모금을 위해 적극적으로 지원해주어야 할 단체는 대한민국 서민들을 위해 설립된 사회복지공동모금회이다.

무늬만 봉사요원도 마찬가지이다.

적십자에서 홍보를 목적으로 사진 찍어가기를 원하시는 정치인이나 개인 분은 가장 기본이 되는 설거지 한 번 깨끗하게 해주시고 당당하게 사진을 찍어 가시길 바란다. 쌀을 씻어 밥을 앉히고, 부식 재료를 다 다듬어서 양념까지 다 해주고도 행사가 끝날 때까지 설거지에만 매달려야 했던 신입 적십자 봉사요원으로써 느낀 소감이자 당부의 말이다.

2012년 4월, 홀몸 어르신 무료중식제공 행사에 참여했다. 행사가 시작되기 두 시간 전부터 무료 밥 한 끼를 드시려 불편한 몸을 이끌고 오셔서 행사장 자리가 모자라 출입구와 계단까지 가득 메우신 어르신들의 초라한 행색을 보고 마음이 아팠다. 홀몸 어르신들 대부분은 정부에서 복지지원을 받으시는 분들로 거동이 불편하신 분들이니만큼 이분들을 위한 합리적이고 획기적인 복지정책수립이 필요하다고 본다. (2010.6)

살아 있는 생불(生佛) 이야기

2008년 7월 5일, 중병에 드신 두 분 시부모님을 모시고 요양 차 내려간 강원도 홍천군 화촌면 집 아래에는 선덕사라는 작은 절이 있었습니다.

이삿짐을 정리하느라 정신없이 바쁜 가운데 어둠이 밀려오던 컴컴한 저녁 무렵, 줄기에서 갓 따온 애호박 두 덩이를 신문지에 둘둘 말아 문 앞에 놓고 가신 분이 계셨는데, 그 분이 바로 선덕사의 법선행명 주지스님이셨습니다.

입맛이 예전 같지 않으신 두 시부모님 때문에 어떤 음식을 해드려야 할지 고민이라는 제 말에 스님께서 어설픈 솜씨지만 두 분을 위해 처음으로 끓여봤다는 정성이 가득 담긴 깨죽을 갖다 주셨습니다. 하지만 기독교 신자이셨던 시부모님은 그다지 달가워하지 않으셨고, 저 역시 그 죽을 바로 드리지 못하고 이삼 일이 지난 후에 제가 끓인 것으로 하고 드시게 해야 했습니다.

이웃에 병을 고치기 위하여 이사를 내려온 낯선 이방인을 위하여 자신이 가지고 있는 값비싼 재료를 아끼지 않고, 서투른 솜씨로나마 죽을 끓여 맛있게 드시고 병이 낫기를 바라주셨던 선덕사의 주지스님!

절기별로 사찰에 크고 작은 행사가 있을 때마다 아낌없이 시줏돈을 풀어 온갖 과일이며 떡을 손수 장만하여 인근의 경로당과 살림이 넉넉하지 않은 어린 손자 손녀가 있는 집에 일일이 나누어 주고 다니신 스님!

인근 동네까지도 스님 네 과일 안 먹어 본 사람이 없었고 떡 한쪽 안 얻어먹어 본 사람이 없었습니다.

스님은 엄마가 없는 이웃의 어린아이에겐 자애로운 엄마도 되어 주셨습니다. 제 어린 딸에게 대장암 말기로 많이 힘들고 아프신 할아버지를 대신해 용돈 좀 주십사 건네드린 시줏돈을 도로 돌려주시며 아무도 대신은 없다 하시고는 외려 스님의 쌈짓돈을 털어 동네의 어린 아이들에게까지 용돈을 내주셨던 스님!

그 절에 다니는 신도 분들에게 때마다 일일이 안부전화를 걸어 그 집안의 가족들의 건강까지도 기원해주셨던 그 스님을 저는 잊지 못합니다.

또한 중병 중이신 두 시부모님을 모시느라 마음 놓고 외출도 하지 못했던 저희 부부가 철따라 어린 자식에게 사 입혀야 할 옷을 시간적 여력이 되지 않아 사 입히지 못하고 있던 차에 서울과 인천에 살고 있는 언니들이 그 먼 곳까지 물어물어 찾아왔을 때, 천주교 신자인 언니들이 감사한 마음으로 선덕사 대웅전 불전함에 올렸던 시줏돈을 어린 자식 옷 사 입히라고 도로 돌려 보내신 스님이셨습니다.

한번은 중병의 시부모님 병수발로 인해 지친 몸을 잠시 뉘였다가 여섯 살의 어린 딸아이가 놀라서 스님께 달려가 우리엄마 살려달라고 울며 매달리는 통에 하시던 일도 다 마치지 못하고 마당까지 맨발로 쫓아 올라 오셨던 스님이셨습니다. 그 후로는 아무리 피곤해도 어린 딸아이 놀랄까봐 누울 수가 없었습니다.

정성을 다해 기른 스님의 과수원에서 철마다 나는 과일들을 온 동네 이웃에 골고루 나누어 주셨던 스님이셨고, 저도 스님 네 과일을 제일 많이 얻어먹은 이웃 중의 한 사람이었습니다.

　제가 나중에라도 경제적인 여유가 생겨 땅 넓은 곳으로 이사를 가게 되면 철따라 따먹을 수 있는 과실수를 많이 심어서 저도 스님처럼 그렇게 이웃들과 정을 나누며 살고 싶습니다.

　작은 나눔의 실천이 이웃사랑의 시작이고, 이런 아름다운 선행들이 모아져 따뜻한 사회를 만들어 갈 수 있는 것입니다.

　선덕사 주지스님과 같이 나눔을 실천하며 살아가시는 참다운 종교인들과 평범한 일상 속에서 나눔을 실천하는 이웃들이 많아져서 따뜻한 세상을 만들어갈 수 있으면 정말 좋겠습니다.

소박한 이웃들과 더불어 살아가는 이야기

내가 살고 있는 이곳 송림동에는 마음씨 좋은 통장 언니를 비롯하여 좋은 이웃 분들이 많이 있다.

통장언니는 한때 나가서 일하지 못하는 어려운 이웃들에게 부업을 연결해 주시기도 하셨고 자식이 있다는 이유로 나라에서 지원받지 못하시는 독거노인 분들과 조손가정에 구호봉사단체에서 나오는 물품들을 전해 주시는 일을 보람으로 하고 계시다.

언니는 적십자 봉사와 통장을 겸하고 계시면서도 늘 겸손하시다.

설 명절이 가까운 어느 날 나를 친동생처럼 생각해 주는 통장언니가 우리 집에 들렀는데 평상시와는 달리 얼굴 표정이 밝지 않아 이유를 알아보니, 조카들 세뱃돈을 주기 위해 현금 20만원을 새로 출시된 5만 원짜리 신권으로 바꾸어서 가방에 넣고 모처에 갔다 오셨는데 돈이 봉투째 없어진 것을 알고 기가 막혔다는 것이다. 그런데 이 나라 최고 학부인 서울대에 다니는 아들이 말없이 언니 통장으로 10만원을 입금하고 문자를 보내왔다고 한다.

"엄마!

오늘 잃어버린 돈의 전부는 아니지만, 그 절반은 제가 보내드리니 너무 속상해하시지 마세요. 몸 상하실까봐 걱정돼요. 이다음에 제가 돈 많이 벌어서 다 채워 드릴게요."

그 편지를 받은 언니는 다시 아들의 통장으로 용돈까지 두둑하게 얹어서 보내며 아들의 마음만 고맙게 받는다고 하셨다고 한다.

요즘 아이들과는 너무도 다르게 반듯하게 자란 통장언니의 아들은 서울대에서 1%안에 드는 수재로 서울대학교 컴퓨터공학과를 졸업하고 군 입대를 앞두고 있는데, 초등학교 4학년 때 산 컴퓨터를 새로 바꾸지 않고 필요한 용량만큼만 업그레이드해서 지금까지 쓰고 있고, 오래된 모니터는 자신이 아르바이트해서 모은 돈으로 최신형으로 새로 샀다고 한다.

이웃들이 통장언니에게 자식 잘 키워놨다고 칭찬이라도 한마디 할 량이면 자신은 기본인 밥 밖에 해준 게 없다며 늘 겸손해하신다.

한 달 생활비 25만원으로 살림살이가 가장 어려웠던 5년 전, 통장님의 아들은 초등학교에 입학하는 내 딸아이에게 만원이 훨씬 넘는 고가의 크레파스를 선물했다. 그 크레파스로 딸아이는 자신이 그리고 싶은 세상을 그림으로 그려서 상장으로 타오기도 했다.

통장언니 같은 기본이 되는, 밥 잘해 주는 엄마와 가족 간에 서로 배려해 주는 마음이 넘치는 선비 같으신 남편분과, 어느 한 군데 모자람 없이 너무 완벽한 이 나라 최고학부의 효자 아들을 둔 통장언니는 이 동네에서 부러움의 대상이다.

암으로 세상을 먼저 떠난 며느리를 대신하여, 지은 지 오래된 주택에서 어린 두 손녀딸을 키우시는 할머니는 아이들이 자는 방의 벽이 자꾸만 허물어져 내려 밤사이에 어린 손녀딸들에게 변고라도 생길까봐 걱정이 들어 수차례 집주인에게 수리해줄 것을 요구했지만 재개발지역으로 지정되었다는 이유로 고쳐주지 않아 하루하루 불안한 날을 보내고 계셨다.

이 할머니에게 도움을 줄 수 있는 곳이 있을까 하여 통장님을 통하여 이곳저곳 알아보았지만 한결 같이 어렵다는 대답뿐이었는데 다행히 한 봉사단체에서 이 문제를 해결해주었다.

잘나가던 기업인이셨던 남편의 사업이 갑자기 기울어 하루아침에 가난한 이웃이 되어 사람들의 운명을 풀어주시는 일을 생업으로 삼아 어린 손녀딸들을 키우고 계신 이 할머니도, 세탁소 언니도 나의 좋은 이웃 분들이시다.

그리고 대형마트보다는 재래시장을 더 선호하는 분들이어서 시장에 가실 때면 시간에 쪼들리는 이웃에게 필요한 장보기는 없느냐고 물어보고 필요한 것을 대신 사다주시기도 한다.

이곳에 살면서 돈만 빼고, 감자며 오이며 상추, 떡 등 나누어 먹지 않는 것이 없다.

날씨가 쌀쌀한 날에는 가끔씩 잔치국수를 해서 이웃들과 나누어 먹곤 했는데, 엄마 같은 주인집 할머니께 국수 한 그릇을 갖다드리려고 3층까지 몇 번을 올라갔다가 번번이 문이 잠겨 있어 드리지 못하고 그대로 내려온 적이 있다.

나중에 어렵게 주인집 할머니와 마주쳤을 때 국수 얘기를 꺼냈더니 젊은 사람이 마음 써줘서 고맙다고 하시며 집에 손도 대지 않은 국수를 갖다줄 테니 맛있게 해서 나누어 먹으라고 하셨다.

동네의 크고 작은 행사에 빠지지 않고 꼭 참석하시는 할머니께서는 어느 날 가래떡을 가져 오셨다며 말랑말랑한 가래떡을 넉넉하게 이웃들과 나누어 먹으라고 내주셨다. 그때 시원한 음료수라도 한잔 드리고 싶었는데 당뇨 때문에 못 드신다고 해서 나는 겨우 시원한 보리차 한

잔 내드렸다.

식당을 운영하느라 늘 바쁜 아들 내외를 위해 불편하신 몸으로 먼 재래시장까지 가셔서 손수 장을 봐오시며 아들과 며느리의 건강부터 챙겨주시는 내 엄마, 내 언니들 같은 집주인 할머니를 뵈면 마음이 찡하다.

그런데 이 할머니가 할머님의 집터에 종량제봉투도 사용하지 않고 쓰레기를 몰래 내다버리는 고약한 이웃들 때문에 수년 동안 마음고생, 몸고생을 심하게 하셨다고 한다.

양심이 없는 그 이웃들은 개 분뇨로 악취가 진동하는 쓰레기를 종량제봉투가 아닌 양심처럼 시커먼 비닐봉지에 담아 몰래 갖다버려서, 할머니께서 사비를 들여 종량제봉투에 다시 담아 처리하시느라 고생을 심하게 하고 계셨다.

이웃이 몰래 내다 버리는 쓰레기로 인해 단아하신 할머님의 입에서 쓰레기를 치우는 내내 쉴 새 없이 욕설이 쏟아져 나오고, 그러거나 말거나 그 고약한 이웃들은 나 몰라라 편안하게 산다.

개오물이 섞여 있는 물증을 들이대도 내 쓰레기 아니라고 잡아떼기 일쑤고, 할머니께서는 징그러워서 아예 다른 곳으로 이사를 가고 싶다고 하시는데 화가 났다.

좋은 이웃은 이런 나쁜 이웃으로 인해 이사를 가고 싶어 하시고, 빨리 이사를 갔으면 하는 불편한 이웃은 오히려 편안하게 오래 살고 싶어 한다.

연로하신데다 몸도 많이 불편하신 할머님이 고약한 이웃으로 인해 감내해야 하는 고생이 너무 심하신 것 같아 어떻게든 도와드리고 싶은 마음에 "내 집터에 갖다 버리는 쓰레기는 반드시 종량제 봉투에 담아서 버려주시고 이웃 간에 얼굴 붉히는 일은 하지 말아 주십시오. 간곡히 부탁드립니다. -집주인 올림-"이라고 대자보를 써서 붙여도 보았지만 아무런 소용이 없었다.

몇 푼 안되는 쓰레기종량제 봉투 값 아껴서 저승길 노잣돈으로 쓰시려는지?

이웃 간에 잃어버린 양심으로 내 가족과 내 이웃이 고통 받고 있다면, 그 고약한 이웃이 잘되길 바래줄 사람이 누가 있겠으며, 관심조차 가져줄 이웃이 없게 만들어 오히려 좋은 이웃을 욕 먹일 수 있는 이웃이 바로 이런 양심을 잃어버린 이웃들이다. 그 몇 푼의 돈을 아끼자고 내 이웃에 짐을 떠넘기는 행위는 아무리 생각해도 이해가 되지 않는다.

양심 없는 이웃의 쓰레기 불법 투척은 최근에서야 이웃이 사비로 CCTV를 설치하여 해결되었다.

4년 전에는 보일러 시공기술자이신 남편과 함께 2층으로 이사를 오신 언니가 있었다. 건강했던 남편은 어느 날 갑자기 대장암 말기 판정을 받고 수술을 하고 항암치료를 받으면서 건강이 더 나빠지셔서 시한부 인생이 되었다.

내가 살고 있는 1층의 주방바닥에 누수가 있다는 말을 들으신 2층의 아저씨는 항암제로 인해 음식을 잘 못 드셔서 건강이 더 악화되었는데도 불구하고 비틀거리시며 계단의 난간을 잡으시고 내려오셔서 장판을 들추고는 바닥을 살펴봐주셔서 나를 놀라게 하셨다.

두 부부가 마치 친언니, 오빠처럼 대해 주셨기 때문이다.

2년 전 겨울의 저녁이었던 어느 날, 누군가 현관문을 두드려 문을 열어보니 2층의 언니가 이웃들 몰래 쟁반에 비싼 영덕게찜을 가지고 와서 딸아이 먹이라며 내밀었을 때 참 가슴이 찡 했었다.

내 살림살이가 조금씩 나아지면서 2층 언니 네는 막대한 병원비로 살림살이가 기울어져 갔고, 결국 집안사정을 잘 아는 통장언니의 추천으로 기초수급자로 선정되어 생활비를 지원받게 되었다.

나는 2층 언니네 부부에게 감사한 마음으로 교회에 내는 십일조 대신 암에 걸리신 아저씨를 위해 가끔씩 입맛에 맞을 것 같은 제철과일을 선물해드리기도 했는데 막대한 병원비가 감당이 되지 않아 기어이 살림을 줄여서 다른 지역으로 이사를 가셨다. 전세금의 일부로 친인척들에게 진 빚부터 갚으실 생각이라고 하셨다.

언니는 세탁물을 맡기면 거의 돈을 받지 않고 세탁을 해주시고 세탁물주머니에 백만 원이 호가하는 반지를 그대로 둔 채 세탁을 맡겼다가 고스란히 돌려준 세탁소 언니의 덕성에 감탄하셨다고 한다.

남편의 오랜 병원 병수발로 건강이 망가져 있는 언니는 이사를 가시면서 고마웠던 이웃들에게 작은 선물과 함께 감사인사를 잊지 않았고, 이 동네처럼 정직하고 좋은 이웃은 없을 거라고 하셨다.

떠나기 전 내 두 손을 꼭 잡고 그동안 고마웠다며 이삿짐이 정리되는 대로 초대하겠다고 하셨다.

이삿짐을 싣고 떠나가는 그 언니의 애잔한 뒷모습을 바라보며 왠지 가슴이 시리고 아팠다.

가끔씩 혼자 사는 이웃에서 변을 당하여 악취가 진동하여 이웃의 신고로 형체를 알아볼 수 없는 부패된 사체로 발견되었다는 안타까운 뉴스를 접할 때가 있다. 경우는 제각각 다 다르겠지만 내 이웃에 가족처럼 관심을 가져줄 수 있는 따뜻한 이웃, 좋은 이웃을 만드는 방법을 누군가가 가르쳐 주었으면 좋겠다는 생각을 한다.

내 이웃의 형편을 헤아려서 넉넉하지는 않더라도 조금씩이라도 나누어서 함께 하고 싶어 하는 좋은 이웃의 정신이 바로 율곡 이이 선생께서 만들어 놓으신 향약이다.

불편한 이웃은 다른 이웃들과 콩 한쪽 나누지 않는 이웃이면서 하나를 주고 열을 챙겨가고 싶어 하는 도둑 심보를 가지고 있다.

이 나라 어느 도시를 막론하고 집 밖을 나서면 백 미터도 안되는 간격으로 큰 교회들이 즐비한데 쓸데없는 어려운 성경문구를 가르치기보다는, 내 이웃과 더불어 살아가는 좋은 이웃이 되는 방법을 제대로 가르쳐 주면 좋겠다는 생각을 한다.

잠깐 뿐인 인생살이에서 이 세상을 평생 좋은 이웃이 되어 더불어 살다 갈 것인지, 아니면 빨리 이사를 갔으면 하는 불편한 이웃으로 살다 갈 것인지는 각자 개인이 선택할 문제이다. 가족들이 서로 배려해주고 이웃 간에도 이웃이 처한 현실을 배려하여 이웃에게 꼭 필요한 도움을 줄 줄 아는 이웃들이 살고 있는 이곳 송림동은 참 괜찮은 동네인 것 같다.

대한민국 종교 유감(遺憾)

　수년 전 어린 딸아이의 학교수업이 끝나고 피아노학원에 데려다주고 집으로 돌아오는 길에 날씨가 너무 더워서 잠시 쉬어가려 느티나무 그늘 아래에 앉았는데 연로하신 할머니 두 분이 내게 먼저 다가와 말을 건네시는 것이었다. 내게 내민 인쇄물에는 어김없이 이스라엘의 역사인 성경의 내용이었고, 그 인쇄물에는 그 흔한 교회이름 하나조차도 인쇄되어 있지 않았다.

　나는 평범한 사람으로 마태오 복음에 있는 주기도문만 외우고 있을 뿐 성경에 대한 깊은 지식은 없다.

　한 때 성경전서의 내용이 궁금하여 신자로서 기본만 읽은 적이 있는데, 나는 그 기본지식으로 할머님들과 말씀을 나누었다. 말씀을 나누다 보니 그 할머님들은 그 두꺼운 성경의 내용을 통째로 외우고 계신 것 같았다. 나는 할머니께 조심스럽게 혹시 우리나라의 역사도 그렇게 외우고 계신가 여쭈어보았더니 우리나라의 역사는 아예 모르신다고 하셨다.

　교회나 성당에 다니는 신자 남녀노소를 막론하고 이 나라의 국민이 되어 자신이 태어나고 자란 이 나라의 역사는 외면하고 이스라엘의 역사인 성경만 외우시는가 싶어 마음이 답답하고 안타까운 생각이 들었다.

이왕이면 성당이나 교회에서 성경의 문구만 가르칠 것이 아니라 성경의 원주제인 빛과 소금의 진리부터 제대로 가르치고 짧게나마 이 나라의 역사도 함께 가르쳐주면 좋으련만 안타깝게도 이 나라에는 그런 성당이나 교회가 없다.

늘그막에 남편도, 자식도 없이 혼자 외롭게 사시는 할머님들이 종교에 의지하여 성경을 위안 삼아 사시는 것은 좋은 일이지만, 하느님의 참된 진리인 빛과 소금의 원뜻을 마음속에 새겨 주변의 이웃들과 함께 편안하게 사시는가 여쭤보았더니 종교의 편협함으로 인하여 하느님의 원뜻과는 거리가 먼 삶을 살고 계셨다.

한국의 천주교나 기독교는 종합경영 교과서라 불리는 성경전서를 갖추어놓고도 그 원뜻 "내가 바라는 것은 동물을 잡아 나에게 바치는 제사가 아니라 이웃에게 베푸는 자선이다."(마태오 9장13절)을 신자들에게 제대로 가르치지 않아 무늬만 신자로 만들었다.

이 무늬만 신자들로 인한 과도한 전도사업에 치중하다 보니 교회에 다니는 신자만 보면 기피하는 사례가 늘고 있고, 들어오는 교회헌금은 하느님 사업과는 거리가 먼 높은 교회건물 짓기에 급급하며 이 나라와 이 사회 저변에 널려 있는 빈곤층의 곤궁함이나 사회적인 문제해결에는 관심이 전혀 없다.

작금 이 나라의 교회 행태를 보면 대한민국의 기독교를 대표한다는 큰 종파에 속해 있는 교회가 성도들을 상대로 사골국물과 한우고기를 팔아 식당인지, 정육점인지 구별이 안되는 교회도 있는가 하면, 성도들이 교회에서 담임목사 얼굴 한번 보기가 하늘의 별따기보다 더 어려운데도 학교에서 공부 잘하고 모범생인 성도의 자녀를 대안학교에 진학시키라는 담임목사가 있다.

'밥퍼 목사' 최일도 목사님은 밥이 최고라며 각계각층의 지원을 받아 비가 오나 눈이 오나 일 년 열두 달 정성껏 준비하여 어려운 사람들에게 무료급식으로 밥을 제공하는데 비해, 정부에서 지원받는 무료급식으로 팅팅 불어 터진 가락국수만 내는 교회도 있다. 심지어는 교회가 속해 있는 종파와 다른 신학대학에 진학했다고 젊은 성도를 핍박하여 교회에 다니는 것을 즐거움으로 알았던 성도를 불편하게 만든 교회도 있다.

편협함과 오만함으로 인해 같은 기독교이면서도 종파가 다르다고 배척하고, 베푼다는 명목으로 성도들의 주머니를 털어서 진정한 목회사업은 하지 않고 높은 교회건물을 수적으로 늘리기에 급급한 것이 한국교회의 실상이다.

신심 있는 성도들의 가정의 행복을 위하여 진심으로 기도해주는 목회자가 없고, 그 흔한 암으로 병원에 입원하는 성도 한 명조차도 신유의 능력을 체험할 수 있는 사람이 없으니, 신유의 능력도 없고 신심도 없는 목회자가 과연 제대로 된 목회자인가?

프란치스코 교황은 무신론자들에게 신앙이 없으면 양심에 따라 살면 된다고 하셨다.

하느님, 성령을 모신다는 목회자들이 가난한 이웃들에게 베풀어야 할 자선과, 어린 아이를 상대로 한 흉악한 성범죄 사건과 어린이 납치 실종사건과 같은 미해결사건에 신의 능력을 이용하여 단 한 건이라도 해결해 준 적이 없다. 자칭 타칭 이 나라를 대표하는 종파의 수장이나 큰 교회의 목회자들 중에 단 한 사람도 없었다.

신유의 능력이 없으면 성도들을 위한 올바르고 제대로 된 설교라도 해야 되는데, 오히려 청와대에서 만찬을 즐긴 것을 성도들에게 자랑하고, 새벽 운동 나온 성도에게 부지런하다고 칭찬하기는커녕 교회에 나와 기도는 하지 않고 새벽운동부터 한다고 예배시간에 대놓고 성도를 비난하고, 담임 목사의 설교가 재미가 없어서 졸고 있는 팔순이 넘으신 성도님들에게 삿대질을 하며 졸지 말라고 면박을 주는 큰 교회의 목사도 있다.

이런 잘못된 목회자들과 잘못된 가르침을 받은 신자들로 인해 조용한 사찰의 대웅전을 불법으로 점거하고 찬송가를 부르며 예배를 본 간 큰(?) 기독교 신자들이 있었는데 해외에 나가 타국의 사찰에서도 과도한 선교를 하여 언론에 보도되기도 했다.

목회자!

지상의 자격증만 있다고 목회자가 되는 것이 아니라 예수와 같이 천상계의 권위를 부여 받아 세상의 가장 낮은 곳부터 살피는 목회자가 되어야 한다.

아무리 종교인이 사회적으로 대접받고 존경받는 직업군으로 분류되고 있다고는 하지만 세금을 내지 않는다는 이유로 함부로 손대서는 안 되는 일이 천상계의 사업! 목회일이다!

수많은 기적을 일으켰던 신의 대리자이자 자신들의 왕인 예수를 이단으로 몰아 십자가에 못 박아 죽게 한 것도 이천년 전의 소수의 유대인이었다.

통하지도 않는 하늘의 뜻을 빙자하여 참된 신의 대리자였던 예수를 핍박하고 결국은 서른 살의 젊은 나이로 처참하게 세상을 떠나야 했던 예수…….

예수는 로마의 권력자인 빌라도 수하에 들어가 빌라도의 이름을 높여 주면서 점진적인 개혁을 했어야 했다. 그렇게 했더라면 이스라엘 소수의 유대인들에게 그렇게 어이없고 잔인한 죽음은 당하지 않았을 것이다.

만약에 예수가 가난한 목수의 아들이 아닌 부자의 아들로 태어났더라면 설법 대신 칼과 몽둥이를 들이 대어 사정없이 악인을 멸하고 개 값(?)을 물어 주는 것으로 세상 개혁을 주도했을지도 모를 일이다.

가난한 예수였기에 칼과 몽둥이 대신 올바른 설법과 행실을 통하여 하느님의 말씀과 진리를 전하고자 애쓰셨던 것이다.

그 예수가 작금의 대한민국에 다시 재림한다 해도 아무도 알아볼 자가 없어, 하늘의 뜻은 고사하고 기본적인 지상의 뜻조차도 제대로 펼치고 갈 수 없게 되어 있는 것이 현실이다.

가짜가 판을 치는 이 세상에 재림예수의 설 자리는 없는 것이다.

의료기술의 발달로 신유의 능력은 큰 병원이 대신하고 있고, 결국 병원에서 고쳐낼 수 없는 원인을 알 수 없는 불치병과 정신계 질환의 완치를 통하여 신의 증거하심을 보여야 하는데, 큰 종파에서는 기적이 일어나지 않고 있고 바닥에서는 허접한 영들이 판을 치고 있다.

이천 년 전의 예수를 죽게 한 그들이 이단이었다.

기독교나 천주교 모두 교회와 성당건물 신축을 목표로 신자들의 주머니 털기에 혈안이 되어 있다. 이단인 가짜가 판을 치는 이 대한민국에 남은 것은 넘쳐나는 사기꾼 인간쓰레기와 껍데기뿐이다.

현재 대한민국 기독교의 시장규모는 교회가 보유한 부동산의 가치가 총 80조원으로 평가되고 있고 매년 헌금만 5조원으로 집계되고 있는데 문제는 이 돈에 대해 세금을 한 푼도 물리지 않고 있다는 것이다.

양심 있는 기독교의 역량 있는 목사님께서 이제는 종교인도 세금을 낼 때가 되었다고 하셨는데, 박재완 기획재정부 장관님께서 기어이 종교인에도 세금을 과세해야 한다고 발표하여 논란이 일었었다.

종교인도 엄밀하게 직업인으로 과세의 대상이 되어야 하는 것은 당연한 일이다.

세금을 징수하는데 있어 대한민국 국민이라면 형평성에 맞게 종교인이라고 예외가 될 수는 없다.

오히려 대한민국에서 종교인으로 특혜를 받아온 것을 일반 국민들에게 미안해해야 하고 이제부터라도 종교기관의 재정투명성을 높이는 계기로 삼고 성실한 납세의무를 지켜 온전한 국민으로서의 의무를 이행하게 해야 한다.

세금도 내지 않는 목회자들이 신자들에게 십일조를 의무적으로 부과하는 법을 만들고, 십일조를 제대로 내지 않는 신자들에게는 신자의 자격을 박탈할 예정이라고 한다. 거기에 천주교와 기독교에서는 해마다 성지순례를 이유로 이스라엘에 뿌리고 오는 만만치 않은 금액이 있다. 이 역시 껍데기만 남은 우리나라의 처지를 생각하면 그리 반가운 뉴스는 아니었다.

한편, 이 나라에서 가장 오래된 불교는 부처의 탄생지인 인도로 성지순례를 가지 않고 오히려 해외에서 불교를 공부하기 위하여 한국을 찾는 수행자들이 늘어나고 있다.

현재 대한민국의 정부와 공기업 부채가 1,117조원으로 대한민국 4년 치 예산에 맞먹는 사실을 감안하면 천주교와 기독교가 대한민국을 이스라엘에 통째로 들어다 바치는 것과 다를 바가 없다.

미국에서 자리 잡은 문선명 총재의 통일교는 거꾸로 대한민국에서 국제적인 큰 행사를 개최하여 외국의 통일교 신자들이 대한민국에 와서 돈을 쓰고 가게 했다.

기독교와 천주교에서 이단으로 배척당하고 있는 통일교는 미국에서 경제적인 부를 이루어 대한민국 경제의 한축을 지지해주고 있는 버팀목 역할을 하고 있다.

종교인은 올바른 정신을 가르치고 전파하여 상생(相生)의 도(道)가 통하는 세상을 구현해야 한다.

정신계의 종주국으로 자처해왔던 대한민국 종교가 이 나라와 후손들을 위해 환골탈태(換骨奪胎)해야 할 시점이 바로 지금이 되어야 한다.

진짜 대한민국을 사랑하고 대한민국 국민을 사랑하는 한국인 목회자, 신자라면 진정 이 나라와 후손들을 위해 어떤 종교로 거듭나야 할 것인지 진지하게 고민해봐야 할 일이다.

내 개인적인 생각으로는 박정희 대통령 시절에 가난한 이 나라의 국민들을 위해 주창했던 새마을운동을 종교로 삼았으면 좋겠다는 생각을 한다.

새마을운동은 현재까지도 해외 개발도상국에 수출되고 있는 훌륭한 대한민국의 정신이다.

왜 이 대한민국은 좋은 정신을 수출을 내보내면서도 썩은 정신만 남아있는지?

미국에 입양된 한국계 미국인을 비롯한 아시아계 황인종을 겉과 속이 다른 "바나나족"이라고 놀린다고 한다.

속은 미국정신으로 무장이 되어 있는데 자신의 뿌리를 알지 못해 기어이 "바나나족"이라고 놀림을 받고 나서야 자신이 태어난 나라의 역사를 공부하게 하는 나라가 바로 미국이다.

본인도 미국령에 있는 카지노호텔에서 지배인으로 근무하고 돌아왔지만 미국이라는 나라의 역사는 비록 짧지만 참으로 합리적인 나라라고 생각했다.

미국령인 마리아나 해역에 위치하고 있는 아름다운 휴양지 괌과 사이판을 비롯하여 작은 섬들을 미국인인 백인들이 점령하면서 거주하고 있던 원주민 마오리족을 내쫓지 않고, 그들에게 삶의 근간이 되는 땅에 대한 소유권을 법으로 명문화하여 기본적인 권리를 지키고 살 수 있게 해주었고, 외지인은 일정기간 동안 임대만 할 수 있을 뿐 땅에 대한 소유권은 살 수가 없게 되어 있다.

미개한 종족인 마오리족에게 법으로 미국의 보호를 받을 수 있도록 국제적으로 명문화시켜놓아 일본과 같은 강대국의 점령에서 벗어나 제대로 된 인권을 누리며 풍족한 삶을 누리고 살 수 있도록 제대로 된 빛이 되어준 예가 바로 영국에서 미국으로 건너 간 청교도정신이었다.

흑백TV에서 컬러TV로 바뀌어가던 시절에 방영되었던 "뿌리"라는 흑인영화가 있었다. 아프리카에서 미국으로 노예로 끌려와 자신의 조상의 뿌리를 찾는 내용이었는데, 우리 대한민국의 종족은 유대인이 아니고 동아시아인 황인종 몽골족이다.

이 몽골족이 제 나라의 역사는 내팽개치고 이스라엘의 역사인 성경만 공부하고 가르치고 있으니, 미국과 비교할 일은 아니지만 이게 어디 정신이 온전한 나라의 종교라고 볼 수 있겠는가!

한국의 천주교와 기독교에서는 신자들을 대상으로 성경을 공부하게 하여 각종 상급도 내리고 있는데, 불행하게도 이 나라의 현실이 대한민국의 역사를 무시하는 풍토가 조성되어 교회에 다니는 어린아이부터 연로하신 어르신 분들까지 이스라엘의 역사인 성경은 줄줄 외우고 다녀도 대한민국의 역사는 문외한인 경우가 많다. 하물며 대학입시에서조차도 필수가 아닌 선택과목으로 전락하여 역사의식이 퇴보하고 있는 실정이다.

성경은 이스라엘의 역사이다.

성경에서 창세기는 전 세계에 만국공통으로 해당되는 내용이고 창세기를 제외한 내용은 모두 이스라엘의 역사이다.

천주교는 조선 후기에 들어와 종파 없이 단일종교로 자리를 잡았고, 기독교는 구한말에 들어와 한국에서 수많은 종파를 이루며 큰 종교집단으로 자리매김 하였지만, 천주교와 기독교 모두 이 나라의 근간인 대한민국의 역사를 도외시하는 바람에 여기가 이스라엘 땅인지, 대한민국 땅인지 분별이 되지를 않는다.

척박한 이스라엘 땅에 수로를 내어 농사를 지을 수 있는 비옥한 땅으로 만들어 준 것도 이 대한민국의 사람이었고, 이스라엘의 역사인 성경에서 예수의 족보까지 잘 정리하여 책으로 내 준 것도 대한민국의 큰 교회의 목사였다.

자신이 태어나고 자라난 이 나라 대한민국 후손들을 위하여서는 제대로 된 역사에 대해 단 한 줄도 정리해주지 않은 것도 이 나라의 신부와 목사였다.

그 이유는 종교를 통하여 이스라엘계의 신명(神命)들이 대한민국 목회자들을 통해 깨어났기 때문이다.

통성기도를 통하여 방언이 터져 나오는 것은 그 방언을 쓰는 나라의 원신명이 들어 있기 때문이고 나와 같이 방언이 터져 나오지 않는 사람은 대한민국의 토종이다.

매달 번역되어 발행되는 천주교 미사 책에도 이스라엘을 위한 기도문구만 들어 있을 뿐, 이스라엘을 위해 일한 대한민국 사람이나 대한민국을 위한 기도문구는 단 한 줄도 없다.

대한민국의 기독교와 천주교는 창세기를 기본으로 하여 내 나라인 대한민국의 역사를 가르쳐야 한다.

이스라엘 민족이 망하지 않았던 진리는 이스라엘의 현명한 랍비를 통하여 시대를 초월한 역사를 공부하고 역사 속에서 지혜를 구했기 때문이다.

대한민국에서 제대로 된 종교라면 성경을 모태로 한 이스라엘을 위한 종교가 아니라 대한민국을 위한 천주교가 되어야 하고, 대한민국을 위한 기독교가 되어야 한다.

종교가 바로 서야 대한민국(大韓民國)이 바로 설 수 있다.

이스라엘이 어떤 나라인가?

거주할 땅도 없이 떠돌았던 유대민족이 구약성경의 한 구절을 들고 강대국인 미국에서 자리 잡고 있는 유대인들의 힘을 이용하여 이백여 년 동안 평화로이 살고 있던 팔레스타인 민족을 무력으로 내쫓고, 수천 년 전에 자신들의 조상들이 살았던 땅을 차지한 민족이다. 또한 세계에서 성현으로 추앙받고 있는 자신들의 왕인 예수를 자신들의 손으로 죽인 민족이다.

약육강식(弱肉強食) 시대의 역사를 손에 들고 아무런 보상도 없이 팔레스타인 민족을 내쫓고 무력으로 땅을 차지한 결과, 온 국민이 남녀노소 할 것 없이 의무적으로 국방의 의무를 스스로 지게 만들었다.

단편적으로, 이스라엘 민족이 싸워야 할 것은 잘못된 종교의식으로 인한 남녀 불평등한 모든 악습(여성을 비하하고 속박하여 코를 베고, 성기의 소음순을 절단하는 등 여성을 노예취급하며, 첩실을 많이 둔 남편에게는 투기를 하였다 하여 돌로 쳐 죽이는 사건도 비일비재)을 가지고 있는 중동지역의 잘못된 종교의식이었지, 땅을 차지하기 위해 무력으로 전쟁을 해야 하는 것이 아니었다.

그들은 오히려 지상의 한 귀퉁이 땅을 차지하기 위해 연연해하기보다는, 전 세계에 제대로 된 하느님 말씀을 전파하여 하느님의 정신을 심어주어 하느님의 뜻대로 평화롭게 사는 법을 가르치고 전파하는 사명자 민족이 되었어야 했다.

역사를 거슬러 팔레스타인 민족을 내쫓고 땅을 차지한 상식 밖의 이스라엘을 본보기로 삼아 고대의 유리한 역사를 근거로 조상의 땅 찾기 운동을 벌였다면 세상은 큰 혼란에 빠졌을 텐데, 다른 민족 그 어느 나라도 이스라엘을 따라 하지는 않았다.

종교를 떠나서 어느 나라가 잘못된 역사의식을 갖고 있는지?

요즘 이스라엘이 최첨단 무기로 무자비한 공격을 일삼아 죄 없는 어린 아이들과 민간인이 어이없이 참혹하게 죽어가는 장면을 보면서 이스라엘과 유대인에 대한 생각을 다시 하게 한다.

독일에서 나온 희대의 광인 히틀러가 유대인을 멸족시키려했던 진짜 이유가 무엇이었을까 이해가 될 듯도 하다.

독일은 히틀러 이후 지나간 잘못된 역사에 대하여 진심으로 뉘우치고 같은 역사를 되풀이하지 않기 위해 역사 속에서 반성과 교훈을 구하고 세계에서 가장 든든한 나라를 만들었다.

목회자들은 이스라엘의 랍비를 본받아야하나 우리가 본받아야할 민족은 유대민족이 아니라 독일민족이다.

천주교와 기독교가 한국의 자생종교로 큰 종파를 이루기는 하였지만, 한국의 토종신앙을 무시하고 이스라엘의 역사인 성경만 가르쳤지 이 나라의 역사는 단 한 줄도 언급하지 않았다.

천주교나 기독교 모두 성경을 통하여 하느님의 참된 뜻인 빛과 소금의 진리, "내가 바라는 것은 동물을 잡아 내게 바치는 제사가 아니라 이웃에게 베푸는 자선이다."(마태오 9장13절)와 같이 단순한 진리를 목회자들이 제대로 가르쳐서 마음에 새기고 실천하며 바른 삶을 살 수 있도록 이끌어주어야 하는데, 초창기 한국의 기독교에서는 조상님들께 올리는 제사를 미신으로 간주하여 금지하게 하여 제사가 유달리 많았던 집안의 고단한 며느리들에겐 반가운 종교가 되었고, 그 덕에 기독교가 짧은 기간 동안 급성장하여 번성할 수 있는 계기가 되었다.

집안의 친척 중에는 제사를 지내던 유교집안에서 며느리가 기독교로 개종한 탓에 돌아가신 시어머니의 제사를 지내 주지 않아, 서운함에 시어머니의 묘에 가서 음독자살하시고 수개월이 넘어서야 형체도 알아볼 수 없는 시신으로 발견되신 어르신도 계시다.

기독교가 번거로운 제사의식 자체를 없애기보다는 의식을 간소화하여 조상에 대한 예의는 지킬 수 있게 해주었어야 했다.

너무 번거로운 형식에만 치우친 제사의례는 현대사회에 어울리지 않으므로 형식을 간소화하고 생전의 조상의 업적을 기리고 추모하는데 진정한 제사의 의미가 있다.

큰 조상님이신 하느님께 올리는 제사에 대하여서는 성경에도 언급이 되어 있다.

조상이 없이 어찌 지금의 우리가 있을 수 있겠는가!

불교에서 말하는 인과응보(因果應報)의 섭리 역시 성경의 욥기 서언에 자세히 언급되어 있는데도 이 부분은 중요하게 여기지 않고, 교회에 나와 회개하는 사람마다 죄 사함을 받는다는 말로 오히려 성경말씀을 무색하게 만들었다.

천주교에서는 고해성사를 통해 죄 사함을 받는다고 한다.

용서는 인간만이 할 수 있고 신은 죄에 대한 용서가 절대로 없다.

그것이 인과응보(因果應報)라는 가장 합리적이고 완벽한 신의 섭리이다.

이러한 성경의 원뜻은 가르치지 않고 형식만 갖추게 하여 무늬만 신자가 되게 하였으니, 그 증거가 바로 토요일 오후에 KBS에서 방송되는 눈물 없이는 도저히 볼 수 없는 "사랑의 리퀘스트"라는 프로그램이다.

해외의 천재지변과 인재로 인한 난민재난구호 사업에는 적극적이면서 이 나라 안에 사랑의 손길이 절실히 필요한 어린아이를 동반한 비참한 극빈자 계층에게는 이 나라 안에 그렇게 많은 종파의 종교단체들이 존재함에도 불구하고 그 어떤 종교단체도, 이 나라의 정부도 애써 외면하고 있다.

말로는 자선과 자비를 베풀라 외치면서 종파를 이유로 내 이웃의 아픔과 고통을 외면하고 있는 현실이 너무도 가슴이 아픈 대한민국이다.

이 나라에 존재하는 모든 교회가 연합하여 어려운 이웃인 영세민을 위해 한 달에 한번 성도들에게 단돈 천원만 거두어 도와준다면 이 나라에 영세민은 사라질 수 있을 것이고, 훗날 그들이 따뜻한 도움을 잊지 않고 다시 사회에 돌려준다면 아름다운 정신이 이어져 살기 좋은 사회가 이루어질 것이다.

천원의 미학이다. 그런데 천원의 미학을 실천할 종교단체가 이 나라 대한민국에는 없다.

물질이 가난한 사람은 하느님을 마음속에만 모실 수 있을 뿐, 하느님의 성전인 교회에는 다니고 싶어도 먹고사는 일에 바쁘다는 이유로 다닐 수가 없는 사람들이 되어, 특정종파와는 상관이 없는 사람들이 바로 그들인 것이다.

이름하여 이 나라 안에 있는 종교로부터, 이 나라의 정부로부터 버림받은 계층이라고 할 수 있다. 그들이 바로 조손가정과 한부모 모자가정이다.

할 수만 있다면 이 대한민국에서 가장 지명도 있고 권위 있는 종교단체에서 종파에 상관없이 혹은 지역에 관계없이 이 나라 안의 어려운 이웃들에게 직접 온정을 전하는 참 이웃이 되어 주는 일에 발 벗고 나서서 다른 종교단체에서 따라올 수 있도록 주도하는, 모범이 되는 종교단체가 하나라도 나와 주었으면 좋겠다는 생각을 한다.

사회사업가도 아니고, 정치인도 아닌 가수 김장훈 씨는 일본이 독도 영유권을 주장할 때 독도콘서트를 기획하여 혼신의 힘을 다해 행사를 마치고 병원으로 실려 가기도 했는데, 그는 이 사회의 어려운 이웃들을 위해 지금까지 153억 원을 기부하였고, 사회적인 목적으로 기부를 약속하여 계산상으로 7억 원의 빚을 졌다고 한다.

그는 세월호 특별법 제정을 위해 세월호 유족들과 아픔을 함께하며 광화문에서 동조단식에 참여하기도 하였다.

하느님의 정신인 빛과 소금의 진리가 종교단체가 아닌 이 대한민국에서 건강한 개인을 통해 실현되고 있는 것이다.

짧은 영화와 긴 오욕으로 가득 차 있는 이 나라의 역사를 교훈삼아 온전한 종교개혁을 통하여 제대로 된 역사를 바로 세우는 일을 해야 할 때이다.

이 나라 안에 모든 종교단체가 종파를 불문하고 한마음 한뜻으로 이 일에 발 벗고 나서 주었으면 좋겠다. 그리하여 고약한 종교 올림픽종주국이 아닌, 제대로 된 이 나라의 민족의 혼을 담아 정신이 살아 있는 이 나라의 권위를 다시 세우는 종교가 되어야 한다.

천주교가 조선의 정조 시대 종교가 아닌 서학이라는 학문으로 처음 들어와서 220여년이 흘렀다.

서학이 하느님 아래 모든 인간이 평등하다, 라는 사상과 조상님에 대한 제사의 거부 등이 문제가 되면서 탄압이 시작되었는데, 사상 면에 있어서는 큰 조상이신 고조선의 단군사상인 인간을 널리 이롭게 한다는 '홍익인간(弘益人間)'이 으뜸인데도 불구하고 천주교의 사상이 먹힌 것은 고조선의 단군사상이 정치적으로 제대로 실현되지 못했기 때문일 것이다.

천주교가 처음에는 학문으로 들어와 정치적으로 하층민에 속해있는 백성들을 대상으로 포교를 하여 의지할 데 없던 백성들에게 먹힌 반면에 상위그룹에는 정권을 위협하는 위험인자로 인식되어 1791년 비교적 천주교에 관대했던 정조시대의 신해박해를 시작으로 1801년 정조 사후 정순왕후의 남인시파를 향한 복수극이었던 신유박해, 1839년 프랑스 사제가 순교했던 기해박해에서 병인박해에 이르기까지 100여년에 걸쳐 비극이 이어졌다.

선교를 목적으로 입성했던 사제가 조금 더 의식이 있는 분이었다면 조선의 정세를 잘 파악하고 국가 간의 정식외교를 통해서 최상위 그룹을 대상으로 한 서양의 발달된 의료기술을 앞세워 점진적인 선교활동을 펼쳤어야 했다.

조선이 종교에 있어서 아래로부터의 개혁이 아니라 힘 있는 위로부터의 개혁이 먼저 이루어졌더라면 천주교는 힘없는 백성들의 희생 없이 무혈입성을 하여 제대로 된 민본정치를 이루어낼 수 있었을 것이다.

천주교가 조선의 조상을 받드는 숭조(崇祖)사상을 배척하고 유일신인 하느님만을 받들 것을 강조했을 때, 돌아온 재앙은 억울하고 의미 없는 죽음뿐이었다.

천주교에서 추앙받고 있는 김대건 신부가 청나라에서 공부를 마치고 사제가 되어 돌아와 목격한 것은 종교로 인해 모든 것을 잃고 인간 이하의 비천한 삶을 살고 있는 병약한 어머니였다.

그 어머니를 위해 외형적으로 종교인의 길을 포기하고 가족을 부양하는 길을 택했다면 김대건 신부 역시 성공한 종교인으로 평가되었을 것이다.

종교를 핑계로 내 가족이 처한 비참한 현실을 외면하고 오직 유일신

하느님을 따른다며 종교인의 길만을 고집했으니, 진정한 효(孝)를 외면한 잘못된 종교인의 모습이 여기에 있다.

내 가족을 구하는 길이야말로 진정 하느님께서 원하시는 길인 것이다.

정치를 통해 이루어져야 할 일을 종교가 너무 앞서가니 억울한 희생이 따르고, 그 희생에 대해서는 아무도 책임져주지 않고 희생당한 사람만 억울한 것이다.

너무 앞선 종교인으로 25세의 나이로 세상을 떠난 김대건 신부의 가문은 안타깝게도 폐문이 되었다.

조선말에 들어온 기독교는 나라가 혼란스러웠던 시절에는 이승훈 선생님과 도산 안창호 선생님을 통해 국민들에게 민족정신을 깨우쳐 주었고, 국민들을 바른길로 이끄는 제대로 된 멋진 종교인의 위상을 보여주었다.

그러나 작금의 현실은 정반대가 되어 있다.

천주교는 이 나라에 들어와 이탈리아 로마 교황청에 본부를 두고 종교단체로는 유일하게 성직자로서 받는 급여에 대한 세금을 나라에 내고 있고, 봉사활동도 중소도시에서 나라의 공공기관과 연대하여 청소년 문화사업을 비롯해 수녀회를 통하여서도 종파와 관계없이 소외되고 어려운 이웃들에게 온정을 전하는 일을 하고 있다.

그런데 천주교는 오천년 전에 계시로서 완성되어 있는 동양의 철학인 역학을 인정하지 않고 있다.

직접계시가 제대로 통하지 않는 기독교나 천주교 신학대학의 필수과목으로 계시로서 완성되어 있는 동양철학인 역학을 필수과목으로 이수하게 하여, 성도들의 주어진 운명을 알려 주어 건강하고 바른 삶을 살 수 있도록 이끌어 주어야 한다.

불교에서는 수행과목으로 역학을 필수로 가르치고 있다.

압해정씨 가문의 다산(茶山) 정약용(丁若鏞) 선조님께서도 학문으로서 역학을 공부하시고 역학에 관한 평론서로 다산역리 입문서인 〈역학서언(易學緒言)〉을 책으로 남기셨다.

기독교는 유난히도 낯가림이 심하고 유달리 종파도 많으면서 편협함이 극을 이루어, 똑같은 뿌리의 성경말씀 아래 전혀 다른 양상을 보이고 있다.

천주교와 불교는 좋은 일을 위하여 교류가 이루어지는 반면에 기독교는 천주교나 불교 그 어느 종교와도 교류를 하지 않고, 기독교안의 종파가 다른 '한국 기독교 연맹'이라는 연합체를 구성하여 이 연맹에 가입하지 않는 새로운 형태의 종교집단에 대하여서는 가차 없이 모두 이단으로 간주하여 온전한 예수의 후예들의 설 자리를 내주지 않고 있다.

천주교는 신자의 새로 산 차에는 바로 축성을 해주면서 기독교에서 직분을 가지고 있던 사람에게조차도 세례를 바로 해주지 않고 7~8개월이 걸리는 교리공부를 기어이 이수한 연후에야 세례를 해준다.

이 사실은 천주교가 기독교를 인정하지 않고 있다는 것을 증명해주는 것이다.

제대로 된 신부와 목사라면 세례가 필요한 사람은 장소불문 그 누구를 막론하고 그 자리에서 안수 세례를 해주어 영적인 안정을 찾을 수 있게 해주어야 한다.

그리고 제대로 된 교회라면 성도 그 누구에게도 예비신자라는 신분을 주어서는 안 되고, 기도와 하느님 말씀을 통한 개인수행을 할 수 있도록 도와주어야 한다.

이 세상에 살고 있는 사람들은 모두 불완전한 존재로 완전해지기 위하여 기도로서 하늘과 통할 수 있는 방법만 가르쳐줄 수 있을 뿐, 구원은 전적으로 각자의 개인에게 달려 있다는 것과 바른 기도의 방법만 알려 줄 수 있을 뿐이라는 김상운 목사님의 말씀에 전적으로 공감한다.

기독교가 천주교에서 루터의 종교개혁 운동을 통해 분화되어 나온 것은 성직자들의 낡고 썩은 정신 때문이었는데, 천주교도, 기독교도 시대가 바뀌었음에도 불구하고 새로운 신자를 대우함에 있어서는 구태의연한 형식과 절차를 고집하고 있는 건 매한가지로 기간의 길고 짧음만 다를 뿐, 행태는 별반 달라진 점이 없다.

이 나라에서 천주교와 기독교는 교육계에 지대한 공헌을 한 것은 사실이지만, 결과론적으로 보면 하느님의 정신을 제대로 실천하지 않아 공헌을 하고도 공이 없는 것과 다름없다.

천주교는 사회적인 봉사측면에서 기독교를 앞서고 종교적인 형식면에 있어서도 기독교보다 우월한 지위를 유지하고 있다.

기독교가 천주교의 오래되고 낡은 관습과 행태로 인해 파생되어 나왔음에도 불구하고 개혁에 있어서는 한국에서만큼은 실패한 종교다.

기독교가 천주교의 좋은 점은 그대로 계승하여 답습하고 시대에 뒤떨어진 버려야 할 관습들을 버려서 더 진화되고 발전된 종교로 거듭났어야 했는데, 불행하게도 전혀 이루어지지 않고 고약한 행태만 새로 덧대어졌다.

예를 들면 천주교에서 돌아가신 분들을 위해 올리는 염미사는 기독교에서 하지 않고 있고, 새 신자들의 세례를 받는데 필요한 오랜 교리기간은 없어져야 할 관행인데도 기독교에서는 기간은 그보다 짧지만 그대로 답습하고 있다.

또 하나, 선교에 있어서 천주교는 적극적인 선교를 하지 않는다. 그래서 선교에 있어서만큼은 일반인 누구도 천주교인을 대하는데 부담스러워하는 사람이 없다.

그러나 기독교는 지나친 선교로 인해 오히려 기독교 신자를 피하는 실정이다.

선교는 종교를 갖지 않은 일반인을 상대로 편안한 선교가 되어야 하는데, 이미 다른 종교를 갖고 있는 사람에게까지 지나친 선교를 하여 타 종교를 인정하지 않고 배척하는 행위가 엿보인다.

이제는 구태의연한 선교방식에서 벗어나 어려운 성경문구를 들이대며 선교를 할 것이 아니라 그 지역의 여건에 맞게 어려운 지역민들을 위해 교회에서 도움을 줄 수 있는 일이 무엇인가를 모색하는 일이 되어야 하고, 중산층에는 문화로서 선교를 해야 한다.

그래서 천주교나 기독교 모두 버려야 할 낡고 오래된 관습들과 새로 덧대어진 고약한 행태가 무엇인지 되돌아보고 반성하여 과감하게 잘못된 틀과 행태를 바로잡아 이 대한민국에서 온전한 종교로 거듭나야 할 것이다. 그리고 철저하게 대한민국을 위한 천주교가 되어야 하며 대한민국을 위한 기독교가 되어 더 크게는 편협함이 없는 세계를 위한 종교가 되어야 한다.

하느님의 대리자 예수를 십자가에 못 박아 죽이고도 예수와 그의 어머니 성모 마리아를 추앙하는 천주교와 예수의 희생정신을 모태로 구원의 메시아를 기다린다는 기독교는 개혁의 뜻을 담은 새로운 종교가 나오면 사정없이 이단으로 간주하여 예수의 후예가 설 자리를 없게 만들어 버린 종교가 되어 있다.

예수와 그의 어머니 성모 마리아가 다시 살아 돌아온다면 천주교로 돌아와야 하겠는가, 아니면 기독교로 돌아와야 하겠는가?

내가 예수라면 혹은 내가 그의 어머니 마리아라면 아들과 어머니의 입장에서 선택을 하라고 한다면 한국에서는 두 종교 다 아니다가 정답이 되어야 한다.

왜냐하면 인간을 위해 존재하는 물질을 인간보다 더 우대하는 종교로 잘못 변환이 되어 있기 때문이다.

이제 가난한 예수는 필요 없는 시대가 되었다.

이러한 종교에 기적을 기대할 수 있겠는가!

하느님께서는 물질과 관련하여 철저히 이용당할 수 있는 기적은 절대로 내려주시지 않는다. 그러나 제대로 된 목회자와 신자에게는 기도를 통하여 성령께서 아낌없이 채워주신다.

60대 중병의 노부부가 자식들에게 짐이 되지 않으려고 칠백만원의 장례비를 현금으로 준비해 놓고 생목숨을 끊어낸 일이나, 행복전도사 최윤희 씨 부부의 자살사건은 인간에게 있어 질병이 얼마나 큰 마인가를 증명해 주는 것이면서 제대로 된 종교인이 있어 이분들에게 올바른 기도법을 가르쳐서 성령의 증거하심을 체험할 수 있게 해드렸더라면 참 좋았을 거라는 생각을 한다.

결과적으로는 자녀들이 부모님을 잘 못 살펴드려서 그런 결과를 초래했다고도 세간에서 입방아를 찧기도 하지만 질병은 경험해 본 사람만이 그 고통을 알 수 있고, 질병만큼 무서운 마는 세상에 없다.

조선에서 종교로서 가장 높은 반열에서 깨어난 서경덕 선생님이 기철학을 완성하신 것으로 미루어 볼 때 기치료(신유의 능력)가 이미 가능했을 것으로 짐작된다.

신유의 능력을 이용한 기(氣)치료는 성경뿐만 아니라 동양의 정신인 역학까지 공부하신 죽향동산의 김상운 목사님을 통하여 암환자들에게 증거되었고, 대한예수교 장로회에서 인정을 받으셨다.

대한민국 패션업계를 주도하셨던 K여사님은 자궁암 말기의 상태로 김상운 목사님을 만나게 되었는데 기운조정과 기도를 통하여 암이 치유가 되었고 팔십이 다 되어 가는 연세에도 불구하고 하느님께 감사하는 마음으로 양로원에 몸을 움직이시지 못하는 노인 분들을 위한 힘든 목욕 봉사일을 주기적으로 다니고 계신다.

김상운 목사님은 병중의 환우들에게 꼭 살아야할 이유가 있는 사람만 살려주리라는 성령의 계시를 전하셨다.

꼭 살아서 가족을 위해 못 다한 사명을 다하고자 하는 합당한 이유가 있는 사람은 불치병에 걸렸다 하더라도 현대의학을 통하여 재생될 수 없는 썩은 부위를 도려내고 지속적인 치료와 성령과의 교감을 통하여 병에서 해방되는 성령의 은혜를 체험할 수 있다고 하셨다. 김상운 목사님께서는 또 자신만을 위한 이기적인 마음으로 살고자 하는 사람보다는 내 가족과 내 이웃들을 위한 봉사인 빛으로 살고자 하는 사람들에게 성령께서 임하신다, 라고 말씀하셨다.

이 대한민국에 이름이 알려진 종교인들은 조선시대에 신유의 능력과 이론인 학문을 겸비하고도 늘 겸손하셨던 화담 서경덕 선생님에 비해 신(神)의 대리자임을 내세워 스스로 신(神)으로 대접받기를 바라는 양상을 보이고 있다.

선택받은 신의 자녀 누구든지 올바른 기도를 통하여 우주 만물의 창조주이시며 하늘의 주인이신 천주(天主)께로부터 신유의 능력을 부여받을 수 있으며, 스스로 신(神)으로 행세하고자 하는 교만한 인간에게는 신유의 능력을 거두어 가신다.

그렇다면 천주교와 기독교! 한국에서 어떻게 변화해야 제대로 된 종교와 종교인으로 설 수 있는가?

1) 종교단체도 천주교와 같이 적확하게 나라에 세금을 내고 하느님의 진리인 빛과 소금으로 사는 법을 제대로 가르쳐서, 종파에 관

계없이 내 가족과 이웃 간에 담을 쌓지 않고 정을 나누며 살아갈 수 있도록 해줄 것.

2) 불필요한 하느님의 새 성전을 건립하여 수적으로 늘리는 일에 연연해하기보다는 성령께서 활동하실 수 있도록 마음속에 성전을 세워줄 것.

3) 조상께 올리는 제사는 민족의 대명절만이라도 수용할 것.

명절에 조상님께 올리는 절은 우상숭배가 아니니 안심하고 마음껏 절할 것.

가장 큰 조상님이 창조주 하느님이시다.

나라마다 인사법이 다르듯이 종교마다 인사예절이 다르므로 상대방에게 맞추어 예의를 갖춰 줄 것.

4) 통성기도는 직분자인 목회자 반열에서만 하고, 일반신자는 위험하니 금지하고 예배 중 기도는 소리 내어 하지 말고 마음속으로 하게 할 것.

사찰주변에 가서 통성기도를 하지 말 것이며, 찬송가도 부르지 말고 종교인 간에 서로 예의를 갖출 것. 또한 기도는 필요할 때 꼭 교회가 아니더라도 장소불문하고 어디에서도 할 수 있으며(화살기도), 하느님의 성전인 교회는 기도도 좋지만 서로 좋은 일을 도모하기 위한 장소로 쓰여야 함이 옳다.

기도는 꼭 교회에 나와서 하라고 강조하여 일반 성도를 주일 내내 교회에 나오게 하여 가족 간의 불화를 조성하고 가정에 성실하지 못하게 하여 하느님의 뜻과는 전혀 상반된 생활을 하고 있으므로 이것은 하느님께서 진정으로 바라는 것이 아니니 목회자는 자신부터 솔선수범하여 안식일을 철저히 지키고, 성도들에게 광적인 신앙생활이 아닌 올바른 신앙생활을 제대로 가르쳐서 성도들 또한 안식일을 철저히 지키게 하고, 교회에서 보는 예배는 참석하기 편안한 날로 일주일에 한두 번만 보게 해야 한다.

매일 교회 나와서 기도하라고 한 것은 대단히 잘못되었다.

5) 일반신자 중에 기도를 통하여 하느님의 계시를 전할 수 있는 능력을 부여 받았다면 하느님의 성전을 떠나게 하지 말고, 적합한 직분을 주어 공리공욕(公利公慾)을 위한 성령의 뜻을 세상에 전할 수 있게 배려하고 존중해 줄 것.

6) 세례가 필요하여 영적인 안정을 바라는 그 누구에게라도 즉시, 장소불문하고 세례를 해줄 것. 7~8개월이 걸리는 예비신자 교리기간을 없애고 예비신자라는 말 단어 자체를 없앨 것. 요즘과 같이 빠르게 변화하고 있는 세상에 교회가 각종 구역예배와 교육을 목적으로 신자를 구속하고 속박하려 해서는 안된다.

세상을 위한 좋은 봉사일을 목적으로 교회를 활용하여 하느님의 성전인 교회이름을 빛내주어 그 교회에 소속된 성도들의 명예를 높여주어야 한다.

7) 미사나 예배 중에 성경말씀과 대한민국의 역사를 함께 인용할 것. 천주교에서 매달 발행되는 '통상미사'책과 같은 종류의 예배용 책을 발간하여 월별 주제를 정하여 제대로 된 설교문으로, 기독교 전국 공통으로 같은 주제로 예배를 드리면 좋겠다.

성경공부는 직분을 가지고 있는 목회자들이 해야 할 의무이고, 일반신자에게는 예배나 미사 중에 신부나 목사의 설교로 대신할 것.

8) 직분을 돈으로 팔고 사지 말 것이며, 교회에서 직분에 대한 기준은 교회에 다닌 연수를 기준으로 삼는 것이 가장 공평하고, 일정한 인원을 선교하여 교회로 인도했을 경우 예외규정을 두어 직분을 제수할 것.

9) 신자들을 통해 걷어 들이는 헌금은 매달 헌금의 사용내역을 투명하게 공개하고, 구청이나 동사무소와 연계하여 인근지역의 어려운 이웃들의 명단을 비치하여 성도들이 낸 헌금의 50%는 반드시 그 이웃들을 위해 가치 있게 써주어 성도들의 이름을 빛내줄 것.
10) 성지순례를 금지하고, 대신 그 비용으로 내 가족을 위해 가치 있게 써줄 것.

종교는 정신으로 하느님께서 원하시는 자선과 빛과 소금의 진리를 실천하며 사는 것이 가장 중요하다. 성지순례는 종교를 직업으로 삼고 있는 사람들에게는 의미가 있을지 모르겠지만 일반신자들에게는 큰 의미가 없다.

이미 고인이 되신 시어머니의 한이 8항에 있었다.

신유의 능력을 가지고 몸과 마음이 아픈 많은 사람들에게 기적을 선물해주셨던 나의 시어머니 고(故) 유옥순 여사님은 초창기 개척교회의 전도의 여왕으로 교회에서 내리는 수많은 상급을 타오셨고, 아버님과 영등포의 큰 교회에 40년을 다니시고도 직분은 두 분 모두 집사이셨다.

부디 천주교와 기독교에 바라건대 신자로서 개인적으로 열거한 모든 사항들이 이 나라의 천주교와 기독교에서 열린 마음으로 받아들여져 그대로 이루어지길 바라고, 종교 간에 벽을 허물어 교류의 장을 열고 가신 우리민족의 큰 종교지도자이시며, 영적인 지도자이셨던 고(故) 김수환 추기경님과 누더기 옷 한 벌의 성철스님과 같은 분들을 닮기 위하여 노력하는 목회자분들이 많아지기를 진심으로 염원한다.

기울어 가는 이 대한민국(大韓民國)과 우리의 후손들을 위하여!

"높은 사람이 되고자 하는 사람은 남을 섬기는 사람이 되어야 하고, 으뜸이 되고자 하는 사람은 종이 되어야 한다.

사실은 사람의 아들도 섬김을 받으러 온 것이 아니라 섬기러 왔고, 많은 사람을 위하여 목숨을 바쳐 몸값을 치르러 온 것이다."(마태오복음 20:26~28)

불교는 고구려 제17대왕 소수림왕 시대인 372년에 전진의 승려 순도에 의해 전해졌고, 백제와 통일신라를 거쳐 고려와 조선, 그리고 오늘에 이르렀다.

계시의 형식도 없는 기독교가 구한말에 들어와 교육계를 기반으로 이 나라를 단시간 내에 점령한 것에 비하면 불교는 이 나라에서 가장 오래된 토착종교로 역사가 무려 1700여년이 넘었고, 오랜 세월동안 호국불교(護國佛敎)로서 우리민족의 흥망성쇠(興亡盛衰)와 더불어 백성들과 생사고락(生死苦樂)을 함께 해온 종교였다.

이러한 불교가 한국에 천주교와 기독교가 들어오면서 힘을 잃기 시작했고, 종교인이 직업군으로 분류되면서 불교에 몸담고 있는 승려의 자질도 차츰 변하기 시작하여 불교를 빗대어 등장한 유머도 있었다.

나는 불교정신인 부처님의 자비(慈悲)와 인과응보(因果應報)의 섭리 외엔 자세히 아는 바가 없지만, 삼십대 초반시절에 강원도를 여행 중 식사를 하기 위해 들렀던 식당에서 우연히 자리를 함께 하게 된 스님들 중에는, 이 나라의 불교계를 대표하는 종단에 속해 계신 주지스님들도 계셨고 종단 본부의 감찰부장이라는 직위를 가진 분도 있었다.

비록 식사를 하기 위해 머문 짧은 시간 동안이었지만 내가 그분들을 통해 본 것은 외형은 종교인이 분명한데 행태는 일반 속인과 다름없었고 스님의 신분으로 술과 고기를 즐기고 감찰부장이라는 서슬 퍼런 직위에 따라 다니는 뇌물의 실체도 보았다.

그 후 십 수 년의 세월이 흘러 내가 만난 이웃의 비구니 주지스님은 교통사고로 갈비뼈가 부러져 영양의 불균형인 영양실조로 인하여 접합이 잘되지 않아 의사로부터 내려진 처방이 "직업상 채식도 좋지만 고기도 가끔씩 드셔 주셔야 낫습니다."였다.

다양한 먹을거리가 넘쳐나는 이 시대에 한쪽에서는 먹지 말라는 고기에 주색(酒色)까지 즐기는 반면, 다른 한쪽에서는 정통을 고수하여 멸치 꽁다리 하나 입에 대지 않고 있으니 양쪽 다 어이없으면서도 한편으로는 애처로운 생각이 든다.

고기가 귀하고 비쌌던 고대시절에 불교에서 육식을 금하라 한 원뜻은 탐욕을 부리지 말라는 의미로 해석된다.

이제는 시대가 바뀌어 종교인도 직업군으로 분류되고 있고, 불교의 음식문화에 있어서도 옛날 전통방식을 고수하기 보다는 규율을 완화하여 다양한 음식을 개발하고 있다.

외국에서 불교수행을 위하여 많은 수행자들이 한국으로 찾아 들고 있는 시점이고, 그들의 입맛에 맞게 다양한 먹을거리에 신경을 써서 건강을 기본으로 수행정진을 할 수 있도록 배려해 주어야 한다.

한국불교의 사찰음식에 대한 고찰이 다시 이루어져 사찰을 방문하는 방문객이나 특별한 식이요법이 필요한 병중인 스님들에게도 채식 위주에서 벗어나 기름지지 않고 담백한 생선이나 살코기 정도는 건강을 위해서 허용을 해야 한다고 생각한다.

그리고 불교계에서도 혼인을 금하고 있는 전통불교에서 승려의 신분으로 혼인을 허용하는 원불교와 같은 종파가 파생되었는데, 이것은 천주교와 기독교의 맥락에서 신부와 목사의 차이로 이해하면 될 것이다.

종교는 필수가 아니고 선택이다.

각자에게 맞는 종교를 선택하여 제대로 된 수행을 통해 온전한 삶을 살 수 있다면야 더 바랄 나위가 없다.

오랜 세월만큼이나 불교와 관련된 많은 문화재를 소유하고 있는 종파 간에 이권 다툼으로 인하여 깡패까지 동원하는 폭력사태도 있었다. 원래의 종교 취지와는 어울리지 않는 이러한 행태에 온전한 종교로 거듭나기 위한 자체 정화운동도 하고 있는데, 더도 덜도 말고 이미 고인이 되신 누더기 옷 한 벌로 세상을 살다 가신 성철스님과 무소유(無所有)의 정신을 남겨주고 가신 법정스님과 같은 분들이 많아지길 바란다.

불교는 천주교나 기독교처럼 성지순례를 이유로 외화를 낭비하는 종교가 아닌, 이 나라에 토착종교로 자리 잡아 오히려 외국에서 한국불교를 공부하기 위하여 외국에서 수행자들이 몰려들고 있으니 그 얼마나 다행인가?

불교계에서 해외에 강탈당한 문화재 반환을 촉구한 성명을 내었는데 이것은 바람직한 일로 다른 종교에서도 이 일에 함께 동참해주었더라면 더 좋았을 거라는 아쉬움이 남는다.

특정종교가 종단의 이익을 위하여 정계와 밀착되어 있는 일이나 국가안보와 관련하여 사안을 구별하지 않고 지나치게 정치에 간섭하는 일은 없어야 한다.

프란치스코 교황은 아르헨티나의 가난한 철도노동자의 아들로 태어나 아르헨티나 대주교 시절부터 실직자와 빈자의 편에서 정부정책을 비판하고 적극적인 사회참여로 큰 사랑을 받았는데, 교황이 된 뒤에도 생신날 노숙자들을 초청하여 아침식사를 함께하시고 저녁에는 교황청 밖에 나가 노숙자들을 돌보는 등 서민들과 힘없는 이들에게 변함없이 따뜻하고 소탈한 모습을 보여주시고 계시다.

프란치스코 교황은

'그들이 통치하니, 우리는 아무 상관이 없다고 누구도 말할 수 없습니다.

나는 그들의 통치에 대해 책임이 있으며, 그들이 더 잘 통치하도록 최선을 다해야 합니다.

능력껏 정치에 참여함으로써 최선을 다해야 합니다.

교회의 사회교리에 따르면 정치란 가장 높은 형태의 자선입니다.

정치가 공공의 선에 봉사하기 때문입니다. (빌라도처럼) 손을 씻고 뒤로 물러나 있을 수 없습니다.

좋은 가톨릭 신자라면 정치에 관여해야 합니다(A Good catholic meddles in politics).

스스로 최선을 다해 참여함으로써 통치자들이 제대로 다스리게 해야 합니다.'

라고 말씀하셨다.

대한민국을 방문한 프란치스코 교황은 대한민국의 대통령도 외면하고 있는 세월호의 유가족들을 품에 안아 주시며 진심어린 위로를 해주셨다.

대한민국에서 종교는 약자인 서민들을 위해 제 역할을 다 하고 있는 것인지?

장례문화에 있어 천주교는 매장을 고수하고 있는데 명문가인 이씨 가문의 이황의 후손들은 화장을 하겠다고 발표하였다.

천주교와 기독교와 불교계가 의견조율을 하여 장례문화를 선도하고 납골당과 화장장 건립을 추진하여 종파에 관계없이 이용할 수 있도록 해주어야 한다.

이 시대에 우리에게 꼭 필요한 납골당이나 화장장, 그리고 교육과 관련하여 장애인학교 건립과 같은 사안에 대해 지역민들의 이기주의로 부동산값이 떨어진다고 대놓고 반대하고 있으니 종교단체가 이러한 사안들에 대하여 서로 연합하여 공동으로 추진한다면 큰 무리가 없을 것이다.

불교에서도 승려나 신자 모두 대자대비하신 부처님의 자비(慈悲)와 계도(啓導)정신을 늘 마음속에 새겨, 내 가족과 내 이웃 간에 자비와 자선을 베풀어 더불어 상생(相生)을 이루어 잘 살아갈 수 있는 법을 실천하며 살 수 있게 되기를 바라는 바이다.

노모의 간절한 바람과는 상관없이 평범한 삶을 거부한 '울지마 톤즈'의 고(故) 이태석 신부님과 어이없는 병으로 자식을 앞세운 어미로서 흘리시는 속이 시리고도 아린 노모님의 뜨거운 눈물을 보면서 종교는 평범한 삶속에서 가족들과 더불어 하는 종교가 되어야 한다고 생각한다.

효(孝)는 만본의 근본으로 효(孝)를 가로막는 종교가 되어서는 안된다.

우주(宇宙) 천주(天主)의 상생(相生)과 조화(造化)와 질서(秩序)를 바탕으로 한, 더불어 살아갈 수 있는 상생(相生)의 도(道)를 꽃피운 밝은 세상 즉, 도화경(道和經)이 되어야 할 유교, 불교, 천주교와 기독교! 그리고 기타 이 나라에 있는 종교단체들!

비록 부르는 종교의 명칭이 다르고 형식이 다르다 할지라도 하늘의 주인이신 하느님, 천주(天主)께 이르는 길은 기도(氣道)라는 한길로 통한다는 것을 생각하면 서로 배척하지 말고 인정하고 존중해 주어야 함이 마땅하다.

그래야만 이 대한민국에서 제대로 된 종교인이고, 제대로 된 종교이다!

그리고 빚더미에 올라 있는 이 나라와 가정을 위기에서 구해낼 수 있는 종교라야 온전한 종교이다.

베풂의 미학(美學)

레닌이 인민들을 통치하기 위해 파블로프에게 조건반사 실험을 의뢰하였다. 이에 파블로프는 개를 이용하여 조건반사의 두뇌작용을 발견하였다.

개에게 밥을 줄 때마다 방울을 흔들며 밥을 주다가 나중엔 밥을 주지 않고도 방울만 흔들어도 개는 침을 질질 흘린다는 사실을 실험을 통하여 입증하였고, 벼룩 실험을 통하여서도 조건반사를 확인하였다.

유리대롱에 벼룩 몇 마리를 집어넣었더니 벼룩의 습성대로 마구 튀다가 유리를 뚫고 나갈 수가 없다는 것을 느끼게 된 벼룩들은 끝내는 살살 기면서 유리대롱 속을 헤매고 있었는데, 그렇게 한참을 길들여놓고 나서 벼룩들을 밖으로 꺼냈더니 벼룩들이 튀지 않고 살살 기어다녔다.

우리가 여기에서 알 수 있는 것은 오래도록 인위적으로 길들여져 그 현실에 순응하고 살다 보면 세상은 절대 변화되지 않는다는 것이다. 악법이 제정되어도 그 법을 집행하는 사람이나 권한이 있는 그 누구에게도 그 법에 대한 조언을 하지 않으려 한다.

왜?

자신과는 상관이 없다고 생각하기 때문이다.

그 잘못된 법으로 인해 고통을 당하는 내 이웃에 대해 애써 외면하고 무관심으로 일관하고 있는 것이 현재 우리가 살고 있는 대한민국이다.

　빛과 소금의 진리는 생활 안에서 실천하기 어려운 것이 아니라 어려운 내 이웃이 지금 당장 필요로 하는 작은 도움 하나(예를 들면 항의 전화나 명예 나누어 주기(추천), 필요한 정보 나누어 주기)로 문제가 해결되도록 따뜻한 마음 하나 덧대어 도와주는 것이 바로 빛과 소금의 진리이다. 빛과 소금은 멸균도 할 수 있고 희망을 줄 수 있다.

　오래전에 하느님의 심부름꾼으로 세상을 다녀가신 부처님이나 예수님 모두 자선과 자비만을 강조하신 것이 아니라 사회의 불의에 맞서 싸우다 가신 분들이시다. 예수님은 죄를 지은 신체 부위를 절단할 것을 설법으로 전하셨고, 부처는 왕족으로 태어나 인도의 잘못된 신분계급제인 카스트제도와 맞서 싸우셨는데, 그 카스트제도는 지금까지도 변함이 없다. 종교의 왕국인 이 나라 대한민국에서 제대로 된 예수도, 부처도 다시 나와야 한다.

　이 나라에 정치인들은 매스미디어 앞에서는 좋은 일에 앞장서는 모범국민처럼 행세하면서, 매스미디어 뒤에서는 부정부패를 일삼으며 가장 낮은 곳에서 도움이 필요한 사람에게는 자신의 명예조차 나누어주는 일에 인색한데, 이런 사람들이 이 나라의 지도층 행세를 하고 있으니 이 나라 대한민국 사회가 퍽퍽한 것은 어찌 보면 당연한 일일 것이다.

　동양에서 가장 중요시하는 공자의 사상인 덕(德)과 인(仁)이 없는 사람들이 이 대한민국의 높은 자리에 앉아 복지부동하고 있으니, 목사도, 대통령도, 의사도 아닌 내가 아무리 어려운 이웃에 대한 나눔과 자선을 강조해도 소용이 없는 이유가 바로 여기에 있다.

　지금의 우리는 너무도 이기적인 세상에 살고 있다. 눌러야 할 본성은 개인마다 가지고 있는 나쁜 악성(惡性)이고, 살려내야 할 것은 나와 내

가족과 내 이웃이 함께 잘되게 하기 위한 세상을 좋은 쪽으로 변화시키기 위한 몸부림이다.

예일대학의 로딘 교수는 '베풂은 건강으로 돌아온다.'라고 했고 캘리포니아대학의 셔비츠 교수는 '나를 열고 남에게 베푸세요. 그것이 무병장수의 길입니다.'라고 했다. 미시간 대학의 브라운 교수 역시, '남한테 받기만 하는 사람 치고 건강하게 오래 사는 사람은 드물다. 남에게 주기만 하는 사람들이 물질적으로 손해 보는 것 같지만 사실은 득을 보는 것이다. 남들을 위해 봉사활동을 하는 것이 규칙적인 운동을 하는 것보다 건강에 더 이로운 효과를 갖는다.'라고 했다.

과학자들이 캘리포니아 주 마린 카운티의 55세 이상의 주민들 2,025명을 대상으로 5년간 조사한 결과, 두 곳 이상에서 봉사활동을 하는 사람들은 사망률이 보통 사람들보다 63% 낮았고, 규칙적으로 운동하는 사람들은 44%, 매주 교회 등에 나가 종교활동을 하는 사람들은 29% 순으로 사망률이 떨어졌다고 한다.

사랑을 베푸는 사람들은 지상에서 건강하게 오래 산다고 한다. 내 이웃 중에 어려운 이웃이 있다면 여유 있는 것들을 어려운 이웃들에게 나누어 작은 사랑을 실천해주셨으면 좋겠다.

"사랑은 나눌수록 커지고 어려움은 나눌수록 작아진다. 거짓말은 나눌수록 악해지고 참말은 나눌수록 선해진다. 구원은 받거나 당하는 것이 아니라 개척의 대상이요, 나눔의 대상이다. 단독의 대상이 아니고 우리 모두의 대상이다. 우리가 이웃인 까닭은 가까이 있음이 아니고 따뜻한 정을 나눔이다."라고 말씀하신 숭의여대 명예교수이신 은사 배영기 교수님의 말씀을 마음에 되새기며 내 어린 자식과 이웃들을 위한 나의 작은 사랑의 실천이 삶에 힘겨운 이웃들에게 빛과 소금으로 거듭날 수 있게 되기를 진심으로 염원한다.

밀크세이크가 된 소프트아이스크림

어제 퇴근길에 KT대리점에 들러 구형 폴더폰을 쓰고 있었던 딸아이에게 스마트폰을 개통하여 주었습니다.

딸아이는 반에서 유일하게 혼자만 구형 폴더폰을 쓰고 있었는데 현장학습을 가면 선생님의 설명도 녹음하고 메모도 하고 사진도 찍고 다양한 용도로 쓰겠다고 합니다.

요즘 스마트폰을 들고 다니는 학생이나 어른이나 스마트폰에 집중하여 자칫하면 사고를 당할 수가 있어, 딸아이에게 길에서는 절대로 스마트폰게임을 하면 안된다고 신신당부를 하였습니다.

스마트폰 게임은 와이파이가 되는 집에서는 2시간 허용하였고 컴퓨터는 3시간을 허용하였습니다.

오늘 처음으로 딸아이가 반 친구와 롯데리아에 점심약속을 했다고 하여 물어보니 친구가 한 턱 내겠다고 했답니다.

그래서 친구도 용돈을 부모님께 타서 쓰는 것이니 먹고 싶은 것은 각자 계산하는 것이 맞는다고 설명하고 후식으로 아이스크림은 친구에게 사주어도 된다고 하며 만원을 지갑에 넣어 보냈습니다.

그리고 땀이 범벅이 되어 집에 돌아온 딸아이의 손에는 다 녹아서 밀크셰이크가 되어버린 소프트아이스크림 컵이 하나 쥐어져 있었습니다.

롯데리아에서 집까지는 버스로 5분 걸어서 20분이 걸리는데 오늘같이 땡볕이 든 한낮에 엄마 주려고 소프트 아이스크림을 사서 녹지 말라고 한손으로 햇볕을 가려가며 집까지 뛰다시피 걸어온 딸아이는 정말로 못 말리는 아이 같습니다.

어렸을 때부터 차멀미가 유난히 심했던 제 딸아이는 좀처럼 차를 타려하지 않고 걸어 다니려 합니다. 20분 이상 차를 타고 가야하는 거리의 현장학습을 갈 때는 평범한 또래 친구들에 비해 이중 삼중의 준비를 하고 가야 하는 딸아이입니다. 차멀미가 걱정되어 의사선생님께 여쭈어보니 크면 나아질 거라고 하셨는데 학교에서 친구들과 거의 매일 축구도 하고 피구도 즐겨 해서인지 많이 나아지고 있습니다.

여하튼 저는 딸아이가 엄마를 생각해주는 마음을 생각하여 다 녹아서 밀크셰이크가 되어버린 소프트아이스크림을 맛있게 먹어주었습니다.

계산은 엄마가 말한 대로 각자 했다고 하고 친구에게 소프트아이스크림도 사주었다고 합니다. 그리고 한 달에 한 번씩 엄마와 함께 갔던 롯데리아에 친구와 가기로 약속을 했답니다.

딸아이에게 엄마가 대신했던 친구의 자리에 이제는 정말 좋은 친구가 생긴 것이 정말 다행이라고 생각하고 돈을 어떻게 쓸 것인가도 제대로 가르쳐야겠다는 생각을 했습니다.

사람은 부모가 되어야 비로소 어른이 되어가는 것이라 생각합니다.

트라우마(Trauma)

일요일 아침, 딸아이와 동물농장을 시청했습니다.

주인에게 병에 걸려서 버림받은 반려동물들을 치유하는 과정도 나왔는데 치유하는데 참 오랜 시간이 걸리더군요.

주인에게 버려지는 반려동물들이 연간 10만 마리라고 하는데 요즘 같은 휴가철에는 더 많다고 합니다.

어느 시골 식당에 버려져 하염없이 눈물을 흘리며 주인만을 애타게 기다리는 개가 소개되었는데 알고 보니 심장사상충에 감염되어 말기의 상태라고 합니다. 그 사실을 알고 식당주인도 주변이웃들도 모두 눈물을 흘렸습니다. 이를 시청하던 저도 딸아이와 마주한 밥상머리 앞에서 눈물을 흘렸습니다.

책임지지 못할 거라면 반려견을 애초부터 키우지 말았어야 합니다.

대한민국은 가난을 이유로 병약한 부모도 자식도 버리는 세상입니다.

책임의식이 없는 사람들은 부모도, 반려동물의 주인도 될 자격이 없는 사람들인데 동물은 왜 키우는지 모르겠습니다. 동물도 책임져주어야할 한 가족입니다. 주인 마음대로 키우고 버려야할 대상이 아닙니다.

트라우마(Trauma)는 일반적인 의학용어로는 '외상(外傷)'을 뜻하나, 심리학에서는 '정신적 외상', '(영구적인 정신장애를 남기는)충격'을 뜻합니다.

사람이나 반려동물이나 누군가에게 버림받은 상처가 너무 커서 그 상처가 트라우마가 되어 일상생활에서 보이지 않는 정신적인 장애로 작용합니다.

사람의 믿음을 저버리는 트라우마는 사회적으로 너무나 큰 '불신'이라는 병을 양산합니다. 저와 제 딸아이에게도 트라우마가 있습니다.

엄마가 혼인 전에 투자사기로 경제적 살인을 당한데다가 경제적인 이유로 따로 살게 된 아빠가 지난 5년 동안 자신을 한 번도 찾지 않는 것에 대해 심하게 정신적으로 충격을 받은 딸아이는 이제 남자를 믿지 않는다고 합니다.

이 트라우마가 훗날 성인이 되었을 때 결혼에 심각한 장애가 되지 않을까 걱정입니다.

가족을 버리는 일은 어떤 이유로도 용서 받지 못할 대죄입니다.

대한민국에서 자행되는 국민을 기만하는 사기정치도 마찬가지입니다.

잘못된 정치의 결과로 대한민국 사회전반에 걸쳐 정신적인 충격으로 건강한 국민들의 이성을 마비시키는 트라우마는 사라졌으면 좋겠습니다.

부모 된 사람들은 소중한 가족들에게 사랑으로 만든 든든한 울타리를 만들어 소중한 가족들의 행복을 지켜주는 책임 있는 가장이 되어야겠습니다.

한부모 엄마의 애환

오늘 근무 중에 딸아이에게서 전화가 걸려왔습니다.

하교 길에 보도블록에 걸려 넘어져 인대가 파열됐을 때에도 전화를 하지 않았던 딸이 오늘 전화를 건 이유는 집에 돌아왔는데 느닷없이 코피가 쏟아져 놀라서 전화를 걸어온 것이었습니다.

일하는 엄마로서 딸아이를 잘 챙겨 먹이지 못해서 그런 가 싶어 속으로 반성도 하면서 겉으로는 네가 인터넷을 너무 오래해서 그런 거라고 이유 같지 않은 이유를 대며 야단을 쳤습니다.

엄마가 늘 집에 있으면 좋겠다는 딸아이는 엄마가 집에 함께 있을 때에는 간식도 찾지 않습니다.

그런데 엄마가 집에 없으면 늘 배가 고픈지 간식타령을 합니다.

그래서 집에는 늘 빵과 과자가 넘쳐나게 준비되어 있고, 이러한 간식들이 딸아이의 건강을 해친 것은 아닌지 생각해봅니다.

엄마의 정성이 들어간 음식을 먹고 싶어 하는 딸아이에게는 늘 미안한 일입니다.

오늘 서둘러 집에 돌아와 보니 붉은 코피를 닦아낸 휴지가 한 움큼 쌓여 있었습니다. 미안한 마음에 저녁을 챙겨 먹이고 혈관을 튼튼하게 해주는 과일로 딸기를 먹었습니다.

컴퓨터를 오래하면 수면을 방해하는 전파가 나와서 건강에 해롭다고 합니다.

딸아이에게 그 사실을 설명해주고 컴퓨터 앞에 너무 오래 앉아있지 말라고 주의를 주었는데, 내일은 또 회사에서 저녁 회식이 있어 저녁시간을 넘겨서 집에 돌아올 것 같습니다.

가족이 없이 엄마 혼자서 자식을 키우는 일은 참 어려운 일입니다.

지난 3월 봄, 6.4 지방선거를 앞두고 야당의 부대표였던 35세의 젊은 한부모 엄마가 대한민국에서 자식 키우기 힘들다며 9살의 어린 자식을 뒤로 하고 생목숨을 끊었다는 뉴스가 보도되었습니다.

정당에 속해 있는 자신의 동료인 한부모 엄마가 자살을 선택해야할 만큼 고약한 복지법이 한부모 모자가정법이 되어 있는데도 정치권은 요지부동입니다.

요즘 업무상 점심식사를 외부에서 자주 하게 되는데 음식 맛을 전혀 느끼지 못합니다. 식당에서 먹는 밥은 정성이 들어가지 않아서인지 음식을 먹어도 맛이 없어서 딸아이가 집에서 혼자 먹는 밥이나 간식도 똑같지 않을까 생각해봅니다.

조만간 엄마의 역할도 제대로 할 수 있는 일로 전환을 해야 할 것 같습니다.

오늘은 압해정씨 대종회에서 보내온 종보가 도착했네요.

제 글과 딸아이의 글이 나란히 실려서 기분은 좋습니다.

은행나무의 비애(悲哀)

　열매가 열리는 은행나무는 커 갈수록 많은 열매가 열려 쓰는 사람의 용도에 따라 잎과 열매 모두 약으로 쓰이기도 하고 독으로 쓰이기도 합니다.

　느티나무는 우리나라에 흔히 볼 수 있는 나무이면서 그늘만 제공해줄 수 있을 뿐인데 반해 은행나무는 그늘과 열매를 제공해주니 사람에게 이만큼 유익한 나무가 세상에 없습니다.

　홍천에 중병(대장암, 췌장암, 울혈성심부전증, 신부전증, 파킨슨씨병, 위염, 당뇨, 고혈압, 아토피피부염, 불면증, 녹내장, 퇴행성관절염, 우울증)의 시부모님의 요양을 위해 모시고 내려갔던 집에도 이십년 정도 된 은행나무 한 그루가 있었습니다.

　그런데 그 나무는 먼저 살던 주인이 은행 열매의 구린 냄새가 싫다고 기둥을 빙 둘러 은행나무 껍질을 톱으로 절단하는 바람에 나무는 해가 거듭될수록 흉물스럽게 껍질이 벗겨지며 죽어가고 있었습니다.

　죽어가면서도 나무는 몇 알 되지는 않았지만 안간힘을 다해 자신의 씨앗을 남기려 하였습니다.

　남편에게 천식이 있어 열매가 많이 필요했던 저에게는 참으로 아쉬운 일이었습니다.

누군가에게는 귀하게 대접 받는 은행 열매가 필요 없어진 주인으로서는 속이 후련한 일이었겠지만, 그 열매가 약으로 필요한 사람들에게 전해줄 수 있었더라면 참 좋았을 거라는 생각을 합니다.

아무리 자신에게는 필요 없는 것이라 하더라도 필요한 다른 사람을 위해 그대로 두었더라면 참 좋았을 텐데…….

말라죽어가는 나무를 보고 있노라면 안타까움과 알 수 없는 분노가 마음속에 일어나곤 했습니다.

세상에 사람으로 태어나서 제 역할도 다 하지 못하는 사람이 유익한 나무마저 그 역할을 하지 못하게 했으니 그 또한 나쁜 업(業)을 쌓는 일입니다.

도시에 가로수로 많이 심어져 있는 은행나무가 열매의 냄새가 고약하다고 하여 열매가 열리지 않는 수나무로 교체한다고 합니다.

지금 당장은 나에게 필요가 없다고 하더라도 내 뒤에 올 사람을 생각하여 잘 지키고 가꾸어 줄 줄 아는 마음의 여유를 가진 사람이 되었으면, 그리고 그런 사람들이 이 대한민국에 많아졌으면 정말 좋겠습니다.

내릴 수 없는 배

  우석훈 경제학 박사님께서 저술하신 '내릴 수 없는 배'에는 세계 최고의 배를 만들어내는 최고의 기술력을 가진 대한민국이 왜 국민들에게는 안전하지 않은 헌 배를 들여와 국민에게 태워야했는지 설명이 잘되어 있다.

  자상하신 우석훈 박사님께서 배에 관심을 갖게 되신 것은 만삭의 부인과 함께하는 가족여행을 앞두고서였다고 한다. 어떻게 하면 만삭의 아내와 안전한 여행을 할 수 있을까 염려하여 항공편과 배에 관한 모든 것을 알아보시고는 깜짝 놀라 비행기여행을 선택하셨다고 한다.

  대한민국은 기업과 권력이 밀착하여 국민의 안전과 행복을 위협하고 기어이 페리산업 존립 자체의 위기를 초래하였다.

  2009년 대한민국은 20년의 선박 연령을 30년으로 연장하였는데 중국은 선박제한 연령이 28년이다.

  2011년 부산 해양항만청과 제주 해양관리단이 페리산업이 어렵다는 이유를 들며 수학여행을 보내 달라고 교육당국에 협조공문을 보냈다.세월호 운임 편도는 7만 1,000원이고, 세월호에 탄 학생들의 수학여행비는 33만원이라고 한다. 그동안 수학여행 일부가 페리산업의 생존에 보태진 것이고 국가가 교육이란 이름으로 학생들을 동원해서 업계의 이익을 보장해준 셈이다. 한마디로 학생들을 돈벌이로 이용을 한 것이다.

일베충이 유가족들에게 보상금과 관련하여 '시체장사'라고 운운 했는데 '시체장사'는 잘못된 기업과 권력층이 하고 있었던 것은 아닌지?

세월호 침몰사건 직후 강남에 사는 사람들 중에 어느 분은 비행기를 타고 가지 왜 배를 타서 참사를 당하느냐고 말씀하신 분이 계셨는데, 항공사의 안전교육의 실체를 알고 나니 그 말이 이해가 되었다.

정규직인 항공사 승무원들은 재난을 대비하여 똑같은 조건의 풀장을 만들어놓고 승객구조를 최우선으로 하는 재난훈련을 지속적으로 철저하게 받는다고 한다. 즉, 승객의 목숨을 먼저 구하고 승무원은 맨 마지막에 탈출하는 것을 원칙으로 교육을 받는다고 하는데, 선원들은 1년 ~6개월의 단기계약직이고 연간 안전교육비가 54만 1천원으로 안전교육도 변변히 받지 못한 사람들이니 승객의 구조보다는 자신의 안전을 더 챙기는 건 당연한 일이다.

세월호 참사를 계기로 대한민국 페리산업은 이제 국가에서 운영하여야 한다. 세월호 참사 이후 국민들이 집단적으로 안전불감증에 대한 공감대를 형성하고 집단행동으로 구체화하여 동조하고 있는 것은 새로운 시대에 대한 정치적인 변화의 요구이다.

국민들은 이미 '국가 개조'와 '적폐 해소'에 적극 공감하고 동조하고 있는데, 정치권은 이해타산으로 인해 적극 나서지 않고 있다. 말로만의 개혁을 말하고 있는 것이다. 행동하지 않는 것은 비양심이다.

대한민국 정치인들은 훌륭한 국민성을 가진 국민들을 애써 외면하며 304명의 목숨을 앗아간 대참사에서조차 손익계산만 보일뿐 정치적 리더십은 실종되어 찾아보려야 찾아볼 수가 없다.

이번 세월호 사건을 통해서 유가족과 국민들의 뜻을 적극 대변하고 실행에 옮긴 국민운동본부와 세월호 유가족들의 명예훼손과 관련하여 법적 대응을 맡아주신 '더펌'의 정철승 변호사님의 활동이 그 어느 때보다도 빛을 발했다.

그리고 이번 세월호 사건을 통해 최국태선생님께서 대안정당 설립을 추진 중에 있다.

우리는 우석훈 박사님의 '내릴 수 없는 배'를 통하여 안전불감증에 걸린 나라 대한민국 페리산업의 어제와 오늘을 돌아보고 내일도 결코 안전을 보장받을 수 없다는 사실을 확인했다.

흰머리 독수리는 수명이 40년 정도이나 처절한 자기변신을 통해서 30년의 수명을 늘려 산다고 한다. 태어나서 40년쯤 되면 부리와 발톱은 굽어지고 날개 깃털은 낡고 헤어져서, 사냥감을 향해서 빨리 날지도 못하고 먹잇감을 낚아채지도, 마음대로 쪼아 먹지도 못하게 된다고 한다. 그런 뒤에 독수리는 단단하고 가장 높은 바위산에 올라가서 처절한 자기변신을 하는데, 제일 먼저 바위에 자기부리를 부딪쳐서 전부 깨버리고 새 부리가 솟아나면 그 새 부리로 발톱을 다 쪼아서 뽑아 버리고 낡은 깃털도 다 뽑아버린다고 한다.

그런 식으로 약 50일에 걸쳐서 먹지도 못하고 새롭게 태어나면 청년처럼 날쌘 독수리로 다시 태어나고, 자기변신이 고통스럽고 두려워서 실패한 독수리는 절벽 아래로 떨어져서 생을 마감한다고 한다.

지금 이 나라 대한민국에도 흰머리 독수리의 지혜가 절실히 필요하다.

내릴 수 없는 배안전하지 않은 '대한민국 호'를 이제부터라도 국민 모두가 한마음이 되어 안전한 방향으로 바꾸어야 한다.

'국민의 생명과 안전을 지켜주지 못하는 나라는 나라가 아니다.' 박근혜 대통령님의 말씀입니다.

안녕하세요.

저는 지난주에 꽃동네 천사의 집에서 아기들을 돌보고 온 자원봉사자입니다. 꽃동네 천사의 집 4층에는 갓 나온 신생아부터 세 살 정도의 아기까지 백 명이 넘는 아기들이 살고 있습니다. 비록 일주일의 짧은 기간이었지만 아직도 아기들 얼굴이 어른거리네요.

다름이 아니라 꽃동네 아기들이 갖고 노는 장난감이 너무 적고 부실합니다. 바퀴가 온전히 네 개 달린 자동차를 못 봤습니다. 백 명이 넘는 아기들이 기증받은 헌 장난감을 갖고 놀다보니 그럴 수밖에 없겠다 싶으면서도 참 마음이 아팠습니다. 동요시디도 멀쩡하지 않아서 항상 중간쯤에 시디가 튀면서 노래에 렉(?)이 걸리고, 이제 이가 막 나려는 아가는 잇몸이 가려우니까, 제 손가락을 물고 놀더군요. 고무장난감 같은 것을 물고 놀아야 하는데 그 흔한 눌러서 불빛이 반짝거리거나 소리가 나는 장난감도 없습니다.

아기들에게 쓰시지 않는 헌 장난감이나 아기용품을 보내주시면 감사하겠습니다.

아기들은 일인당 두병의 젖병밖에 없습니다. 물론 삶지도 않고요. 삶을 사람도 없고 시간도 없습니다. 일인당 두개의 젖병으로 하루에 분유를 몇 번이나 먹어야 하니 먹자마자 다시 씻어서 말리고 다시 먹이고…… 젖꼭지는 얼마나 썼는지 투명했을 것이 허옇게 변해버렸습니다.

정말 불쌍한 아기들입니다. 엄마아빠 모두에게 버림받고, 자원봉사자도 부족해 아기들 스스로 놉니다. 그래서 문득 길거리의 비둘기가 떠오르더군요. 꼭 발가락이 한두 개씩 없는 비둘기…….

아기들도 그렇습니다. 어딘가에 찧고 깔려서 손발톱이 하나씩은 나가 있어요. 머리도 어찌나 찧었는지 멍투성이…… 웬만큼 넘어지거나 머리를 찧어도 울지 않는 게 더 마음이 아팠습니다.

부탁드립니다. 아기들에게 버리기 아까운 장난감이나 아기용품을 꼭 보내주세요. 아기용품을 갖고 있는 사람이 드물어서 죄송스럽게도 이곳에 도움을 청합니다. 택배로 이곳으로 보내주시면 됩니다.

　우: 369-711 충북 음성군 맹동면 꽃동네길 47-93번지 천사의집

　　4층 아기들 앞

아기 키우는 내주변의 엄마들이라면 작은 도움이 되는 행동을 할 수 있을 꺼라 생각합니다. 우리에겐 작은 도움이 누군가에겐 큰 힘이 될 거에요. 봉사할 시간이 여의치 않다면 다르게라도 작은 도움이 되어주시길 바라며…… 공유 많이 해주세요.

위의 편지는 2014년 8월 21일 정의사법구현단 대화방에 참사랑님께서 꽃동네 아기들을 위해 올려주신 글입니다.

집에서 사용하지 않는 아기용품으로 도움을 주실 수 있는 분들이 계시면 대한민국의 미래를 책임질 새싹들을 위해 도움을 부탁드립니다.

제가 살고 있는 동네에는 여덟 살의 어린 자식을 키우고 있는 한부모 엄마가 있습니다.

그 엄마는 몸도 불편한데다 한쪽 눈이 보이지 않아 취업을 하지 못하고 어린 자식을 집에서 돌보고 있는데, 함께 살고 있는 친정어머니가 몸이 불편한 딸을 대신하여 나가셔서 일을 하여 불행을 당한 딸과 어린 손녀를 부양하고 계시다고 합니다.

한부모 모자가정법이 제대로 된 복지법으로 제정이 된다면 불행을 당한 제 이웃에게 어린 자식을 키우는데 다소나마 도움이 될 수 있을 것이라 생각합니다.

불합리한 복지정책을 알면서도 바로잡지 않고 복지전문가를 내세우는 이 나라의 대통령이 되고자 하는 특정 정치인들과 해당 부서의 장관에게 정책제안서로 수차례 올렸지만 그 누구도 제대로 된 답신이 없었고, 5년이 다되어 가는 지금까지도 그 정책은 변함이 없습니다.

이 나라의 정치인들에게 자신들의 주머닛돈 털어 복지를 실현해 달라는 것도 아니고 국민들이 낸 세금으로 제대로 된 정책을 입안하여 나라살림 제대로 해달라는 것뿐인데, 왜 그리도 인색한지 모르겠습니다.

이 나라의 정치인들은 말로는 다 국민의 공복(公僕)이라고 자처하면서 주인인 국민의 소리에 귀를 기울이겠다고 하면서도 쓴 소리를 귀담아 들어주는 정당이나 국회의원이 한사람도 없었습니다.

주인인 국민이 불편하다는데 그 공복(公僕)은 다 어디가고 모두 주인 행세만 하고 있으니……

한부모 모자가정에 대한 복지법 개정을 정책으로 제안한지 1년 반 만에 대통령 공약으로 내걸고 나오신 박근혜 대통령님께는 감사한 마음보다는 서운함이 더 많았습니다.

반값등록금을 약속하고도 5년 동안 기어이 지키지 않은 공약에 대해서는 사과 한마디 없었고, 그것도 대통령 공약으로 다시 걸고 나왔습니다.

국민의 가려운 곳을 즉시 풀어주어야 하는 사람들이 국민과의 약속을 어기고 필요할 때마다 국민들에게 공약으로 내걸고 나와 재탕 삼탕을 하는 정치인들은 신의(信義)를 저버린 사람들로 대한민국 정치판에 다시 얼굴을 들고 나와서는 안 됩니다.

요즘처럼 제대로 된 공복(公僕)을 만나기도 어려운 시대에 나라재정 형편과는 상관없이 무상복지 공약을 남발하는 정치인들로 넘쳐나고 있습니다.

이제는 국회의원선거나 대통령선거에 출마하는 정치인들은 국민들에게 실현가능한 공약을 아예 법으로 공증부터 하게 한 다음에 출마하게 해야 합니다.

오죽하면 정치인들의 선거공약 이행여부를 감시하시던 한국매니페스토실천본부 상임대표를 지내신 강지원 대표님이 대통령 후보로 나서셨겠습니까?

제가 강지원 대표님께 나라재정 형편상 대통령에 당선되시면 임기 5년 동안 무보수로 일해주실 것을 제안으로 올렸을 때 흔쾌히 받아주셨습니다.

2013년 1월 23일 뉴스에 77세의 할머니가 할아버지 사망 후 사망신고를 하지 않고 13년 동안 1,260만원의 연금을 타 쓰셨다고 합니다.

사망신고를 하지 않은 이유는 연금이 줄어들어 생활의 어려움 때문이었다고 하는데 계산해보니 한 달 8만원으로 13년 동안 횡령한 연금이 대한민국 국회의원 한 달 세비와 맞먹는 금액입니다.

대한민국은 OECD국가 중 노인빈곤율이 세계최고로 45%에 이른다고 합니다.

연금을 횡령한 분으로부터 현실적으로 그 돈을 환수할 수도 없는 상황에 법적인 처벌을 운운하고 있는데, 이것은 생계형 범죄에 해당하므로 할머니께는 오히려 불안한 생계와 관련하여 감옥이 더 편안하게 생각되실 수도 있겠다는 생각이 들면서 가장 추운 계절에 지옥도를 보고 있는 것 같아 가슴이 아팠습니다.

새누리당 대선공약집에 따르면 2013년에 '기초노령연급법'을 '기초연금법'으로 전환하고 기초연금과 국민연금의 통합 운영을 위한 '국민연금법' 개정을 추진하겠다고 공약했습니다.

그리고 박근혜 대통령 당선인은 지난 대선의 유세기간 중에 이런 방식으로 현재 일정소득 이하의 노인들에게만 1인당 월 9만 6,000여원을 지급하고 있는 기초노령연금을 65세 이상이면 누구나 20만원씩 받을 수 있도록 하겠다고 말했습니다.

기초노령연금은 65세 이상 누구나가 아닌 절대 빈곤층에만 20만원을 즉시 지급하는 복지법이 되었어야 합니다.

복지는 어려운 계층에게 필요한 것이고 돈으로 다 해결할 수 있는 부자들에게는 필요하지 않습니다.

대선에서 근로능력도 없고, 재산도 없는 절대 빈곤층인 가난한 노인 분들의 표를 사기 위해 복지포퓰리즘을 남발하여 당선이 되고 난 후 극빈자 서민층을 위한 복지예산은 전액 삭감이 되었습니다.

서민들을 위한 민생정부가 사라진 것입니다.

남편의 연금 8만원 때문에 13년 동안 사망신고를 미루신 77세의 할머니의 처지를 생각한다면 복지정책을 제대로 연구해서 세계에서 유례를 찾아보기 힘든 부끄러운 사건이 재발되지 않게 해야 합니다.

어린 자식을 데리고 극빈층의 힘든 삶을 살아가고 있는 한부모 가정에 대한 뉴스도 보도되었습니다.

혹한의 한겨울에 단칸방에서 난방도 하지 못하고 전기장판 한 장으로 친정어머니와 어린 아들과 엄마, 이 세 가족이 추위에 떨며 어린 아들이 먹고 싶어 하는 햄, 소시지, 고기를 사 먹이지 못하고 묵은 김장김치만 먹이고 있다는 엄마의 하소연에 가슴이 아팠습니다.

한 달 수입 30만 원 이하로 극빈층의 삶을 살고 있는 한부모 모자가정이 대한민국에 12만 5천명이라고 합니다. 그동안 한부모 모자가정에 수년 동안 지급되었던 5만원의 양육비가 2013년 1월 2만원이 인상되어 7만원이 지급되었는데 대선공약으로 월 5만원의 양육비를 15만원으로 인상해주시겠다는 약속도 반드시 지켜져야 합니다.

2013년 무상보육이 전면 시행되면서 이중·복수국적자로 세금 한 푼 내지 않는 해외동포의 자녀에게까지 양육비가 지급되었습니다.

대한민국은 막대한 부채로 인해 내년에 정부에서 갚아야하는 이자만 40조원에 육박한다고 합니다. 대한민국 내의 극빈층도 구제하지 못하면서 무리하게 빚을 내어 세금 한 푼 내지 않는 해외교포의 자녀에게까지 지원한다는 것은 있을 수 없는 일입니다.

지금부터라도 무분별한 무상복지제도를 바로잡고 합리적인 경영을 통하여 나랏빚부터 갚아나가야 합니다.

영화배우 장동건님과 고소영님 부부는 3년 째 미혼모와 입양대상 아기들을 위해 매년 1억 원을 기부하여 대한민국의 정치인들이 소외계층을 위해 해내지 못하고 있는 일을 모범적으로 보여주시고 있습니다.

15년 전 어느 날, 작은 언니의 꿈에 커다란 붉은 해가 서쪽으로 급격히 넘어가는 꿈이 보였다고 합니다.

작은 언니는 집안에 우환이 생기는 꿈은 아닌가 걱정을 했지만 커다란 붉은 해가 넘어가는 꿈은 대한민국의 국운(國運)이 기울어가는 꿈이었습니다.

저도 8년 전에 천년도 훨씬 넘어 보이는 은행나무에 가지가 무성하고 파란 은행 열매가 포도송이처럼 탐스럽게 열려 은행 열매를 두 손으로 만지는 꿈을 두 번이나 반복하여 꾼 적이 있습니다.

그리고 언젠가 기회가 되어 남편과 천년 은행나무가 있는 양평의 용문사에 갔을 때, 천년의 세월 동안 벼락을 맞아 가지가 부러지고 꺾인 상처투성이의 천년 은행나무를 보았습니다.

제 꿈에 보인 그 은행나무는 천년 은행나무보다도 훨씬 큰 나무로 상처 하나 없이 잔가지 하나 꺾이지 않고 열매가 풍성한 나무였습니다.

비록 꿈이기는 했지만 신기하여 깨고 나서 남편에게 꿈 이야기를 했더니 나쁜 꿈은 아니라며 어머니가 자신의 태몽 꿈으로 드넓은 들판 가득 이제 막 새싹이 돋은 두 개의 떡잎 모양의 연초록 새싹들이 끝없이 펼쳐져 있는 꿈을 꾸셨다고 합니다.

사람들은 그 꿈을 재물과 연관 지어 풀이를 했다고 하는데, 생각해보니 제가 꾼 열매가 풍성하게 열린 거대한 은행나무 꿈이나 시어머니께서 남편의 태몽 꿈으로 꾸신 새싹 꿈은 미래의 희망인 어린 꿈나무들에 대한 하늘의 계시가 아닌가 싶습니다.

노무현 대통령이 퇴임 후 석연치 않은 재물과 관련하여 생목숨을 끊어내신 뒤 남편은 꿈속에서 노무현 대통령과 싸움을 하고 사과를 받았다고 합니다.

제가 이 나라의 가장 낮은 곳에 있는 국민의 한사람이 되어 인권변호사 출신의 노무현 대통령 재임 시에 한부모 모자가정을 위한 복지법을 확인해보니, 이 법은 한부모 가정을 살리는 법이 아니라 죽이는 법이 되어 있었습니다. 심지어 노무현 대통령이 인권변호사 출신이 맞는지 의심이 들기도 했습니다.

미흡한 원고의 초고를 마감하고 나서 저 역시도 노무현 대통령님과 내 가족 모두 한방에서 한 이불을 덮고 자는 꿈을 꾸었는데, 지금 생각해보니 남편은 노무현 대통령님 생전에 잘못 제정해 놓은 한부모 모자가정 복지법과 관련하여 싸움을 하고 사과를 받은 것이었고, 저는 제 원고를 통해 인권변호사로서 약자를 위해 이루어낸 노무현 대통령의 업적과 정신을 기리면서 그분과 화해를 한 것이라 생각됩니다.

남들은 꿈꾸기 힘들다는 대통령과 재벌들의 꿈을 꾸면서 그분들이 이 대한민국을 위해 이루어내지 못한 아쉬움이 무엇인지 생각해봅니다.

딸아이에게 늘 아낌없는 격려와 사랑을 주신 제주 샤인빌 리조트의 김병설 총지배인/부사장님과 송림초교의 이기술 교장선생님과 최덕진 선생님, 이수현 선생님께 진심으로 감사드립니다.

어리석고 무능한 저에게 큰 믿음을 내어주셨던 제우스스타의 한승수 사장님께 기대에 못 미쳐 진심으로 죄송하다는 말씀과 감사하다는 말씀을 너무 늦기는 했지만 지면을 통해서나마 올립니다.

그리고 저희가족이 홍천에 머무르는 동안 지친 저희가족들을 위해 이웃으로서 물심양면으로 도와주시고 지성으로 기원해주신 선덕사 법선 행명 주지스님께 감사드립니다.

5년 전, 언니들의 도움으로 이곳 송림동에 가장 어려운 이웃으로 이사를 왔을 때 저희 모녀에게 좋은 이웃이 되어주신 송림 1동의 신동순 통장님과 제 딸아이의 초등학교 입학식 때 크레파스를 선물해주고 좋은 오빠가 되어 준 통장님의 아들 심우철군과 자반고등어 한 마리로 따뜻한 이웃의 정을 나누어 주신 동구보건소의 김봉순 어머님께 진심으로 감사드립니다.

압해정씨 가문의 번영과 자라나는 후손들에게 조상의 덕을 물려주고 꿈과 희망을 주기 위해 애써주신 전임 정규수 대종회장님과 정세현 회장님, 수산중공업의 정석현 회장님, 押海丁氏 大宗會 정세균 대종회님과 정영식 운영위원장님, 정기환 사무총장/홍보부회장님, 정행영 부회장님, 정종발 전 사무총장님, 광주 종친회 정옥식 이사님, 시인이신 정장수 이사님께도 진심으로 감사드립니다.

정의사법구현단 연도흠 대표님께서는 제가 민형사상 시효가 만료된 사기사건을 내밀었을 때 안타까워하시며 대한민국에 사법정의를 구현하여 깨끗한 세상으로 만들어주시겠다며 따뜻한 위로를 해주셨습니다. 귀한 추천사를 내주신 연도흠 대표님께 진심으로 감사합니다.

그리고 저에게 인간의 삶의 본질에 대한 기본을 알게 해주신 '운명재창조의 비밀'의 저자이신 죽향동산의 김상운 목사님께도 감사드립니다.

제가 홍천에서 중병의 시부모님을 모시고 있을 때 교회에 나갈 수 없는 처지에 있었던 저희 가족을 위해 불원천리 멀리 서울에서 내려오셔서 기도문을 전해주시며 바른 기도를 하는 법을 가르쳐 주신 죽향동산의 김상운 목사님이 계셨습니다.

그 당시에 저는 사기꾼이 저에게 선물한 신용불량의 신분으로 인한 극심한 스트레스와 중병의 시부모님과 가사노동에 의한 중압감으로 인해, 수치가 57까지 내려가는 저혈당과 불면증으로 수면제가 없으면 잠을 이루지 못했습니다.

중병의 시부모님과 가족을 위해 1년 365일 하루도 쉬지 않고 집안일에 매달려야 했던 제가 기도를 시작한 후에 집안일을 하면서 창문과 집안 곳곳에 선명하게 예수가 아닌 하느님의 형상과, 흰색 두루마기에 죽장을 짚으신 산신령의 모습과 똑같은 긴 수염의 백발 선인의 모습이 보였습니다.

김상운 목사님 덕분에 단박에 수면제를 끊어내고 기도를 통하여 병에서 해방될 수 있었습니다.

제 어린 자식과 이 나라 대한민국(大韓民國)을 위해 동양(東洋)의 훌륭한 정신인 삼재(三才), 천 · 지 · 인(天地人)을 기본으로, 五行인 木(仁) · 火(禮) · 土(信) · 金(義) · 水(智)의 덕성을 고루 갖추신 선생님들과 참다운 종교인들이 많아져서 大韓民國의 미래를 짊어진 젊은이들에게 제대로 된 길을 가르쳐 주고, 알려줄 수 있는 분들이 많아지기를 간절히 염원(念願)하는 바입니다.

5년 전, 저는 남들 다 있는 그 흔한 컴퓨터 한 대가 없어서 양면괘지에 수기로 쓴 원고들을 핸드폰 장문메시지로 작성하여 입시준비 중이었던 고등학생인 조카의 이메일로 보내었습니다. 더위가 한창 기승을 부리던 2010년 여름, 그 무더위를 참아가며 못난 이모의 원고 초고작업을 도와준 고마운 조카 이우진군이 있었습니다.

그 조카는 고교 3년 내내 최상위권의 성적을 유지하여 재작년에 장학생으로 전액국비로 운영되는 한국의 MIT로 불리는 울산 국립과학기술대에 진학하였습니다.

그래서 그 조카의 도움으로 나오게 된 것이 바로 오늘의 '시민운동가가 된 호텔리어와 세상이야기'가 되었습니다.

못난 동생과 어린조카를 위해 고생을 감내한 언니들과 그 가족들에게 진심으로 감사한 마음을 전합니다.

미흡한 원고를 맡아 수고를 아끼지 않으신 도서출판 책과나무의 양옥매 실장님과 이은영 편집자님께도 진심으로 감사한 마음을 전합니다.

미흡한 글들이나마 '도화경'이라는 필명으로 정치권과 안사모, 문수사랑, 참여연대, 부추실, 정사단 시민단체에 제안으로 올렸던 글들을 함께 엮었으니 목민심서(牧民心書)로 유명하신 다산(茶山) 정약용(丁若

鏞)선조님의 후손으로써 저의 미흡한 글들이 이 대한민국의 가장 낮은 곳에서 도움을 필요로 하는 누군가를 위해 꼭 필요한 약으로 쓰이길 바랍니다.

가정이 바로 서야 나라가 바로 설 수 있습니다.

비록 많이 서투르고 미흡한 원고이지만 이 원고를 제 어린 딸과 대한민국의 새싹들에게 바칩니다.

2014년 10월
정의사법구현단 특별회원 丁惠玉 拜上

정의사법구현단에서는 사법정의를 바로 세우기 위해 대법원장 직선제 거리서명을 받고 있습니다. 국민서명을 받고 있는 연도흠 대표님과 정사단 회원님들을 거리에서 마주하시게 되면 대법원장 직선제 서명에 흔쾌히 동참해주시기를 부탁드립니다.

조윤선 여성가족부 장관님께

(중략)

양육비 청구 소송 또한 나라에서 한부모 엄마를 대신하여 아이 아빠에게 청구하고 나라에서 한부모 엄마에게 양육비를 대신 지원해주는 법안도 제정해주십시오.

그리고 나라에서 한부모 모자가정에 자녀가 만 12세까지 지급되는 양육비 월 7만원은 자녀가 고등학교를 졸업하는 만 18세까지 지원하는 법안을 만들어 주시고 작년에 월 5만원의 양육비 또한 박근혜 대통령님께서 월 15만원을 약속하셨는데 그 약속이 지켜질 수 있게 조윤선 장관님께서 다시 한번 건의해주십시오.

제가 2년 전인 2011년 5월 11일에 보건복지위 소속이셨던 박근혜 국회의원님께 한부모 모자가정에 지급되고 있었던 월 5만원의 양육비가 너무도 기가 막혀 최소한 월 15만원으로 인상해 달라는 제안을 올렸는데 대통령 선거에서 공약으로 약속을 하시고도 지켜지지 않고 있습니다.

또한 재산이 0원이어도 어린 자식을 키우고 있는 극빈자 한부모 가정에는 의료보험 혜택이 전혀 없으니 극빈자 한부모 가정에 의료보험 혜택이 돌아갈 수 있도록 장관님께서 법으로 만들어 주십시오.

수년 동안 한부모 가정 사랑회와 여성단체에 한부모 엄마들을 위한 청원을 올렸으나, 그 어느 누구도 같은 여성이자 엄마로서 한부모 엄마들의 인권을 위해 나서주는 사람들이 없었습니다.

그동안 이명박 전 대통령님과 진수희 복지부장관 등 정치인들에게 같은 제안을 수차례 올려드린바 있는데 한부모 모자가정법은 지금까지도 바로 잡히지 않고 있습니다.

현재 정부에서 무상보육으로 0세에서 5세까지 지급하고 있는 1인 월 20만원의 양육비는 엄마 아빠가 다 있는 가정에서는 아이들을 위해 전액 정기적금을 들어주고 있다고 하는데 엄마 혼자 어린 자식을 책임지고 키우고 있는 한부모 가정에는 의료보험 혜택도 없이 12세까지 지급되는 월 7만원의 양육비가 전부입니다.

양육비를 계산을 해보면 20만원씩 5년 동안 1천 2백만 원이 지급되고 한부모 가정은 7만원씩 12년 동안 1,008만원이 지급되는 셈입니다.

한부모 가정의 양육비를 형평성에 맞게 바꾸어주십시오.

그리고 대한민국이 해외입양이라는 명목으로 고아 수출국 1위의 오명을 벗어날 수 있도록 해외입양을 전면 금지하는 법안을 만들어 주십시오.

인구가 부족하다고 하면서 잘못된 복지법으로 인해 엄마로 하여금 자식을 버리게 하고, 그 버린 자식들을 해외로 수출을 내보내는 것은 정치인들의 도리가 아닙니다.

한부모 엄마들이 어린 자식을 버리지 않고 대한민국의 쓰레기가 아닌 인재로 키워낼 수 있도록 장관님께서 제대로 된 선진국의 복지제도를 도입해 주십시오.

조윤선 여성가족부 장관님께서 같은 여성의 입장으로 대한민국의 엄마들이 어린 자식을 키우기 편안한 세상으로 만들어 주십시오.

2013년 7월 15일

押海丁氏 大宗會 홍보이사 丁惠玉 올림